BANDE DE MENTEURS

MARY KARR

BANDE DE MENTEURS

JC LATTÈS

Titre de l'édition originale :
THE LIARS' CLUB
publiée par Viking

Traduit de l'américain par Sylvie Schneiter

ISBN 2-266-08607-3

À Charlie Marie Moore Karr et à J.P. Karr, qui, respectivement, m'ont transmis l'amour des livres et des histoires.

« Il est des vérités que nous avons besoin de confier et des secrets qui sont nôtres. Qui de nous ne se souvient des adultes de son enfance, capables de voir à travers et en nous, et du sentiment de victoire éprouvé lors de notre premier mensonge, proféré le cœur tremblant d'effroi. C'est ainsi que nous découvrons notre solitude irrémédiable, sur certains plans, apprenons que seules nos empreintes existent dans notre territoire intérieur. »

R.D. Laing, *Le Moi divisé*.

A Charlie Marie Moore Arar et à J.R. Kent qui, respectivement, m'ont transmis l'amour des livres et des marches.

« Il est des vérités que nous avons besoin de confier et des secrets qui sont nôtres. Qui de nous ne se souvient des adultes de son enfance, capables de voir à travers et en nous, et du sentiment de victoire éprouvé lors de notre premier mensonge, proféré le cœur tremblant d'effroi. C'est ainsi que nous découvrons notre solitude irrémédiable, sur certains plans, apprenons que seules nos empreintes existent dans notre territoire intérieur. »

R.D. Laing, *Le Moi divisé.*

I. Texas, 1961

Seule importe la qualité de l'amour.
C'est elle, en fin de compte, qui aura marqué l'esprit.
Dove sta memoria.

Ezra Pound, Canto LXXVI.

1

Un instant isolé sur fond d'obscurité, tel est mon souvenir le plus fulgurant. J'ai sept ans. Le médecin de famille est à genoux devant moi. Je suis assise sur un matelas à même le sol. Il porte un polo jaune déboutonné et des touffes de poils dessinent un V sur sa poitrine. Je ne l'avais jamais vu habillé autrement que d'une chemise blanche amidonnée, avec une cravate grise. Cette nouveauté me dérange. Il tiraille l'ourlet de ma chemise de nuit préférée, un champ de pilou blanc semé de petits bouquets bleus de lupins enrubannés. Je replie mes genoux pour en faire une tente. Il pourrait facilement tirer d'un coup la chemise par-dessus ma tête mais quelque chose le rend attentionné. Il dit : « Montre-moi les marques. Allez, je ne te ferai pas mal. » Il a des yeux bleus qui larmoient derrière des verres épais, une moustache comme une chenille. « Est-ce que tu veux bien? Tu n'as qu'à la retrousser et me montrer où ça te fait mal », continue-t-il. Il tient un bout de l'ourlet entre le pouce et l'index. Je ne pleure pas. La douleur n'existe pas dans mon souvenir. Il me parle cependant d'une voix implorante, la même que quand il cache une longue aiguille derrière son dos. Je n'ai pas grande confiance en lui mais je l'aime bien. La chambre que je partage avec ma sœur est sombre, ce n'est pas pour ça que j'ai envie de relever ma robe avec tous ces inconnus qui grouillent dans le salon.

Trente ans furent nécessaires pour que dégèle ce moment. Les voisins, ma famille m'aidèrent à inscrire cet instantané lumineux dans un panorama. Dans le noir, derrière le docteur, les montants du lit appuyé contre le mur ressemblent aux pattes d'une araignée effrayante. Dans un coin, la commode est couchée sur le dos comme une tortue échouée sur la grève, ses tiroirs éparpillés aux quatre coins de la pièce. Des tas de vêtements sont répandus pêle-mêle avec des bandes dessinées, des puzzles et des livres pour enfants. Ceux que ma maman achetait aux présentoirs quand elle faisait la queue au supermarché ; je pouvais compter dessus si je restais dans le chariot. La silhouette, énorme, du shérif Watson se découpe à contre-jour dans l'embrasure de la porte. D'un bras ferme, il porte ma sœur qui a alors neuf ans. Elle a mis son pyjama rose et ses jambes nouées autour de la taille du shérif. Elle tripote son insigne avec une concentration excessive alors qu'il ne l'intéresse pas vraiment. A cet âge-là, elle se montrait déjà méprisante envers toutes les formes d'autorité, se moquait des bonnes sœurs en public, était insolente avec les instituteurs. Je m'aperçois qu'elle se donne une expression de déférence. Le visage du shérif, dissimulé à l'ombre de son chapeau, se distingue mal, mais il a un demi-sourire attendri que je ne lui connaissais pas.

J'avais une peur instinctive du shérif parce que mon père était enclin à la bagarre. Il lui arrivait d'ouvrir la porte grillagée de derrière la maison, les doigts couverts d'écorchures et de sang. Il s'accroupissait pour nous dicter ses instructions à moi et à Lecia (qui se prononce Lisa, m'aurait-elle enjoint de vous préciser) : « Si le shérif se pointe, vous n'avez qu'à lui dire que vous ne m'avez pas vu depuis plusieurs jours. » En fait, le shérif ne se montra jamais, ainsi ma capacité à mentir à un représentant de la loi sans me démonter ne fut-elle jamais mise à l'épreuve. Sa présence, précisément cette nuit-là, me submerge d'inquiétude : *J'ai fait quelque chose de mal et voilà le shérif qui s'amène.* C'est ce que j'aurais dit, alors, si j'avais été en mesure de parler ou si une bonne âme avait tendu l'oreille. Mais s'il se passe quelque chose d'important quand on est petit, on pourrait aussi bien être un meuble, pour ce que les gens vous parlent.

Il a fallu du temps pour que le panorama prenne du relief. Comme dans une boule de cristal, où les images ne se dégagent que peu à peu du tourbillon de brume. L'action de chacun des personnages commença à se préciser, puis toute la scène devint soudain clairement déchiffrable. Le menton du shérif Watson passe et repasse de la lumière à l'ombre. Je n'entends pas ce qu'il raconte à ma blonde de sœur qui tout à coup joue au chérubin. Des pompiers en combinaison imperméable jaune canari traversent l'autre pièce. Les doigts boudinés du docteur Boudreaux reviennent palper le bord de ma chemise de nuit mouchetée à la façon des vieilles dames soupesant des rouleaux de tissu vendu au mètre au bazar. Il y a sûrement une ambulance dehors. De gros triangles de lumière rouge zèbrent la pièce par intermittence. Je les sens pratiquement m'effleurer le visage. Et par la fenêtre, à travers un rideau de chèvrefeuille, je vois un brasier dans notre arrière-cour, comme si c'était le feu de joie d'un match de football américain.

Et puis la nuit s'emplit de nouveaux bruits. Des gens chaussés de lourdes bottes piétinent dans la maison. Quelqu'un arrête la sirène de l'ambulance. On ouvre la porte grillagée de la cuisine, on la fait claquer. Nipper, le chien de mon papa, gronde sourdement et fait cliqueter sa chaîne dans la cour. Nipper était un chien renfrogné dressé à boire de la bière et à mordre les étrangers. Il lui arrivait de sauter par la fenêtre d'un camion roulant à toute vitesse pour prendre en chasse le premier cabot venu et se bagarrer avec lui. Une fois, il avait tué le chihuahua d'une dame, le secouant comme une loque tandis que papa s'escrimait à le faire sortir du garage en le cajolant et que la dame braillait et sanglotait. Une voix que je ne connais pas articule : « Fous le camp, enfant de pute. » Je sais qu'il s'agit de Nipper. Cette nuit-là, Nipper disparut dans les bayous de l'est du Texas, ou plus vraisemblablement dans la chambre à gaz de la fourrière locale, si j'en crois les déductions ultérieures de ma sœur. En tout cas nous ne le revîmes jamais et je ne m'en portai pas plus mal. Cette brute m'avait mordue plus d'une fois.

Encore des portes qui claquent, encore un martèlement de bottes et en plus le grésillement d'une radio dans une voiture de patrouille sur la route. Le docteur Boudreaux qui insiste : « Allez mon petit, laisse-moi voir ces marques, je ne vais pas te faire mal », et moi aux aguets, cherchant à capter le regard de ma sœur pour qu'elle m'indique comment me sortir de là. Mais elle est cramponnée à l'insigne du shérif.

Je ne me rappelle pas avoir parlé. Il se peut que j'aie dit au médecin qu'il n'y avait aucune marque sur moi. Il n'y en avait pas. Cela me prit beaucoup de temps pour en être convaincue et plus encore pour désenclaver ma mémoire de cet unique point du temps et l'orienter vers le reste de ma vie.

Ensuite, le shérif Watson m'emmène, je le sais. Il porte toujours Lecia dans ses bras ; elle a décidé de faire semblant de dormir. J'ai les yeux au niveau de son ceinturon où sont accrochés son revolver de service ainsi qu'une petite bourse de cuir bourrée de grenaille servant de matraque, sûrement illégale dans l'État du Texas, même à l'époque. Elle a la forme d'une énorme larme noire. L'envie de la toucher me démange. Je résiste. Pendant tout ce temps, Lecia se cache le visage dans le cou du shérif. Évidemment qu'elle ne dort pas. Je le sais. Elle a un sommeil de chat et il y a suffisamment de brouhaha pour la maintenir éveillée. Le shérif me tient la main gauche. Je lève ma main libre, pince la cheville sale de Lecia. Méchamment. Elle me flanque un coup de pied, puis le gare, hors d'atteinte. Elle retourne à son prétendu sommeil, pelotonnée sur la poitrine du shérif.

Les agents de la sécurité routière et les pompiers battent la semelle, les bras ballants comme des invités importuns qui ont décidé de s'incruster. Quelqu'un a préparé du café. Une odeur de noisette supplante la légère pestilence chimique de l'essence flambant dans l'arrière-cour. Les hommes du salon qui vont vers la cuisine font un grand détour pour éviter notre groupe.

Mes parents ne viendront pas avec nous. Je le sais. Papa travaille en équipe de nuit. Le shérif dit que son second est parti à sa recherche à l'usine. Il ajoute qu'on a emmené notre mère ailleurs, parce qu'elle est « nerveuse ».

Il faut vous expliquer que dans le jargon de l'est du Texas, le terme de « nerveux » sert à tout ; aussi bien à la description de quelqu'un qui se ronge les ongles de façon chronique qu'à celle d'une psychose en plein épanouissement. Comme ce qui est arrivé à M. Thibideaux, en bas de la rue, qui avait brûlé la cervelle de sa femme et de ses trois fils, mis le feu à sa maison, coincé le canon de son fusil de chasse sous son menton et appuyé sur la gâchette avec son orteil. J'allais souvent chez eux passer la soirée du samedi avec sa fille, une majorette de l'école, habile et jouissant d'une certaine popularité. M. Thibideaux avait les cheveux coupés en brosse, il était sévère, je ne me rappelle rien de plus de lui. Il travaillait dans une raffinerie, comme papa. Il était aussi diacre à l'église des baptistes.

Lorsque M. Thibideaux massacra sa famille, j'avais une vingtaine d'années. Je jouais les poètes et avais pris l'habitude de lire les classiques avec ostentation (traduits bien sûr, j'étais une étudiante paresseuse). Je prenais le bus Greyhound pour un trajet de trente-six heures, du Midwest jusqu'à Leechfield. Là, je passais mes journées, vêtue de noir, dans la chaleur torride de la terrasse de ma mère, à lire Homère (ou Ovide ou Virgile) en espérant qu'un inconnu me demanderait ce que je lisais. Personne, jamais, ne le faisait. Les gens me questionnaient sur ce que je buvais, sur mon poids, voulaient savoir où j'habitais et si j'étais déjà mariée. Mais personne ne me fournit l'occasion de tenir ma conférence sur la grande littérature. C'est lors d'une de ces visites chez ma mère que je retrouvai la maison des Thibideaux calcinée. A l'époque, je butais, comme par hasard, sur le mot grec *ate*. Dans les récits épiques de l'Antiquité, qu'un des héros ait tabassé une fille, commis un meurtre ou simplement perdu la tête, il pouvait toujours s'en prendre à *ate*, une passion déchaînée, pseudo-démoniaque, qui annihile la raison. Par exemple Agamemnon après avoir piqué à Achille sa petite amie affirma : « C'est *ate* qui m'aveugla ; c'est Zeus qui me priva d'entendement. » *Ate* s'invoque en cas d'ivresse, mais à condition que d'une manière ou d'une autre le vin ait été ensorcelé. L'*ate* incarnant une puissance surnaturelle, la personne qui agit sous son emprise est déchargée de la culpabilité de ses actes. Pour en revenir à l'affaire du meurtre et du suicide Thibideaux, survenue après trente ans passés à tondre le gazon, à ramasser les ordures et à fréquenter assidûment les offices religieux, les voisins eurent recours à un seul adjectif pour tenter de l'expliquer que je finis par assimiler à l'idée homérique d'*ate* : M. Thibideaux était nerveux. Aucune de mes nombreuses recherches n'a abouti à une explication plus satisfaisante.

Je ne saisis pas encore le sens de ce mot, la nuit où le shérif débarque chez nous et où mère est, quasi définitivement, décrétée « nerveuse ». Une sensation confuse de panique me tord le creux de l'estomac, de celles qui étreignent un enfant qui soudain ne voit plus ses parents nulle part, ne sait sans doute même pas qui va s'occuper de lui, ni l'endroit où il va atterrir pour la nuit.

Nous nous approchons de la porte, j'entends le bourdonnement assourdi des voisines qui parlent. Tel un commando, elles se sont rassemblées de l'autre côté du fossé longeant notre maison. Une fois dehors, le shérif abandonne ma main. Du fond de l'ombre imposante de son chapeau, avec ma sœur toujours enroulée autour de lui et immergée dans son prétendu sommeil, il me dit de l'attendre sur la première marche, pendant qu'il parle avec les dames. Il va vers elles, provoquant un grand arroi de robes qui s'ajustent, de chandails qui se boutonnent.

Le béton est froid. Il me glace les fesses à travers ma mince chemise de nuit. J'attrape deux hannetons sur le grillage de la porte, les aligne sur une brique pour qu'ils fassent la course. L'un s'envole, l'autre se retourne sur le dos, agite ses pattes en l'air.

Tout à coup un éclair m'illumine : le shérif Watson et les voisines sont en train de décider de mon sort pour la nuit. En ce temps-là, j'avais pour habitude de négocier avec Dieu. Je suppose que je lui fais donc une prière, marchande avec lui au sujet des gens susceptibles de nous héberger. *Je t'en prie, fais que ce ne soit pas les Smothergill!* ai-je sans doute imploré. Ces gens, déjà pourvus de six enfants, appliquaient un règlement impitoyable concernant qui devait manger quoi et quand.

Lecia et moi avions dormi chez eux une seule nuit, que nous avions terminée dans la salle de bains, passé minuit, à manger de la pâte dentifrice. Nous avions avalé tout le tube ; ce qui nous avait valu, le lendemain, d'être soumises à une séance de fouet administrée par un M. Smothergill blême. Il suivait un traitement hebdomadaire de chimiothérapie parce qu'il avait un cancer de la bouche. Tous les enfants du voisinage se livraient à des conjectures sur la date de sa mort, cancer étant synonyme de mort. Nous avions bien plus peur de sa voix caverneuse, de sa morosité que de son fouet. Dès qu'il avait le dos tourné, ses enfants le surnommaient « Joyeux Charlie ». Une seule fois, l'aînée des filles Smothergill avait été autorisée à venir chez moi (« nerveuse » était mère, dangereuse donc notre maison). L'idée que nous pouvions ouvrir le réfrigérateur à volonté l'excita tellement qu'elle fit fondre un paquet entier de beurre dans un poêlon et le but dans un bol à café. *Seigneur, je préférerais mille fois avaler n'importe quel insecte plutôt que de dormir sur cette paillasse dure chez les Smothergill. Sans compter que les garçons se lèvent le matin, se postent près de la télé en caleçon et jouent à péter en pressant leurs mains sous leurs aisselles. Si tu permets que ce soit les Dillard, je te promets d'être sage à partir d'aujourd'hui. Je te promets que je ne cracherai plus, que je ne grifferai plus, que je ne pincerai plus et que je n'obligerai plus Babby Carter à manger du caca.* Mme Dillard, vêtue d'une blouse-tablier bleu pâle fermée devant par une fermeture éclair, les bras croisés sur sa poitrine, se tient parmi les autres dames. D'ordinaire, le matin, elle préparait des petits pains à la cannelle façon Pillsbury et me permettait de faire des gribouillis sur le glaçage. Et puis quand nous étions chez elle, ses fils étaient tenus de porter des pantalons de pyjama. Mais les Dillard n'avaient de place que pour une seule de nous, et encore, sur le canapé qui gratte, dans le salon. *Lecia pourrait peut-être bien aller chez les Smothergill et moi j'accepterais les Dillard.* C'est ce que je propose à ce Dieu que je vénère, je ne sais trop lequel. Je n'en voulais pas particulièrement à Lecia ; pourtant, s'il n'était resté qu'une banane dans le plat, je n'aurais pas hésité à m'en emparer et à ne rien lui laisser. Je prends une décision : si le hanneton se laisse mener sur toute la longueur d'une brique avant que je finisse de compter jusqu'à cinq, je serai exaucée. Mais le hanneton n'arrête pas de retomber sur le dos, de gigoter avant même d'avoir parcouru un centimètre. Quant à Mme Dillard, j'ai l'impression qu'elle m'évite.

Je ne me rappelle pas chez qui nous fûmes casées, ni pendant combien de temps. On m'a dit plus tard que nous étions restées un moment chez un couple sans enfants qui élevait des oiseaux. J'ai gardé le souvenir d'une galerie avec des grillages, entourée de tous les côtés par des stores à lattes vertes. Elle était éclairée d'une lumière jaune, poussiéreuse, remplie de perruches bleues et vertes qui roulaient des yeux déments comme dans ce film d'Alfred Hitchcock où les oiseaux pris de folie se mettent à crever les yeux des gens. En revanche, j'ai beau me concentrer, je n'arrive pas à faire apparaître les visages des maîtres des lieux.

Il m'a fallu tellement de temps pour recoller les morceaux de ce qui s'est passé alors, que je vais laisser cette partie du récit en blanc, pour un moment. Cela me paraît légitime, tant cet épisode est resté longtemps informe en moi. Ce n'est pas une coquetterie mais l'esprit occulte souvent les vérités insoutenables. Il arrive que seule l'ombre d'un événement se grave en vous. Alors, tel un gros mot qu'on a effacé précipitamment du tableau noir d'une école, elle vous hante justement parce qu'elle est indistincte. On en scrute inlassablement les contours flous dans l'espoir de voir surgir comme par magie la figure originelle. C'est parce qu'elle était blanche que cette page de mon passé résonnait tant en moi. Le vide qu'elle laissait dans ma vie m'épouvantait en même temps qu'il exerçait sur moi une attraction invincible, du fait de mon impuissance à le combler.

A partir de cette nuit-là, néanmoins, je sus que tout n'était pas bien à la maison. Pourtant les événements décrits jusqu'à présent eurent peu de conséquences tangibles. Personne, jamais, n'y refit allusion. Je ne me souviens pas qu'ils aient donné lieu aux visites chez nous de quelque travailleur social, ou de quelque voisin inquiet. Apparemment, le docteur Boudreaux semblait s'occuper de ma santé avec une tendresse qui ne lui ressemblait guère. Et il y avait des voisins qui nous traînaient ma sœur et moi au catéchisme, aux cours d'été d'instruction religieuse, aux camps d'été, passant sous silence le fait que notre famille ne rendait jamais la politesse. Souvent je débarquais à l'heure du dîner chez les gens. Papa disait que je fourrageais dans les coins et que cela lui rappelait ses errances en chemin de fer pendant la crise de 1929. Personne ne refusait de me donner un morceau, alors que tout le monde savait que je mangeais plus qu'à ma faim chez moi. Ce n'était pas toujours le cas de ceux chez qui je passais.

Pour moi l'essentiel des répercussions de cette nuit-là fut intérieur. Ma maison n'était pas « bien ». Cette réalité généra des cellules cancéreuses noyautées par l'idée que je n'étais pas « bien », moi non plus, ou que ma survie en ce monde dépendait de ma vigilance constante à l'égard des multiples formes adoptées par le « pas bien ». Ainsi, chaque fois que je m'apprêtais à traverser à l'unique feu de la ville, m'attendais-je à ce qu'un camion de la compagnie Red Ball, surgi de nulle part, me passe sur le corps (hypothèse des plus invraisemblables compte tenu de l'absence de circulation à Leechfield). Je devins à la fois timorée et agressive, aussi prompte à éclater en sanglots qu'à donner un coup sur la tête de quelqu'un au milieu d'un match amateur de base-ball, sans avoir été vraiment provoquée. Si on en croit la légende, j'aurais un jour froidement assené des coups de bêche à un petit camarade de jeux de cinq ans, puis me serais remise, sans sourciller, à creuser mon trou. Évidemment mon mauvais caractère inné jouait un rôle dans mes emportements. Mais ils faisaient aussi partie des séquelles de cette nuit-là, dont mon esprit gomma purement et simplement le contenu jusqu'à ce que ressurgisse l'image du docteur Boudreaux me priant de lui montrer des marques, qui n'existaient même pas, je le sais maintenant.

En vérité, le chaînon manquant de l'histoire remonte à l'époque précédant ma naissance, à la rencontre de mes parents, et à leur mariage éclair dont les raisons m'échappent encore.

Ma mère venait d'arriver à Leechfield. Elle avait fait le trajet depuis New York avec Paolo, un capitaine italien de la marine marchande. Il avait cinquante ans, elle trente. C'était son quatrième mari. Ma mère ne sortait pas avec les hommes; elle les épousait, conclûmes-nous, lorsque je découvris le nombre d'hommes qu'elle avait épousés avant papa. Elle saccagea sept mariages en tout, mais remettant deux fois le couvert avec papa. Ma mère imputait ses unions précipitées aux valeurs rigides du méthodisme de sa propre mère qui interdisaient de courir le guilledou avant de se faire passer la bague au doigt. Or elle aimait ça. La lune de miel avec Paolo s'achevait à peine. Ils venaient de s'installer à Leechfield, où il préparait son embarquement, quand les disputes éclatèrent.

Aussi, par un soir d'hiver pluvieux de 1950, entassa-t-elle ses robes, ses livres, ses cartons à chapeaux dans le coffre d'une vieille Ford, et quitta-t-elle Leechfield en trombe avec l'intention de n'y jamais revenir. Elle se dirigeait vers la ferme de coton de sa mère, située à l'Ouest, à environ huit cents kilomètres. A la sortie de Leechfield, à l'endroit précis où l'autoroute 73 quitte l'horizon déchiqueté des raffineries et aborde bayous et rizières, un des pneus de l'automobile creva. Mère se trouvait à une vingtaine de mètres de la station-service faisant aussi office de resto pour routiers où papa travaillait par hasard. Employé syndiqué dans une raffinerie de la Gulf Oil, papa, le soir en question, remplaçait au garage son copain Cooter qui l'avait appelé à la rescousse de Bâton-Rouge où il jouait aux dés avec une soi-disant veine de pendu.

J'avais une vingtaine d'années quand je découvris la collection de mariages de ma mère. On me la présenta comme une succession de hasards, dont la rencontre avec papa était le plus extraordinaire. Si Cooter n'avait pas eu de chance aux dés dans un bastringue à Bâton-Rouge; si Paolo n'avait pas asticoté mère occupée alors à déballer ses cartons; si une récente équipée à travers tout le pays n'avait usé le pneu jusqu'à la corde (car la mère de Paolo vivait à Seattle. Ils s'y étaient rendus en quittant New York avant de descendre au Texas, où, grâce aux lois sur le divorce, mère se débarrassa vite du mari numéro trois avant de s'engager avec le mari numéro quatre)... C'est ce concours de circonstances qui jeta ce soir-là, quasi littéralement, ma mère aux pieds de mon père sur l'autoroute 73.

Il raconte que la première fois qu'il la vit, la lune brillait avec une telle intensité qu'on aurait cru que mère se trouvait sous le feu d'un projecteur. Elle refusa qu'il l'aide à fixer le cric sur la voiture et, comme les écrous lui résistaient, elle se mit à jurer comme un charretier. Mère prétend que Paolo venait tout juste de l'initier aux jurons. Papa soutient que la bordée d'injures chevronnées de mère le sidéra, tant elle tranchait avec son élégance (mère portait un tailleur de soie beige) et avec les plaques d'immatriculation de New York. Il n'avait jamais, auparavant, entendu une femme jurer de la sorte.

En changeant la roue, elle avait dû remarquer la beauté fruste de l'homme. Les cheveux sombres, les traits anguleux, il était en partie indien, nous ne parvînmes jamais à savoir de quelle tribu. Son sourire fendu jusqu'à ses oreilles décollées lui fit penser à Clark Gable. Comme elle se prenait volontiers pour une Scarlett O'Hara genre bohème, le coup de foudre fut instantané et profond. Il me faudrait ajouter que, sujette à des révélations en tous genres, mère était en pleine période de ferveur marxiste. Des années durant, elle trimballa *Das Kapital* dans son sac. Papa, lui, était un membre actif du syndicat des ouvriers de l'industrie pétrolière, chimique et atomique. Tous les deux ans, à chaque fois qu'un contrat se renégociait, on savait qu'il sévirait comme piquet de grève, forte tête et plein de ressources. En bref, un ouvrier texan, avec quelques gouttes de sang indien et des traits de caractère qu'elle ne tarderait pas à trouver héroïques.

Là-bas, à Lubbock, grand-maman roulait la pâte de la tourte aux fruits qu'elle préparait pour le retour au bercail de mère quand cette dernière téléphona qu'elle était retenue à Leechfield. Grand-maman avait beaucoup prié pour que ça marche avec Paolo. Mère avait tout juste quinze ans quand grand-maman avait commencé à la vendre aux enchères à divers prétendants. Comme une vache primée, engraissée pour être adjugée au soumissionnaire le plus offrant, aimait à commenter mère. Paolo, nanti d'une Ford qu'il avait payée, et d'un poste à bord d'un bateau mouillé dans le golfe du Mexique, incarnait aux yeux de grand-maman la capacité à subvenir aux besoins d'une famille. Par-dessus le marché, il avait arraché mère à New York, lieu Dieu seul sait de quelle perdition, pour la réinstaller au Texas. Pour grand-maman, mon père ne pouvait donc être qu'un plouc beau parleur, qui avait forcé son unique enfant à emménager dans un pavillon deux pièces alors qu'elle méritait un ranch grandiose. A l'exception de papa, impossible à ignorer, Paolo était le seul époux de mère dont grand-maman reconnaissait l'existence. Elle croyait que l'épisode Paolo me servirait de leçon, que j'en tirerais la morale : cela ne se faisait pas de divorcer d'un salarié au profit d'un homme qui pointait à l'usine. Au moins grand-maman me livra-t-elle par bribes l'histoire de Paolo. Car, chaque fois que je faisais pression sur mère pour lui soutirer des détails sur son passé, elle levait les yeux au ciel, absorbait quantité de comprimés d'aspirine et faisait des siestes interminables.

Il faut rendre justice à Paolo. Il ne renonça pas à mère avec autant de bonne volonté que les autres. D'après la petite histoire il la pourchassa comme un canard courant après un hanneton. Toutes les semaines il fit livrer une gerbe de roses jaunes dans sa chambre; il l'inonda de boîtes de griottes au chocolat que papa finit par exposer dans l'antichambre de sa pension de famille et dont ses colocataires se gavèrent. Au bout du compte, Paolo rassembla l'énergie du courage ou du désespoir et se pointa à la pension pour l'épreuve de force. Sans trop savoir pourquoi, je me représente papa, étendu de tout son long sur un lit étroit, en short et maillot de corps, plissant les yeux tel un serpent quand Paolo fit irruption dans la chambre au plafond de guingois. Quant à Paolo, je l'imagine dans le complet de crêpe de coton qu'il portait sur la photo de ses noces. Mère assista à toute la scène. La discussion s'enflamma, et, à un moment donné, Paolo traita mère de catin, injure pour laquelle papa lui aurait assené un fameux coup de pied au cul. Mère voyait papa se battre pour la première fois. (A ce que j'en ai vu, il n'y avait jamais de vraie bagarre. Papa cognait, les gens s'effondraient, fin des hostilités.) Je me représente Paolo descendant les escaliers en se traînant à quatre pattes. Il embarqua pour l'Arabie Saoudite et disparut de la circulation et des mémoires jusqu'à ce que, découvrant sa photo dans une boîte quelques années plus tard, je demande à mère qui était ce type.

Papa conclut la cérémonie de mariage à la mairie de Leechfield en levant en l'honneur de mère la flasque d'argent qu'elle lui avait offerte :

— Merci d'épouser un pauvre vieux tel que moi.

Jusque-là, il fréquentait des serveuses, des filles de ferme et disait que mère était pour lui l'incarnation d'un monde meilleur.

En vérité, il semble que mère ait épousé papa, du moins en partie, par peur. Cette ex-étudiante des Beaux-Arts à Greenwich Village pendant la guerre, comme elle aimait à s'en targuer (et à Leechfield elle se démarquait, vous pouvez me croire), avait aussi accumulé un nombre si effarant de maris qu'elle faisait de son mieux pour le garder secret. Par ailleurs ses moyens d'existence n'avaient cessé de décroître. En quinze ans elle était passée d'une maison de campagne dans le Connecticut à un camp de caravaning à Leechfield. Son extravagance ne collait pas avec l'anesthésie des années cinquante. Elle avait perdu des plumes en route. Cela l'affolait. Plutôt beau, papa était un heureux dosage de hors-la-loi et de citoyen. Et il ne se laissait pas prendre aux minauderies qu'elle déployait pour impressionner ses pisse-vinaigre de maris yankees. Le seul Marx qu'il connaissait était Groucho, et la seule danse le pas de deux cajun. Lors de leur première nuit ensemble, il la démaquilla avec un gant de toilette imbibé d'esprit-de-bois, sous prétexte de voir à qui il avait affaire.

Dans un premier temps ils paraissent avoir été heureux. Grâce aux indemnités allouées aux anciens combattants, ils achetèrent un pavillon dans une rangée de petites maisons toutes pareilles. Papa n'avait jamais rêvé en posséder tant. Il était si fier que son épouse ait la tête bien pleine et pas seulement bien coiffée qu'il fabriqua des étagères pour ses livres d'art, accrocha ses œuvres dans toute la maison et promit de lui construire un atelier afin qu'elle range son chevalet ailleurs que dans la salle à manger.

L'enfance de papa s'était déroulée entre trois frères turbulents et une sœur dans un camp de bûcherons du Big Thicket, la région de pinèdes de l'est du Texas. Sa famille subsistait en partie sans argent liquide, achetant à crédit, au magasin Kirby Lumber, le café, le sucre. A part ces produits de première nécessité et des gâteries telles que du tissu imprimé pour robes, ils faisaient pousser, chassaient et attrapaient de quoi subvenir à leurs besoins.

Ce monde, disparu bien avant ma naissance, est gravé dans ma mémoire. Car mon père me raconta tant d'histoires sur son enfance qu'elle me semble plus réelle que la mienne. D'ailleurs il ne cessait de les reprendre pour en régaler un auditoire de buveurs avec lesquels il jouait aux dominos les jours de congé. Ils se retrouvaient à la salle des vétérans de la Légion américaine ou dans l'arrière-boutique du magasin d'accessoires pour pêcheurs, alors que leurs épouses les croyaient en train de payer les factures ou en réunion syndicale. Un jour, la femme de l'un d'entre eux, n'en pouvant plus, les traita de « bande de menteurs ». Surnom qui leur resta. Et il faut bien admettre que la vérité au sens exact du terme n'y était pas de mise.

Les hommes ne fixaient jamais l'heure, ni le lieu de rendez-vous, sauf les veilles de Noël. Ce jour-là ils se rassemblaient à l'aube, au parking de la Légion, s'offrant par les fenêtres de leurs camionnettes des bouteilles de Jack Daniel's toutes pareilles. Je n'eus jamais la preuve qu'ils prévoyaient leurs rencontres. Ils ne se téléphonaient pas. Aucun message précisant les modalités d'une réunion ne fut jamais apporté par la femme ou les enfants de l'un d'entre eux. Ils s'acheminaient ensemble, comme par instinct, à un endroit donné et à une heure dite, fichés comme par magie dans la caboche collective. Il n'y avait jamais aucune femme. J'étais la seule enfant tolérée; ce qui attirait de fréquentes remarques d'ailleurs comme quoi j'étais une incorrigible enfant gâtée. Si je demandais à papa l'argent d'un coca-cola ou d'un jeu de palet ou la permission d'ouvrir le billard, tôt ou tard il s'en trouvait un pour susurrer que papa me pourrissait et que s'il continuait, je ne vaudrais pas un clou. Je prenais toujours un peu trop au sérieux ce type d'observations. Parfois, je faisais même semblant de rendre la pièce ou de m'éloigner du billard. Papa se contentait d'un signe de tête à l'adresse du sermonneur :

— Laisse-la tranquille. Elle est assez grande pour savoir ce qu'elle fait, n'est-ce pas, Pokey?

Ce à quoi je lui répondais invariablement : « Oui p'pa. »

Parmi tous les membres de la Bande de Menteurs, papa était celui qui racontait les meilleures histoires. Dès qu'il en commençait une, on était assuré que les mecs se tiendraient à carreau comme s'ils faisaient leurs prières, les yeux rivés sur leurs genoux ou leurs cartes ou sur les bords de leurs chopes de bière. Il avait le don : on le croyait, sans tenir compte du nombre des digressions, de la dérive du récit avant qu'il ne revienne à son point de départ. Il le maîtrisait aussi bien que le bluff au poker, qui lui avait été imparti bien avant ma venue au monde. Son rude visage de métis passait d'une neutralité empreinte de solennité à une subite parodie. Il disposait d'un arsenal d'expressions pour toute une série de personnages à imiter, qu'il tenait en réserve. Ainsi je m'attendais à entendre le léger accent irlandais de son oncle Husky quand, raidissant la mâchoire inférieure, il la propulsait en avant et se mettait à loucher. Pour le vieil Ugh, le bonhomme noir qui lui avait appris à jouer aux cartes et aux dés, il écarquillait les yeux. Sa sœur pinçait les lèvres en une moue de sempiternelle désapprobation. Sa mère arborait un énorme bonnet, qui formait une auréole bleuâtre, et papa la présentait toujours en mettant ses mains en éventail derrière sa tête avec les mots : « Et voici Moman. »

C'est au cours de l'un de ces après-midi réunissant la Bande de Menteurs que je revois distinctement mon père. Il est assis à une table bancale lestée par une bouteille. La scène, maintenant encore, me paraît si réelle que je ne peux l'écrire qu'au présent.

Assise sur le bar à la Légion, je balance mes jambes tout en décortiquant des cacahuètes non grillées que je prends dans un sac. Papa fait glisser des dominos autour de la table. Ils cliquettent. Je ne vais pas encore à l'école et le jour semble n'avoir ni commencement ni fin, comme figé dans l'obscurité de la salle de la Légion fleurant la bière.

Cooter vient de demander à papa si, quand il s'était enfui de chez lui, il avait prévu son coup.

— Non, je n'avais rien préparé, répond papa.

Il les tient en haleine, allume une cigarette, en ôte quelques brins de tabac de sa langue comme s'il avait l'éternité devant lui.

— Popa m'avait donné un dollar d'argent et dit d'aller acheter du café, reprend-il. Pour aller en ville, il fallait traverser la voie ferrée. Le tortillard devait ralentir quand il abordait le virage. C'est là que j'ai sauté dedans avec le dollar. Au Kansas j'ai trouvé un boulot de batteur de blé. Je dormais avec les autres gars dans la grange du type qui m'employait. Il s'appelait Hamlet et c'était le plus bel enfant de pute que la terre ait jamais porté. Il refusait de nous donner à boire depuis le matin jusqu'au déjeuner. Et avec ça, marié à la plus belle femme que vous ayez jamais vue avec des fesses comme deux bouledogues bien serrés dans un sac.

Ils éclatent tous de rire.

Je lui demande comment il est rentré chez lui et il reprend le cours du récit. J'attends sa réponse en ouvrant d'un coup d'ongle une nouvelle cacahuète. La coquille, qui n'est pas grillée, a la douceur de la peau ; la chair molle n'a presque pas de goût, elle n'est pas salée. Papa vide son verre, déplace un domino.

— C'est que j'ai bien failli ne pas y arriver. J'ai chopé le train Double-E qui va de Kansas City à la Nouvelle-Orléans. Est-ce qu'il faisait froid ? (Il nous fusille du regard comme si nous mettions le froid en doute.) Le vent était coupant comme lame de rasoir dans ces fourgons grinçants ; c'est qu'il vous aurait tranché le gésier, vous pouvez me croire. Quelque part en Arkansas, ils ont chargé des bestiaux et je me suis blotti contre une vieille génisse. Sans elle, je serais mort de froid. Ça m'arrive plus souvent qu'à mon tour de penser à cette vieille vache. J'ai essayé de la traire mais le lait en sortait solide, gelé comme un Eskimo.

— Ça commence à sentir l'esbroufe à plein nez par ici.

C'est Shug qui parle. Il est le seul Noir que j'aie vu à la Légion et encore seulement quand la bande est au complet. Il est coiffé d'un chapeau de feutre tout plat, vert bouteille, au bord duquel est fiché le joker d'un jeu de cartes. Shug supporte très mal les salades de papa, quand il se trouve dans les parages il a tendance à se montrer exigeant en matière de vraisemblance.

— C'est pas des conneries, jette papa en saupoudrant une pincée de sel dans l'ouverture triangulaire de sa canette de bière. Si tu sautes dans une de ces saloperies au mois de janvier, tu verras, tu pisseras des glaçons. Nom de Dieu, ça je te le garantis.

Tous opinent du chef. Je vois papa préparer son

prochain mouvement, sous couvert de se concentrer sur les dominos, alignés comme les briques d'un mur. Il en choisit un, le pose avec ostentation sur la nappe, puis compte ses points.

— Ils ont sorti du wagon d'à côté un pauv' gars raide comme un bout de bois. Il était vraiment vieux. A cet âge-là, il n'avait rien à faire à prendre le train. Quand on l'a basculé pour le descendre, on était quatre ou cinq à s'en charger, ben une douzaine de boules frisottées sont tombées de la jambe de son pantalon, blanches et grosses comme votre pouce.

Il en montra la taille sur son pouce.

— Les bijoux de la couronne sans aucun doute, dit Shug.

Le regard de papa se perd dans le vide, comme si le vieil homme en question, attendant que son histoire soit correctement racontée, était témoin de l'incompréhension dont papa faisait l'objet.

— Rien à voir. Si tu la bouclais, tête de lard, je te dirais ce que c'était.

— Laisse-le parler, intervient Cooter.

Il baisse la tête dans un nuage de fumée après avoir parlé. Cooter est turlupiné parce que Shug est un homme de couleur et à la moindre occasion il le morigène, avec l'accord tacite des autres. Moi j'ai honte qu'on gronde Shug sans raison, honte de ne rien dire alors qu'il me donne des petits gâteaux aux figues qu'il sort de sa boîte à gants. Mais je garde un profil bas, je connais les règles.

— Un des mecs avait une poêle dans son barda, alors on a fait un feu en bordure du dépôt. Il y avait déjà une espèce de campement de clodos avec d'autres types qui y étaient installés. Mais personne ne nous a emmerdés. Et derrière nous il y avait ce vieux mec étendu aussi raide que ce banc où je suis assis.

— Le mort ?

A ma question les hommes s'agitent sur leurs chaises, me font signe de la boucler. J'obéis.

— Exactement. Et vous ne devinerez jamais ce qui se passe quand ces espèces de boules dégèlent.

Le moment est crucial. Papa le savoure en toisant tout le monde. Les hommes ne feignent même pas l'indifférence. Le cliquetis incessant des dominos s'arrête. Il est possible que la fumée de cigare reste en suspension, l'espace d'une minute. Personne ne touche au moindre verre.

— Ils éclatent comme des pétards, et dégagent une puanteur comme t'as jamais senti.

— Des pets, c'étaient des pets? s'écrie Cooter d'une voix trop haut perchée pour être virile.

Les autres s'esclaffent. La pomme d'Adam protubérante de papa monte et descend; Ben flanque des coups sur la table; au bout d'une minute Shug doit s'essuyer les yeux. Le calme une fois rétabli, papa refait passer la bouteille à la ronde et reprend son récit sur la façon dont il est rentré chez lui comme si de rien n'était.

— Il n'y a rien à ajouter. J'ai marché dans les herbes coupantes et me suis amené dans le trou à rats de papa. Le vieux était là, assis sur la véranda, exactement dans la position où je l'avais laissé l'année d'avant. Il m'a regardé, sérieux comme un pape, et demandé: « T'as le café? »

Mère trouvait que les histoires de papa prouvaient sa stabilité. A la fin de n'importe quelle équipée, il finissait toujours par revenir au campement de bûcherons et elle commençait à avoir grand besoin d'un homme qui rentre à la maison. Il était solide comme un roc. Les types avec qui il travaillait prétendaient qu'on pouvait régler sa montre sur son arrivée au parking ou sur le moment où il ouvrait son panier-repas. Lorsqu'elle nous dépeignait l'enfance de papa, mère feignait parfois d'être horrifiée par sa cruauté, entre autres quand, avec ses frères, ils ébouillantaient les soies d'un verrat vivant. En vérité elle admirait cet univers, tout comme elle se pâmait en écoutant la tristesse éraillée de Bessy Smith sur ses disques rayés.

Lors de sa rencontre avec papa, il y avait aussi chez mère un désir désespéré de tomber enceinte. Elle avait trente ans. C'était vieux à l'époque. Papa, quant à lui, bêtifiait en face des enfants. Au cours de la Seconde Guerre mondiale, il avait envoyé des lettres à se tordre de rire aux enfants de sa sœur, Bob Earl et Patty Ann, qu'il surnommait respectivement Booger Red et Shadow. Il écrivait rarement mais sous sa plume le camp d'entraînement, la guerre ensuite, devenaient des expéditions fabuleuses : « Bon sang Booger tu aurais dû être là pour entendre la mitrailleuse calibre .50 que j'ai pointée sur un avion pendant l'exercice aujourd'hui. C'est sûr qu'elle était commandée par radio, mais c'est génial d'envoyer un avion en l'air avec personne dedans. Dis à Shadow de *mangé* tout plein de fayots Pinto, comme ça elle sera assez grande pour l'armée de l'air et restera en dehors de la putain d'armée de terre. Hi, hi. » Il écrivait à sa sœur, à peu près au même moment, qu'il désirait des enfants : « J'imagine que j'ai passé l'âge maintenant de fonder une famille; mais j'ai assez roulé ma bosse. J'ai eu une perm de 48 heures à Londres et c'est certain que je les aime, les Anglaises. » Il envoya ensuite une carte plus énigmatique avec un timbre de Paris : « Je *paise* 80 kgs et tiens la forme. »

Ma tante Iris, la sœur de papa, me refila ses lettres de guerre lors d'une de mes rares incursions dans le Sud à la fin de mes études. Je les conservai dans une boîte à cigares que j'avais pulvérisée de peinture dorée à l'occasion d'une fête des pères — il l'avait bourrée de vieilles fiches de paye de la Gulf Oil, puis fourguée dans la cantine de l'armée que nous ouvrîmes seulement après ses obsèques.

Je sens encore l'odeur qu'exhala la malle quand nous eûmes forcé le cadenas avec un pied-de-biche. Elle s'était infiltrée dans les enveloppes qui en étaient imprégnées, un mélange de papier moisi, d'huile à pistolet et de craie provenant des côtés d'une étrange boîte en cèdre qui faisait office de piège pour les dindes, nous le comprîmes par la suite. (Fixé à une extrémité par une cheville, son couvercle glougloutait quand on le faisait aller et venir le long des côtés crayeux de la boîte.) Son colt était enveloppé dans une peau de chamois couleur chair. J'ai trouvé une balle dans le barillet, alors qu'il m'avait sermonnée sur les dangers des armes à feu chargées au moment où j'avais appris à tirer. Papa était bien trop soigneux pour l'avoir laissée là par hasard. Il y avait logé la balle délibérément et je donnerais cher aujourd'hui pour en connaître la raison. Quel visage te hantait, papa, le tien ou celui d'un autre quand tu remis le barillet en place et fixas le cran de sécurité, après un instant d'hésitation peut-être? Même si j'avais eu le front de lui poser la question avant sa mort, il m'aurait répondu d'un haussement d'épaules, perdu dans la contemplation d'un nuage de fumée de Camel. Ou bien il aurait commencé une histoire à propos de son premier pistolet à écureuil, ou encore un cours sur la manière de suivre un colvert de la pointe de son fusil avant de l'abattre. Il mentait par omission, comme la plupart des gens. Ça ne menait à rien de l'interroger sur ce qu'il ne voulait pas qu'on sache.

Les enveloppes sont tachées d'huile de pistolet et le papier fourni par l'armée en est, par endroits, maculé de gris translucide. Après le débarquement en Normandie, elles sont toutes de la même taille et, à quelques exceptions près, portent une date hebdomadaire. On raconte que la mère de mon père aurait écrit à son officier, se plaignant d'être sans nouvelles de son fils depuis qu'il avait été expédié outre-mer. Le capitaine

Pearse, un diplômé de West Point aux yeux bleus, donna l'ordre à papa d'écrire à sa mère tous les dimanches. Par la suite, ce même capitaine fit le nécessaire pour qu'on propose à mon père une promotion d'officier. Le cachet porte l'estampille du jeune homme, « Capt. P. » Son écriture impersonnelle, en lettres d'imprimerie, contraste avec les gribouillis incertains de papa dont les mains tremblaient tout le temps. Peut-être était-il lui aussi nerveux d'une certaine manière, mais le dissimulait-il mieux que d'autres.

Il n'y avait pas de timbres sur les enveloppes, simplement un tampon noir oblitéré du service postal de l'armée et la mention « Visée par les censeurs de la base », au coin de celles datées d'après 1944. Les censeurs avaient découpé des mots au rasoir, laissant des rectangles vides dans les pages où papa s'était risqué à faire des allusions sur ses manœuvres à l'intention de ses « pays ». Le ton des lettres passe de la bravade du garçon de ferme à la gravité du soldat : « Je pense que vous allez tomber des nues quand je vous aurai appris qu'il y a quelques jours j'ai vu (censuré) et qu'aujourd'hui j'ai rencontré des types de son bataillon qui m'ont dit qu'il était (censuré). La nouvelle pour *sur* ne m'a pas fait plaisir. Dites s'il vous *plé* à son père que j'ai gravé son nom sur un orme exactement là *ou* ça s'est passé près de la rivière (censuré). Dites-lui que c'était un sacré beau coin et que je lui en parlerai à mon retour. »

Dans la malle, il y avait des photos de son enfance au début du siècle. D'une couleur sépia, elles étaient enveloppées de mousseline. Sur celle que je préfère, ma tante Iris est entourée des quatre garçons, oncle A.D., papa (auquel on n'avait pas non plus donné de nom, seulement des initiales : J.P.), oncle Pug et oncle Tim. Les garçons y sont alignés par ordre croissant, du mètre quatre-vingt-deux (Pug) au mètre quatre-vingt-quinze

(A.D.). Ils ne portent pas de chemises sous leurs salopettes. Les frères ont tous les cheveux lisses et sombres comme les plumes d'un geai, coupés très court, en brosse. Papa assurait qu'on pouvait en enlever l'eau de la rivière en trois coups de paume de main. Ils brandissent une rame de bateau avec une étrange solennité comme s'il s'agissait d'un totem. A l'arrière-plan, une demi-douzaine de dépouilles des alligators qu'ils chassaient pour leurs peaux sont suspendues à un gigantesque pacanier. Je me rappelle papa décrivant la vapeur qui montait du marais et cernait l'embarcation. Le petit Tim avait coutume de s'asseoir à la proue, portant une lampe tempête qui allumait un sinistre reflet rougeâtre dans les yeux des alligators. Sur une autre photo, sa mère, le visage en partie masqué par l'énorme bonnet, tient une mule par le licou. On raconte que mon grand-père a un jour battu à mort cette mule qui s'entêtait à ne pas avancer dans un champ. La photo de mon grand-père est, en plus jeune et plus costaud, une réplique de l'homme que je vis se calcifier sous mes yeux jusqu'à sa mort à l'âge de quatre-vingt-six ans. Un homme brun et rude, coiffé d'un chapeau de cow-boy, installé dans un fauteuil à bascule en rotin, dans une véranda, avec à ses pieds trois chiens de chasse à l'air aussi taciturne que lui.

On trouva une coupure du journal *Life* sur la Normandie. Papa avait écrit au stylo une foule de noms sous les photos d'hommes qui descendaient des bateaux, s'avançaient dans les vagues, brandissant leurs fusils à bout de bras hors de portée de l'écume. Sous certains visages d'autres hommes posant sur des tanks, papa avait griffonné des noms, Rogers, Kinney, Brown, Gustitus, et tracé un simple X sur d'autres.

Dans la malle, il y avait aussi les récépissés des moindres factures payées. Papa se méfiait des banques. Pour lui les comptes courants ou les cartes de crédit étaient autant de pièges tendus par les grandes entreprises pour pousser un homme à dépenser, sans s'en rendre compte, l'argent qu'il n'avait pas. Au cas où un agent d'une compagnie de gaz du Sud-Ouest aurait eu le toupet de se présenter chez nous prétendant que papa était débiteur de trois dollars pour une facture de 1947, papa lui aurait fourré sous le nez la liasse des reçus de l'année entourée d'un élastique, puis une pelure défraîchie où PAYÉ avait été apposé. Un exploit que papa n'eut jamais à accomplir. Mais les soirs où il étalait les reçus par ordre chronologique, il expliquait clairement à ma sœur et à moi que chaque jour, un enfant de pute (son expression) de républicain en complet extorquait trois dollars de plus à un ouvrier sous prétexte que le reçu faisait défaut. Lui, il ne serait pas pris de court.

Ces fameux républicains furent les bêtes noires de mon enfance. Pendant le débat entre Kennedy et Nixon me semble-t-il, j'ai demandé à papa qu'il me les définisse. Il me dit qu'à moins d'être sûr qu'un autre homme crevait de faim, un républicain ne mangeait pas de bon cœur. Bien plus longtemps qu'il ne m'est agréable de le reconnaître, sa réponse me fut parole d'évangile. A l'exception peut-être d'un briseur de grève, il n'y avait rien de pire qu'un républicain.

Les jaunes étaient la pierre angulaire de l'une des conférences de prédilection de papa. Celle qu'il me fit un certain matin me revient en mémoire. Tout juste en âge de conduire, j'avais été le chercher dans son camion, au terme de sa nuit de travail. Je lui cédai le volant, glissant sur le côté. Il entra dans la voiture, dégageant une odeur de café refroidi et de ce dissolvant avec lequel il enlevait le pétrole de ses mains.

— Maintenant écoute-moi bien. Je pourrais faire n'importe quoi, du calcul ou des maths, sans problème. J'aurais pu être nommé contremaître, dit-il, en montrant de son casque de protection les réservoirs blancs des stocks de pétrole et les tours embrasées au bord de la route. Douze mille dollars par an de salaire net. M. Briggs m'a fait appeler. Sa secrétaire m'a apporté un café comme je l'aime. Le bureau de M. Briggs est en acajou massif et large comme une autoroute. Il m'a dit : « Pete, ta famille se porterait mille fois mieux si tu cessais d'être obsédé par l'idée de monter un piquet de grève. » N'empêche que j'ai refusé et l'ai salué. Et quelques jours après voilà que j'apprends qu'ils ont donné le boulot au vieux Booger.

Je n'avais aucune idée de qui était le vieux Booger, mais le récit suivait son rythme, il était inutile de l'interrompre.

— Et le vieux Booger s'est vite mis à aller mal, avec migraines, douleurs au dos. Son ventre a débordé de son pantalon. Le cafard s'installe.

Il se peut qu'à ce point du discours, papa, cherchant à gagner une minute, ait écrasé son mégot de cigarette, le jetant par la petite fenêtre en triangle, sur le côté.

— Vois-tu, Pokey, c'était trop pour lui. Tu ne vas pas me croire mais à l'heure qu'il est, sa femme est veuve. Tout ça pour plus d'argent, et mon cul c'est du poulet. Cet enfant de pute de jaune, il n'avait rien compris.

Il serrait si fort le volant, en prononçant le mot « jaune », que ses doigts devenaient tout blancs.

— Quiconque brise une grève, Pokey, et je ne parle pas seulement d'ici mais de n'importe quel piquet de grève, que ce soit au drugstore ou à la menuiserie...

Ensuite, papa dressait un tableau épouvantable des gens qui enlevaient la nourriture de la bouche des enfants.

Dans la malle, tout au fond, sous la pile de chemises de soirée que nous lui achetions par correspondance, à chaque Noël, chez Pears ou chez Penney, et dont nous ne le vîmes jamais défaire les emballages de plastique, nous découvrîmes une chaussette bourrée d'une liasse de billets. Il y avait quelque trois mille dollars en tout, ses gains au jeu. Ce devait être sa conception de la sécurité.

2

Si la complexité du passé de papa dominait ma vie d'enfant, celui de mère en revanche avait la virginité du désert de l'ouest du Texas d'où elle était originaire. Elle était née dans le Dust Bowl[1], une immense étendue plane parsemée de moulins à vent et de rares plantations de coton. Pour animal familier, elle avait eu un iguane au lieu d'un chaton. Elle affirmait n'avoir jamais vu la pluie tomber pendant les dix premières années de son existence. Un ciel couleur de craie s'étendait à l'infini.

A Leechfield, elle ne trouva pratiquement rien d'autre à adorer que les fréquents orages qui y éclataient avec violence. La ville entière était située à une latitude semi-tropicale, à un jet de pierre du golfe du Mexique. Elle occupait un bassin marécageux dont le point culminant s'évaluait à un mètre au-dessous du niveau de la mer. Deux rivières s'y frayaient leur cours. Si on y creusait un trou, aussi petit soit-il, il se remplissait comme par enchantement d'une eau saumâtre.

1. Dust Bowl : Terme désignant les États du centre et du sud-ouest des États-Unis où les paysans ont souffert d'une misère extrême après la crise de 1929.

Quant aux larges fossés qui longeaient les maisons, à la place des trottoirs (cela je l'apprendrais plus tard), ils ne suffisaient pas à endiguer le marais. Il était exclu de creuser une cave dans cette partie de la région. Tout le monde se précipitait donc sous les embrasures des portes et dans les salles de bains, dès qu'on annonçait une tornade à la radio, de crainte de se faire surprendre. A l'exception de mère, plutôt encline à garder les portes et les fenêtres grandes ouvertes. Le crépitement de la pluie sur les larges feuilles du bananier et sur le massif de jasmin qui enveloppait comme d'une cape la véranda à l'arrière de la maison résonne encore à mes oreilles. Nous aimions le comparer au bruit d'une vache qui pisse sur une roche plate.

Une fois, on vit comme un entonnoir qui, tombant du ciel bas et ventru, balayait le terrain de football de l'autre côté de la rue. Il arracha le poteau de but jaune en le froissant comme une feuille de papier. A quarante mètres de là, nous regardions la scène par la fenêtre grillagée. Appuyant ma tête sur la hanche de mère, contre sa jupe en jean, je me bouchais les oreilles mais le bruit des poteaux déracinés m'assourdissait quand même. Mère adorait, plus que tout, ces orages qui se déchaînaient.

Je n'ai qu'une photo d'elle enfant en ma possession. Elle est seule, dans une véranda apparemment blanchie à la chaux. Vêtue d'un petit manteau de laine tout raide, elle regarde droit devant elle sous une frange blonde à la Jeanne d'Arc, une coupe militaire, qui lui barre le front. Ses parents l'appelaient Charlie, ni Charlotte ni Charlene, mais Charlie, comme un garçon. Un prénom qui, des années durant, allait entraîner d'inextricables quiproquos, lui valant même un ordre de mobilisation lors de la Deuxième Guerre mondiale. Mère avait deux ans à l'époque de la photo et souffrait d'une pneumonie attrapée à cause d'un vent froid soufflant du nord. Pendant quelques heures le médecin s'était escrimé à faire baisser la fièvre à coups de compresses d'eau froide et de cuillerées de grog au whisky. Mais il avait fini par dérouler ses manches en déclarant à mes grands-parents que le cas était désespéré. Selon lui, même si l'enfant vivait jusqu'au soir, elle ne passerait pas la nuit. Ma grand-mère Moore se tordait les mains de désolation, car ses organes féminins en avaient pris un coup à la naissance de ma mère et elle ne pouvait plus avoir d'enfants.

Une idée vint pourtant la consoler à l'heure du dîner. Comme ma mère plus tard, grand-maman tirait d'un surcroît d'activité un certain réconfort. Elle reprit assez confiance dans l'avenir pour laver les cheveux de mère, les sécher, les coiffer. Puis elle convoqua le photographe de la ville. Mieux valait se dépêcher de prendre une photo souvenir de Charlie-Marie si elle était condamnée. Mon grand-père menaça de la quitter, si elle sortait la petite malade, uniquement pour la lumière de la photo. Mais grand-maman avait serré les dents.

Ainsi, par un après-midi glacial du mois de janvier, fourra-t-on dans un manteau rouge vif ma mère de deux ans, brûlante de fièvre, et la propulsa-t-on dans la véranda en plein air. Mère disait que le ciel entier lui était apparu à travers un rideau de grisaille. Elle se souvenait que le vent d'ouest lui soufflait de plein fouet sur le visage comme si une immense main livide l'avait giflée. Aucune vallée, aucune montagne ne faisait obstacle aux grandes rafales qui déferlaient du nord des Rocheuses. Le vent la cingla après avoir balayé des milliers de kilomètres d'une steppe de néant. Au premier plan, il y a un chat moucheté qui se frotte l'arrière-train aux tibias de mère et donne à la photo une atmosphère de précipitation. Mère ne sourit pas. A ce qu'elle racontait, elle ne se serait pas sentie sur le point de mourir mais saisie d'un vertige qui lui donnait envie de s'allonger alors que les gens s'acharnaient à la faire rester debout.

La fin de l'histoire tient du miracle, et s'est donc gravée dans la mémoire familiale. Le lendemain matin, à l'arrivée du pasteur dans son manteau noir brossé de près, mère assise bien droite dans son lit fabriquait des poupées de chiffon avec des vieux bouts d'édredon et suçait toujours un sucre d'orge au whisky que son père était allé lui acheter à l'aube. Grand-maman aimait à dire que mère avait été sauvée par le grand air.

Si je me souviens très bien de notre unique visite chez ma grand-mère, à Lubbock, c'est qu'elle est associée à la première vraie menace de divorcer de papa que brandit ma mère. J'ai oublié l'objet de la dispute de ce matin-là, si ce n'est qu'à un moment elle balança un pot de flocons d'avoine sur les carreaux de la cuisine, empoigna son sac en paille et nous entraîna vers la voiture, en pyjama, sans même songer à nous habiller. Je me rappelle que mère dut nous acheter des nouvelles robes pour que Lecia consente à aller prendre le petit déjeuner chez Stuckey. (Ma sœur était déjà dotée d'un sens des convenances qui me faisait défaut : si je mouillais ma culotte en jouant, je me contentais de l'enlever et continuais à courir.)

Cet après-midi-là, nous nous sommes arrêtées pour acheter un sac de hamburgers à quinze *cents*, pas loin de Dallas. A l'arrière de la voiture, Lecia et moi jouions au bijoutier. Le jeu consistait à ce que je lui échange de vraies pièces de monnaie contre des bijoux de pacotille. Elle avait rempli une boîte à cake en fer-blanc de couleur rouge de boutons de toutes les formes et de tous les matériaux imaginables, y compris des strass et des croisillons de laiton. Au début du périple j'avais un tas de pièces de dix *cents* rangées dans un étui à cigare en verre de papa et un sac à main en plastique de Barbie avec un fermoir, plein de pièces d'un *cent*. Aux environs de Fort Worth, Lecia m'avait raflé presque toutes les pièces de dix *cents* sous le prétexte que plus petites, elles avaient moins de valeur. Tous nos jeux reposaient sur des transactions de ce genre. (Lecia a d'ailleurs fait fortune en vendant des assurances vie à Houston.)

En tout cas, lorsque l'obscurité commença à envahir le ciel de l'après-midi, j'en étais réduite aux pièces d'un *cent*, et Lecia à mettre en gage des simples boutons de plastique blanc en tant que perles.

Le ciel au fin fond du Texas est plus vaste qu'ailleurs. A l'horizon, pas un arbre, pas une colline, juste quelque rares stations-service. J'ai peine à imaginer comment les pionniers de l'Ouest poursuivirent leur chemin face à un tel néant. Le vide s'étend à l'infini, le ciel occupe tout l'espace. Encore aujourd'hui, on roule des heures durant sans rien d'autre pour vous rappeler votre progression que le moutonnement hypnotisant des câbles du téléphone. Les ténèbres qui s'avançaient dans le ciel avaient donc une importance considérable. On aurait cru une bâche gigantesque jetée sur la lumière insensée de cette immensité. Loin devant, on voyait bien le mirage étalé sur l'asphalte de la chaussée, mais il reflétait un ciel souillé de marron. Nous avons levé les yeux. Lecia montra un nuage très sombre qui se ruait vers nous. Il était bizarre. Il ne ressemblait pas à ceux des tornades que nous connaissions, était couleur vieil argent au lieu d'un noir bleuté, plus large, plus lent, sans avoir la forme de cône habituelle. Des grappes de sauterelles s'abattirent comme des grêlons sur le pare-brise, alors que la nuée semblait encore éloignée de nous, mais des froissements d'ailes se firent entendre au fur et à mesure qu'elle se rapprochait. On aurait cru que le soleil avait explosé tellement l'obscurité tombait vite, au-dehors. Cela n'avait rien à voir avec les tempêtes dont on avait l'habitude, quand les nuages s'amoncellent petit à petit. J'étais en larmes lorsque mère arrêta la voiture, que la nuée enroba d'une couche épaisse, d'un drap de sauterelles. Elles crissaient d'un son sinistre à la façon des cafards et résonnaient dans ma tête avec une intensité décuplée. Mère s'efforça de fermer les déflecteurs, ce qui n'empêcha pas certaines d'entrer. Mère se mit à répéter « Mon Dieu, oh mon Dieu ! » et moi à brailler tout en m'accroupissant au fond du puits noir du siège arrière, la tête entre les genoux comme je l'avais appris pour la bombe atomique. Lecia réagit plus promptement que nous. Elle commença à frapper les sauterelles de ses sandales, sortant une injure à chacune : « Prends ça, *enfant de salaud* ! » Depuis cet épisode, Lecia, étrangement, fut plus terrifiée que n'importe qui par les cafards. Chez nous il fallait secouer nos chaussures chaque matin pour s'en débarrasser, or il suffisait qu'elle en aperçoive un pour escalader la bibliothèque en hurlant. Alors qu'elle évidait un raton laveur ou écorchait un serpent sans broncher, les cafards la rendaient folle. C'est d'autant plus incompréhensible que ce jour-là elle s'était lancée à l'attaque des sauterelles avec toute l'apparence de l'intrépidité.

Au bout d'un moment, les sauterelles suspendirent leur vol. En fait, tout se figea. Le jour lui-même s'immobilisa. Lecia m'administra un coup de coude sur la tête pour que j'arrête de pleurer. Et je lui obéis. Puis, pendant un long moment, cette rumeur crissante et bourdonnante occulta tout le reste.

Elles disparurent aussi vite qu'elles étaient apparues. Lecia me redonna un coup de coude pour que je regarde. Je dépliai mes bras, relevai la tête juste à temps pour les voir se détacher du pare-brise arrière. La nuée se forma et s'épaissit sous nos yeux. Tout l'intérieur du pare-brise était tapissé de bouillie de sauterelles avec, ici ou là, des antennes et des pattes velues qui battaient encore l'air. Hormis cela, on aurait pu oublier que ces insectes étaient des entités à part entière et ne voir qu'un nuage. Il s'éleva, sembla rapetisser, entouré par le bleu du ciel, et le bourdonnement s'estompa. De part et d'autre de la route, les champs étaient ravagés et c'est en traversant ce paysage dénudé que nous avons atteint les faubourgs de Lubbock où se trouvait la maison de grand-maman Moore.

Grand-maman n'avait pas mis d'eau dans son vin quant à son opinion sur papa. On disait que toutes ses ressources en matière d'amabilité ou de diplomatie s'étaient évanouies à la mort de grand-père. Elle se contenta de marmonner que maman avait enfin repris ses esprits, puis nous mit immédiatement à l'ouvrage, nous faisant verser dans des bocaux une infecte mixture sucrée qu'elle appelait *chowchow*. Ces récipients ouverts, mis à rafraîchir sur tous les placards, remplirent la ferme de vapeur. J'étais une enfant plutôt paresseuse et n'avais pas l'habitude des corvées ménagères. Mais chez grand-maman il y avait toujours des petits pois à écosser, des horribles concombres à ramasser ou un gros meuble à astiquer. Et ma tendance à traîner les pieds faisait bien piètre impression tandis que Lecia progressait sous les directives de grand-maman.

Cette journée reprend consistance dans mon souvenir avec l'image de notre quatuor installé dans la salle de bains de grand-maman, aussi vaste qu'une grange. La vieille femme tout juste sortie de la baignoire se tamponnait le corps de talc avec une grosse houppette jaune. Une fois, quand j'étais petite, elle m'avait administré un lavement. Il m'était impossible de la regarder sans avoir peur de sa puissante charpente. Mais son corps nu semblait aussi vulnérable que celui d'une tortue dépouillée de sa carapace. Mère se déshabilla avec plus de naturel. La lingerie féminine ressemblait à une armure dans ces années-là, avec des bonnets de soutien-gorge en forme de fusées et des bas qui, une fois enlevés, restaient comme raidis par le galbe des jambes d'une autre personne. Mère s'extirpa de sa longue gaine qui tomba d'un coup sur ses chevilles dans un claquement mou. Je ne sais pas pourquoi elle en portait. D'abord elle n'en avait absolument pas besoin, et puis l'été elle détestait les gaines plus que tout. Sur son ventre la partie renforcée, tel un diamant biseauté, avait imprimé une vilaine trace, à côté de laquelle se dessinait la cicatrice que ma naissance lui avait laissée. (Elle avait accouché de moi avec difficulté car je m'étais présentée par les pieds, « comme César » se plaisait à dire mère.) Elle entra dans le bain de vapeur avec une grâce languide et des gestes en arabesques, sans doute un héritage de l'époque où elle posait pour les cours de nu à l'École des beaux-arts dans les années quarante.

Assise sur les cabinets, j'attendais mon tour pour le bain en tripotant un des peignes à friser de grand-maman dont la hanche appuyée au lavabo se haussait, au rythme des gestes qu'elle faisait pour frisotter ses cheveux gris fer. Les peignes en acier dont elle se servait avaient des petites dents qui s'enfonçaient dans mon index quand je jouais avec. Grand-maman demanda à Lecia de rincer dans le lavabo les bas de mère. Lecia s'amusa à enfiler un bras dans un des bas puis à l'enlever comme si c'était une mue de serpent et grand-maman lui décocha un regard sévère pour lui intimer un ordre : « Fais ce que tu as à faire. » De mon poste sur les cabinets, je m'employai à chiper l'autre bas à Lecia. Mais elle réagit avec bien trop de rapidité pour moi.

— Charlie Marie, tu ne peux pas continuer à élever ces enfants comme des sauvages. Quand je pense que la petite ne sait même pas nouer ses lacets.

Dans mon souvenir, je n'ai pas cherché à me justifier de mon incapacité. Je me suis levée des cabinets, ai tiré sur ma culotte blanche imprimée de petites pommes rouges. Lecia, à trois ans, savait déjà nouer ses lacets. Grand-maman lui avait même appris à tricoter de la dentelle au fuseau quand elle avait cinq ans. (Tricoter de la dentelle est une activité de fou impliquant une navette minuscule, du fil de soie fin et une patience de maniaque. Il paraît que les bonnes sœurs belges sont de célèbres dentellières.) Lecia avait produit sur-le-champ une demi-douzaine de napperons avec lesquels grand-maman avait recouvert les endroits usés du canapé. Alors que moi, je m'emmêlais les pédales, ne serait-ce que dans la confection du motif simple de l'échelle de Jacob que tout enfant des cours d'été d'instruction religieuse était capable de réaliser. On eut beau me le montrer un nombre incalculable de fois, mon cerveau se refusait à enregistrer la technique requise pour nouer les lacets de mes chaussures. Dans ce domaine, on trouvait au demeurant que je faisais plus preuve d'obstination que de bêtise.

Mère resta immergée dans la baignoire, le visage recouvert d'un gant de toilette vert menthe. Quand elle respirait, sa bouche dessinait une auréole sombre sur le tissu éponge. Dans mon esprit, la maison de ma grand-mère reste associée au silence de mère contrastant avec le jacassement intarissable et tyrannique de la vieille femme.

— Et maintenant, ce que vous voyez c'est de la Végétaline, disait-elle, en s'enduisant le visage de crème. Il ne faut pas que vous vous laissiez fourguer autre chose. On presse deux gouttes de parfum dedans et on prétend que c'est un autre produit. Charlie Marie est le pigeon rêvé, prête à payer un dollar pour une cuillère de n'importe quoi. Tout ce qu'elle sait faire, c'est jeter l'argent par les fenêtres ! Est-ce que vous avez toujours ces tirelires en terre cuite que je vous ai achetées à Laredo ?

A un moment donné mère dit que l'eau était glacée et me demanda de lui passer un peignoir.

Le lendemain matin nous rendîmes visite à Dotty, la cousine de mère dont le mari, Fermin, dirigeait une usine d'égrenage de coton à Roundup, au Texas. Elle habitait un ranch blanc, tentaculaire, où il y avait tellement de chambres qu'aucune de nous ne dut partager la sienne. Lecia et moi n'avions jamais été dans une maison aussi fantastique. Une piscine s'évasait derrière la maison où était aménagé un abri pour les cyclones qu'une femme de ménage balayait et où elle rangeait des conserves de légumes dont Dotty ne se souciait qu'au moment de les déguster. Tess, sa fille, avait un téléphone rose de princesse près de son lit et se passait du vernis blanc nacré sur les ongles des doigts de pieds. Robert, le fils de Dotty, mettait une cravate pour aller au catéchisme.

Une visite à des parents qui exploitent une ferme implique inévitablement qu'ils vous fassent passer en revue les cultures, le bétail ou toute autre réalisation. Ailleurs, on exhibe des albums de photos, ou un nouveau meuble de jardin, ou les trophées des enfants. Mais ce serait presque une impolitesse chez des parents fermiers que de s'enquérir de ces sujets. On les aborde après le déjeuner.

Nous avons traversé des arpents de coton en suivant la route de la ferme. Le champ était en pleine floraison. La succession des rangées de cultures m'étourdit presque. A chaque fois qu'on en dépassait une, ça faisait comme le tic-tac d'une horloge qui scandait le temps, et pourtant elles ne formaient plus qu'une seule ligne à l'horizon. D'après Dotty c'était un miracle que les sauterelles les aient épargnés cette année. Car, pareilles aux tornades qui creusaient les terres de rigoles, laissant intacte une cabane de W.-C. à côté d'une maison pulvérisée, les sauterelles qui avaient dévasté tant de champs avaient laissé celui-ci indemne.

Grand-maman racontait que son père, alors qu'elle était encore adolescente, l'avait fait engager pour la cueillette à la main du coton dans un champ, copie conforme de celui-là. Sa sœur Earle aussi devait y travailler. Les trois autres sœurs, en revanche, restaient à la maison et prenaient des cours de chant. Comme elles étaient jolies, on comptait qu'elles feraient de « beaux mariages ». Cela ne signifiait pas qu'elles seraient heureuses, mais uniquement qu'elles ne travailleraient pas à la ferme. Dans le salon de grand-maman, il y a un portrait couleur sépia des cinq sœurs, menues, blondes et si frêles qu'on a peine à croire que les deux plus jeunes ont été louées à des métayers. Elles portent des cols en dentelle brodés d'œillets, et des roses épanouies sont piquées dans leurs chignons lâches à la façon de ceux des jeunes femmes peintes par Gibson. Elles sont d'une pâleur diaphane. On a légèrement teinté la photo, ainsi les joues et les roses sont-elles d'une délicate couleur de pêche.

On a arrêté la Cadillac de Dotty en plein champ de coton et on est sorties de l'air conditionné. Les plantes, vues de près, étaient noires, semblables à des araignées. Sur chacune d'elles des douzaines de capsules éclataient, tels des nuages en miniature. Chaque capsule était remplie de graines marron, effilées. Grand-maman en prit une dont elle arracha adroitement les graines jusqu'à obtenir une masse duveteuse dans la main. Elle nous montra, à Lecia et à moi, comment en tirer un fil aussi mince que celui d'une d'araignée, en roulant le brin entre son pouce et son index d'un geste précis.

Elle disait, je m'en souviens, que le coton était exigeant comme toutes les cultures commerciales, qu'il pompait la terre, et encore plus ceux qui le cultivaient. Plus tard, je lus la biographie sur Lyndon Johnson de

Robert Caro. L'essentiel du premier volume était consacré aux conditions de vie très pénibles pour une femme dans cette région des États-Unis, le Dust Bowl. Il y avait si peu d'eau que la plupart des femmes de trente ans devenaient bossues à force de transporter dans les maisons, plusieurs fois par jour, une invraisemblable quantité de seaux d'eau. Leurs visages trop exposés au soleil se ratatinaient et leurs mains se durcissaient comme des semelles de bottes. Les gens étaient endurcis car chaque famille avait enterré un ou deux enfants. En pensant aux mains blanches de jeune fille de grand-maman sur la photo ovale dans son cadre doré, au-dessus du lit de mère, j'essayais d'imaginer quelqu'un arrêtant son choix sur elles pour les travaux des champs. En vain.

On resta plantées, en habits du dimanche, dans ce champ. Grand-maman se tapotait les tempes avec un mouchoir. Une grange et un grand silo grouillant d'ouvriers agricoles mexicains se dressaient à un jet de pierres. Ma grand-mère claironna tout à coup que Dotty avait vraiment fait un beau mariage. Captant le message, mère devint muette comme une carpe. Puis elle prit sur le siège arrière de la voiture son bloc à dessin, un morceau de fusain, et s'éloigna vers la grange. Je voulus la suivre. Elle s'accroupit, me disant de rester avec grand-maman. Lecia en profita pour me traiter de bébé. Je lui lançai un caillou au genou. Grand-maman m'agrippa l'épaule de sa main décharnée et m'expédia dans la voiture bouillante.

On passa prendre mère à la grange sur le chemin du retour. La porte de la Cadillac de Dotty m'avait fait une forte impression : elle pesait bien cinq cents kilos. Et aussi, quand j'avais tiré de toutes mes forces pour l'ouvrir, elle avait brillé de mille feux comme Broadway. Mère parlait espagnol avec douceur à deux types qui examinaient son carnet de croquis. L'un d'eux fourra vite dans sa poche arrière une bouteille de liquide clair.

Quand elle entra dans la voiture, elle ne sentait pas l'alcool, mais elle parlait à la yankee en avalant les syllabes comme chaque fois qu'elle s'en jetait quelques-uns. Durant mon enfance, elle a sûrement fait des milliers d'esquisses de ce genre, c'est ce dessin néanmoins qui est resté en moi, croqué à la hâte, en quelques coups de crayon audacieux, quelques traits d'ombre, qui représente l'homme le plus âgé, coiffé d'un sombrero, au visage flétri. Avec une bombe de laque Aqua Net extraite de son sac, mère vaporisa son œuvre pour la fixer puis referma le bloc d'un coup sec. Personne ne demanda à le regarder; cela me fit de la peine.

Nous sommes restées quelques jours à Roundup. Au cours de notre séjour, le seul indice d'un malaise dans la famille de Dotty avait été provoqué par Robert. Il avait mis sa petite amie de lycée enceinte. Or elle était catholique, il avait donc fallu qu'il l'épouse. La jeune femme, engoncée dans le maillot de football de son mari, trimballait dans toute la maison un ventre si protubérant qu'elle ressemblait à un ballon de parade. Ils avaient quinze ans et dormaient sur des lits superposés dans la chambre de Robert. A l'époque, les problèmes de cet ordre étaient monnaie courante. Robert allait finir ses études secondaires. Ensuite, il reprendrait l'affaire de coton.

A ses yeux j'étais sans doute un moyen de se faire la main pour son futur rôle de père. Il joua au morpion avec moi sur mon ardoise magique pendant que Tess apprenait à Lecia à se peindre un trait d'eye-liner et à faire gonfler ses cheveux. Il me fit également le dessin au Crayola d'un accident de train auquel il avait assisté. Il y avait éparpillé les jambes et les têtes des gens pêle-mêle parmi les plants de coton. Le dessin était d'une facture grossière, à l'exception des plants de coton, d'une étonnante minutie. Il me raconta, en me mettant au lit, une version si frappante de *Rumpelstilzchen*, le conte de Grimm (d'ailleurs ridiculement erronée car le vilain gnome y obligeait la gente dame à transformer elle-même la paille en or), qu'il me donna des cauchemars dont je me souviens encore. Un gnome scrofuleux y vomissait des sauterelles et menaçait d'enlever à mère son bébé. Je réussis à persuader Lecia de me laisser me faufiler dans son lit, mais elle me força à dormir tête-bêche, suffoquant sous les couvertures qu'elle ne me laissa pas défaire. Au matin, Dotty passa un savon à Robert parce qu'il m'avait fait peur. Ça lui coupa l'envie de jouer au papa.

J'eus quelquefois de ses nouvelles. Il m'envoya une carte pour mon anniversaire deux ans plus tard de China Beach, au Viêt-nam. Mère fit observer que je lui avais de toute évidence fait un certain effet. Pour moi, c'était une première. Alors je lui expédiai une de mes photos de classe. Il me renvoya une photo de lui où, en tenue de brousse, il visait un palmier avec un engin qui ressemblait à un lance-grenade. A ce qu'on raconte, il était rentré de la guerre trois ans plus tard, à temps pour son vingtième anniversaire, et s'était levé de table en déclarant ne pas comprendre pourquoi il était vivant et ses copains morts. Après quoi, il était parti en pleurant dans sa chambre. Sa femme et son fils découpaient le gâteau d'anniversaire quand le coup de feu était parti.

Cette histoire fut pratiquement la seule que j'aie entendue suggérant qu'un membre de la famille de mère était intrinsèquement « nerveux ». Oh certes, la famille avait ses excentriques dont tout le monde parlait. Le papa de mère, muni de son diplôme d'ingénieur, avait ouvert un garage, ce qui avait rendu fou son propre père, banquier. Earl, son grand-oncle, se déguisait en matador quand il était ivre. Son grand-père maternel, un bootlegger, lui donnait une pièce de cinq *cents* pour l'entendre pousser des jurons. Mais rien de plus exotique ne m'arriva aux oreilles. Grand-maman avait une énorme Bible de famille, recouverte de plastique, qui trônait sur sa table basse, avec des noms écrits en majuscules dedans. La plupart ne me disaient rien.

Le matin où mère avait décidé de rentrer à la maison, une dispute éclata avec grand-maman. C'était à propos de la couleur de son rouge à lèvres, jugée trop foncée. Grand-maman avait mis le sujet sur le tapis à l'heure du petit déjeuner et s'y cramponnait, tel un monstre de Gila[1]. Mère fourra nos nouvelles robes dans le gros sac en cuir rigide de son défunt père et nous empila dans la voiture, en pyjama pour ne pas changer. La vieille femme lui avait crêpé le chignon une fois de trop. Juste avant notre départ, grand-maman avait glissé par ma fenêtre sa tête hérissée de pinces à cheveux, dont des boucles s'échappaient. On eût dit la méduse à tête de pierre que mère nous avait montrée dans son livre de mythologie. Elle traita Leechfield de marécage, de trou immonde, d'anus de la planète avant que mère ne réussisse à démarrer. Le parfum à la jacinthe trop suave de notre grand-mère flotta dans la voiture jusqu'à ce que mère ait allumé sa cigarette, une Salem.

On a roulé toute la nuit. Lecia en boule sur la banquette arrière et moi somnolant, étalée sur la plage sous le pare-brise. Je fus tirée de mon sommeil avant l'aube par les remugles de ma ville natale, une odeur d'œuf pourri qui émanait des raffineries de pétrole et des usines de produits chimiques. Les bons jours, il arrivait que le vent soufflât une brise de la mer. C'était rare. L'endroit étant en outre situé dans un marécage, tous les poisons industriels qui s'échappaient vers le ciel semblaient stagner dans l'air et s'y condenser. Je ne fus donc pas le moins du monde étonnée en apprenant plus tard que Leechfield était, à l'époque, le site où on fabriquait les armes chimiques comme l'agent orange. A mon

1. Monstre de Gila : Seul lézard venimeux des États-Unis qui vit dans les déserts de l'Arizona et du Nouveau-Mexique.

réveil ce matin-là, le monde, derrière la vitre du pare-brise, exhalait une odeur comparable à celle d'une pièce close où on aurait pété. J'ouvris les yeux. On voyait se profiler, dans les prairies d'herbes folles, les ombres des derricks qui bougeaient avec lenteur. Ils me faisaient penser à des cow-boys de rodéo ou à quelque énorme créature domestiquée se prosternant et se relevant face au néant. A l'horizon, au-dessus de chaque raffinerie, surgissaient des tours embrasées qui, chaque soir au crépuscule, coloraient le ciel d'une bizarre teinte verdâtre. Le premier rosaire que je vis rougeoyer dans l'obscurité me rappela ces tours de cinq étages enflammées qui encerclaient la ville dans la nuit. Plus loin, il y avait les cuves à pétrole blanches sur des kilomètres, semblables à des œufs abandonnés par quelque monstrueux insecte préhistorique.

Si vous trouvez que j'exagère quant à la laideur sans rémission de Leechfield, sachez que l'hebdomadaire *Business Week* l'a élue l'une des dix villes les plus hideuses du monde. Quand on rapporta l'histoire, mère faisait des piges pour le journal local. Le maire, dont la fonction essentielle consistait à mettre en route chaque matin l'unique feu de circulation, réagit en convoquant une conférence de presse où mère nous emmena, Lecia et moi. Un autre reporter du journal *The Port Arthur News* y assistait. Je me souviens qu'il chiquait du tabac de la marque Red Man, et crachait dans une boîte de conserve qu'il avait apportée à cet effet. On avait hissé à l'arrière de la caserne des pompiers un de ces grands étendards en feutre bleu roi, la couleur des scouts à l'occasion de leurs jamborees. La devise de la ville : « Leechfield lubrifie le monde entier », y était inscrite en lettres d'or. Mère prit une photo Polaroïd du maire devant l'inscription, qui brandissait un exemplaire du *Business Week* comme s'il l'avait gagné à une tombola. Le journaliste à grande gueule de Port Arthur nous dit à

Lecia et à moi qu'il avait l'impression qu'on lui demandait d'écrire le panégyrique du vainqueur d'un concours de « bouffeurs de merde ». La photo de mère une fois prise, on se retrouva autour du camion des pompiers à manger des biscuits en forme de lune, saupoudrés de sucre. La femme du maire les avait apportés dans un Tupperware. C'étaient des choses comme ça qui vous brisaient le cœur dans cette ville, disait papa ; autrement dit, Leechfield était tout simplement trop moche pour qu'on ne l'aime pas.

A notre arrivée dans la cour, les dernières étoiles blêmissaient. Quelques jours plus tôt, quand on était revenues de chez grand-maman les pneus de la vieille Impala avaient laissé de profondes ornières boueuses devant la maison. En rentrant, on s'y enfonça.

Papa, de retour de son travail de nuit, se rasait au-dessus de l'évier de la cuisine, son casque posé sur l'égouttoir. Il se rasait toujours au savon, à l'eau froide et sans miroir comme il l'avait appris à la guerre. Il avait une sorte de pudeur à trop se regarder dans une glace. Debout, torse nu, le menton constellé de gouttelettes de sang, il fit comme si de rien n'était quand Lecia et moi on se précipita sur lui, en se jetant dans ses jambes. C'est tout juste s'il ne nous demanda pas si nous avions le café. Comme son père.

Mère menaçait très souvent de divorcer. Papa y réagissait en levant les yeux au ciel. Pour lui, la question du divorce ne se posait pas. Si, inquiète, je l'interrogeais après une dispute particulièrement violente, il répondait que je ne devais pas dire du mal de ma mère. C'était comme si évoquer l'éventualité de leur séparation était déjà manquer de respect envers mère. Seuls les fous à lier divorçaient dans son univers. Les bons citoyens mal mariés serraient les fesses et tenaient bon.

Ainsi son oncle Lee Gleason était-il mort sans avoir adressé la parole à sa femme pendant quarante ans.

L'idée du divorce ne les avait pas effleurés pour autant. Aux dires de papa, oncle Lee et tante Annie avaient arrêté de se parler en 1931, lors de l'été qu'il avait passé chez eux à dresser les chevaux pour son oncle. La dispute avait éclaté à propos de l'argent que tante Annie dépensait en sucre. Alors Annie Gleason avait sellé la vieille mule gardée pour que les chevaux se tiennent tranquilles, et fait, en traînant ses bottes dans la poussière, tout le chemin jusqu'à Anhuac, au Texas. Là, elle avait acheté un sac de vingt-cinq kilos de sucre. Puis, poussant la mule en sens inverse, elle était revenue d'une traite à la grange où papa et oncle Lee plantaient le dernier clou à tête carrée dans le sabot d'un cheval. Annie, toujours en selle, avait tiré un canif de la poche de son tablier, et, les yeux plantés dans ceux d'oncle Lee, l'avait enfoncé dans le sac de bure sanglé sur le dos de la mule. Le sucre avait ruisselé du sac, comme s'il avait été liquide, selon papa.

Je l'entends raconter l'histoire alors que nous pêchons le bar avec Cooter et Shug et Ben Bederman. Nous sommes dans le canot à moteur en fibre de verre de Ben, tellement plus chouette que les barques à fond plat de location dont nous nous servions d'habitude. Chacun est assis sur un coussin Coca-Cola, rouge et qui flotte. J'ai oublié mon âge d'alors. Mais je ne me considère pas encore comme trop grande pour aller pêcher avec papa, ce qui a dû se produire l'année de mes onze ans. Il m'est même impossible d'imaginer que je pourrais ne plus en avoir envie. Je sais en revanche que la fumée du cigare de Cooter empeste jusqu'au ciel. J'agite l'appât jaune banane qui flotte sur l'eau; ses hélices minuscules vrombissent et s'arrêtent par intermittence. Au nom du ciel, qu'est-ce qu'un bar sous l'eau peut penser de ce truc qui file à toute allure? Moi, je préfère les vers en plastique qu'on met au fond de la vase. C'est Ben qui m'a forcée à me servir de ce gadget.

— Et alors, qu'a fait l'oncle Lee? demande Cooter.

Il m'arrive de penser que la Bande de Menteurs tolère la présence de Cooter uniquement parce que c'est lui qui pose la question pour relancer l'histoire. Les autres l'obligent toujours à rejeter le poisson qu'il a attrapé.

— Qu'a fait l'oncle Lee? (Papa relève la tête.) Rien. Il a branlé du chef et dit : « Imbécile d'enfant de pute. » Et ce furent les trois dernières paroles qu'ils ont échangées.

— Papa, raconte comment ils ont partagé la maison.

— Ils ont vécu comme ça plus de dix ans. (Papa farfouille dans la glacière à la recherche d'une bière.) Tout d'abord ils se laissent des petits mots dans toute la maison avec des listes d'épicerie et ainsi de suite. Puis ils y renoncent vite. Et alors c'est bizarre, mais c'est comme si Lee devinait ce que veut Annie avant elle, et réciproquement. Par exemple, si elle a besoin de lard ou de quelque chose dans ce goût-là, eh bien voilà Lee qui rentre avec un morceau qu'il vient d'acheter. Ou bien c'est lui qui se réveille avec une envie de gaufres, et elle est déjà en train d'étaler la pâte dans le moule.

Shug marmonne un « Mmh-mmh-mmh » significatif, le monde ne cessera jamais de le surprendre.

— Ils n'échangent pas le moindre murmure, quoiqu'ils dorment dans le même lit et mangent à la même table, ajoute papa. A mon retour d'Allemagne, je grimpe chez oncle Lee qui est juste en train de sortir de sa jeep et il me dit : « Pete, tu tombes à pic. » Et il me fait part du plan qu'il a concocté.

» Le lendemain matin, je me rends bien compte qu'ils ne s'adressent pas la parole. La vieille Annie me prend par le cou — elle pouvait vous serrer très fort. Puis elle me parle comme s'il n'était pas là. Elle prépare les œufs au bacon et le gruau de maïs. Nous nous mettons à table et mangeons. Ensuite elle s'en va à l'église. Alors moi et Lee, on prend la grosse scie à bois et on tranche la maison en deux aussi nettement qu'une huître qu'on aurait ouverte. On la fend de haut en bas, du toit au plancher. Je veux dire que nous venions juste d'accrocher sa moitié de maison au tracteur, quand Annie revient en jeep, de la réunion ou du comité où elle a passé toute la journée.

— Et là-dessus, elle n'a rien dit? demande Shug tout en m'aidant à démêler un de mes hameçons à trois dents pris dans le fil en nylon vert.

— Quand bien même elle aurait eu des injures plein la gueule, elle n'aurait rien dit. Pokey, tu vois les roseaux, là-bas? (Papa fait un geste avec sa canette de bière Schlitz.) A ta place, je tenterais le coup par là.

Il me fait souvent des recommandations comme ça, s'arrêtant de pêcher pour son compte. Je me sens trop grande aujourd'hui pour les suivre, surtout que M. Bederman m'a déjà poussée à abandonner mon ver en plastique pour cet appât de malheur.

— Pourquoi n'ont-ils pas simplement divorcé? s'étonne Shug.

Papa toise Shug comme s'il avait perdu la boule, hausse les épaules. Mon appât fait floc en tombant dans les roseaux pendant que je me concentre pour évoquer l'image de la maison scindée en deux. Les deux moitiés occupent le même arpent de terrain et il y a une minable haie de pins qui les masque l'une à l'autre. Papa et oncle Lee avaient certes cloué des planches grossières sur la partie sciée, mais moi je garde en mémoire l'idée de la maison sectionnée comme ça, ouverte à tous les vents, et cela me donne des frissons.

Mère et papa, c'est peut-être ce qu'ils auraient dû faire. Il n'en reste pas moins que, précisément dans ce canot, je me suis juré de prendre la fuite et d'aller vivre dans les toilettes de la station-service Esso, si jamais ils se séparaient pour de bon. Là, je me nourrirais d'un épi de maïs à trente-cinq *cents* un jour et le jour suivant de *tamales*, ces petits pâtés mexicains que j'achèterais au stand sur la route. Je prévoyais de gagner mon pain en cirant des chaussures à la boutique du coiffeur.

Mère gardait l'exemplaire d'une carte que je lui avais laissée lors d'une de mes fugues. J'y avais dessiné une ligne hachurée qui reliait notre maison à la station-service de la Gulf Oil et un X indiquant les toilettes des dames au-dessus desquelles j'avais écrit « moi ».

Jusqu'au jour où je me suis effectivement sauvée de la maison à quinze ans, j'ignorais que personne n'aurait lancé de détachement à mes trousses si j'avais filé. Seigneur, pour eux, où que j'aille vaudrait toujours mieux que Leechfield. Installée au Texas depuis sept générations, ma famille, qui avait séjourné dans le Tennessee, venait d'Irlande. J'étais donc issue de la grande tradition que l'écrivain Harry Crews a résumée par la formule : « Écris, si tu as trouvé du boulot. » Des générations de mes ancêtres, chargeant les bœufs de leurs casseroles, avaient persévéré dans leur cheminement à l'ouest. Pour moi, « fuguer » au sens où les autres adolescents américains le faisaient se révélait inconcevable. Ma famille considérait tout mouvement comme un progrès.

Lecia et moi, quand mes parents se déchaînaient l'un contre l'autre dans la cuisine, parlions quelquefois d'aller nous installer dans une cabane sur la plage. Nous nous asseyions en tailleur sous le couvre-lit de coton bleu, parodiant leurs querelles à la lueur d'une lampe de poche. Lecia disait : « Bobine six. Cassette cinquante et un. On tourne. » Elle faisait claquer ses bras à la façon d'un alligator refermant sa gueule, comme si nous commencions le tournage d'une énième prise de vues d'un film interminable. Elle orientait le faisceau vers son menton, rentrait les joues de sorte que ses paupières tombaient et que ses pommettes saillaient comme celles de mère. Lecia avait le chic pour imiter l'accent yankee que mère prenait quand elle était tendue, ou sous l'emprise de quelque substance artificielle. Imaginez une Katharine Hepburn jeune, contaminée par les modulations et la grammaire d'un prédicateur évangéliste : « Si seulement Dieu, quel qu'il soit, avait foudroyé ma voiture avant que je n'aie franchi le pont menant à ce maudit trou à rats de l'est du Texas. » Parfois Lecia se contentait de pleurer; son imitation n'en était que plus cruelle : « Il n'y aucun espoir, aucun espoir », gémissait-elle d'un ton mélo à la Gloria Swanson, les poignets comme agrafés à son front.

Je jouais invariablement le rôle de papa, lequel n'exigeait pas trop de matière grise car, soit il ne pipait mot, soit il parlait à voix trop basse pour qu'on l'entende. « Va te faire foutre! » était la seule invective qu'il criât distinctement. Il lui arrivait d'en moduler l'emploi et de conseiller à mère de la retourner contre ceux qui étaient l'objet de sa fureur : « Dis-leur d'aller se faire foutre. » Cela s'adressait aussi bien aux percepteurs qu'à un groupe de fervents adeptes de la Bible se présentant à notre porte dans l'intention de nous convertir. « Dis-leur d'aller se faire foutre » était la proposition à laquelle on s'attendait de la part de papa. (Encore maintenant j'ai comme un penchant prononcé pour ce juron de « Va te faire foutre » et suis épatée du nombre de fois où il convient.)

Certaines nuits, nous entendions un fracas ou le bruit mat d'un corps heurtant le linoléum. Nous accourions en pyjama afin de voir qui avait jeté quoi ou lequel était tombé dans les pommes. Ils nous renvoyaient au lit en nous grondant s'ils avaient encore une étincelle de conscience. Papa disait : « Allez ouste! au lit, vous n'avez rien à faire ici » ou bien mère nous montrait du doigt, s'exclamant : « Je t'interdis de me parler sur ce ton devant les enfants! » Une fois, j'entendis papa qui se réveillait en beuglant. Mère lui avait balancé un verre de vodka à la figure et s'était enfuie en courant vers la porte de derrière la maison. Déboulant dans la cuisine, nous eûmes le temps de voir papa traîner mère vers l'évier où il remplit soigneusement trois verres d'eau qu'il versa l'un après l'autre sur sa tête. Ce fut une des rares nuits qui se terminèrent par des éclats de rire. Leur humeur connut une telle embellie qu'ils nous emmenèrent voir *La Nuit de l'iguane* au cinéma en plein air et qu'ils se pelotèrent sur le siège avant de la voiture.

Quand je sortais de la maison et retrouvais la lumière du jour, les lendemains de ces querelles entre mes parents, les occupations des voisins vaquant à leurs poubelles ou à leurs tondeuses à gazon, d'où ils me jetaient un bref regard, me semblaient avoir un parfum d'innocence inaccessible. Comment faisaient les gens pour remplir leurs journées de ces corvées ? A certains moments, j'avais l'impression que notre maison était scindée en deux comme celle de Lee et d'Annie. A d'autres que les regards de nos voisins avaient criblé nos murs de tant de trous que notre maison en était complètement vermoulue. Jamais je n'ai réussi à surmonter l'idée que les voisins nous regardaient d'un œil torve au lendemain de ces disputes entre mes parents, et je ne sais s'il s'agissait d'une intuition ou de paranoïa de ma part. Au supermarché, si une dame ayant bousculé notre chariot invitait mère, par réflexe, à prendre le café, c'était faute de réaliser sur le moment dans quel guêpier elle se fourrait. Lorsque mère déclinait l'invitation, le visage de la femme s'épanouissait. De même il ne m'échappait pas que si la maman d'un des enfants en mal de compagnie faisait la tournée des voisins, elle ne passait jamais par chez nous. Quant aux familles les plus dévotes, elles interdisaient à leurs rejetons d'entrer dans notre jardin.

Dieu sait que mère n'en était pas la seule responsable. Papa terrorisait les gens. Certains jours, il était mû par un besoin irrésistible de se bagarrer. Comme la fois où, dans la queue pour payer la note de gaz, il avait tabassé un jeune chauffeur de camion de Coca-Cola qui disait que c'était une erreur d'être au Viêt-nam.

Lecia et moi nous conduisions comme des sauvages dès que l'occasion s'en présentait. Lecia, à moins de douze ans, était capable de faire mordre la poussière à tout garçon du voisinage de moins de quinze ans. Je n'étais pas en reste et me souviens de moi debout derrière la fosse de drainage de notre jardin, agonissant d'injures Carol Sharp parce qu'elle m'avait fait saigner du nez. Le plastron de ma nouvelle barboteuse, de celles qui s'attachent aux épaules et ont des élastiques aux jambes, était constellé de sang. Je la traitai de petite garce ignorante; je n'avais pas plus de six ans. Sa maman, debout sur le pas de sa porte, me menaçait de son balai, piaillant que des serpents et des lézards sortaient de ma bouche, à quoi je lui répondis n'en avoir rien à branler. En cas de conflit, je suivais systématiquement les conseils de papa et criais « Va te faire foutre! » à n'importe quelle dame du voisinage, me réfugiant dans la maison avant qu'elles ne m'aient attrapée pour me donner la fessée.

Un jour de la fin de l'été 1962, au crépuscule, les moustiques venant des bayous et des fosses de drainage envahirent la ville. Les enfants contractèrent la maladie du sommeil, ainsi appelions-nous l'encéphalite. Marvalene Seesacque s'en tira au bout d'un coma de six mois, mais il lui en resta un petit vélo dans la tête, comme nous disions. D'autres enfants n'eurent même pas la chance de se réveiller. Mère prit des tonnes de photos d'obsèques avec de minuscules cercueils pour la première page du journal. Le service des travaux publics de Leechfield dépêcha un camion « antimoustiques » afin d'assainir les marais infestés. Tous les soirs, le camion cahotait le long des rues, armé d'un tuyau au diamètre aussi large qu'une assiette qui répandait une longue traînée blanche de DDT. Notre dernier jeu de l'été consista à suivre le camion antimoustiques en faisant la course au ralenti.

La course au ralenti est le type de compétition de Leechfield par excellence. La victoire est décernée au dernier arrivé. A première vue le jeu pourrait paraître facile, sauf si on est juché sur un deux-roues, car dans ce cas un ralentissement trop brusque mène à la culbute. L'astuce consistait à pédaler juste assez vite pour garder son équilibre, mais assez lentement pour ne dépasser personne. Si on ajoute au tableau le camion diffusant un nuage blanc et humide d'un poison qui vous enveloppait le corps en sueur et vous brûlait délicatement les poumons, la description de notre passe-temps préféré est complète. Son vainqueur en émergeait pour aller vomir ou s'évanouir. Tel Tommy Sharp qui, je m'en souviens, dégobilla dans le fossé devant la piscine. Shirley Carter, elle, déplia le trépied de son vélo rouge Schwinn juste à temps pour tomber dans les pommes. Elle resta étendue, froide comme une pierre, sur le bas-côté de la route. On dut appeler la mère de Lyle Petit qui était infirmière pour qu'elle lui souffle sur le visage et la fasse revenir à la vie. Moi qui n'avais pas gagné, je me tenais parmi la bande des enfants à regarder rosir le visage bleui de Shirley, lorsque mère m'appela.

Tous les enfants relevèrent les yeux. Mère ne nous appelait jamais d'habitude. Elle s'aventurait d'ailleurs rarement dans le jardin depuis que M. Sharp lui avait prédit l'enfer parce qu'elle me nourrissait au sein dans la véranda en buvant de la bière. Elle lui aurait répliqué : « Toi le vieux grigou, tu verrais le mal dans la fourche d'un arbre. » C'était papa, depuis lors, qui tirait les poubelles devant la maison et nous appelait quand il le fallait pour le dîner. Les enfants tressaillirent tous à la voix de mère. On aurait dit un troupeau d'antilopes en train de boire, de celles qu'on voit dans des documentaires sur l'Afrique, qui, dès qu'elles sentent l'odeur d'un lion, relèvent la tête.

Je m'élançai au pas de course, bondissant au-dessus des fossés boueux qui bordaient les maisons toutes pareilles. Et je vis, garée devant notre maison, la Ford break rouge de ma grand-mère alors que je venais de sauter par-dessus une de ces tours de boue que laissent les écrevisses. Au terme de n'importe quel trajet, même le plus court, le sol de notre voiture était jonché de papiers de bonbons, de bouteilles de soda, ou même d'un pot à café débordant de pisse. Un coup d'œil par la vitre de la Ford me donna l'impression que la vieille dame avait traversé l'État du Texas d'une traite, avec pour tout viatique une boîte de kleenex roses. J'ai grimpé les marches menant à la véranda en béton, dont mère gardait la porte grillagée ouverte, s'abritant les yeux de la main. Ses pommettes saillaient beaucoup et ses pupilles avaient le vert glauque d'une bille fêlée. Elle me dit que grand-maman avait un cancer et qu'elle était venue s'installer chez nous pour un moment. Je ne devais pas montrer que je savais.

J'attribue à l'arrivée de grand-maman, à tort peut-être, la responsabilité des maux les plus douloureux dont ma famille a souffert. D'ailleurs je le maintiens, tant elle était une épouvantable mégère. Telle une impératrice débauchée, elle trônait dans l'immense fauteuil arts-déco de mère (en vinyle vert menthe, aux accoudoirs noirs et carrés), qu'elle faisait pivoter pour se retrouver face à notre baie vitrée comme si elle était sur le point de faire une proclamation essentielle à tout moment.

Elle distillait toute la sainte journée des critiques qui faisaient fuir ma mère, le visage si creusé que sa bouche était réduite à un fil. Les rideaux étaient affreux, ne pouvait-on les changer ? Quand avions-nous fait les vitres pour la dernière fois ? (Jamais.) Mère n'avait-elle pas pris du poids ? On l'aurait dit, elle était bouffie. Quant à moi, de l'avis de grand-maman, j'étais si basanée que je ressemblais à un ouvrier mexicain. (Lecia s'était débrouillée pour être blonde comme les gens de sa famille, mais moi, comme papa, je ressemblais vaguement à un Indien. Grand-maman ne l'acceptait pas.) En plus j'avais l'*air misérable*, une expression qu'elle réservait aux animaux de ferme sous-alimentés, ainsi qu'aux enfants cajuns minés par les parasites, ceux qui, les après-midi d'été, essayaient d'attraper des écrevisses au bord du bayou Taylor. (Marvalene Seesacque me livra le secret de la fascination qui la rivait tout le jour à la pêche aux écrevisses : « Si tu n'attrapes rien, tu ne manges rien. »)

Chez nous, il m'arrivait souvent pour mon petit déjeuner d'ouvrir une boîte de *tamales* que je mangeais froids (je me souviens d'avoir léché la sauce tomate au cumin du papier où ils étaient emballés). Grand-maman découpa un article du *Reader's Digest*, traitant des quatre principaux groupes d'aliments, qu'elle colla sur le réfrigérateur. Nos menus se composèrent tout à coup de plats qu'on voyait à la télé, comme le pain de viande dont la préparation exigeait qu'on allumât le four. Mère ne faisait jamais ça, même pour Thanksgiving.

La tradition familiale consistant à prendre nos repas au milieu du lit de mes parents fut rompue du jour au lendemain. Mère avait fabriqué un lit démesuré avec deux matelas et des cintres qui en réunissaient les bois. Elle affirmait que l'*humidité* créait en elle un besoin d'espace supplémentaire. Lecia et moi avons longtemps compris *stupidité*. (D'où notre tendance à dire : « Ce n'est pas la chaleur, c'est la stupidité. ») Ce lit, le plus grand que j'aie jamais vu, remplissait la chambre d'un mur à l'autre. Mère avait cousu des draps spéciaux à son usage et il avait fallu déplacer la commode dans l'entrée. Près du lit, on avait seulement pu installer, du côté de papa, un cendrier sur pied en laiton, de la forme d'un bateau viking, et du côté de mère, une grande lampe noire jouxtant une tour branlante de livres reliés.

En tout cas, on avait tendance à prendre nos repas familiaux, tous les quatre assis en tailleur sur les bords de ce lit. Chacun face au mur opposé, dos à dos, nous formions comme un totem à quatre têtes. Nous posions nos assiettes en équilibre sur la partie du couvre-lit entre nos jambes. Mère disait que c'était le style pique-nique. Mais depuis que j'ai grandi, je m'en souviens comme d'une excentricité. Il m'est souvent arrivé d'avoir envie de passer une annonce dans le journal d'une grande ville, afin de demander si d'autres personnes mangeaient dans le lit de leurs parents dos à dos et si un tel rituel avait une signification.

La présence de grand-maman nous obligea non seulement à nous servir de la table, mais aussi de linge de table. Mère engagea Mae Brown, une femme noire qui lavait et repassait la nappe et les serviettes quand elles étaient tachées. Et avec grand-maman à la maison, il ne fut plus question de nous débarrasser de nos hardes quand, à midi, nous rentrions pour échapper à la chaleur. A n'importe quelle heure auparavant, nous avions pour habitude de nous déshabiller, et de rester en sous-vêtements ou d'enfiler nos pyjamas. Quand il faisait vraiment chaud, nous passions des heures étendues, à moitié nues, devant le ventilateur noir, à suçoter de la glace pilée enveloppée dans un torchon. Mais grand-maman s'évertua à nous faire même garder nos chaussettes et nos souliers. En plus il nous fallut prendre un bain par jour. A la fin d'un de mes premiers bains je me suis retrouvée emmaillotée dans une serviette rêche, sur les genoux de la vieille femme qui me frottait le cou avec du dissolvant. (Il devait être couvert d'une sacrée couche de crasse.)

Grand-maman entreprit de superviser notre instruction religieuse. Jusqu'à son arrivée, cette dernière avait consisté en visites épisodiques à l'école du dimanche de l'église de la *Christian Science* et en des exercices que mère puisait dans un livre sur les positions du yoga. (A cinq ans j'arrivais à faire le lotus parfaitement.) Grand-maman nous offrit à Lecia et à moi une Bible reliée de cuir blanc qui se fermait par une fermeture Éclair. Elle disait : « Si vous lisez trois chapitres par jour et cinq le dimanche, vous pouvez lire toute la Bible en un an. » Je ne crois pas avoir ouvert la mienne une seule fois après l'avoir déballée. Lorsqu'un de ses projets se révélait décourageant, grand-maman était accoutumée d'y renoncer; faire de nous des chrétiennes devait l'avoir été.

Beaucoup plus tard, quand on réussit à la faire parler de son enfance, mère nous raconta à quel point sa mère avait des habitudes bizarres. Grand-maman Moore se signalait alors non tant par son fanatisme religieux que par son fanatisme tout court. Par exemple, elle avait commandé par correspondance, à un magazine, un équipement d'apprenti détective. Elle avait le projet d'espionner, avec mère, les voisins. Il faut dire qu'à l'époque, la population de Lubbock n'excédait pas mille habitants. D'après mère, la surveillance s'étala sur des semaines. Grand-maman plaçait mère en faction près des fenêtres à rideaux du pasteur, non qu'elle soupçonnât un adultère ou quelque autre péché flagrant, mais parce qu'elle voulait savoir si sa femme faisait ses gâteaux elle-même. Elle conservait les réponses à ces questions dans un livre de bord, répertoriant par ordre alphabétique les familles importantes du coin. Il lui arrivait aussi de s'en prendre à une personne en particulier qui la dérangeait. Des semaines durant grand-maman suivait alors sans fin ses allées et venues. Elle savait comment prendre les empreintes digitales et gardait celles de mère sur une fiche de recette au cas où mère serait kidnappée. Grand-maman en vint même à accumuler des petites enveloppes témoins où elle mettait la poussière ou les cheveux trouvés sur les meubles des gens à qui elle rendait visite. Aux dires de mère, elles n'avaient pas pris le thé chez quiconque, une certaine année, sans que grand-maman ne s'y empare subrepticement de quelque chose comme un mouton de poussière qu'elle glissait dans une enveloppe, et enfouissait dans la poche de son tablier. Mère n'avait d'ailleurs aucune idée de ce qu'il était advenu de ces *preuves*. Sa mère abandonna l'entreprise des apprentis détectives aussi brusquement qu'elle s'y était lancée.

Grand-maman, à son arrivée chez nous, nous scruta du même genre de regard un peu fou. Nous avions vécu en vase clos jusque-là. Il se peut que les éclats des querelles nocturnes de mes parents aient filtré par les fenêtres grillagées et que j'aie eu raison de redouter le mépris des voisins. Mais personne ne s'enquérait vraiment de notre famille, ni de mère, qui était « nerveuse ». Nous ne mettions pas les pieds à l'église. Nul ne nous rendait visite. Nous faisions sans doute le même effet aux gens du voisinage que l'image brouillée d'une télé en mauvais état. Grand-maman, elle, nous fixait de ses yeux d'un bleu de laser, derrière ses lunettes à monture d'écaille, et demandait tout à coup : « Puis-je me permettre une suggestion ? » ou commençait toutes ses phrases par : « Pourquoi ne fais-tu pas... ? »

Et puis, c'était une drôle de cachottière. Elle s'affairait comme si elle avait eu un emploi du temps surchargé, Dieu seul savait par quoi. Ou encore, elle trimballait une énorme sacoche de médecin en crocodile noir qui contenait, outre l'attirail d'une dame normale — produits de beauté, mouchoirs brodés de pivoines

—, une véritable scie à métaux. L'instrument était du genre de ceux qu'on voit dans les séries B, quand les criminels en ont besoin pour scier les barreaux des prisons. Si vous croyez que j'invente, Lecia vous le confirmera. Car elle l'a vue aussi. D'ailleurs on n'arrêtait pas d'en rigoler et de faire comme si on gardait grand-maman prisonnière et qu'elle préparait son évasion.

J'avais toujours pensé que ce qui me manquait dans ma famille, c'était une femme aux petits soins, experte en gâteaux au chocolat, qui m'aurait bouclé les cheveux et maternée à l'instar de Donna Reed. Mais sous le règne de grand-maman, je devins plus insupportable. Je me mis à me ronger les ongles et mes crises de rage empirèrent tellement qu'elles n'amusèrent même plus papa. J'ai déchiré les nouveaux rideaux qu'on avait suspendus aux fenêtres de la salle à manger et j'ai griffé Lecia sur les deux joues si fort qu'elle en garda des marques. Les raclées ne me faisaient pas le moindre effet. Je me refusais à pleurer pendant les fessées et pourtant j'avais été un bébé célébrissime pour ses crises de larmes. Je me rappelle encore papa, une cravache à la main, et moi, les mollets nus, zébrés d'empreintes cuisantes, disant : « Vas-y, fouette-moi, si tu as besoin de frapper une petite fille comme moi pour te sentir un homme. » Fin de la fessée.

Lecia s'en sortait mieux. Elle avait meilleur caractère que moi, tout en étant une lèche-bottes plus avertie, mais elle ne subissait pas moins la pression. Ainsi, c'est pendant le séjour de grand-maman que ma sœur m'enfourna dans le bac à linge sale qu'on tirait du mur de la salle de bains. Elle m'y abandonna hurlant au milieu des serviettes de toilette moisies jusqu'au retour de Mae Brown, partie en courses. Elle se prit aussi à vernir sa frange d'une telle couche de laque que ni le vent, ni la pluie ne la faisaient bouger. (Ce qui lui valut de ma part le surnom de Casque de Minerve.) Et elle cacha ses genoux en rallongeant toutes ses jupes. Sur les photos de l'époque, ma sœur ressemble à une mioche qui, voulant passer pour une grande, ne réussit qu'à se transformer en gargouille, ni adulte ni enfant. Une fois elle me fit grimper sur ses épaules et enfiler une blouse de peintre en velours marron, qui allait de mes épaules à ses genoux. Nous avons titubé de porte en porte, jouant à être la dame qui quête au profit de la Société américaine contre le cancer. Je me rappelle avoir brandi un pot de café sous le nez d'inconnus rencontrés en chemin, en tanguant sur ses épaules. Nous n'avons pas ramassé un seul *cent*.

Il faut être juste avec grand-maman. A cinquante ans, elle se mourait d'un cancer. Ce genre d'épreuve ne vous bonifie pas le caractère. Je ne me souviens pas d'avoir jamais éprouvé un élan de tendresse envers elle, ni d'en avoir senti de sa part. Elle avait les joues ratatinées comme une vieille pomme et sentait la jacinthe. Quoique encline à jeter mes bras autour du cou de n'importe quel adulte un peu chaleureux, vendeur d'aspirateurs, mécanicien ou caissière de supermarché, je n'embrassais grand-maman sur la joue que sous la contrainte.

Le pire n'était pas tant le chambardement provoqué par sa venue que le silence qui l'entoura. Personne ne pipait mot sur notre mode de vie d'avant grand-maman. On avait le sentiment que ces changements avaient déferlé sur nous comme une lame de fond et passé au laminoir ce que nous avions été. Confusément je savais que proposer un dîner au milieu du lit, ou me déshabiller en rentrant d'avoir joué dehors, aurait jeté un tel voile d'opprobre sur la maisonnée que je m'en gardais bien. Nous avions manifestement tout fait de travers des années durant.

3

Aux voisines qui m'interrogeaient, j'avais cette façon laconique d'expliquer l'évolution du cancer de ma grand-mère :

— Ils lui ont d'abord arraché l'ongle du doigt de pied, puis le doigt de pied, puis le pied. Ensuite ils lui ont soufflé du gaz moutarde dans la jambe jusqu'à ce qu'elle brûle et devienne toute noire et grand-maman a hurlé sans arrêt pendant six semaines. Alors ils lui ont coupé la jambe qui a fait comme un chicot noir posé sur un oreiller. Ensuite, elle a appelé Lecia d'un faux nom quand on a été la voir. Ensuite, elle est rentrée à la maison, et cela lui est monté au cerveau, elle est devenue folle, des fourmis lui ont rampé sur tout le bras. Ensuite, elle est morte.

Lecia et moi, au terme du récit, on fouillait du regard la cuisine de la dame chez qui nous nous trouvions, à l'affût de biscuits ou de boissons gazeuses. Nous savions d'instinct que l'exposé sur la mort d'une grand-mère serait payant. Lecia, au bout d'un temps, apprit même à verser quelques larmes. Et les enchères montaient alors jusqu'à la crème glacée. (Si je donnais ici la parole à ma sœur, elle rectifierait mon souvenir. Elle continue à prétendre qu'elle pleura sincèrement la vieille dame, une âme généreuse, et que j'étais trop petite, trop étroite d'esprit alors pour avoir correctement enregistré les événements. Je soutiens que ces bons souvenirs l'arrangent bien plus qu'ils ne correspondent à la réalité : elle se souvient comme d'un plaisir d'avoir tricoté de la dentelle, et de Ronald Reagan, pour qui elle a voté à deux reprises, comme d'un brave type.) Même sous la torture, je n'aurais pas pleuré grand-maman. Mais je connaissais bien mon texte et appuyais la prestation de morveuse de Lecia à coups de vigoureux hochements de tête. Comme dans la plupart de mes transactions en public avec les adultes, je tablais aveuglément sur la compassion que je leur inspirais pour obtenir ce que je voulais.

Pendant longtemps, la lente agonie de grand-maman se réduisit au stéréotype que nous colportions ainsi. Les mots se substituèrent à la réalité, on connaît le mécanisme. Il est possible que mon absence de chagrin ait horrifié à juste titre les voisines qui m'écoutèrent et que ma force d'âme ne les ait pas impressionnées comme j'en avais le dessein. Je bats ma coulpe devant elles pour ce mensonge. Et, croyez-moi, je n'ai dupé personne plus gravement que moi-même en refoulant ces dix-huit mois de spectacle d'horreur.

Lecia se prosternait aux pieds de la vieille dame par souci de maintenir la paix et parce qu'elle y gagnait des points auprès de mère. Moi, pour des motifs obscurs, je m'employais à l'éviter. Pendant des années il m'a été impossible de m'imaginer qu'elle ait pu aimer me laver, tirer avec un peigne fin sur les nœuds de mes cheveux. Cette époque me rappelle avant tout une sensation d'effroi partant de la base de ma colonne vertébrale et prenant un essor qui frisait la panique. Il est une zone en moi qui se crispe encore maintenant dès qu'on évoque grand-maman. J'aimerais tout autant que son fantôme ne vienne pas prendre place dans la chaise roulante dont l'image est enchâssée dans ma cervelle.

Peut-être cette répulsion provient-elle pour partie du sentiment de rejet normal qui s'empare d'un enfant face à un infirme. Un mourant dans une famille détourne une fraction considérable de l'énergie des adultes. Mais, pour un gosse, je vous assure que c'est comme de regarder de la peinture en train de sécher. Je n'étais pas vraiment capable d'éprouver une ferveur quelconque à son sujet. Sans doute y a-t-il des gosses qui le sont ; des enfants élevés chrétiennement avec une propension à la sainteté, qui lisent les Écritures à la tombée du crépuscule à leurs grands-parents pourrissants. Ce ne fut pas mon cas. Grand-maman s'incrusta trop. Elle fit trop pleurer ma mère.

En outre, avant sa maladie, nous ne la connaissions pas si bien que ça. Mary, c'était son prénom et j'en avais hérité. Notre unique voyage à Lubbock mis à part, elle avait à peine représenté plus pour moi que ce nom soigneusement dessiné aux crayons de couleur sur une série de cartes de vœux faites main. L'une d'elles, rouge, en forme de cœur collé sur un napperon en dentelle de papier, a été conservée dans la boîte à cigares dorée de papa. L'enveloppe porte l'adresse de l'hôpital M.D. Anderson (maintenant Centre médical de Houston). Le cœur s'ouvre sur ce singulier message : « Chère grand-maman, j'espère que tu vas mieux. Un homme est mort dans un accident de voiture, il ne mesurait plus qu'un mètre. Voici l'homme. » J'avais dessiné un bâton horizontal, avec des X pour les yeux, près d'une petite voiture surmontée d'un pansement adhésif. Mon idée de la mort à l'époque, j'imagine.

Il suffit néanmoins d'évoquer à un psychiatre dodelinant du chef le souvenir d'une maladie abominable pour trébucher dans un silence insondable, quelle que soit la neutralité du regard qu'on y a posé dans l'effort de se protéger de son poids d'atrocité. Au sein de ce silence intérieur, un cliché glacé d'horreur se développe, suivant un processus quasi chimique, comme une pellicule de film mise à tremper dans une solution magique. Ainsi au moment où je commençais à croire en la vérité absolue de la tirade laconique que j'avais récitée ma vie durant sur le déroulement du cancer de grand-maman, un voile opaque se déchira, me révélant la réalité de cette souffrance. Il ne s'agit pas de celle du vieillard aperçu alors qu'il essaie d'ouvrir un de ces porte-monnaie noirs au fermoir qui claque avec ses doigts perclus de rhumatismes, parce qu'il cherche de la monnaie pour un soda au distributeur de Coca-Cola. Il ne s'agit même pas de celle du petit enfant croisé une fois dans un jardin, derrière une grille cadenassée, attaché à une corde à linge, comme un chien, au cœur de la chaleur de midi. Ces douleurs chuchotent des rumeurs de souffrance. La souffrance, la vraie, a un visage, une odeur. Elle subsiste sous sa forme la plus intense quelles que soient les tentures dont on la recouvre. Et elle vous connaît.

Les médecins s'efforcèrent d'enrayer la propagation de sa tumeur en insufflant du gaz moutarde dans la jambe de grand-maman. Il en résulta une douleur du calibre mentionné. Un traitement aussi médiéval est difficile à imaginer de nos jours. Lorsque, adolescente, je lus des témoignages sur la Grande Guerre, sur la façon dont les nuages de gaz moutarde, flottant au-dessus des tranchées, perforaient les poumons des soldats, il me fut impossible d'élucider ce qui avait poussé les docteurs à l'utiliser pour soigner la vieille femme. Le traitement carbonisa la peau claire de sa jambe, qu'il réduisit en une chose complètement rabougrie. C'était tout simplement de la chair et des os dont la moelle s'était évaporée en mijotant. D'après mère, grand-maman a effectivement hurlé sans trêve, mais des semaines durant, non pas des jours, en dépit de la morphine. Ils finirent par amputer la jambe, la gangrène s'étant mise en chemin.

Au début, l'idée que grand-maman avait perdu sa jambe ne me troubla pas outre mesure, elle restait circonscrite au domaine de nos chimères. Lecia et moi, on trouvait génial qu'elle ait une chaise roulante. On pourrait faire des tours avec. On était en pleine période Peter Pan, alors je me représentais grand-maman en pirate avec un pilon. Le premier jour, dans la voiture sur la route de l'hôpital, je la dessinai en capitaine Crochet avec une jambe de bois, un chapeau à panache et une tête de mort. Lecia eut le bon sens infini de plier le dessin en quatre et de le fourrer dans sa poche arrière avant que mère ne l'aperçût.

Mais mère ne l'aurait sans doute pas décrypté tant elle était psychiquement survoltée. Elle avait beau être « nerveuse », en temps de crise elle se ressaisissait toujours. Vraiment, elle était impressionnante. Je l'ai vue démonter et remonter une machine à laver, coudre en un jour une robe à partir d'un patron de chez *Vogue* de trente morceaux, réussir brillamment un examen de maths à l'université, où elle était retournée à quarante ans, ou empiler des couches de briques. Nous disions que si elle s'était coincé un néné dans une essoreuse, elle se serait, imperturbable, mise au boulot pour le sortir de là. La maladie de grand-maman, une circonstance de cet ordre, dissipait chez mère tout signe de « nervosité ». Elle démontra son sang-froid en redressant l'échine. Elle maigrit et ne se déplaça plus qu'en cas d'incontournable nécessité sans jamais paraître en repos pourtant. Il n'y pas lieu de s'étonner de son effondrement après les funérailles, elle avait vécu en état d'incandescence depuis le début de la maladie.

A l'époque il y avait sûrement des règlements interdisant aux enfants l'accès du pavillon des cancéreux. Mais mère se disait que notre présence réconforterait grand-maman. En plus, papa travaillait en équipe de jour et elle n'avait plus grand monde à qui nous confier. Je n'avais jamais été dans un hôpital auparavant. En général on se souvient de l'odeur de désinfectant, du rythme trépidant des allées et venues, des gens en chaises roulantes qu'on pousse dans des pièces, tandis que tubes et bouteilles se balancent au-dessus d'eux.

L'hôpital se précise dans mon souvenir au moment où Lecia me tire par le coude, m'empêchant de regarder un type qui dégueule ce qui ressemble à de l'eau claire dans un bassin argenté en forme de rein. Je me détourne du malade et me réfugie dans l'invisible nuée de parfums enveloppant mère : *Shalimar*, le tabac, les bonbons à la menthe. L'odeur planait au-dessus de moi et je m'avançais, la tête au niveau de la hanche de mère, étirant le cou, aspirant profondément, pour me remplir les poumons d'une parcelle de son être. Elle portait une longue robe de soie vert kaki, serrée à la taille par une ceinture en crocodile de chez Chanel. Elle marchait à grandes enjambées, jetant la cuisse en avant comme un mannequin. Elle avait une façon de poser le pied qui étouffait le bruit de ses talons. Elle me paraissait très loin de moi, et de ma hauteur, ses cheveux courts, épais, coiffés en arrière me faisaient l'effet d'une crinière de lionne.

Mère ouvrit les portes à double battant. Une voix suppliait, chuchotante, « S'il vous plaît, s'il vous plaît, s'il vous plaît ». Nous sommes passées devant la chambre d'une femme incroyablement jeune dont les tresses de cheveux noirs se dressaient comme une tour. Étendue sur une chaise longue, elle pressait contre sa joue une poire à lavement en caoutchouc rouge. Une radio diffusait de la musique d'orgue marquant la fin d'un match de base-ball. Et puis, une grande porte s'ouvrit sans bruit, nous étions arrivées dans la chambre de grand-maman.

Le plus scandaleux dans une amputation, c'est son côté rudimentaire. Tout de même, ils pourraient finir proprement leur boulot. Il se peut qu'ils le fassent de nos jours. Quiconque a déjà dépecé un cerf avec un couteau de chasse, ou simplement découpé un poulet ou un lapin, sait combien on se sent une brute à taillader os et cartilage. Je pense que dans la salle d'opération à l'époque, ils se servirent d'une petite scie circulaire. Peu importe, cela revient au même. En fait, je m'étais attendue à ce que la jambe tranchée de grand-maman ressemblât à celle d'une poupée, sans traces de sang, impeccable. Peut-être aussi à ce qu'elle fût bandée.

Ils avaient aussi enlevé la partie de la jambe au-dessus du genou. Le restant de la cuisse de grand-maman, calée sur un oreiller d'hôpital, avait vraiment un air de travail bâclé. Des filets noirâtres remontaient sur la cuisse à partir du moignon, on aurait dit les rigoles d'un cours d'eau en train de tarir. S'agissait-il des brûlures du gaz, ou des traces du gaz ayant a posteriori empoisonné le sang, je ne sais. Visiblement, ils avaient tenté d'économiser assez de chair de la cuisse pour la replier sur l'os tranché. On s'était évertué à la recoudre soigneusement afin que le moignon eût l'air naturel. Mais les points de suture révélaient qu'on avait replié les lèvres de la plaie au petit bonheur, comme un rôti de porc qu'on aurait négligemment refermé après l'avoir farci. La couleur noire des points de suture contrastait avec la blancheur de la peau. En plus, ils lui avaient barbouillé toute la cuisse d'une espèce d'onguent qui la lustrait d'une moiteur pénible à voir. En dépit des cinq bouquets de fleurs envoyés par ses sœurs, la chambre empestait d'un relent comparable à celui du liniment noir pour chevaux que j'avais senti une fois dans un ranch. L'odeur venait sans doute du médicament pour les brûlures.

Un simple regard sur cette jambe me donna envie de filer tout de suite. Mais la porte s'était refermée sur nous en grinçant et grand-maman tournait déjà son visage vers nous. (Le temps se télescope ici, ralentit, je ne sais pourquoi. Il me faut me tenir à quatre pour m'empêcher de prendre le large.) Sa maigreur et sa pâleur étaient telles qu'on voyait à travers elle pour ainsi dire. Ses lèvres avaient bleui, ses cheveux blanchi et ses yeux, qu'on apercevait lorsqu'elle clignait des paupières, étaient si clairs qu'on aurait dit qu'une vision l'avait ébouillantée dans les profondeurs. Lecia s'avança droit vers le bord du lit, comme si de rien n'était. Grand-maman ouvrit et referma la bouche à quelques reprises comme un poisson. On lui avait retiré son dentier qui reposait sur un napperon couvrant la table de chevet. Il y avait aussi ces filets de salive blanchâtre, coulant de ses lèvres aux coins desquelles des croûtes jaunes s'étaient amassées. Mère observa que vraiment on aurait pu la laver, lui remettre ses dents. Elle n'avait pourtant pas l'air affolée. Je n'en revenais pas. D'habitude, mère était au moins aussi poule mouillée que moi et moi j'étais prête à me sauver à toutes jambes. Grand-maman tapota le bord du matelas de sa main dont Lecia s'empara tout de go. Grand-maman suffoqua subitement. Lecia laissa tomber la main et recula d'un pas. Mère s'avança à son tour, lui lissa avec douceur les cheveux en arrière, lui demandant comment elle allait. Grand-maman recommença à tapoter le lit en direction de ma sœur qu'elle fixait d'un regard vide comme si elle tombait du ciel et venait d'atterrir au bord du lit. Son halètement reprit de plus belle et elle dit :

— Belinda où étais-tu ? Dieu soit loué, Belinda.

Et puis elle continua à parler d'une voix redevenue calme, disant combien Belinda lui avait manqué, combien elle l'avait cherchée. Lecia, elle, se mit à jouer avec le plus grand naturel le rôle de cette personne dont nous n'avions jamais entendu parler.

Mais cette histoire de Belinda me glaça le cœur. C'était même pire que la vision d'horreur de ce moignon à la Frankenstein couturé de points de suture, ou que les rigoles noires le long de la cuisse blanche.

Avant notre départ, mère déversa un torrent d'injures sur les deux médecins responsables du traitement au gaz moutarde. On ne se marrait jamais quand mère piquait une crise de rage en public, mais cette fois, elle me fit presque plaisir. On aurait dit qu'elle réintégrait son corps après avoir été prostrée comme un zombie toute la journée. (Peut-être que c'était un coup de son *ate*, prenant soudain possession d'elle, auraient dit les Grecs.) Les docteurs restaient là, gobelets de café à la main, sans songer à partir. Une énorme femme de l'administration de l'hôpital, vêtue d'une robe à fleurs qui la faisait ressembler à un sofa, bondit hors de sa cage de verre et s'interposa. Mère traitait les docteurs de vautours se repaissant de la douleur humaine, quand la femme posa la main sur son bras, lui proposant de faire une neuvaine de chapelet pour grand-maman. A quoi mère répliqua :

— Ah non, pas question de vos « Je vous salue Marie » pour ma mère!

Ensuite, on s'éloigna à toute allure des médecins et de la dame-canapé. Le long corridor qui nous aurait ramenées vers grand-maman s'allongea et s'amenuisa derrière nous. Les portes de l'hôpital s'ouvrirent en gémissant. La chaleur humide nous happa. Mère dut s'essuyer les mains avec un torchon avant de prendre le volant.

Malgré nos efforts pour rester le plus tranquilles possible, elle ne versa pas une larme ce jour-là. Oh, je me mis bien à réclamer une serviette pour m'asseoir sur le siège, à me plaindre de la soif. Mais Lecia avait une façon impérieuse de me regarder qui me fermait le clapet au quart de tour. Son visage enfantin était empreint d'une gravité à laquelle je songe encore comme digne d'un sénateur. Elle me regardait en coin de ses yeux bruns sous la rangée des pointes blondes et brillantes de sa frange durcie de laque. Avec ce regard, elle réussissait toujours à me clouer sur place, à m'arrêter en plein milieu d'une phrase.

Nous étions en route vers le zoo de Houston. Mère s'en était sûrement servi de monnaie d'échange contre la visite à l'hôpital. Aucune personne saine d'esprit ne se serait risquée à passer l'après-midi dehors par cette chaleur. On grimpa dans le petit train gratuit qui traversait le zoo. Mais il était bondé de gosses de la campagne, de ceux qui renversent tout, qui mâchonnent des chewing-gums, qui pètent et qui rendaient mère folle. On descendit du train à la boutique de cadeaux.

Elle nous offrit des chapeaux à la Peter Pan avec nos noms brodés sur le côté en lettres rondes. Puis j'ai joué avec la grande roue miniature du bijoutier. Si un bijou vous plaisait, on poussait un bouton et elle ne tournait plus. Je n'en finissais pas de l'arrêter au niveau d'un bracelet d'or à breloques en forme d'animaux. Sans même que je l'aie demandé, mère en acheta un pour chacune de nous trois. Le bijoutier lui enfila le sien, lui caressant l'intérieur du poignet avec son index. Mon plexus solaire en fut broyé de peur. Mère ne réagit pas à ce geste alors qu'elle ne supportait pas qu'un homme la touchât. Une fois elle avait jeté son sac à la tête d'oncle A.D. parce qu'il lui avait pincé les fesses.

Après, on a mangé des sandwichs sur des tables à pique-nique rondes en béton bizarrement installées à proximité des fosses des singes dont on respirait la puanteur à plein nez. Lecia, dans le but de montrer qu'elle se rangeait du côté de mère contre l'hôpital, a rappelé quels abrutis étaient les médecins. Mais mère a redressé la tête comme si elle ne comprenait pas de quoi parlait Lecia. Elle buvait du café noir et regardait dans le vide. Depuis longtemps, elle avait dépassé le stade où elle aurait pu se répandre en invectives contre la profession médicale ou prétendre que le lamentable climat de nos marais ne convenait à rien si ce n'est aux cafards et aux serpents. Le repas touchait à sa fin. Son silence m'était insupportable. Il pesait trop lourd. Je me suis levée de table pour aller observer les singes. Ils se balançaient les uns sur les autres des projectiles ressemblant à de la merde. Un petit singe araignée se sépara du groupe; debout au bord de la fosse, son pénis rouge vif dans la main, il se branlait de toutes ses forces en criant. Mère ne parut même pas s'en rendre compte.

Les cages des fauves empestaient dans la chaleur. A l'époque, les zoos n'avaient pas encore entrepris de construire des habitats naturels pleins de rochers et de cascades. Les animaux dépérissaient dans des gîtes d'une abominable exiguïté. Les paupières du tigre du Bengale étaient infestées de mouches. Il ne clignait pas des yeux. Un garçon lui jetait des cacahuètes. Lecia trouva un moyen de menacer l'enfant qui s'arrêta.

Quand, adolescente, je découvris le poète allemand Rilke, il me remit en mémoire les fauves si désolés de ce zoo. Rodin, le sculpteur, avait envoyé Rilke, jeune poète alors, étudier des animaux de zoo. Rilke rendit en quelques traits cette puissance pétrifiée que j'avais perçue ce jour-là chez la panthère à la fourrure ternie :

Il semble que le monde
Soit barreaux innombrables; au-delà rien.

Comme elle tourne en rond, encore et encore,
La cadence de son pas souple et fort
Est celle d'une danse rituelle autour d'un centre
Qui tient captive une volonté souveraine.

A cette distance, je réalise que mère était également prise au piège, claquemurée dans son silence. Dieu qu'elle faisait menue dans sa robe de soie, à boire son café lavasse! Dans ses lunettes de soleil, je pouvais voir la panthère allant et venant derrière les barreaux, comme si celle-ci s'était introduite en mère d'où elle nous regardait d'un air interrogateur. Quand cette image de mère surgit dans ma mémoire, l'envie me prend de lui proposer de s'allonger à l'ombre du saule derrière elle. Il m'arrive d'autres fois de vouloir lui enlever ses lunettes de soleil, poser mes mains vigoureuses sur ses épaules qu'elle a bien carrées et la secouer jusqu'à ce qu'elle pleure, hurle ou fasse n'importe quoi susceptible de l'arracher à cet îlot de catatonie.

Nous avons fui la chaleur en entrant dans un bâtiment semblable à une cave. J'étais dans une période où les soyeux maléfices de Dracula me fascinaient. Je me dirigeai droit vers les chauves-souris vampires et fus déçue parce qu'elles étaient minuscules derrière la vitrine. A peine plus grandes que des mulots, elles étaient suspendues à un bâton, la tête à l'envers. Leurs dents, toutes petites, n'avaient rien à voir avec celles de l'acteur hongrois, Bela Lugosi, à la télé. Une des chauves-souris tomba enfin près d'une boîte de Petri remplie de sang au milieu de l'exposition. Elle était d'une telle maladresse en essayant d'arranger ses ailes délicates qu'elle me fit penser à un parapluie désarticulé. Lecia allait d'une vitrine à l'autre, s'intéressant aux hiboux, aux opossums et autres bestioles nocturnes parce qu'elle avait décidé de devenir vétérinaire ou infirmière. Assise sur un banc de pierre, au-dessous du panneau rouge EXIT, mère fumait. J'étais comme hypnotisée à force d'attendre que la chauve-souris empotée bût le sang que je lui montrais en donnant des petits coups sur la vitre. Elle ne le fit jamais.

Au crépuscule nous étions sur les routes à lacets,

cherchant l'autoroute 73 vers la maison. Mon regard passait sans arrêt d'un point à un autre. D'un côté je regardais défiler par ma fenêtre les nouveaux gratte-ciel de verre s'élançant vers la voûte céleste, de l'autre je captais les yeux de mère dans le rétroviseur, lesquels reflétaient toujours un vide inquiétant. Il n'y avait rien dans ces yeux, à part les lignes brisées et blanches qui semblaient décoller de la route pour s'infiltrer dans le recoin le plus sombre des pupilles de mère où elles s'enfonçaient comme des couteaux.

On ne vit plus beaucoup mère à la suite de l'amputation et du périple à Houston. Tantôt elle revenait de l'hôpital les matins, le temps de se changer et d'y repartir; tantôt nous étions couchées à son retour. C'est alors que le poids de son corps qui faisait pencher notre matelas me réveillait. Elle s'inclinait pour m'embrasser, m'inondant de *Shalimar*, et tirait sur le dessus-de-lit gaufré qui cloquait sous mes mains comme des lettres de braille. Parfois, elle passait la nuit, assise de mon côté du lit, fumant jusqu'à l'apparition des premières lueurs de l'aube à la fenêtre. Elle chassait la fumée de mon visage avec sa main, créant une agréable petite brise. Je gardais mes yeux clos, sachant qu'elle partirait si je me réveillais. Or ces nuits-là, je n'avais d'autre désir que de reposer au cœur de son parfum, que je porte encore, à imaginer les volutes dessinées par la fumée de ses Salem. J'avais commencé à creuser dans mon crâne un puits où enterrer l'épouvante provoquée par la jambe tailladée de grand-maman, par la paralysie psychique de mère au zoo. Je n'aspirais donc pas à en parler ou à ce qu'elle me rassurât à leur propos. (Les enfants s'apparentent beaucoup aux chats et aux chiens, un câlin suffit quelquefois à les apaiser.) Mère, assise à quelques centimètres de moi, diffusant la chaleur ténue de son corps à travers la courtepointe, me comblait.

Hormis ces apparitions de mère, papa s'occupa

constamment de nous le reste de l'été, même si ce fut avec quelque relâchement. A un certain moment, les hommes de la Bande de Menteurs ont débarqué dans leurs camionnettes, munis de leurs boîtes à outils en vue de transformer le garage en une chambre supplémentaire pour mes parents, lesquels avaient dormi sur un canapé convertible dans le salon lors du séjour de grand-maman. J'imagine qu'ils voulaient aménager à cette dernière un coin plus confortable pour mourir. J'avais pris soin de rejeter dans l'ombre toute pensée me rappelant l'existence de grand-maman, vivante ou morte, malade ou en bonne santé, et ne compris pas tout de suite de quoi il retournait. Tous les matins, quand Lecia et moi finissions d'avaler nos céréales pâteuses à souhait, l'un des hommes montait pesamment les marches de la véranda avec ses gros godillots et ouvrait la porte grillagée. Papa sortait alors les gobelets à café propres.

Les hommes arrivaient tôt. Chaque jour, ils travaillaient aux heures les plus chaudes. Ils s'étaient tous mis en congé pour participer à l'ouvrage qu'ils faisaient pour rien, hormis la bière et le café fournis gratuitement. Au milieu de la matinée, ils étaient torse nu. Ils avaient de larges dos et des bras noueux. Cet été-là, ils attrapèrent les plus gros coups de soleil qu'il m'ait jamais été donné de voir. Ben Bederman avait une bedaine toute ronde, sans poils, qui débordait au-dessus de son tablier de charpentier et son dos brûla, pela, rebrûla jusqu'à prendre la teinte brune du sirop de canne à sucre. Les hommes buvaient des bières Lone Star tout au long de l'après-midi, les sortant de deux glacières Coleman rouges que papa remplissait à ras bord chaque matin.

Plusieurs fois par jour, la femme de l'un ou l'autre se pointait avec de quoi nous sustenter. Quoi qu'on pense de la cruauté des travaux forcés — un été, j'ai cru mourir en peignant les dortoirs d'une université —, ils vous donnent un tel appétit qu'ils en sanctifient l'acte de manger. Les hommes posaient leurs outils et souriaient d'un plaisir sans mélange aussi bien à la vue des sacs blancs pleins de crabes grillés du col Sabine qu'à celle des *tamales* enroulés dans leurs feuilles de maïs achetés à la boutique du bord de la route. Ils prenaient toujours le temps d'admirer la nourriture avant de se mettre à manger, pudeur ou appréciation j'imagine, comme s'ils voulaient s'assurer que leur repas n'était pas mirage prêt à se dissiper. Papa trempait son bandana rouge dans la glace fondue de la glacière, étudiait le contenu fumant du sac ouvert tout en s'essuyant le visage.

— Dieu ! regarde ça, disait-il, adressant un clin d'œil à qui l'avait apporté.

Ruby, la femme de Ben, arriva un jour avec une grosse bassine d'huîtres sablonneuses, qui n'étaient pas écaillées. Il fallut deux hommes pour la sortir du camion. Ruby passa une grande partie de la matinée à les ouvrir avec un petit couteau. Quand elle eut fini, deux énormes bocaux à saumure remplis d'huîtres nettoyées reposaient dans l'eau froide du baquet. On les mangea, assaisonnées de sauce piquante, de poivre noir et de citron. (Aux dires de Lecia, j'en mangeais deux à la fois, comme ça aucune ne souffrirait de solitude dans mon estomac.) Quand on pressait du citron sur les huîtres, on aurait dit qu'elles tressaillaient. D'abord, elles faisaient froid dans la bouche, mais se réchauffaient tout de suite et s'avalaient bien vite, vous laissant un arrière-goût de mer. On faisait passer l'huître avec une gorgée de bière qu'on avait un peu salée. (A sept ans, je manifestais déjà un goût prononcé pour l'alcool.) Ensuite, on mangeait un petit biscuit sec.

Avant cet été-là, j'avais participé à beaucoup de pique-niques organisés par l'église, entendu d'intarissables pasteurs baptistes rendre grâce dix minutes d'affilée pour les salades de pommes de terre et les morceaux de poulet pané posés sur des tables de jeu. Ce sont pourtant ces hommes suants, rougeauds, assis sur des piles de planches à engloutir des huîtres, qui m'ont appris l'essentiel de ce que je sais des joies simples. Ils étaient heureux de manger à leur faim en retour de leur labeur, heureux d'être assez vigoureux pour enfoncer des clous, heureux de respirer. Certes ils râlaient en racontant leurs bobos, certes ils se moquaient des doléances des uns et des autres. Mais il y avait comme un écho de rédemption qui vibrait entre eux, à moins que je n'aie complètement idéalisé leur camaraderie. Et il ne fut pas balayé quand ils s'attaquèrent au toit, alors qu'ils passaient des journées entières au sommet du nouveau garage, une cuvette de goudron bouillant à proximité, loin de l'ombre fraîche de notre arbre à chapelet. Le soir ils retiraient leurs godillots, ôtant l'une après l'autre leurs doubles paires de chaussettes de coton qu'ils mettaient à sécher sur les briques chaudes. Papa avait coutume de renverser le contenu des glacières à l'endroit précis de l'herbe où ils se trouvaient et l'eau ruisselait sur leurs pieds moites. A cette heure du jour, à la tombée rapide de la nuit, les hommes s'accordaient une pause, se passaient une fiasque de whisky Tennessee ou allumaient leurs cigarettes et ils étaient irradiés d'un éclat que je ressentais confusément comme appelé à disparaître. Parfois, quand ils grimpaient dans les cabines de leurs camions, j'avais une envie folle de leur courir après, de leur crier de revenir.

Avec mère, je me sentais toujours au bord de l'imprévu, de quelque chose de jamais vu ou lu ou acheté, à même de nous transformer. Avec mère, on ne savait jamais où cela mènerait quand on montait en voiture. Elle était capable de dépenser un mois de salaire en livres dans lesquels on se plongeait des journées entières, si un démarcheur d'encyclopédies se prenait à frapper à notre porte. Avec papa et sa bande de copains, je savais toujours à quoi m'attendre et en éprouvais un sentiment diffus de sécurité.

Tout fut terminé au mois d'août et mes parents se retrouvèrent à la tête d'une chambre lambrissée avec une douche carrelée indépendante, cependant qu'un garage assez vaste pour contenir deux voitures se dressait derrière la maison, où était aussi installé un atelier réservé à mère, le signe d'acquiescement de papa à son désir de peindre. La pièce, haute de plafond, était percée de lucarnes, une nouveauté pour l'époque, et dotée d'un poêle noir où mère ferait du feu par les soirées pluvieuses. Elle installa son chevalet en un rien de temps et se mit à peindre à l'huile. Elle s'attela en tout premier à un portrait de grand-maman vêtue d'une robe bleue unie, en s'inspirant d'une photo Polaroïd prise juste avant que grand-maman n'ait perdu la jambe.

Mère devait y travailler à son retour de l'hôpital, tard dans la nuit. Dieu sait qu'elle ne disposait pas d'autres moments, ayant même sacrifié son travail au journal pour prendre soin de grand-maman. Pourtant, en une semaine, elle avait transformé l'esquisse couleur d'ambre de la toile blanche en un fac-similé de ma grand-mère. Tous les deux ou trois jours, je piquais à la dérobée la clé de l'atelier au clou de la cuisine et allais vérifier l'évolution de son travail. Je me faisais vraiment l'impression d'être une voleuse s'introduisant dans une église lorsque je déverrouillais le cadenas et que la porte de l'atelier s'ouvrait. J'accédais à un royaume qui n'avait jusqu'alors existé que dans les histoires que mère nous racontait en nous mettant au lit, sur les artistes qu'elle aimait : Van Gogh et son oreille tranchée; Gauguin et ses filles des îles; Degas le bossu et son amour fou pour les danseuses; la façon dont Pollock avait dépensé une fortune pour acquérir un dessin de Picasso qu'il avait ensuite gratté pour en percer le secret. Les effluves de térébenthine qui se mêlaient à la fumée du bois humide et au picotement diffus de la vodka composaient un bouquet d'arômes jamais respiré avant ou après. L'idée que mère créait une personne en associant des huiles de toutes les couleurs aux tourbillons qui se formaient dans son crâne me laissait bouche bée d'émerveillement.

Le portrait de grand-maman différait des autres œuvres à l'expressionnisme débridé de mère. Il était guindé, plus formel. Mère lui avait dessiné des bras à angle droit, des épaules carrées comme celles d'un militaire et un visage dénué de toute expression. Ce fut peut-être ce vide que j'ai essayé de combler quand j'ai pressé quelques gouttes de couleur orange sur un pinceau en poil de martre que j'ai appliqué sur la bouche, finissant par laisser une tache orange en plein milieu de la peinture. Il se peut que je me sois efforcée de la réduire au silence, ou de l'anéantir. Si l'on m'avait posé la question, j'aurais répondu que je voulais raviver son rouge à lèvres.

A la vue des dégâts, mère pleura, sanglota, maudit ces ignares de vandales indubitablement entrés par effraction. Elle ne demanda même pas si l'une de nous en était l'auteur. Enfilant un poncho mexicain, elle se soûla; allumant un feu, elle se répandit en anathèmes contre cette saloperie de marais et ses habitants qu'elle sabra d'un jugement laconique : « Ils ne sont même pas dignes de se considérer comme des membres de la race des vertébrés (*cordate phylum*). » A savoir, dut m'expliquer Lecia, qu'ils n'avaient pas de colonne vertébrale et que par conséquent ils étaient assimilables aux vers de terre, aux limaces, aux sangsues. Mère prit la voiture le lendemain matin et alla acheter à la quincaillerie un cadenas si lourd qu'il était impossible à forcer avec n'importe quelle pince. On suspendit la nouvelle clé au même clou dans la cuisine. Mais de moi-même, je décidai de me tenir à l'écart de l'atelier, de crainte d'y commettre d'autres forfaits.

Grand-maman rentra de l'hôpital, réduite à l'état de squelette. Elle faisait vraiment peur à voir et donnait l'impression d'être beaucoup plus maigre qu'à l'hôpital quoiqu'un peu moins pâle. On lui avait adapté une jambe artificielle. Elle se l'attachait tous les matins et l'enlevait le soir, la posant debout près de son lit. On y avait fixé une robuste chaussure noire, inamovible. Un jour, en passant devant la porte de grand-maman pour aller aux toilettes, j'aperçus la jambe. Elle n'était rattachée à personne et jetait dans le couloir une ombre immense qui venait frôler mes pieds nus. Le cœur battant, je reculai, rejoignant Lecia sous la couette, sans me soucier de mouiller le lit pendant la nuit (ce que je fis). Et puis des soirs comme ça, le chèvrefeuille qui grimpait le long des fenêtres grillagées dessinait des ombres hérissées de pointes sur les murs. Et certaines fois, j'entendais grand-maman marcher à cloche-pied dans le petit couloir menant à la salle de bains, donner des coups de canne dans la moulure de la porte. Lecia soutient que je déforme la vérité, mais j'ai en moi une vision précise de grand-maman. Elle se dresse dans l'embrasure de notre porte, son moignon pendouille carrément sous sa tenue de nuit. Elle jette les bras en avant pour s'appuyer au montant de la porte, ses cheveux lui auréolent le visage comme un feu de blancheur. Je la vois aussi clairement que le petit déjeuner d'hier mais Lecia prétend que ce n'est jamais arrivé.

Grand-maman portait des pyjamas d'un rose très pâle avec une robe de chambre assortie. Elle vous donnait la chair de poule en se déplaçant dans sa chaise roulante, plus silencieuse que n'importe qui en train de marcher. Elle faisait exprès d'en amortir le bruit et l'entretenait avec l'huile de papa, faisant preuve d'une patience aussi maniaque que lorsqu'elle tricotait de la dentelle. Elle renversait la chaise près de son lit, en graissait toutes les minuscules cavités jusqu'à ce que l'ensemble soit parfaitement lubrifié. Ainsi pouvait-elle soudain surgir au détour d'une pièce sans se faire entendre. Grand-maman avait pour habitude de bondir sournoisement sur Lecia et moi, hurlant « Ah! Ah! » comme si elle nous avait prises en flagrant délit de nous shooter à l'héroïne avec une pompe à vélo ou d'étriper une petite bête. Un jour, elle tomba sur nous alors que nous jouions au gin rami; mugissant son « Ah! Ah! » elle appela mère dans la foulée. Et tout en hurlant, elle nous gardait à l'œil de crainte que nous ne fassions disparaître les cartes avant l'arrivée de mère.

— Charlie Marie! Viens ici et donne le fouet à ces enfants. Je jure devant Dieu...

Entrant dans la pièce, mère s'enquit, éberluée, de l'affaire. Elle ne s'était jamais distinguée par son aptitude à donner des fessées. Grand-maman fit un sermon sur les méfaits du jeu (et, bizarrement, de l'alcool), alors qu'elle avait abondamment triché au loto organisé par l'église (et qu'elle descendait bien une caisse de bières par jour depuis son opération). De guerre lasse mère céda aux rodomontades de grand-maman et se mit en devoir de nous administrer des coups de chasse-mouches sur les jambes. Nous courûmes nous réfugier dans notre chambre en claquant la porte. Je me précipitai dans les bras de Lecia en gémissant que je n'avais rien fait. Mais Lecia me raisonna : dans la journée, nous nous étions tirées à bon compte d'au moins cinquante bêtises méritant une fessée. Nous n'avions qu'à considérer que l'équilibre était rétabli.

Au cours du mois d'août, je me mis à marcher dans mon sommeil. En réalité, je faisais plus que marcher : j'allais m'accroupir derrière les rideaux du salon où je crottais. Il arrivait qu'on ne me trouve pas avant le lendemain matin. Une fois, papa dut se lancer à ma poursuite car j'étais sortie et errais dans la nuit.

A l'automne, ma carrière scolaire ne se porta pas beaucoup mieux. Par deux fois on me renvoya provisoirement de la classe de onzième. En premier lieu, parce que j'avais mordu une petite fille qui s'appelait Phyllis, sous prétexte qu'elle ne sortait pas ses ciseaux assez vite, à mon goût, pour satisfaire le professeur. En second lieu, parce que j'avais cassé ma règle en plastique sur la tête d'un petit garçon que j'adorais, qui s'appelait Sammy Joe Tyler. Il lui poussa d'ailleurs une bosse bleu clair dans la paille de ses cheveux coupés en brosse. On m'expédia les deux fois chez Frank Doleman, le directeur. Ancien entraîneur de football, il était très bel homme et nous permettait, à Lecia et à moi, de l'appeler oncle Frank. (On l'avait impressionné parce qu'on avait appris à lire presque toutes seules avant d'avoir trois ans. Mère nous avait emmenées à tour de rôle dans son bureau. Chacune y avait lu consciencieusement, à voix haute, les gros titres du journal du jour de façon à le convaincre qu'il ne s'agissait pas d'un texte appris par cœur.)

Il me laissa passer l'après-midi dans son bureau à jouer aux échecs avec ceux qui venaient y faire un tour. Oncle Frank était ravi de me pousser à me mesurer à un garçon de huitième ou de septième particulièrement godiche. On les lui envoyait pour des corrections qu'il ne leur donnait jamais. En revanche il essayait de leur faire honte parce que je les écrasais aux échecs.

— Non mais regarde-moi ce petit bout de onzième qui t'a battu en six coups. Ne crois-tu pas que tu devrais écouter Mlle Vilimez au lieu de faire le pitre ?

Ainsi Mme Hess m'escorta-t-elle avec solennité dans le préau vers le bureau de Frank Doleman. Je faisais semblant de pleurer alors que je me sentais pareille au lapin Brer de l'histoire, qui n'aspirait qu'à retourner dans le trou plein de ronces où il était né et avait grandi mais suppliait le chasseur du contraire : « Je vous en prie, ne me rejetez pas dans mon trou plein de ronces ! » A la fin de chacun de ces deux jours, oncle Frank me raccompagna lui-même à la maison, dans sa décapotable blanche. Les enfants s'écartaient comme des vagues sur notre passage et moi, comme Jackie Kennedy, je leur faisais des signes de la main.

Simultanément, il se passa quelque chose avec un garçon bien plus âgé qui me sépara de la bande d'enfants du voisinage. Avant l'événement, la troupe de mioches dont nous faisions partie était sacrée pour moi. Lors de nos jeux avec la tribu, la fusion était parfaite et l'excentricité de ma famille entrait peu en ligne de compte. Je me souviens de nous, courant pieds nus sur le terrain de foot, virant et tournant bride dans un ensemble parfait, pareils à ces troupeaux de zèbres en Afrique dont on nous montre des photos prises d'avion à la télé.

Mais il y avait manifestement en moi une peur, ou une blessure, propre à attirer un garçon cruel. Il avait flairé qu'on pouvait me tirer à l'écart, m'effrayer un poil de plus, me faire souffrir un tantinet plus. Je le suivis quand il vint me chercher. Et après l'épisode j'eus l'impression qu'une force invisible, Dieu je présume, l'avait conçu depuis longtemps, m'avait poussée à suivre le garçon.

Toutefois, avant que ce garçon ne m'ait repérée, je me sentais merveilleusement à l'aise à courir à toute vitesse avec les autres à travers une prairie détrempée. Nous étions nombreux et nos âges s'échelonnaient de treize à quatorze ans, pour les plus grands, jusqu'aux deux ans de Babby Carter qui se traînait partout, accroché aux basques de la bande. A sept ans, j'occupais une position plus ou moins médiane dans le groupe, et étais plus que capable de compenser la délicatesse de mes os, ma maigreur, par une indéniable agressivité. Encore maintenant, Lecia affirme que j'aurais sauté sur une scie électrique si elle m'avait provoquée. Papa m'avait initiée aux vertus de ce qu'il nommait « points d'égalisation ». A savoir qu'il ne fallait pas seulement s'aider de bâtons, de planches ou de cailloux, mais garder une sacrée longue mémoire des mauvais traitements qu'on avait subis. Je n'hésitais donc pas à mordre et à sauter sournoisement sur un gosse plus costaud que moi qui m'avait terrassée la semaine d'avant. A ce que je sais, je ne flanchais jamais devant une bagarre, même celles qui me faisaient pleurer et plier en deux de douleur. Il m'arrivait de mettre une semaine mais j'y retournais toujours. (Je suis incapable d'évaluer aujourd'hui si c'était du courage ou de la lâcheté. Toujours est-il que cette attitude perdura. Je grandis. Le seul homme qui m'ait cognée, je le sortis de son sommeil deux nuits après la castagne en lui administrant un direct en pleine poire. A la suite de quoi, je lui annonçai qu'il était dans son intérêt de ne pas me frapper pour peu qu'il ait le désir de dormir un jour. Quant à ma sœur, en prenant de l'âge, elle développa un courage physique à la limite de la démence : elle balaya d'un geste et d'un « Va te faire foutre » le pistolet calibre .22 qu'un homme braquait sur elle en exigeant ses bijoux, dans le parking de son bureau d'assurances. L'homme prit la fuite et elle ouvrit tranquillement la porte de sa Mercedes. Quand l'inspecteur de police insista pour connaître le métier de son mari et qu'elle déclara être célibataire, il s'exclama : « En bien, je crois savoir pourquoi. »)

Les enfants de mon voisinage étaient tous plus ou moins logés à la même enseigne. Nos pères appartenaient tous au même syndicat. (Ils répondaient au téléphone par : « Ici le local 1242 du syndicat des ouvriers de l'industrie pétrolière, chimique et atomique. ») Ces hommes pointaient tous à la même machine, recevant à peu près exactement le même salaire. (On avait tenu notre famille pour riche parce que mère travaillait à temps partiel dans un journal.) L'un des pères travaillait peut-être à la Gulf, l'autre à la Texaco, le troisième à l'Atlantic Richfield. C'était du pareil au même. L'un était chaudronnier, l'autre surveillait le flux du catalyseur dans une unité délabrée. Mais les uns et les autres transformaient le pétrole brut en sous-produits divers, essence, kérosène et autres dont il fallait apprendre le poids au cours de physique de sixième. Comme c'était un peu mieux payé, ces hommes faisaient les trois-huit. Alors les jours où notre vieux travaillait de nuit, nous savions marcher sur la pointe des pieds. Le syndicat distribuait des cartons que les dames clouaient à leurs portes : CHUT ! TRAVAILLEUR DE NUIT AU REPOS. Mère exceptée, personne n'avait fait d'études supérieures. (Elle avait étudié au collège d'enseignement technique du Texas et aux Beaux-Arts.)

Les week-ends, quand on fauchait l'herbe du terrain de foot, nous ramassions le foin derrière le tracteur. Et nous en faisions des tas imitant les plans d'architecte que nos pères avaient couchés sur le sol quand ils avaient obtenu les prêts qu'on leur devait en tant que vétérans G.I. Sur chacun des schémas, il y avait deux chambres à coucher, une salle de bains et un garage attenant. Nulle part ailleurs, adulte, n'ai-je respiré des effluves d'herbe coupée aussi humides et aussi puissants que ceux qui se dégageaient du trèfle brun et de l'herbe saint-augustine dans ce terrain de foot.

Cette odeur me ramène à un jour parmi d'autres où je m'étais allongée à l'intérieur des tas soigneusement délimités de ma maison en herbe. Il faisait particulièrement frais. J'étais persuadée que je sentais la courbe de la terre sous ma colonne vertébrale. Les nuages filaient dans le ciel derrière le château d'eau. Je me suis retournée sur le ventre. Il y avait des poivriers, couverts de graines chaudes qu'on pouvait faire éclater entre les dents. Le trèfle craquait quand on l'arrachait du sol, et sa tige blanche avait une chair sucrée.

Une fois, une abeille me piqua. C'est le garçon plus âgé dont j'ai parlé qui me soigna en appliquant un cataplasme de boue et de salive jusqu'à ce que je m'arrête de geindre. Je crus qu'il m'aimait. J'avais soif d'amour.

Les jours de canicule, il était interdit de courir, car les coups de chaleur assommaient les petits. Nous jouions alors à un jeu inventé par l'un des gosses, baptisé « torture ». Il n'était pas aussi abominable que son nom le laisse augurer. Un des grands enfants nous réunissait en pleine chaleur poisseuse dans le coin le plus pouilleux possible, disons le soupirail tapissé de toiles d'araignées sous la véranda, derrière chez les Carter, ou la cage à pigeons rouillée de Tommy Sharp, ou encore un réfrigérateur au rebut que le camion-poubelle n'avait pas encore ramassé. Et on s'accroupissait là, et on se voûtait, et on prenait des airs lamentables qui, croyait-on, nous faisaient ressembler à des prisonniers de camps de concentration. Car ce garçon cruel avait dans son livre d'histoire une photo des rescapés de Buchenwald. Nous la regardions attentivement afin de la retenir, non par compassion à l'égard de la souffrance des victimes ou pour réfléchir à la question de l'injustice mais pour être capables de les imiter dans notre jeu, torture. On se mettait en rang, épaule contre épaule, cuisse contre cuisse sous le regard glacial de ce nazi de grand garçon. Il était trop malin pour tordre des bras, ridiculiser ou blesser l'un de nous. Il se contentait de nous maintenir sous son joug, lorsque nos parents nous appelaient pour le déjeuner. Nous restions pressés les uns contre les autres sans bouger. Tous ces corps entassés dans un espace aussi réduit faisaient, j'imagine, monter la température bien au-dessus de quarante degrés. Il était absolument interdit de cligner des yeux, de se plaindre. Nous nous dissolvions en un seul corps docile. Nous accédions à une forme de méditation. Le monde ralentissait. La sensation de son propre corps prenait une acuité presque insoutenable. Mon buste ruisselait de sueur et le moindre grain de poussière des plis de mon cou m'était sensible. Le garçon nazi nous tenait sous la menace, non par une ostensible cruauté, mais par un regard vide de professionnel. Nul besoin de nous brutaliser, nous n'osions esquisser le moindre geste. Telle était l'essence du jeu. Assis ensemble, nous étions irradiés de douleur. Naturellement, un adulte finissait bien par glisser son bras dans notre cachette, nous avertissant que la maman de l'un de nous approchait. Il s'agissait de nous faire sortir de là et de nous traîner à la maison pour le déjeuner ou le dîner.

C'est à une de ces occasions, un soir, assez étrangement, où le bras inquisiteur ne m'avait pas trouvée dans le coin où je m'étais recroquevillée, où les autres gosses s'étaient tous échappés, essaimant vers leurs maisons respectives pour le dîner, que nous nous retrouvâmes tout seuls, ce grand garçon et moi.

La nuit commençait à tomber. Le garçon se saisit de moi, Dieu sait sous quel prétexte. Il me mena dans un garage, déboutonna ma blouse blanche, et me fit observer que ma poitrine poussait. Mot pour mot, voici ce qu'il dit :

— Mais c'est que tu commences à avoir de jolis petits nichons, tu sais.

Ses grands-parents avaient raclé les fonds de tiroir afin de lui payer un appareil pour redresser ses dents, qu'il avait toutes de travers. Elles luisaient dans la pénombre comme la grille d'un robot. Il m'enleva mon short et ma culotte, qu'il lança en boule dans le coin où il y avait des araignées, je le savais. Ensuite il fit descendre son pantalon et posa ma main sur son zizi. Ça n'avait rien à voir avec les blagues des types qui comparaient les zizis à des hot-dogs ou à des tuyaux d'arrosage. C'était dur comme du bois et ça avait l'air aussi gros que mon bras. Il me fit envelopper son zizi de mes deux mains et me montra comment les glisser de haut en bas. C'était comme un os mouillé recouvert de quelque chose. Puis il en eut marre de ça. Il trouva un sac de ciment vide, l'étendit sur le sol, m'allongea dessus et se mit à faire la pompe entre mes jambes jusqu'à ce qu'il arrive à son but. Je me souviens d'avoir gardé mes bras croisés sur mon buste parce que ce qu'il avait dit au sujet de mes seins, c'était un gros mensonge. Et j'en avais honte. A sept ans, il me restait une bonne dizaine d'années avant d'avoir un semblant de poitrine. D'après les registres de mon école, je pesais environ vingt-cinq kilos. Si vous pensez à deux bons jambons de chez Smithfields, vous aurez une idée de mes proportions. Et maintenant imaginez un adolescent capable depuis peu de bander, en train de pomper au-dessus de moi. L'épisode ne dura sûrement pas longtemps.

(Ce mec, je l'imagine en train de me lire, et soudain l'envie folle me prend de décoller de cette page, et de l'attraper par le col afin d'échanger nos souvenirs. Salut mon pote. Il y a des chances pour que tu ne saches pas lire mais tu dois avoir quelqu'un pour te faire la lecture, ta jolie femme ou un des anciens types du voisinage avec qui tu vas toujours à la pêche. Quand la nouvelle de ce paragraphe voguera jusqu'à chez toi, où seras-tu? Moi, je te vois qui changes la roue de la voiture de ta femme. Et elle te signalera que dans un de mes livres, j'accuse un mec du coin de m'avoir tripotée quand j'avais sept ans. Tu vas peut-être marquer le coup, le temps de réaliser ce que ta femme est en train de te dire. Tu verras peut-être ton reflet déformé à la surface de l'enjoliveur comme si un marteau l'avait aplati. Il se peut que tu aies pensé que j'avais oublié ce que tu avais fait ou que tu n'aies pas trouvé ton acte bien grave. Si je l'évoque maintenant, à des années et à des milliers de kilomètres de distance, c'est simplement pour te rappeler que j'ai la mémoire longue, comme l'a toujours dit mon papa.)

Il faisait nuit noire quand il en eut terminé avec moi. J'ai déroulé mes vêtements, les ai secoués pour les débarrasser des insectes. Il m'a aidée à les enfiler et à nouer les lacets de mes Keds. Il m'a lavée à un robinet fixé sur le côté de la maison d'un voisin. L'eau du tuyau était chaude du fait de la canicule de la journée. Mes jambes restèrent gluantes.

La lumière de notre véranda avait une couleur d'ambre. Les autres maisons étaient plongées dans l'obscurité. On voyait les projecteurs du parc de Little League, on entendait les haut-parleurs annonçant que quelqu'un allait prendre son tour à la batte. Le garçon avait-il prévu son coup depuis longtemps ? me demandais-je sans réussir à trancher. Qu'y avait-il de pire ? Qu'il ait profité de l'occasion pour m'attraper ou qu'il m'ait prise en chasse après avoir tout planifié ? Cela ne me plaisait pas d'être une proie facile mais naturellement, je l'avais été. Je le savais, même à sept ans. D'autre part, l'idée qu'il ait soigneusement décidé cet acte et m'ait traquée comme un lapin me donnait la nausée. Il m'avait raccompagnée à la maison sans mot dire, comme s'il avait fait du baby-sitting.

Toute seule, debout dans la véranda, j'entendis décroître le bruit de ses chaussures de tennis, fixant mon regard sur le carré blanc de son T-shirt qui s'estompa avant de disparaître au coin de la rue.

Le chèvrefeuille était d'une suavité écœurante cette nuit-là. Je restai dehors un long moment, essayant de donner à mon visage une expression anodine. Au coin de notre véranda un nid de guêpes s'était formé, criblé d'alvéoles comme un rayon de miel, avec dans chacune d'elles un vermisseau de bébé guêpe qui dormait. Je pensais que cela devait être bien bon de dormir`comme ça. Papa tira la porte et ouvrit en grand le grillage, me demandant si j'avais été au match.

— Entre, Pokey, je vais te préparer quelque chose à manger.

Je rentrai en m'encastrant sous l'aisselle de papa, j'étais encore assez petite pour cela. On entendait les clameurs du parc quand quelqu'un revenait à la base ou marquait un point. Je pensais au garçon en train de monter les gradins en direction de ses admirateurs, et à toutes les blagues que j'avais entendues sur les pipes qu'on taillait, sur l'odeur de pop-corn du vagin des filles.

Je regardai mon père. S'il avait su, il aurait grimpé quatre à quatre les gradins et aurait étripé le garçon comme un poisson. Quant à ma mère, je ne sais pas pourquoi mais j'imaginais que l'histoire l'aurait fait éclater en sanglots et s'enfermer à double tour dans la salle de bains. Grand-maman dans sa chaise roulante aurait dit qu'elle n'était pas le moins du monde étonnée. Lecia assistait au match. Sans doute était-elle occupée à se peigner la frange avec un râteau, et se mit-elle à rire quand ce garçon la rejoignit en gravissant les gradins. Nul besoin de menaces de la part de ce dernier pour m'imposer silence. Si je vendais la mèche, mon sort était scellé.

4

Vers le milieu de l'automne, le cancer avait gagné le cerveau de grand-maman. Pour un de mes copains, oncologiste de son état, à ce stade la plupart des gens auraient gardé le lit. Eh bien grand-maman, elle, nous tyrannisa encore plus. On aurait cru que sa souffrance, que la proximité de la mort, quelque idée qu'elle s'en fît, la raffermissaient dans sa détermination.

Elle ne prenait ni morphine ni médicaments contre la douleur, buvait tout le temps de la bière à la place, sans jamais paraître ivre. Sous prétexte que sa prothèse lui faisait mal, elle ne la mit plus. Son moignon sortait de sa chemise de nuit à hauteur des yeux d'un enfant et faisait tout l'effet d'être un doigt accusateur pointé sur vous, quand elle actionnait sa chaise roulante. On eut en même temps l'impression que ses yeux se décoloraient derrière ses lunettes à monture d'écaille. Il est possible qu'elle ait souffert de la cataracte ou que j'aie été le jouet de mon imagination. Toujours est-il que de jour en jour, le bleu de ses yeux se délavait tandis que des pointes effilées surgissaient de la pupille noire pour s'enfoncer dans l'iris. C'était l'époque où l'on pouvait commander des lunettes aux rayons X dans les bandes dessinées de Superman et où Walter Cronkite, le présentateur de télé, parlait des lasers. Les deux phénomènes se conjuguant de façon singulière, j'en vins à me convaincre que grand-maman m'épiait à travers le mur pendant que je dormais. Je me réveillais en sursaut d'un sommeil de plomb, persuadée que, dans la pièce à côté, grand-maman cherchait à percer le mur mitoyen avec ses yeux d'où dardaient deux faisceaux de lumière aveuglante. Le soir, quand elle se rendait à la salle de bains en claudiquant, j'évitais de regarder par la porte, de crainte de voir des espèces de petits phares qui auraient éclairé son chemin dans le corridor obscur. En fait, ce n'était pas tant eux qui m'effrayaient que grand-maman me voyant les voir. Car elle aurait pu alors braquer sur moi ces rayons et me faire fondre comme de la cire.

Je m'efforçais, avant tout, de ne pas lui prêter du tout attention. A cinq ans j'avais mis au point une technique pour ne pas vomir quand je montais sur la grande roue à la foire du comté. Contractant les muscles de mon estomac, gardant mes yeux fermés, empoignant de toutes mes forces la barre de chrome, je maintenais à distance la menace de nausée qui rôdait aux alentours. Oh! certes, mes cheveux s'emmêlaient dans tous les sens, et je sentais les lumières me parcourir le visage, mais en un sens je descendais dans mes profondeurs, loin des soubresauts provoqués par le moteur diesel, et m'empêchais ainsi de dégueuler mon épi de maïs sur les mocassins de Lecia. Parmi nos voisins, on me fit la réputation d'être la plus petite fille capable de se risquer aux attractions les plus effrayantes. En fin de compte, dans mon lit, je faisais pareil. Au bruit des pas lourds de grand-maman, je me recroquevillais, me durcissais jusqu'à ne plus être qu'une petite pierre, bien à l'abri derrière les muscles de mon estomac.

Mère était elle aussi devenue un rocher à sa manière. L'air éperdu en permanence, elle évoluait comme une somnambule au sein de la marée montante des tâches que grand-maman lui imposait. Son pouls ne s'accéléra qu'une seule fois, lorsque grand-maman entreprit de la persuader de me donner la fessée une fois par semaine, et encore si je me débattais.

Ne vous méprenez pas. Les coups que ma mère m'administrait ne faisaient ni assez mal, ni assez peur pour qu'on les qualifie de sévices infligés à un enfant. Ses fessées étaient pathétiques avant tout. Mère était bien trop terrifiée à l'idée de faire souffrir quiconque pour frapper avec un tant soit peu de conviction. Et puis, elle avait peur d'elle-même, sûrement, de sa violence souterraine, ou qu'une émotion affleurât. Car ainsi que je l'ai indiqué, quoi que nous fassions, elle restait plutôt inerte, sauf lorsque les braillements de grand-maman la mettaient en branle. Une fois, Lecia et moi avons vidé une boîte de lessive sur le sol de la cuisine, puis arrosé toute la maison, y compris la moquette, avec le tuyau du jardin jusqu'à ce qu'une mousse de quelque trente centimètres de haut ait tout inondé. (On imitait une pub de cire pour plancher.) Mère se contenta de nous envoyer jouer dehors et entreprit de tout éponger sans mot dire. Il se trouve que grand-maman dormait, à ce moment-là.

Mais une rage sourde devait gronder en mère. Parfois, elle s'immobilisait dans la cuisine et, les poings serrés à en faire blanchir ses phalanges, elle hurlait à l'adresse des appareils électriques qu'elle ne nous fouettait pas de peur de nous tuer, si elle commençait. L'avertissement portait plus que n'importe quelle fessée, infiniment plus. Une menace d'homicide proférée par sa mère, même si elle essaie d'en atténuer la vraisemblance, a de quoi vous refroidir.

De toute manière, on était soulagées quand elle se

résolvait à nous battre, préférant cela à son silence oppressant. Et si on se tenait tranquille comme Lecia avait le bon sens de le faire, les séances ne duraient pas bien longtemps. Moi, je prolongeais toute l'opération, incapable, même un instant, de ne pas chercher à y échapper. (En un sens, mes fessées étaient un événement sportif familial, articulé en parties et, prétend ma sœur, en un système de notations plus subtil et plus complexe que les signaux qu'échangent certaines araignées en mal d'accouplement.) Sauf si elle se débrouillait pour me coincer dans un coin, mère devait s'emparer d'un de mes poignets pour me garder à la bonne distance du chasse-mouches qu'elle brandissait dans ma direction. Au mieux, elle me touchait dix pour cent des fois. Les talons enfoncés dans la moquette grise, je me servais de mon poids pour éviter le fouet. J'étais le pivot de ces séances de fessées, une force trépidante autour de laquelle il lui fallait graviter.

Et nous filions d'une pièce à l'autre, ainsi chevillées l'une à l'autre. Grand-maman, dans sa chaise roulante, s'arc-boutait pour rester dans notre sillage en imprimant aux grandes roues un mouvement incessant de va-et-vient et récriminait, rageait, suppliait Dieu de répandre sa colère sur l'ingrate enfant gâtée que j'étais.

Je garde en moi une image précise de Lecia, la sœur lointaine, posant à l'arbitre. Elle se tient dans l'embrasure de la porte, ricane, hoche la tête parce que je rends tout si difficile. (Croyez-moi. Le quolibet est plus pénible à endurer que les coups lors d'une correction. La présence d'un autre gosse multiplie le quotient d'humiliation d'une valeur exponentielle.) L'ombre du bras de mère armé de son chasse-mouches monte, redescend, s'imprime sur le mur. A chacun de mes tours, Lecia voile son sourire comme pour me dire : « Tu aurais le mode d'emploi sous le nez... » et je repars dans ma course autour de la pièce avant de retomber sur son rictus agacé qui ajoute : « ... que tu ne saurais toujours pas comment te comporter ».

En de telles circonstances, j'avais la sensation d'exercer sur mère un mystérieux pouvoir. Au moins s'occupait-elle de moi. Et la fermeté de sa prise augurait qu'elle ne me lâcherait pas, quoi que je fasse.

C'était la saison des ouragans. Pour reprendre ce que le présentateur de la météo expliquait à la télé à propos des courants d'air froid et chaud qui se percutaient au-dessus de l'eau pour former ces satanés orages tourbillonnant sur des kilomètres autour d'un calme coin de ciel bleu, je me sentais, durant ces corrections, comme ce pan de ciel, presque pacifiée. On aurait dit que toute la tristesse de la maison tournoyait autour de moi. Les fessées faisaient remonter à la surface de la maisonnée mouvement et énergie. On se pourchassait comme des folles autour de la pièce au lieu de passer la journée à ronger son frein parce que tout le monde était malheureux et qu'on se demandait d'où allait surgir le spectre de cette détresse et sous quel aspect.

Lorsque, à l'école, je suis tombée sur le célèbre poème de Yeats[1] qui parlait de la désagrégation du monde, il évoqua pour moi la panique provoquée par ces corrections, notamment au moment où le faucon détache sa longe et se libère du type censé le tenir :

> Tournant et tournant encore dans la gyre[2] qui va [s'amplifiant
> Le faucon n'entend plus le fauconnier.
> Tout se désagrège; le centre s'effondre.
> L'anarchie déferle sur le monde,
> Comme une marée noircie de sang : partout

---

1. Extrait du poème de W.B. Yeats (1865-1939) : « La seconde venue ».

2. Gyre : Figure géométrique, symbole de l'esprit qui anime toute forme de vie.

La cérémonie de l'innocence est engloutie.
Les meilleurs ont perdu la foi, et les pires
Débordent de passion frénétique.

J'adorais cette dernière partie, au sujet des meilleurs ayant perdu la foi. Ce vers me rappelait mère. Quant aux pires, ceux qui débordaient de passion frénétique, ils ravivaient en moi l'image de grand-maman. Elle était la frénésie personnifiée.

A l'époque, mère se cramponnait encore aux lambeaux de sa conception du bien. A la mort de grand-maman, elle perdrait complètement pied.

Un matin, alors que mère me nattait les cheveux, la vieille femme prit feu et flammes pour un projet dont un article de magazine lui avait donné l'idée. Elle se traîna jusqu'au magasin de Kitty Hobby, sans avoir avalé plus de deux bouchées de son bol de gruau de maïs beurré, sans fixer sa prothèse, ni se soucier de sa chaise roulante. Mère l'installa dans la voiture, et voilà grand-maman en route pour la ville, conduisant elle-même. Quand elle arriva au magasin, elle attendit derrière le volant que Kitty vienne lui proposer ses services, puis, à ce qu'on apprit plus tard, s'arrêta à la quincaillerie où elle acheta un mètre de tuyau en caoutchouc industriel. A son retour à la maison, grand-maman monta dans sa chambre avec ses sacs de matériel. Elle y resta enfermée presque toute la journée. Au crépuscule, elle fit son entrée en chaise roulante dans le salon, brandissant au-dessus de sa tête une cravache ornée de pompons comme Annie Oakley, l'écuyère. Elle avait tressé de longues lanières en cuir marron, beige et fauve autour du tube de caoutchouc et voulait que mère nous fouettât avec cet accessoire.

Pour une fois, mère la défia de front. Ce fut la seule occasion où je la vis réagir ainsi. Grand-maman écuma :

— Ces enfants, tu les pourris complètement! Tu

penses avoir des problèmes maintenant, attends et tu verras.

Mère se mit à pleurer, ne s'obstinant pas moins dans son refus de se servir de la cravache. Debout dans son coin, les bras croisés, elle fuyait le regard de grand-maman, faisant non de la tête, abîmée dans la contemplation de ses pieds durant toute la scène.

La vieille femme secoua sa cravache à pompons en direction de Lecia, qu'elle appela Belinda, comme à l'hôpital :

— Je souhaite de tout cœur que Belinda t'en fasse voir comme tu m'en as fait voir, dit-elle, regardant durement mère tout en continuant d'agiter la cravache sous le nez de Lecia.

Un élancement de peur confuse me poignarda : cette dame qui régnait sur l'âme de notre mère ne connaissait même pas nos véritables prénoms.

Lecia chercha à rétablir la paix. Elle prétendit qu'elle ne voyait pas d'inconvénient majeur à ce qu'on la fouettât avec une cravache. Après tout il n'y avait là rien de tellement plus terrible que la ceinture de papa ou les baguettes souples que Mae Brown coupait sur l'arbre à chapelet dans la cour, derrière la maison. Moi, en revanche, je glapis que je n'étais pas une sale mule de basse-cour et qu'il n'était pas question qu'on me fouettât comme si j'en étais une. Grand-maman fit observer à mère que je me considérais en droit de choisir mon mode de punition. Mon attitude était pour elle la preuve irréfutable que je méritais d'avoir les fesses rouées de coups jusqu'aux ampoules. Ajoutant l'insulte à l'outrage, je clamai que tous les bains pris, tous les coups reçus depuis l'arrivée de grand-maman m'avaient « perverti le caractère ». J'avais puisé la citation à la source, selon mère qui hocha la tête en éclatant de rire. A la suite de quoi elle me demanda si je voulais bien aller lui chercher de cette aspirine orange pour bébé parce qu'elle avait une migraine à couper au couteau. (Elle était en passe de devenir « accro » à l'aspirine pour bébé. Elle en absorbait les comprimés comme des cacahuètes. Elle les prenait dans un bocal de taille économique portant une étiquette déprimante où deux gosses aux joues rouges, à l'air suédois, s'avançaient, traînant les pieds, main dans la main, vers une école peinte en rouge.)

Avec le retour à la maison de grand-maman, papa disparut de la circulation. Tout le monde avait conclu une sorte de pacte tacite. Grand-maman jugeait papa vulgaire, et comme elle se mourait elle avait en main l'atout pour le virer hors de chez lui. Il travailla de jour, fit des tas d'heures supplémentaires. Pendant ses jours de congé, il allait à la pêche. Quand vint la saison des écureuils, il partit à la chasse.

Un samedi, papa me rapporta plein de queues d'écureuil pour que je joue avec. Il y avait du sang sur les queues, là où on les avait tranchées. Je les accrochai les unes aux autres avec des pinces à linge et les enroulai autour de mon cou. Lecia en eut la nausée. En portant cette étole de queues d'écureuil, je m'amusais à être un mélange de Greta Grabo et de Daniel Boone.

Lecia, quant à elle, s'attela à la préparation d'un de ces ragoûts créoles d'écureuil, qu'on appelle gombo. Une de nos voisines cajun lui avait appris la recette pour noircir un roux à l'ail. Il suffisait d'une bouffée de ce plat pour qu'une glande vous pousse dans la gorge et vous fasse mal. Les gombos yankees débordent de tomates, de sauce okra et de toutes sortes d'épices édulcorées, mais ils n'ont rien de commun avec celui de gibier que confectionnait Lecia, à base de saucisses d'écureuil, de canard ou de chevreuil. Il était composé, ce gombo de Lecia, d'aliments essentiels à la vie, de lard, de farine et d'oignons. C'était une soupe rudimentaire dont les trois sortes de poivre vous ouvraient grands les sinus et qui vous laissait des jours durant un goût d'ail et de racines de sassafras. Grand-maman affirma que la seule odeur du roux qui brunissait lui donnait des haut-le-cœur. Elle invita mère à manger des crevettes sauce rémoulade chez Al, le restaurant de fruits de mer. (Ici, il serait bon que j'explique que les crevettes sauce rémoulade servaient d'antidote moral à ma grand-mère, contre toutes ces petites carcasses d'écureuil mises en pièces, puis à revenir dans de la graisse.) On décortique les crevettes qui se décolorent en rose, on les nettoie, puis on les dispose sur les bords d'une coupelle d'où elles pendent comme autant de jambes de jeunes filles au bord d'une piscine. Pour faire joli, on peut remplir le centre de la coupe avec des feuilles de laitue. La sauce rémoulade est un genre de mayonnaise très citronnée qui luit de l'éclat voilé des perles fines.

Les phares zébrèrent le mur de la cuisine derrière papa, quand mère et grand-maman firent reculer la voiture pour aller au restaurant. Assis en maillot de corps à la table qu'il avait fabriquée, en contreplaqué légèrement verni, papa tenait sa cuillère à la façon des prisonniers, je l'appris plus tard. Il entourait son assiette de son bras, la protégeant ainsi de quiconque aurait voulu la lui arracher. Dans cette position, il enfourna le gombo à gestes réguliers, sans s'interrompre jusqu'à ce que le bol fût vidé. Je portais encore l'étole de queues d'écureuil autour du cou et lui demandai s'il n'était pas malheureux de savoir que les autres ne mangeraient pas sa chasse. Papa s'esclaffa :

— Merde, ça ne pose pas de problème, Pokey, dit-il avec un sourire en coin, cela nous fera plus d'écureuil à toi et à moi.

Un dimanche où papa travaillait en équipe de jour, je m'étais réveillée tard et tombai sur la vieille dame, assise sur sa chaise roulante dans la cuisine, toute seule. La vaisselle du petit déjeuner était éparpillée partout. Grand-maman serrait une canette de bière entre ses cuisses. Je ne m'étais jamais trouvée en tête en tête avec elle et n'y tenais vraiment pas. Elle releva la tête, comme si elle avait été assoupie; puis, m'apercevant, elle sursauta et dit, je m'en souviens : « Ne crie pas. » Elle me regarda de travers. Je lui répondis que je n'avais rien dit. Grand-maman ajouta que Lecia avait demandé à mère de la conduire à l'église. L'idée me donna envie de priser, comme papa. Les ardeurs religieuses de Lecia ne dépassaient pas les miennes en intensité. Toutefois, en se rendant à l'église, ma sœur avait obtenu l'effet escompté. Grand-maman me le rapportait, en extase, comme si Lecia se ménageait une place au paradis par ce passage inopiné dans la maison du Seigneur. Grand-maman me parla ensuite de quelque chose qu'elle voulait me montrer dans sa chambre.

Ce matin-là elle avait mis sa prothèse. Je lui en fus reconnaissante. Elle l'avait d'ailleurs recouverte d'un de ces bas épais servant de soutien, qu'on appelait bas antifatigue. Ils étaient orange et plus lourds que des emballages à saucisses. Quoi qu'il en soit, elle les portait et avait fourré le pied en plastique dans la chaussure noire. (Une chaussure sur un pied en plastique a quelque chose d'artificiel, comme si c'était à côté de la question.) Nous sommes entrées dans sa chambre, elle a fermé la porte devant laquelle elle s'est postée, calée sur sa chaise roulante avec tout son attirail.

Il me faut évoquer brièvement l'odeur de cette chambre. Elle empestait le serpent, le mocassin d'eau douce en particulier.

Si, par une chaude matinée d'hiver, vous traversez un marais bien à l'abri dans vos cuissardes, scrutant le ciel à l'affût des colverts et du V formé par leur vol en dents de scie, l'odeur du mocassin qui ondule à vos pieds vous saisit avant que vous ne l'ayez vu. C'est la puanteur des choses mortes juste avant que les vers ne se mettent à s'agiter convulsivement sous la peau du ventre. Souvent un relent émanant d'une carcasse pourrissante, d'un tatou, d'un rat nutria ou d'un oiseau, m'a arrêtée en chemin et fait baisser les yeux, persuadée que je verrais par terre la tête triangulaire, presque noire d'un mocassin d'eau douce, cousin du cobra, de la vipère, et serpent le plus venimeux de ce continent. Quand un serpent nageait dans un bayou, je n'étais pas capable de le repérer, mais sur terre il répandait une odeur de musc aussi puissante qu'une belette. (Jadis j'ai connu un revendeur de drogue qui les collectionnait dans des bocaux de verre dont sa roulotte était remplie. Affligé d'un bec-de-lièvre, le revendeur était plus ou moins protégé de la pestilence. Mais nous, quand on lui marchandait ses produits pharmaceutiques, on ne pouvait s'empêcher de se boucher le nez et on faisait un vacarme insensé en respirant par la bouche. On parlait tous comme Elmer Fudd, le comique. Et quand on négociait la cocaïne, on aurait dit une scène de dessin animé : « Vous bensez vraiment qu'elle n'est bas coubée ? » Il était particulièrement pénible de parler de la sorte quand on avait la cervelle défoncée par un trip de LSD et qu'on était là, en dernier recours, pour trouver un moyen de redescendre sur terre.) Il ne s'agit pas tant de l'odeur de la mort que de celle des parasites qui en vivent, et qu'on associe aux asticots, ou autres bactéries qui rongent les cadavres, cellule après cellule.

C'était cette odeur-là qui nous enveloppa quand grand-maman m'annonça qu'elle avait attendu ce qu'elle appela « un moment en tête à tête » pour me montrer une surprise. Il y avait quelque chose au fond de la poche de sa robe de coton bleu. Elle finit par en extraire un objet semblable à un petit livre, recouvert de laiton, qui tenait dans la paume de sa main. Il était en deux parties repliées comme deux tablettes fermées l'une sur l'autre. Elle l'encercla de ses mains. On aurait dit qu'elle priait. L'image de Moïse, tel que l'illustration aux couleurs vives de la Bible de grand-maman le représentait, m'apparut en un éclair : il brandissait deux tablettes en pierre reliées par une lanière de cuir.

Au bout d'un moment elle ouvrit sur ses genoux les petites tablettes qui se révélèrent être les photos de classe de deux enfants, un garçon et une fille. Les photos, enserrées dans des cadres de cuivre du genre de ceux qu'on achète au prisu, avaient une couleur de céleri vert clair, comme si elles étaient restées trop longtemps au soleil. Grand-maman dit :

— Voici ta sœur et ton frère; voici Tex et Belinda.

Le plus étrange, c'est qu'en premier lieu la nouvelle me soulagea. Belinda, cette personne dont grand-maman nous avait rebattu les oreilles, apparaissait enfin. C'était une vraie petite fille. Blonde comme Lecia, elle était coiffée avec des boucles serrées à l'afro, bien avant qu'Angela Davis ait donné du sens à cette coiffure. En fait, à l'époque, à la fin des années cinquante et au début des années soixante, la mode était à la permanente Toni Home, sorte de torture chimique infligée aux petites filles. Chez nous, la lotion en était si concentrée qu'on vous fixait sur les oreilles des boîtes d'allumettes avec des élastiques et du coton afin d'éviter que les gouttes ne vous les décapent. A cet égard, je ressentis comme de la sympathie envers cette personne, Belinda. Tex, parce qu'il était mâle, resta plus abstrait. Il avait des dents de lapin, des cheveux sombres lissés en arrière et portait la cravate de ficelle noire que les cowboys affectionnent.

Grand-mère m'expliqua qu'ils étaient bien plus âgés que Lecia et moi, qu'ils allaient au lycée maintenant, dans un autre État. À ce stade de mon souvenir, sa voix s'est perdue dans la brume et ma pensée s'est détachée de ses propos pour sombrer dans un abîme de perplexité. De toute façon qu'avaient-ils de commun avec moi, ces deux enfants ?

Je ne les avais jamais vus et voilà grand-maman qui déclarait tout à trac qu'ils étaient de ma famille, pas seulement des cousins mais mon frère et ma sœur. Pour moi, c'était inimaginable, même quand elle précisa qu'ils étaient mes *demi* frère et sœur. Diable, mère avait bien divorcé de Paolo, un secret de famille, mais à part ça, je n'avais ni connu de divorcé, ni entendu parler du divorce de personne, Elisabeth Taylor exceptée. L'idée d'avoir une *moitié* de sœur me fascinait. Quelle *moitié* me revenait ? J'ai sûrement posé la question à grand-maman, car elle commença à me fournir des explications. Ils étaient les autres enfants que mère avait eus avec un autre mari. Est-ce que c'était Paolo, celui que papa avait si bien mis K.O., il y avait si longtemps ? Grand-maman dit que non. Quand elle pensait à la manière dont mère avait plaqué Paolo, grand-maman s'assombrissait toujours. Elle marqua une pause, le temps de se renfrogner, avant de poursuivre. Le papa de ces enfants était un autre mari, Tex, le premier mari de mère. Pour moi, c'était une nouvelle. Ce mari tout neuf, ces deux gosses, confirmaient mon ignorance crasse de la vie de mère avant son arrivée à Leechfield. Son histoire se réduisait pour ainsi dire au degré zéro. Bien sûr, je savais que pendant la guerre elle était allée à l'École des beaux-arts de New York, mais l'histoire ne comprenait pas d'autres enfants. De tout temps, mère nous avait fait un cirque, à Lecia et à moi, comme quoi nous étions ses premiers bébés, comme quoi elle nous avait eus à trente ans et comme quoi c'était vieux. Je n'arrêtais pas de fixer les photos posées sur les genoux de grand-maman ; elle les referma d'un coup sec et les remit dans la poche de sa robe.

Au moment où je m'évertuais à me représenter l'existence de ces deux enfants, grand-maman fit une chose tellement peu conforme à son caractère, à ce que prétend encore ma sœur, qu'elle en serait inconcevable. Elle m'attrapa par l'épaule, me souffla son haleine de mort sur tout le visage, et s'écria que si je n'obéissais pas à ma mère — là, elle me colla pratiquement sa bouche sur le visage —, que si je continuais à souiller tout ce que je touchais — et là, ses yeux virèrent presque au blanc derrière les taches de ses lunettes à monture d'écaille —, on m'expédierait ailleurs, tout comme on l'avait fait pour les autres gosses. Ils n'avaient plus revu leur mère depuis leur plus tendre enfance.

C'est alors que je fis une découverte. L'odeur de serpent n'émanait pas seulement du bassin, ni des restes de nourriture en train de s'avarier dans un coin de la chambre. L'odeur exsudait de grand-maman, de sa bouche ouverte, de ses profondeurs, où le cancer rongeait ce qui restait d'humain. Je doute que j'aurais manifesté la moindre surprise si on m'avait dit en cet instant qu'une douzaine de bébés mocassins d'eau douce tout juste éclos se convulsaient dans son ventre. En outre, peut-être pour se protéger du relent fétide de mort incrusté dans sa bouche, elle s'était appliqué du Vicks Vaporub autour des narines. L'eucalyptus de la pommade, couplé à son haleine de mocassin, en intensifiait l'ignominie.

(Avant de la respirer dans la chambre de grand-maman, la seule fois où j'avais senti d'aussi près cette odeur, c'était lorsque j'avais failli être piquée par un serpent. Un soir où papa avait ramé pour rapprocher notre bateau de location d'une nappe de belles-de-jour, il avait brusquement sorti la rame ruisselante d'eau du bayou, la secouant vigoureusement à dix centimètres de ma tête, m'éclaboussant le visage et les bras nus. Un floc rapide avait retenti à proximité du bateau. Papa avait fait observer que le serpent mocassin était enroulé à une branche, exactement au-dessus de ma tête. On l'avait regardé traverser l'eau brune en étirant son corps en forme de S. J'avais commencé à grelotter, et ce n'était pas de froid.)

Le jour dit, dans la chambre de grand-maman, il n'y avait personne à la maison pour me porter secours. Je me mis à trembler, à cause de l'odeur. Alors je partis vers la cuisine en courant, en bousculant la chaise roulante.

Quand mère rentra, grand-maman l'incita à me donner une fessée, lui racontant qu'elle m'avait surprise à fouiller dans ses tiroirs pour voler ses boucles d'oreilles. Je ne tentai même pas de protester contre le mensonge. Pour une fois je suivis le conseil de Lecia, et demeurai tranquille pendant la fessée qui fut terminée au bout d'une minute de Yankee. Mère serrait les mâchoires et les coups qu'elle m'administra sur le derrière avaient quelque chose de mécanique.

C'est au cours de cette correction que s'amorça en moi le processus qui me débarrassa de l'existence de Tex et de Belinda. L'obstruction perdura dix-neuf ans. Un gouffre se creusa dans mon cerveau ce matin-là qui absorba si bien ces deux enfants que je n'y fis jamais allusion devant Lecia, référence suprême à l'époque dans le domaine des théories concernant mère. (Plus grande, j'appris que grand-maman lui avait montré les mêmes photos. Comme moi, Lecia s'était empressée de les oublier. Ainsi étions-nous entrées ensemble en amnésie.) Trois maris, c'était beaucoup, je le savais bien sûr. Avec trois maris, on franchissait la frontière entre une légère erreur et une déplorable habitude. (D'après un de mes amis abonné au divorce, quand on dit « oui » pour la troisième ou quatrième fois, il est indispensable de reconnaître que les torts ne sont pas uniquement du côté des partenaires.) Ces deux enfants supplémentaires sortis de la poche du tablier de grand-maman étaient par conséquent un mystère insondable.

Toutefois, cela n'explique pas assez le fait que j'aie si bien occulté Tex et Belinda. Car on me faisait croire à n'importe quoi d'habitude. D'ailleurs, la même année, Lecia m'avait persuadée, sans la moindre preuve à l'appui, que j'étais un robot monté de toutes pièces, avec pour fonction d'être à son service et d'aider au ménage. Elle affirmait que si je ne m'exécutais pas, je courrais en permanence le danger d'être débranchée. Je n'avais pas vraiment inventé la poudre, surtout lorsqu'on s'attachait à me convaincre de mon insuffisance, de ma méchanceté, ou du fait que, d'une manière ou d'une autre, je n'étais pas « bien ». Je sais maintenant avoir été incapable d'encaisser la réalité de ces deux enfants supplémentaires parce qu'ils étaient des enfants perdus. S'il était possible que deux enfants parfaitement constitués, nés du corps de mère, soient perdus, alors ça pouvait aussi nous arriver. Si je croyais que mère avait égaré ces enfants, j'en étais amenée à la croire susceptible de disparaître de nos vies, de retourner au vide d'où elle avait surgi, et de nous transformer en un autre secret qu'elle garderait.

En bref, la menace de grand-maman sur l'éventualité qu'on m'expédie ailleurs pour cause de méchanceté renvoyait un écho de vérité, neutre et implacable.

La menace me rendit encore plus attentive à guetter chez mère les signes témoignant qu'elle était « nerveuse ». Je n'en vis aucun jusqu'à l'irruption de l'ouragan Carla. Depuis lors, j'en suis venue à la conclusion que l'absence de réaction était l'indice le plus sûr de « nervosité ».

Je plaçai mère en observation. Pour sa part, elle regardait tous les soirs les résultats des bulletins météos. Nous avions une petite télévision portative dont elle avait cassé l'antenne lors d'une crise de rage.

On l'avait bricolée avec des cintres servant d'antenne, du coup on recevait une image qui oscillait entre le bleu clair et le blanc grisâtre. Une sorte de halo miroitait autour du présentateur de la météo, en raison du flou de la réception. C'était avant l'époque des satellites, où l'on pourra suivre au ralenti les tourbillons des nuages franchissant la côte à des milliers de kilomètres d'altitude. L'homme de la météo, qui présentait aussi l'après-midi une émission pour enfants intitulée *Cattleman Bill*, se tenait devant un tableau blanc, où une carte du golfe du Mexique était dessinée au marqueur indélébile. Il représentait les orages tropicaux par des petites spirales, et par des petites flèches en arc de cercle, il indiquait l'orientation des orages (lesquels soufflaient invariablement sur la côte est du Texas, en venant du nord-ouest, soit par les Caraïbes, soit par les Keys de Floride). Quand une spirale grandissait suffisamment, quand elle s'étalait sur cent cinquante kilomètres de côte, avec des vents de quelque deux cent quarante kilomètres à l'heure, elle devenait un ouragan.

On se mettait alors à jouer à la devinette. Où l'ouragan allait-il frapper? « Entrer », en jargon local, comme s'il s'agissait de quelque parent vagabond en quête de logement. Si on s'arrêtait dans une station-service, le mécano mettait la pompe en marche, et ne manquait pas de se pencher par votre fenêtre, vous demandant votre avis sur l'endroit où le cyclone allait « entrer ». Tous les automnes le passe-temps local, quasi aussi populaire que le football des équipes des lycées, était de deviner la « porte d'entrée » de l'ouragan. Du jour au lendemain, tous ceux qui travaillaient sur le golfe, aussi bien un pêcheur de crevettes qu'un type employé sur une plate-forme pétrolière, se muaient en oracles. Le barman de la salle de la Légion américaine clouait le bec à la télé, au juke-box, dès l'arrivée de l'un d'eux, leur offrait une bière, tandis que les habitués, soudain calmes, se tortillaient sur leurs tabourets ou levaient les queues de billard de la table. La plupart des pêcheurs se prenaient très au sérieux et leurs pronostics avaient l'allure de prédictions de quelque chef vaudou. C'était un pêcheur de crevettes cajun qui déclarait : « La nuit dernière il y avait un anneau jaune qui entourait la lune. L'orage, il vient droit sur nous au col Sabine » ; ou bien les types qui foraient le pétrole qui faisaient part de leurs prémonitions, mais avec plus de mesure : ainsi, le vieil Untel, de la plate-forme au large de Morgan City en Louisiane, avait mal comme jamais à ce genou qu'il s'était esquinté au football. Dès qu'ils entendaient des propos de ce genre, les clients du bar se levaient de leurs tabourets et se précipitaient vers les cabines téléphoniques du parking. Ils faisaient la queue pour appeler leurs bookmakers afin d'élever leurs mises ou de se couvrir contre les risques.

Quelques années auparavant, on avait évacué Leechfield à cause du cyclone Audrey, le premier à avoir figuré sur la liste alphabétique des prénoms de filles dont je me souvienne. Au moment d'Audrey, mère avait fulminé parce que c'était la gent féminine qui écopait toujours en cas de désastre. Je me rappelle qu'elle avait dit : « Bordel de merde, ce sont les hommes qui font la guerre ! » Bessy succéda à Audrey. Il nous avait frôlés, mais pour finir, c'est sur les digues et les sacs de sable entassés autour de la Nouvelle-Orléans qu'il avait déferlé. La ville entière s'était remplie d'eau de mer comme une soucoupe.

L'ouragan Carla s'inscrivit pour la première fois dans ma cervelle un certain soir quand grand-maman, assise sur sa chaise roulante, tricotait de la dentelle, avec des gestes si infimes qu'ils étaient l'incarnation de l'inquiétude. Mère, étendue de tout son long sur le canapé, avait un bol de café posé sur sa poitrine qui tenait en équilibre par miracle. Lecia et moi, accroupies à ses pieds, faisions subir à ceux-ci des soins selon notre conception de la pédicure, et lui colorions les orteils avec des Crayola de différentes couleurs. (Je préférais les violets et les lavande, tandis que Lecia était abonnée aux roses à la mode.) La télévision diffusait de brèves images sur Audrey, un des précédents cyclones, montrant Bill Cattleman qui se targuait d'avoir remonté en personne la grande rue dans une barque, de style kayak cajun, avec à ses côtés une équipe de cameramen à bord d'un bateau à moteur. « En voilà des foutaises », s'insurgea mère. Elle prétendit que sous Audrey, Bill Cattleman avait abandonné sa femme et ses enfants, n'ayant plus que les vivres distribués dans le gymnase du lycée pour subsister, alors qu'il « évacuait » sur Oklahoma City en compagnie de sa secrétaire. Mère tenait Bill Cattleman pour un aussi grand couard que grand-maman. Les tempêtes terrorisaient tellement grand-maman, à ce qu'il paraît, qu'elle était toujours la première à descendre aux abris quand le vent se levait dans son pays, dans l'ouest du Texas. Grand-maman, au demeurant, ne donnait pas l'impression d'avoir conscience de Carla, elle ne s'intéressait qu'à la minable petite navette avec laquelle elle fabriquait sa dentelle.

Quand la tempête s'abattit effectivement sur nous, grand-maman fit preuve d'un courage inhabituel. Nous ne fûmes pas les premières à quitter la ville, ni les dernières d'ailleurs. Mais les types de la garde nationale qui parcouraient les rues, sommant avec leurs porte-voix les gens d'évacuer, durent passer par chez nous à deux reprises.

Les gens avaient disposé de deux jours avant la tempête pour se préparer. Les bulletins météo se firent plus alarmants. On cloua des planches en contreplaqué sur les fenêtres. On boucla les valises. On dévalisa les rayons de piles, de bougies et de boîtes de haricots des supermarchés. Tous voulaient gagner les régions situées plus haut. Plus haut signifiait n'importe où, sauf ici. On n'arrêtait pas de ressasser à la radio que Carla était un ouragan de force quatre. Personne n'avait envie de le subir. Bon nombre de familles prenaient le temps, néanmoins, de farfouiller dans leurs greniers. Il fallait sauver du raz de marée, que Bill Cattleman déclarait inévitable, des photos auxquelles on attachait une valeur particulière, ou bien des papiers tels que les certificats de mariage. Je me souviens de la mère de Carol Sharp enveloppant de Kleenex les chaussons de bébé de sa fille qu'elle tenait à emporter.

Chez nous, il ne se passait rien de ce genre. Papa avait tendance à prendre cela à la légère, il disait : « Merde, si la tempête s'abat par ici, elle embarquera la maison, alors. » Il considérait qu'il n'y avait pas lieu de se mettre en quatre pour nos petites affaires étant donné que, si la tempête nous frappait de plein fouet, elle balaierait tout sur son passage. Son attitude était loin de me rassurer. Les autres pères se mettaient en congé maladie, pliaient les chaises de jardin, entreposaient les meubles précieux dans leurs greniers. Papa, lui, continuait à se frayer son laborieux chemin vers l'usine, rentrait à la maison, remplissait sa gamelle et y repartait. Par la suite, il ne prit même plus la peine de revenir à la maison.

Il me semble maintenant étrange de l'avoir laissé si facilement disparaître de nos vies, lors de cet abominable automne. Il se peut que depuis l'installation de grand-maman, il ait rétropédalé de son rôle de père. Quand la vieille femme ne l'avait pas sous la main comme tête de turc, l'atmosphère était plus sereine. Peut-être son absence était-elle inéluctable. Nous grandissions.

Pour rendre justice à papa, nous étions encore au stade où nous avions tout le loisir d'évacuer. La tempête ne mettait pas nos vies en péril, nos biens seulement. Et ils ne s'élevaient pas à beaucoup plus qu'à un sou vaillant. A la Gulf Oil en plus, on faisait travailler à un rythme infernal les hommes qui n'avaient pas fui avec leurs familles, et on payait les heures sup le double. On s'efforçait de maintenir l'usine en marche à tout prix. Papa se serait considéré comme un idiot de ne pas en profiter. Tout de même, je me demande encore pourquoi on a si facilement lâché prise par rapport à lui. Quand mère s'occupait de nous sans lui dans les parages, pour peu qu'on geigne autant qu'il le fallait, elle craquait et nous offrait n'importe quoi en matière de jouets, de vêtements ou de gâteries. Car mère nous considérait comme vraiment défavorisées. En fonction de ses critères, c'est tout juste si nous n'étions pas des gosses des rues. Alors sous sa houlette nous faisions ce que papa, avec son sens paysan de la propriété et de la valeur des choses, n'aurait jamais toléré. Comme par exemple de tailler un drap pour faire une maison sous une table de jeu, ou de badigeonner le mur du garage avec de la peinture à l'huile. Papa était moralement extravagant. Nos voisins trouvaient scandaleux sa manière de céder à nos quatre volontés. Mais il devenait intraitable dès qu'il s'agissait d'argent apparemment gaspillé et, dans ce domaine, mère commença à l'emporter sur lui dans nos cœurs.

Le premier jour où il ne rentra pas du tout à la maison, Lecia et moi, on lui téléphona plein de fois. Nos voix, je les imaginais en train de ramper comme des escargots le long des lignes du téléphone, en suivant un parcours compliqué avec des arrêts, des transmissions, alors qu'on essayait de le joindre. A la première sonnerie, la standardiste répondit : « Gulf Oil, puis-je vous aider ? » On lui répondit : « Le poste 691, s'il vous plaît. » Lecia et moi, on était dans la cuisine, oreille contre oreille, chacune voulant arracher le combiné des mains de l'autre. On se pinçait mutuellement pour avoir le monopole du combiné et, ce jour-là, on eut les avant-bras couverts de petites marques en forme de demi-lune. Papa nous parlait toujours aussi longtemps qu'on le souhaitait. En revanche, on eut beau gémir, le supplier, il ne voulut pas revenir à la maison. Je me souviens de lui disant « Prends soin de ta moman » et de moi lui demandant qui allait s'occuper de nous. (Je ne me souviens pas qu'il ait répondu.) Lecia lui proposa de parler à mère, juste avant qu'il ne raccrochât, avec l'espoir qu'il en déduirait que mère marchait un peu à côté de ses pompes. Mais, prétextant qu'on l'appelait, papa coupa.

Dans l'après-midi, la ville se vida de ses habitants. Nous ne partions toujours pas. Les bulletins d'informations se faisaient de plus en plus explicites. On y montrait le raz de marée déferlant sur la route de la plage et les voitures qui traversaient l'Orange Bridge, pare-chocs contre pare-chocs, en chemin vers l'intérieur des terres. Les gens roulaient en plein jour tous phares allumés. On aurait dit une procession funéraire à l'échelle de la ville.

A la une du journal le lendemain matin, il y avait la photo d'un palmier, brisé net sur Crystal Beach. On ferma les écoles. Lecia et moi, on resta à la maison à fabriquer des pantins avec des sacs en papier, à regarder sans interruption à la télé *I Love Lucy* ou *Leave It to Beaver*. Autant de sitcoms sur la famille montrant des papas qui évoluaient en vestons et des femmes qui passaient l'aspirateur en gardant leurs talons hauts toute la journée.

Bill Cattleman s'était éclipsé du bulletin d'informations matinal, remplacé par le corpulent et suant commentateur des nouvelles sportives. Celui-ci portait un complet incrusté de boutons bombés et sa cravate ressemblait à une ficelle. Il nous informa que le front avant de la tempête s'abattrait sur nous à midi. « On vous recommande de vous mettre à l'abri. Je répète : On vous recommande de vous mettre à l'abri. » Il donnait cet avertissement, bouffi d'une suffisance aussi insupportable que Barney Fife dans *Andy Griffith* se prétendant détective dur à cuire, alors qu'il était l'agent d'une petite ville chargé de faire traverser les enfants à la sortie des écoles. Ils déclenchèrent les sirènes dans la demi-heure qui suivit le bulletin d'informations.

Certains paroissiens de l'église locale s'étaient emparés de la tempête pour prêcher la fin du monde. Avant l'évacuation de sa famille, Carol Sharp m'en fournit toutes les précisions dans son jardin. Les fleurs duveteuses du mimosa sous lequel nous nous tenions flottaient au vent. Son père et sa mère ficelaient une bâche sur le toit de leur Chevrolet. Carol me dépeignit l'apparition des quatre cavaliers de l'Apocalypse descendant des nuages, enveloppés de leurs capes sombres claquant au vent, la terre qui s'éventrait sur un gouffre de flammes où des pécheurs comme moi seraient précipités, tandis qu'elle et sa famille seraient conduits par Jésus en haut d'un escalier d'or menant au ciel. La veille, au moment précis où un évangélisateur avait posé sa main sur le front de Carol, une verrue incrustée sur son pouce droit avait disparu. Moins d'une semaine auparavant, j'avais procédé à une intervention chirurgicale sur cette verrue, en arrachant quelques pointes avec une aiguille. C'était vrai, il n'en restait pas la moindre trace. Il y avait là matière à réflexion. Mais je fus assez rosse pour assener qu'un dieu qui créait des raz de marée dévastant les camps de caravaning tout en trouvant du temps pour une saloperie de verrue ne m'inspirait aucun désir de me consacrer à lui. (J'étais d'une naïveté à couper le souffle. Elle ne m'empêchait pas, à l'occasion, de lancer à l'aveuglette quelques remarques d'une logique élémentaire.)

A mon retour à la maison, on voyait par les fenêtres la lumière qui s'obscurcissait, prenait de plus en plus la couleur du charbon. Mère accrochait des étoffes sur la baie vitrée, à travers laquelle je vis la Chevrolet des Sharp, recouverte de sa bâche, chargée de tout son barda, reculer dans leur allée. *Et si le vieux M. Sharp avait raison au sujet de Dieu et de Jésus?* Il se peut que j'aie parlé à voix haute ou que j'aie proposé de faire une prière, au cas où, je ne sais plus. En revanche je me souviens clairement de mère menaçant le plafond de son majeur : « Oh! ce Dieu, je l'emmerde! » Entre ce blasphème, les sirènes d'alarme, le ciel noir qui avait envahi toutes nos fenêtres et grand-maman sourde comme un pot à tricoter ses points microscopiques, la pensée germa en moi que la mer pouvait nous embarquer à tout moment, à cause de nos innombrables péchés.

La peur devait avoir aussi gagné Lecia, parce qu'elle se mit à harceler mère afin que nous montions dans la voiture et partions sur-le-champ chez tante Iris. La sœur de papa vivait à une centaine de kilomètres dans les collines aux environs de Kirbyville. « On n'a qu'à y aller », n'arrêtait pas de dire Lecia, soutenant que le gros de la circulation était déjà passé. Elle tenta même de s'adresser à grand-maman. Mais grand-maman s'était égarée dans sa broderie.

Papa appela à peu près à cet instant. Mère nous étonna en décrochant le téléphone elle-même. Elle avait un torchon dans une main et on aurait cru qu'elle était en pétard parce qu'il avait donné signe de vie. La voiture chauffait dehors, lui dit-elle, à cette minute même nous nous apprêtions à gagner la porte. Elle n'avait en réalité pas encore sorti du placard le sac en cuir rigide de son père. A la télé, il y avait *Dennis la Malice* qui tonitruait. Lecia et moi, on était assises par terre à découper une frange sur un costume d'Indien confectionné dans un sac en papier, lorsque mère raccrocha violemment.

Je sais maintenant que mère avait besoin de lui ce jour-là et ne pouvait lui en faire part qu'au moyen de sa fureur. C'est sa colère qui nous fit perdre papa. La ligne fut coupée. Papa partit à la dérive, s'amenuisant de plus en plus dans la nébuleuse qui s'empara de moi. Je levai les yeux, regardant Lecia qui haussa les épaules et recommença à découper sa frange avec une précision pathologique. Je compris alors que nous aurions dû évacuer depuis longtemps. Le destin m'envahit de sa pesante fatalité.

Mère nous expliqua plus tard que nous aurions dû partir au lever du soleil, si grand-maman ne s'y était opposée. Elle s'était fourré dans le crâne l'idée qu'il s'agissait seulement d'une petite pluie. La terreur qu'elle avait éprouvée toute sa vie face aux tempêtes s'était comme évaporée. Et grand-maman se croyait maintenant en mesure de ne pas bouger alors qu'un ouragan de force quatre avançait en droite ligne vers notre maison. Le charmant jeune garde en tenue de camouflage qui entra dans notre salon, son haut-parleur à la main, ne réussit même pas à la mettre hors d'elle. « Nous sommes conscientes de la sollicitude que vous nous témoignez en vous arrêtant chez nous », dit grand-maman. En même temps, elle essayait de l'expulser de la maison en lui flanquant des coups derrière les genoux avec les roues de sa chaise. Mère s'assit à la table de la salle à manger, fondit en larmes, tout en s'essuyant le visage avec le torchon. Le soldat en vint à menacer grand-maman, l'avertissant qu'il l'empoignerait à bras-le-corps et la porterait jusqu'à la voiture. Grand-maman répondit qu'elle partirait, c'était d'accord, mais qu'avant, il lui fallait prendre un bain. On avait déjà coupé l'eau, d'après le soldat. Mais Lecia parvint à en faire couler. Grand-maman entra en chaise roulante dans la salle de bains, où elle s'enferma.

Le claquement de cette porte décida Lecia à téléphoner à papa, pour qu'il vienne nous sortir de là. Immédiatement. Mais on avait bousillé la ligne. Avant même qu'elle me tende le combiné, je le vis à son visage sous le choc. (En cas de crise, ma sœur gardait tout son sang-froid. Elle a appris à conduire à douze ans. Elle avait cet âge-là quand je la vis parvenir à convaincre un policier qu'elle avait oublié son permis chez elle, parce qu'elle se dépêchait d'aller chercher le lait de son bébé pendant qu'il dormait.) Mais ce matin-là, le téléphone noir collé à son oreille, elle faisait son âge. Une seconde durant, ses yeux ont brillé, après tout elle n'avait que neuf ans. Les sirènes d'alarme hurlaient comme elles n'auraient été censées le faire que si on avait lancé les missiles russes de Cuba, si on en croyait les discours de notre professeur de musique. La ligne du téléphone nous reliant à papa était carrément morte et Lecia était bien prête à renoncer à son numéro d'adulte.

Elle me tendit le téléphone. Elle le fit pour que, moi aussi, je sache à quel point nous étions abandonnées. Elle ne voulait pas être la seule à le savoir. J'en pris parfaitement conscience à ce morne silence tout contre mon oreille. On ne se rend pas compte à quel point le courant d'air qui circule sous la tonalité nous arrime aux êtres. On en retire l'impression que tous les circuits du monde attendent le son de votre voix. Il faut que ce courant ait disparu pour qu'on le remarque. On se met à prêter l'oreille, guettant ce bruit lointain, n'obtenant que le vide pesant de sa propre cervelle qui ne sait plus quoi penser.

C'est la garde nationale qui finit par nous sortir de là. La pluie martelait nos vitres de biais, avec un bruit de grenaille pour carabine à air comprimé. Le bain de grand-maman s'étant révélé trop long, mère consentit à ce que le garde forçât la porte de la salle de bains avec un tournevis. Grand-mère, assise sur sa chaise, n'avait pas bougé et se concentrait sur sa navette avec laquelle se fabriquait la dentelle, tandis que l'eau débordait de la baignoire et inondait le sol.

Au bout du compte, il n'eut pas à s'emparer d'elle de force. Il l'embarqua dans ses bras comme si elle était une nouvelle mariée. Sa jambe valide pendait normalement, mais son moignon dérapait sans cesse sous le coude du jeune homme en une sorte de mouvement mécanique. Grand-maman écartait ses jambes d'une façon qu'elle aurait trouvée bien indigne d'une dame; Lecia et moi, on en a eu une crise de fou rire dans la véranda.

Le vent secouait les câbles téléphoniques, et les planches qu'il avait déjà arrachées volaient dans la rue. Il s'engouffrait par rafales dans les fenêtres entrebâillées avec un sifflement strident, qui s'amplifiait de plus en plus. Lecia et moi, on a fait dix mètres en courant jusqu'à la voiture, et on a été trempées jusqu'aux os. En y entrant, on a eu l'impression d'avoir abandonné le front de la tempête et d'être à l'abri dans une bulle froide. Le garde, on l'apercevait à peine à travers les rideaux de pluie qui giclaient sur le pare-brise. On a vu qu'il faisait des efforts pour se donner une démarche plus vaillante ou plus majestueuse, et c'était plutôt une gageure parce que la jambe de grand-maman glissait vers le bas à chacun de ses pas. En tout cas il allait plus lentement que nous et ça nous a fait rigoler. L'arrivée de mère, qui s'est faufilée derrière le volant, a coupé court à nos rires.

On s'aperçut à ses yeux dans le rétroviseur qu'elle ne pleurait plus. C'était devenu un mauvais présage. Et sa bouche dessinait une ligne toute mince.

J'observai le garde qui remontait dans sa jeep. La grisaille et la pluie brouillaient tout à l'exception d'une grosse tache olivâtre qui reculait dans notre allée, derrière nous. J'eus une envie folle d'ouvrir ma fenêtre, de sortir ma tête dans la tempête et de lui brailler de revenir. Le vent aurait englouti le moindre de mes hurlements, alors je me rabattis sur l'ombre de sa jeep qui s'estompa puis disparut. Après, il n'y eut plus que la pluie, les sirènes et, plantés en plein milieu du miroir dans son rectangle argenté, les yeux gris de mère, son regard glacial.

En temps normal, par de bonnes conditions climatiques, on mettait une heure pour aller de Leechfield chez tante Iris, à Kirbyville. « De porte à porte soixante minutes », ne manquait jamais de dire papa, s'extirpant de la cabine de son camion ou en montant dans la véranda. (Un matin, ivre morte, j'ai fait le trajet en quarante-cinq minutes dans une Mustang poussée à fond, sans ralentir au-dessous de cent trente, ni rétrograder dans un seul virage, ni m'arrêter à un seul feu.) Le jour de la tempête, ça nous a pris cinquante-cinq minutes. Lecia a chronométré. Et nous roulions sous une pluie aveuglante, si diluvienne qu'on ne voyait pas la route à travers les essuie-glaces. Ils essuyaient d'un côté, on voyait trouble, de l'autre côté, et on voyait plus trouble encore. On avait le vent en poupe, incontestablement. Il n'en reste pas moins que pour affronter le premier assaut d'un ouragan, mère conduisit le pied au plancher, sans un soupçon d'hésitation. Elle savait probablement sa mère au bord de la mort et se fichait que nous arrivions entières ou pas. Il n'y avait aucune autre voiture sur la route puisque nous avions quitté la ville très tard. On s'en trouva bien. Au cas où il y en aurait eu, on serait certainement rentrées dedans. Seule une veine de pendu nous empêcha de glisser hors de l'étroite chaussée noire et de dévaler dans les innombrables bayous qui défilaient. Pendant une dizaine de kilomètres après avoir quitté la ville, on entendit les sirènes qui faiblissaient. Au fur et à mesure que le vent mugissait plus fort, nous avions l'impression de nous enfoncer au cœur de la tempête au lieu de nous en éloigner.

A notre arrivée dans la ville de Port Arthur au Texas, mère commença à fredonner une vieille chanson qu'elle aimait à passer sur notre tourne-disque lorsqu'elle se mettait à boire. Elle possédait de mauvais enregistrements de Peggy Lee ou Della Reese, une de ces chanteuses de cabaret à la voix enrouée par le whisky.

Oh! ma chère, le requin a des dents bien affûtées
Et il en montre la blancheur de perle.
Ma chère, ses dents sont des couteaux
Et il les cache...

Dans ma famille, personne n'est capable de chanter. Lecia et moi, les rares fois où on allait à l'église avec des voisins, on avait le bon sens de chanter les psaumes en play-back pour ne pas que ça se remarque trop. La voix de mère non plus n'était pas belle, elle manquait de pureté et chevrotait. Sans doute des maîtresses de chorale trop féminines l'avaient-elles poussée à chanter plus haut que l'alto, son timbre naturel. Ce matin-là, donc, elle chanta bas d'une voix de soprano éraillée, haut perchée, et se trompa de paroles. On aurait cru que la voiture accélérait au rythme de sa chanson. La peur qui avait rôdé toute la matinée aux environs de mon plexus solaire se précisa tout à fait à la vue de l'Orange Bridge, dont les poutrelles d'acier gris se dressaient droit devant nous.

A l'époque, l'Orange Bridge était considéré comme le pont le plus haut du pays. Quand on passait dessus, on avait les oreilles qui bourdonnaient. Les ingénieurs l'avaient construit à cette hauteur afin que des remorqueurs qui poussaient des plates-formes pétrolières transportant de très hauts derricks puissent passer dessous sans risques. Le pont enjambait le fleuve Sabine, assez étroit, de sorte que c'est un des ponts à plus forte déclivité que j'aie jamais traversés.

Rien de surprenant donc à ce que le pont ait été le théâtre d'environ un suicide par an. C'était le lieu de prédilection des amoureux éconduits ou des pétroliers en faillite. Ceux qui sautaient de son point le plus élevé se fracassaient les os en mille morceaux. Mère, nous lisant à haute voix un article du journal à ce sujet, avait remarqué que les femmes préféraient le gaz ou avaler des somnifères, autant de moyens qui ne détérioraient pas l'apparence. Mère aimait à citer James Dean, disant que ça valait le coup de faire un beau cadavre.

Quoi qu'il en fût, la voiture s'engagea sur ce pont. Mère chantait alors à voix très basse, comme une berceuse, le couplet le plus effrayant de *Mack the Knife*, dans *L'Opéra de quat' sous* :

Ma chère, quand le requin mord avec ses dents
Il y a des flots de sang qui se répandent...

Quand on entama la côte, la voiture bascula en arrière. On eut la même impression que dans des montagnes russes, quand on est sur la grande pente qui monte avant la descente vertigineuse. Le bruit des pneus sur les lattes métalliques couvrit la voix de mère et la voiture vibra. C'était sûrement impossible, pourtant on crut en même temps qu'on accélérait.

Lecia assure qu'à ce moment-là je me mis à hurler et que mère s'est retournée pour m'attraper, ce qui a provoqué la suite des événements. (Si Lecia écrivait ces souvenirs, elle me ferait apparaître uniquement sous trois aspects : en train de sangloter avec hystérie; en train de mouiller ma culotte d'une façon délibérément gênante; ou en train de mordre quelqu'un, elle le plus souvent, sans qu'il y ait eu provocation.)

Je ne me souviens pas du tout de la volte-face de mère pour m'empoigner, et démens catégoriquement avoir crié. Mais j'ai bien été malade, malgré mon vieux tour de passe-passe de me contracter l'estomac. La bile m'est remontée à la gorge au moment où on s'engageait sur le pont. C'est-à-dire que la voiture a pris son vol sur une pente métallique qui nous donna l'impression de faire un saut à skis. On a atterri en rebondissant, et la voiture a un peu chassé de l'arrière.

Je sentis tout de suite que j'allais vomir. J'eus beau essayer de me verrouiller le ventre comme quand je prenais la grande roue, en fermant fort les yeux et en me recroquevillant à l'intérieur de moi, il n'y eut pas moyen de contrôler les remous de mon estomac. Je n'ai pas osé ouvrir ma fenêtre et il n'était pas question de demander à mère de s'arrêter au milieu du pont. Ce jour-là, c'était Lecia qui assumait les négociations avec mère; or elle avait choisi de s'enfoncer dans un silence aussi crispé que celui qui s'était abattu sur nous toutes. Même si d'habitude, l'œil fixé sur le compteur, elle harcelait mère pour qu'elle ralentît (ou papa, à l'inverse, pour qu'il accélérât), elle resta bouche cousue. Peu importait, pour l'heure, j'avais mes céréales au bord des lèvres. J'ai vivement baissé la tête, remontant l'encolure de mon T-shirt sur mon nez, l'écartant un peu de mon corps, et j'ai dégueulé sur ma poitrine où ça a fait tout chaud en coulant sous la chemise trempée, avec une odeur de lait tourné.

Mère n'y a absolument pas réagi. Grand-maman non plus, malgré son nez de limier. Mais elle s'était transformée en une espèce de mannequin, si pâle qu'elle aurait aussi bien pu avoir été sculptée dans de la cire. En temps normal, Lecia m'aurait flanqué une raclée sous prétexte que j'étais immonde. J'aurais peut-être bien aimé ses coups parce que j'avais une envie folle que la bulle de silence éclate. Mais Lecia se contenta de nouer son bandana rouge autour de son nez à la façon des cambrioleurs de banque, en me regardant de travers. J'avais dégobillé sur ma chemise sans que personne n'ait jugé bon de me faire une seule remarque. Il n'y avait aucun doute, c'était une des plus mauvaises journées de mère. Lecia observait mère, laquelle regardait le tracé flou de ce qui ressemblait à une route.

De toute façon, mon dernier souvenir avant l'accident est le bandana rouge dont Lecia s'était couvert le nez.

Car, ensuite, sans que j'en comprenne encore la raison, la voiture pivota sur elle-même à trois cent soixante degrés. Cet acte fut-il délibéré ou accidentel de la part de mère? Je n'en ai aucune idée. Même si, comme mentionné plus haut, selon Lecia, j'étais en pleurs et que mère s'était retournée pour me frapper. En revanche, je me rappelle de mère tournant brusquement le volant à gauche et de la voiture faisant une embardée à angle droit. Nous avons longtemps tourbillonné et j'ai vu le garde-fou de l'autre côté du pont qui fonçait vers nous. A la suite de quoi, on a été projetées dans les airs, les pneus ayant décollé du pont. La voiture fut soulevée au-dessus du passage pour piétons qui était exhaussé, et propulsée vers la barre surmontant la balustrade. (Personne ne l'utilisait jamais bien sûr, hormis les ouvriers qui y suspendaient des plates-formes pour les travaux de peinture et de réparation.) Le garde-fou me donna l'impression de se précipiter sur nous par le côté. Quant la voiture s'arrêta net en un crissement de pneus, je sanglotais et hurlais à pleins poumons.

Aussi étrange que cela paraisse, un pare-chocs avant froissé et un phare droit arraché furent les seules conséquences de l'accident. En dehors de moi, on aurait cru que personne n'était bouleversé. Mère n'est pas sortie de la voiture pour vérifier les dégâts. Grand-maman s'est absorbée plus profondément dans sa broderie. « Tout le monde va bien! » a dit mère, d'une voix aussi enjouée que celle d'un animateur de camp de vacances après une randonnée. Elle ne s'est pas retournée pour le dire. Dans le rétroviseur, son sourire tremblait.

A ce moment-là, je m'égosillai vraiment. La voiture

s'est emballée en faisant marche arrière et on a pu se désenclaver de la rambarde. On a rebondi sur le passage pour piétons d'en face, puis l'automobile s'est mise à dévaler la côte en gagnant de la vitesse.

Lecia s'est glissée vers moi et a croisé ses doigts aux miens. Un geste pour lequel je lui voue encore de la reconnaissance. Mon odeur n'avait sans doute rien de bien ragoûtant. En plus, je chialais comme un veau et des torrents de morve dégoulinaient de mon nez. Elle a pris ma grande main dans les siennes, qu'elle avait grandes aussi. (Nos mains à toutes les deux sont idoines pour les travaux des champs et le volley-ball.) D'habitude, quand elle faisait ça, je me sentais toujours rassurée et cela me fermait le clapet. Cette fois-ci, je lui ai demandé en chuchotant pourquoi mère voulait nous tuer, si elle était en train de devenir carrément folle. Lecia m'a répondu de la boucler, que dans vingt minutes nous serions chez tantine. Tout irait bien.

Tout n'alla pas bien chez tantine. C'était vrai, nous avions échappé à la tempête. L'ouragan Carla ne nous atteindrait pas. Il n'en reste pas moins que je ne ressentis aucun soulagement en descendant de cette voiture, si malmenée qu'elle grinçait et craquait toujours. La cour en terre battue de tante Iris, à l'ombre de ses grands pins, s'imprima en moi comme aussi sombre que l'avait été Leechfield. Il n'y eut pas d'instant de grâce. Mon cœur ne fut pas étreint du désir d'embrasser le sol comme quelque marin de dessin animé, rescapé d'un naufrage. D'une main distraite, je caressai les chiens de chasse tachetés venus se coucher à mes pieds, du coup ils s'en retournèrent en gémissant vers la véranda.

Tantine (prononcez Tant'aine) se dirigea droit sur moi, dispersant la meute de chiens en agitant son tablier, et me demanda : « Comment était la route, mon petit bout en sucre ? » Je m'entendis répondre : « Très bien. » Ce mensonge commençait à me venir tout naturellement. J'allais très bien. La route s'était très bien passée. Nous allions très bien. Ma peur était trop intense pour que j'en dise plus, si forte en fait que j'étais incapable de m'effondrer en larmes sur la poitrine moelleuse, drapée dans du tissu d'indienne de tantine. J'ai seulement été capable de parler du plus évident, de mon envie d'un bain. J'ai même effarouché les chiens. Ils se sont vautrés sur le sol, puis sont retournés vers la véranda en m'évitant. Ils avaient de longs museaux couverts de taches et me guettaient du coin de leurs yeux jaunes.

Il m'est toutefois impossible de décrire le visage de tantine, ou ceux, bienveillants, de mes cousins et de mon oncle qui vinrent nous accueillir. Mes yeux restèrent sûrement baissés au niveau des chiens qui s'estompent dans mon souvenir à partir de là, comme si une gaze épaisse m'avait voilé le regard, ne me laissant plus entrevoir que les silhouettes floues de ces animaux méfiants qui flairaient partout. En fait, je baissais le volume, me durcissais à l'intérieur, prévoyant qu'une nouvelle équipée abominable nous attendait.

On mit grand-maman au lit dans la chambre située à l'arrière de la maison de tantine et je pris mon bain. Certes, je dus vivre cela comme une amélioration par rapport au moment où, à Leechfield, séparées de papa, nous nous attendions à ce qu'un raz de marée submergeât la maison. Mais mère continuait à s'emmurer dans ce silence qui nous donnait froid dans le dos. Et puis, il y avait le père de mon père, apparemment plus vieux que Jésus, qui prit presque sur-le-champ la place de grand-maman, en tant que symbole de mort.

A plus de quatre-vingts ans, mon grand-père Karr n'était pas le moins du monde au bord de la tombe. Aussi loin que je remonte dans ma mémoire, tout le monde ne cessait pourtant de prédire l'imminence de sa mort. Si l'on y ajoute l'allusion à son hérédité indienne, il en était paré de ce prestige qui, à l'heure actuelle, me semble devoir être le propre de la vieillesse. A l'époque, j'en étais dépitée. Il n'était tenu à aucune corvée. La moitié du temps, il ne prenait même pas la peine de brancher son appareil acoustique quand on lui parlait. C'est tout juste s'il disait bonjour. Il passait son temps, assis dans son fauteuil à bascule en rotin, dans la véranda à l'avant de la maison, où on lui apportait de quoi manger, du tabac pour sa pipe, du café ou du thé glacé en fonction de l'heure de la journée. Livré à lui-même au demeurant, il avait une mauvaise habitude, celle de grimper au sommet d'un certain nombre d'édifices, de la grange, ou du toit d'une voiture, ou du hangar. C'est tante Iris qui nous le raconta avant de partir à son travail au drugstore. Une fois, même, il avait escaladé un pacanier du jardin, assez haut. Mon cousin Bob Earl nous donna une pièce de dix *cents* à Lecia et à moi pour qu'on le surveille. Au cas où le vieil homme se mettrait à grimper quelque part, on devait courir chercher notre cousin qui gardait des vaches Black Angus dans le champ de derrière la maison. Ainsi grand-papa restait-il à se balancer sur son fauteuil, à mâchonner sa pipe, et il lui arrivait de chanter une ballade qui parlait d'un chien raton laveur égaré, que mère ne supportait pas parce que ça sentait tellement le fin fond de la cambrousse.

Quelqu'un a volé mes chiens ratons laveurs
Oh! comme j'aimerais qu'on me les ramène.
Les grands, ils les ont fait sauter par-dessus la clôture
Les petits, ils les ont fait passer par la fente.

Je me souviens que Lecia et moi, on était déchirées. On était payées pour surveiller grand-papa, qu'on avait peine à imaginer en train de bouger, on l'aurait cru coulé dans du béton. Et en même temps, on tenait à garder mère à l'œil parce qu'on avait l'impression que des tas de problèmes graves couvaient en elle.

On a abouti à un compromis. Lecia, assisè dehors, le dos collé à la porte grillagée (service pour lequel je lui remis mes dix *cents*), surveillerait grand-papa. Moi, en revanche, assise à l'intérieur, mon dos collé au sien et à la porte grillagée, j'observerais mère, qui avait branché la télé sur les nouvelles de l'ouragan. Elle avait fait un feu aussi, dans la cheminée de la pièce principale. Elle restait là, à tisonner ce feu, le visage dégoulinant de sueur, verni de rouge par les flammes. Elle avait tiré ses épais cheveux en arrière avec un de ces bandeaux noirs en tissu extensible, et ils lui entouraient le visage d'une sorte de diadème. Je n'avais jamais vu avant, et ne vis plus depuis, un être humain aussi vidé, aussi abîmé en lui-même que mère, accroupie là, à fourrager dans le feu avec le tisonnier en fer forgé. Il m'était très pénible de la contempler, alors j'ai regardé la télé où on montrait la carte de la météo de Kirbyville et le vent qui aplatissait les palmiers sur des kilomètres à la ronde.

J'avais envie de téléphoner à papa. Je suis allée jusqu'à en discuter avec une téléphoniste. Mais elle m'a dit qu'il lui était impossible de me mettre en communication avec Leechfield parce que tous les circuits de cette zone étaient surchargés. Je lui ai demandé si ça voulait dire qu'il y avait trop d'appels sur le réseau interurbain ou si c'était le téléphone de papa, là-bas dans le golfe, qui était cassé. Elle n'avait pas le temps d'en parler, m'a-t-elle répondu, et elle a coupé.

J'ai regardé autour de moi, l'écossais de la chemise de cow-boy de Lecia s'écrasait sur le grillage. Au bout d'un moment, j'ai décidé que j'avais envie de faire pipi et suis partie dans la salle de bains de tantine.

Quand j'en suis sortie, j'ai aperçu dans la chambre la main de grand-maman qui gisait, inerte sur le bas-côté du lit. J'y suis entrée sur la pointe des pieds. La pièce était petite, sentait le renfermé, car tantine y entreposait de la viande de cerf, d'écureuil et de canard dans un grand congélateur blanc, le long duquel on avait collé l'étroit lit en fer-blanc. Les lunettes de grand-maman étaient tombées par terre, elle était donc endormie. J'ai pensé à les poser sur sa table de nuit et en même temps à lui piquer ses petits ciseaux à couture. Comme ça, une fois de retour au salon je découperais des flocons de neige dans du papier journal ou je fabriquerais des cocottes en papier. J'ai regardé de près les yeux de grand-maman, ils étaient quasi fermés, comme enfoncés dans sa tête, et ne laissaient filtrer que des demi-lunes blanchâtres.

Je m'accroupis, voulant ramasser les lunettes. Grand-maman avait renversé un espèce de liquide rose, poisseux, sur les verres et les lunettes étaient couvertes de ces petites fourmis rouges qu'on appelle des fourmis à sucre. Le printemps précédent, j'avais délivré toutes les fourmis de la ferme qu'avait confectionnée Lecia avec un verre (les fourmis emprisonnées m'avaient fait de la peine), et cherchais depuis lors à en piéger de nouvelles pour elle. Cela avait été de l'ordre d'un projet scientifiquement conçu en vue de remporter un prix. Et voilà que l'occasion m'était fournie. J'essayais, au moyen d'une des branches des lunettes de grand-maman, de faire basculer les fourmis dans une boîte à chaussures récupérée sous le lit, quand soudain j'ai remarqué la main de grand-maman.

Cette main était entrouverte. Les doigts frôlaient le sol. Le long de la partie très blanche du bras de grand-maman se dessinait ce que je pris d'abord pour un coup de crayon à sourcils. Je compris après coup. Elle avait renversé des gouttes de sirop contre la toux ou de soda rouge à l'intérieur de son bras, où les fourmis rampaient en se gorgeant de sucre. Grand-maman ne les sentait pas le moins du monde.

Ai-je cru qu'elle était morte ou qu'il lui était arrivé quelque chose, je n'en ai aucune idée. En revanche, je savais bien que son état dépassait de loin ce à quoi je m'étais attendue. J'ai reculé hors de la pièce. Je suis retournée au salon. Je me suis assise, le dos bien droit contre le grillage, et les vertèbres de Lecia rentraient dans les miennes d'une façon qui me fit du bien. Je n'ai pas bougé de là, jusqu'au moment où mère entra dans la maison, découvrit grand-maman et commença à crier.

5

L'ouragan Carla, papa le regarda monter du golfe par le canal intercostal. Il prétendit avoir été à l'abri derrière l'épaisse paroi de verre d'une espèce de nid de pie située sur une tour gigantesque, d'où il embrassait la moitié du comté et qui faisait face à la raffinerie, de l'autre côté de laquelle s'étendaient les réservoirs à pétrole. Le canal leur succédait. Les pétroliers de Houston avaient dépensé une fortune pour creuser ce fossé glorifié, grâce auquel on acheminait le pétrole par bateau des plates-formes en mer aux raffineries. Papa nous raconta après coup que le vent faisait tanguer la tour. Ben Bederman et lui jurèrent avoir été obligés de se cramponner aux parties fixes de la pièce car les sièges valsaient dans tous les sens. Par la fenêtre, ils virent une muraille d'eau de soixante mètres de haut qui s'approchait de la ville en suivant le canal. L'image de papa, tendant le cou, plissant les yeux comme s'il traquait un animal à distance, se dessine avec précision en moi. Il marqua une pause d'ailleurs, quand il raconta son histoire, et fit un geste de son bras noueux, comme si le raz de marée risquait de s'abattre sur nous au même moment. « On aurait dit un immeuble entier construit d'eau », dit-il. J'aurais lieu de m'étonner, plus tard, qu'il ait eu une vision si claire au cœur de la tempête. Mais en l'écoutant, il était impossible de mettre en doute la témérité de cow-boy avec laquelle il avait affronté l'épreuve.

Le plus incroyable dans tout ça, c'est que l'ouragan épargna Leechfield en dépit de la progression inexorable d'un raz de marée qui aurait réduit en bouillie tout habitant resté sur place. Les chances de voir l'ouragan heurter la ville de plein fouet avaient été fortes. Mais la tempête vira mystérieusement, fit un détour que les gens en viendraient à assimiler au mouvement rapide d'un quaterback de football américain contournant un joueur de première ligne au cou de taureau. Elle changea de cap par un coup de chance extraordinaire, s'immobilisa sur place, juste avant d'aborder Leechfield. Puis, après un virage à soixante degrés, balayant l'est du Texas de la queue seulement, elle poursuivit sa route et frappa de toutes ses forces Cameron en Louisiane, prenant la ville complètement au dépourvu.

Les préparatifs de Cameron n'auraient pas changé grand-chose, car une bonne partie du golfe du Mexique se souleva et submergea la ville construite à basse altitude. Les gens grimpèrent aux arbres en essayant d'échapper à la crue. La défense civile fit ce qu'elle put à la dernière minute et quelques familles réussirent à prendre la tempête de vitesse en suivant les indications de la radio sur la direction de l'ouragan. Mais il y en eut beaucoup qui n'avaient pas allumé leurs radios et les pertes furent élevées. A la télé on montra des tas de types en cuissardes qui pataugeaient dans leurs salons en sondant l'eau à la recherche de meubles susceptibles de n'avoir pas été embarqués.

La tempête inonda les bayous. Il y eut une vermine endémique qui monta à la surface des eaux douces et de la mer, infestant immeubles et maisons. Je lus dans le journal qu'à la décrue un type découvrit un requin de trente mètres qui s'agitait faiblement sur les carreaux de sa cuisine. Des tas de gens trouvèrent des serpents cottonmouth nichés dans leurs paires de chaussettes en ouvrant les tiroirs de leurs commodes. Il y eut aussi des morsures de rats nutria qui s'attaquaient aux enfants dans leurs jardins, aux petits notamment. Les dents de devant de ces rats de la taille de ratons laveurs, en forme de ciseaux et émaillées d'un orange luisant, rendaient leurs assauts plutôt effrayants à imaginer. A leur retour en ville, certains voisins crépitaient d'histoires de cousins ou d'amis mordus, qui s'étaient vu infliger le supplice des piqûres contre la rage dans le ventre. J'avais un goût de charognard pour les récits de ce genre.

Bien sûr, grand-maman passa de vie à trépas dans l'intervalle. Chez tantine, elle n'était pas morte, mais seulement dans le coma. Elle en sortit à ce qu'on m'a dit et avant sa disparition passa quelques jours, clouée au lit, chez nous à Leechfield. L'épisode m'a échappé; je l'ai effacé, de même que beaucoup d'autres. Elle mourut. Je n'éprouvai pas de chagrin.

L'après-midi de la mort de grand-maman, Frank Doleman vint me chercher à la porte de ma classe de dixième en traînant Lecia à sa remorque. Mme Hess me dit d'emporter mon panier repas et mes caoutchoucs. Lecia, sous le préau, avait la moitié du visage enfouie dans une serviette en papier marron, si bien que je ne pouvais pas me rendre compte si elle s'arrachait de vraies larmes ou si elle faisait semblant, avec son nez qui coulait. Oncle Frank s'agenouilla à hauteur de mes yeux pour m'annoncer que grand-maman était « décédée ». J'ai trouvé sa phrase empreinte d'une politesse artificielle, comme sortie du feuilleton *Bonanza*. Toutes les expressions du cru qu'on appliquait à la mort se mirent à défiler dans ma tête : *Elle a acheté la ferme, Elle a passé l'arme à gauche, Elle a clamsé*, dont ma préférée : *Elle s'est offert un élevage de vers de terre.* (Une fois, je pris un malin plaisir à sortir cette expression à un futur banquier, dans le Nord. Éberlué, il me demanda si les vers de terre des éleveurs du Texas étaient vendus pour autre chose que pour servir d'appâts à la pêche.)

En route vers la maison, j'étais assise sur le siège arrière de la décapotable blanche d'oncle Frank tandis que Lecia, sur le siège pour enfant à l'avant, n'arrêtait pas de pleurer comme un veau. Oncle Frank d'une main pataude lui tapotait l'épaule de temps à autre, lui répétant de pleurer toutes les larmes de son corps, que cela n'avait aucune importance. Mais moi, ce qui me trottait dans la tête, c'était ce que les Munchkins chantent dans *Le Magicien d'Oz*, quand la maison de Dorothée s'effondre sur la sorcière aux chaussettes rayées : « Ding, dong, la sorcière est morte. » Je me suis bien gardée de la fredonner à voix haute, d'autant plus que le numéro de Lecia était excellent. Je n'en pensais pas moins.

A notre arrivée, papa accroupi dans la véranda, vêtu de son bleu de travail, son casque sur la tête, fumait. On l'avait manifestement fait venir directement du terrain. Il nous serra fort, Lecia et moi, une sous chaque bras. Il était sale, sentait le pétrole brut. Notre proviseur ne marqua pourtant aucune hésitation à lui serrer la main. Il n'extirpa pas non plus de mouchoir pour nettoyer le pétrole après la poignée de main. Notre proviseur avait un faible pour les chemises blanches et empesées, mais savait le mettre de côté quand il le fallait.

Oncle Frank recula sa voiture. Papa, Lecia et moi, on resta ensemble en haut de l'allée, à lui faire au revoir de la main. La tête posée sur le plastron de la chemise du bleu de travail de papa, je félicitai ma sœur de sa performance. Lecia abaissa la serviette de papier, je vis son visage. On aurait dit qu'on avait ouvert un gros rideau marron qui révélait un masque bien différent du faciès grimaçant auquel je m'attendais. Elle avait les yeux, le nez rouges et la bouche baveuse tordue d'un rictus. Je compris subitement qu'elle ne faisait pas semblant — d'avoir du chagrin, j'entends. Sa peine me flanqua un coup. J'étais si loin d'éprouver la tristesse où elle était plongée que nous étions séparées l'une de l'autre par des kilomètres de distance psychique.

A n'en pas douter, Lecia aussi était furieuse de l'écart entre mon soulagement et son chagrin. Plus tard dans la soirée, alors que papa faisait frire un poulet, elle me prit en chasse sous prétexte que j'avais dit une méchanceté sur grand-maman. Elle courait vite, même alors (au collège elle battait tous les records au relais des quatre cents mètres). Si bien qu'elle m'attrapa par le col et me renversa en arrière avant que je n'aie fait un demi-tour du jardin. Le col m'étrangla, la chute me coupa le souffle. Elle me retourna sur le dos dans l'herbe saint-augustine hérissée d'épines, sans que je réalise d'où venait le coup.

Lecia s'assit en pesant de tout son poids sur ma poitrine, et m'enfonça ses genoux dans les épaules. Elle me dit de retirer mon propos. J'aspirai assez d'air afin d'éructer mon refus. Je m'efforçai de la faire tomber en projetant mon bassin en avant, puis de lui encercler les épaules en levant mes jambes en l'air. Rien à faire, elle me tenait clouée au sol. Je n'allais pas me dédire pour autant. Je me défendais avec la seule arme à ma disposition, mon obstination (que j'avais bâtie avec ma grande gueule et en me faisant botter le cul plus souvent qu'à mon tour). A vrai dire, je n'ai jamais gagné une bataille à la loyale contre Lecia, contre personne d'ailleurs. L'origine de ma propension à attaquer sournoisement celui qui m'avait offensée, des semaines après l'altercation, provenait de là. Mais je n'étais pas en reste pour provoquer la bagarre et la faire traîner en refusant de m'avouer vaincue. J'en tirais une sorte de fierté secrète. Certes, je réalise maintenant qu'il est pitoyable de s'enorgueillir de son aptitude à endurer les raclées.

Lecia me garda collée au sol, je ne sais combien de temps. Avec ses genoux, elle me fit deux bleus jumeaux aux épaules, de la taille et de la forme de grandes louches. Je les découvris en enfilant mon pyjama le soir. Elle ne me lâchait toujours pas. Le ciel s'empourprait. J'entendais papa raclant de sa spatule le jus du poulet dans la poêle pour lier la sauce. Mon obstination finit par lasser ma sœur qui décida de me cracher dans l'œil. Elle se cura le fond de la gorge d'où elle ramena un énorme glaviot, s'interrompant de temps à autre pour m'avertir qu'elle s'apprêtait à me l'envoyer. Le crachat avait du volume et une forme géométrique. Accroché à mon visage, tel une larme géante, il oscillait d'un côté à l'autre comme un pendule, lorsque papa sortit en claquant la porte grillagée et me débarrassa de Lecia.

La nuit, j'entendis Lecia pleurer dans son oreiller. Je posai ma main sur son épaule. Elle me repoussa.

Mère, pendant ce temps-là, était en route pour l'enterrement de grand-maman. Dieu soit loué parce que nos sempiternelles bagarres la faisaient pleurer. Elle avait voulu une sœur avec tant d'ardeur qu'elle ne comprenait pas nos disputes acharnées.

Toujours est-il qu'à ce moment-là mère traversait le désert du Texas dans la vieille Impala de grand-maman. Partie de l'hôpital de Houston, elle rejoignait Lubbock et l'enterrement. Elle nous dit qu'elle portait son tailleur noir de chez Chanel, avec le camée beige-ivoire de grand-maman, celui que son arrière-grand-mère avait apporté d'Irlande. Elle ajouta qu'elle avait des perles aux oreilles et était coiffée d'une toque blanche du style de celle de Jackie Kennedy au moment de l'assassinat de son mari. (Il est attristant d'en faire état, mais nous, les femmes de ma famille, sommes toujours en mesure d'énumérer jusqu'au plus infime détail les tenues vestimentaires que nous portons à la moindre occasion, alors que nous oublions presque tout le reste. En fait, plus l'événement est d'importance, un enterrement, un mariage, un divorce, plus le souvenir de notre garde-robe est précis et plus l'espoir d'en extraire un aperçu est ténu.) Mère fit le voyage en solitaire, parce qu'elle ne voulait pas nous perturber. Du moins c'est ce qu'elle nous dit au téléphone. « Ça va vous perturber, c'est inutile que vous fassiez tout ce chemin pour être perturbées. » Ainsi nous l'a-t-elle présenté. Cette soudaine irruption d'un sentiment maternel me surprend maintenant. Nous n'avions pas été épargnées jusque-là en matière d'horreurs et d'atrocités, y compris la jambe mutilée de grand-maman à l'hôpital M.D. Anderson. De surcroît, on avait vu grand-maman gravir des échelons vraiment nouveaux de « nervosité », à mesure que le cancer lui dévorait le cerveau. L'attitude de mère n'avait aucun sens.

Lecia réussit à me persuader, des années durant, que mère nous avait laissées parce qu'elle transbahutait le corps de grand-maman sur le siège arrière de l'Impala. Ce beau mensonge, Lecia commença à m'en gaver peu après le coup de téléphone de mère cette nuit-là. Et je l'ai gobé comme un merlan frit. Il faut croire que j'avais besoin d'une bonne raison justifiant son abandon. Je n'aurais pas supporté la vérité, à savoir que nous lui bousillions des nerfs déjà en marmelade. Un matin, alors que nous étions au lit, je demandai à Lecia pourquoi mère n'avait pas mis grand-maman dans le coffre. Lecia se releva sur son coude et me fit observer qu'on ne traitait pas sa mère morte avec si peu de délicatesse. En suivant la même logique, je ne m'imaginais pas mère faisant ligoter la vieille dame sur le toit de la voiture, afin qu'on puisse tous tenir. Ainsi me suis-je longtemps représenté mère conduisant pendant huit cents kilomètres à travers le Texas, avec le cadavre de grand-maman étendu sur le siège arrière. (Ce n'est pas, me semble-t-il, avant d'avoir lu *Tandis que j'agonise,* de Faulkner, où les enfants traversent le Mississippi en remorquant la dépouille de leur mère infestée de mouches et d'asticots, d'où se dégage une indicible puanteur, que je compris que le corps de grand-maman avait sans doute été transporté en ambulance. Le seuil de tolérance de mère aux odeurs était plutôt faible.)

Combien macabre dut être le périple! Ceux qui viennent de mourir s'arrogent, somme toute, une bien grande place dans notre cerveau. Si bien que je me représente encore mère seule dans la voiture, avec quelque fantôme de sa défunte mère à ses côtés. Elle roula de nuit, comme l'aurait fait sa mère, afin de profiter de la fraîcheur et de l'absence de circulation. Le trajet prend quatorze heures. Il arrive que le ciel drapé d'une effroyable obscurité ressemble à une énorme cloche noire suspendue au-dessus de vous. Le simple fait de croiser des phares qui illuminent à intervalles réguliers les lignes blanches de la route peut vous mettre en transes. Et comme dit John Milton : « L'esprit se meut sur lui-même, en lui-même / Il fait un paradis de l'enfer, un enfer du paradis. Moi, je suis en enfer. »

Parfois, l'envie me prend d'être transportée sur un rayon de lumière dans la vieille Impala, afin que mère ne fasse pas cette route toute seule. Je m'imagine toujours que je me rendrais utile de façon incontestable, en versant du café de la thermos, en trouvant à la radio un morceau de musique classique, en la consolant sans jamais geindre, ni réclamer de faire pipi. Ce que j'aurais fait bien entendu. Peut-être aurais-je simplement ouvert grandes les fenêtres afin de chasser le vilain fantôme de ma grand-mère.

Mère nous avait laissées à la maison parce qu'elle souffrait. Toute blessure signifiait pour elle le repli sur soi. (Une vieille blague : Quel est le coin le plus solitaire de Louisiane ? L'âme du bayou.) Il me faut l'abandonner, livrée à elle-même, dans l'obscurité de l'autoroute, où les cactus défilent par intermittence sur son passage.

C'est à la mort de grand-maman que je vécus mes premières véritables insomnies. L'image du bras pâle de grand-maman couvert de fourmis surgissait derrière mes yeux clos, quand j'étais allongée à côté de la forme dense de Lecia dormant à poings fermés. J'avais la tête qui bourdonnait d'un bruit évoquant un violoncelliste fou qui sciait inlassablement la même note, ou de myriades d'abeilles qui prenaient leur vol. En fait les pneus de notre voiture avaient vrombi de la sorte sur l'Orange Bridge la fois où mère avait failli, volontairement ou pas, traverser la barrière de sécurité et nous faire dévaler, hurlantes, dans le fleuve. Si je gardais les yeux ouverts, le bourdonnement s'interrompait. Mais si je fermais les paupières, même une seule seconde, le bourdonnement me vidait de toute pensée plaisante. Je restais éveillée des nuits entières, les yeux incendiés. En réalité, ces veilles me protégeaient de moi-même. Telle devrait être la définition du phénomène précoce de « nervosité », pour peu qu'elle existât.

Mon désarroi psychique déboucha sur une crise métaphysique. Je m'interrogeai sur le sens de cette ferveur que tout le monde manifestait en permanence envers la nature, ou Dieu. Les enfants assis autour de moi qui, la tête penchée, se concentraient sur leurs gigantesques feuilles de papier à dessin, semblaient avoir oublié la décision aveugle de l'océan de se déchaîner contre des centaines de gens en Louisiane, par-delà le fleuve. Il aurait pu y avoir nos corps à la place de ceux des gens qu'on voyait après l'école au bulletin d'informations de la télé. Les images montraient des familles qui évoluaient parmi des rangées de sacs alignés dans le parking d'un théâtre-cinéma, allant d'un sac de la taille d'un enfant à l'autre. Le shérif entrouvrait la fermeture éclair en haut du sac, le papa y regardait attentivement, avant de secouer la tête en un signe de dénégation. Il reculait le temps que le shérif refermât le sac, passait au suivant. Et la scène se répétait sans trêve jusqu'à ce que le shérif dévoile le visage dont la famille était en quête, celui de petit Junior ou de bébé Jackie, bleui, bouffi, à la langue pendante et noire.

Ces visages, les caméras ne les montraient pas, bien sûr. Mais à la guerre, papa avait vu des morts à foison. Je me le rappelle affirmant qu'un visage humain pouvait devenir aussi bleu que la chemise de batiste délavée qu'il tripotait. Il avait ajouté que ce n'était pas tant la froideur de la peau d'un mort qui donnait les chocottes, mais sa consistance, qui vous donnait l'impression de toucher du bois ou du béton.

Cette conversation avait eu lieu lors d'un de nos dîners assis sur le lit. Nous en avions repris l'habitude dès la mort de grand-maman, en l'agrémentant du grésillement de la télé dont la lumière blanc-bleu servait d'âtre à notre famille. Papa dit, en déchiquetant un bout de galette :

— Vrai, sans déconner, quelquefois quand tu touches un mort (il avala une gorgée de babeurre), il est dur comme cette table et n'a rien de plus à voir avec la vie qu'elle.

La description ne m'effrayait pas autant que les séquences des actualités où on montrait un papa se tassant sur lui-même, une fois qu'il avait identifié le visage de son enfant. Certes les mères pleuraient. Mais elles donnaient l'impression d'être mieux armées, de se soutenir mutuellement quand elles éclataient en sanglots, tombaient à genoux ou s'en prenaient au ciel. Alors qu'on était sûr que la détresse de ces hommes dans la force de l'âge, hurlants et gémissants, allait se perdre dans un implacable néant. Installée au milieu du lit de mes parents, une assiette fumante de haricots et de galettes posée en équilibre sur mon tas de couvertures, je regardais la succession de ces hommes mûrs, brisés en plein cœur. On aurait cru que tout à coup, ils s'affaissaient complètement à l'intérieur et je savais que le visage de l'enfant mort serait incrusté à jamais en eux. C'est partiellement en raison de l'attitude de ces hommes aux visages massifs criant à l'ombre des visières de leurs casquettes ou de leurs chapeaux de cow-boys que le monde ne m'a plus inspiré confiance.

Dans la classe de dixième, les autres semblaient immunisés contre ce flot de détresse. Ou alors, ils considéraient le fait que la tempête nous ait épargnés comme la preuve de notre supériorité morale. C'était le signe que Dieu avait exaucé nos prières et il fallait en ressentir de la piété.

Lors d'une récréation, je demandai à Carol Sharp si elle ne pensait pas que les gens là-bas à Cameron avaient prié avant l'arrivée de la tempête. Dieu, me rétorqua-t-elle, trouvait peut-être les baptistes de Leechfield de meilleurs chrétiens que les gens de là-bas, en Louisiane, des catholiques probablement. Pendant cette discussion, nous tournions sur un manège, typique d'une cour de récréation, en acier peint du rouge des voitures de pompiers. Il fallait s'arc-bouter sur ces chevaux de métal pour ne pas tomber au moment où les enfants leur faisaient prendre de la vitesse en poussant fort. Quand on se mit à tournoyer à vive allure, je me suis escrimée à desserrer les doigts de Carol. Mais elle beugla et appela Shirley Carter à la rescousse. A elles deux, elles m'ont chatouillée sous les aisselles, jusqu'à ce que mes doigts lâchent prise et que je m'envole. La cour de récréation se brouilla en dessous de moi. Je rebondis sur le bitume et atterris sur mes genoux en sang. Ma jupe écossaise se retroussa jusqu'à la taille. On vit ma culotte. Je hurlai à Carol Sharp que son Jésus était un connard miaulant (une phrase piquée d'une des tirades plus que mécréantes de mère), au moment où Mme Hess m'attrapa par la taille. Elle m'embarqua dans sa salle de classe tandis que je me débattais en poussant des bordées de jurons.

Elle me remit une boîte de crayons, m'installa sans ménagement à un pupitre placé en face d'un tableau couvert de dessins. Mme Hess me donna pour consigne de faire un beau dessin d'ici la fin de la récréation. Les images clouées au-dessus de moi, qui représentaient un papillon butinant une marguerite, un voilier dansant sur des vagues bleues aux jolies ondulations, un soleil jaune souriant, me firent plus chier que tout le reste.

Au cours de cette récréation, j'usai mon crayon jusqu'au trognon pour reproduire un ciel rempli de nuages. J'en taillais tout le temps la mine sur le dos de la boîte mais il s'émoussait à toute vitesse parce que je faisais des spirales tournoyant sur elles-mêmes. La grande feuille de papier luisait de noir avant la fin de mon dessin. En arrière-plan, sur une colline verdoyante, je dessinai des tombes en marron, que je surmontai de croix blanches. Et sur chacune j'écrivis : *Repose en paix*.

La mort fauchait en aveugle, à grande échelle. Cette vérité prenait forme petit à petit dans mon esprit, se renforçait, se mouvait comme propulsée par une tempête intérieure. Sans que je m'en rende compte, elle m'éloignait des autres enfants. Car ils se représentaient toujours le monde sous forme d'une cour de récréation, veillée par un Dieu souriant. Moi, j'en étais incapable. Leur innocence m'ulcérait jusqu'à la fureur. Souvent, me trouvant à côté d'une fille de chez les baptistes sur les marches du chœur, ça me prenait de la bousculer ou de lui donner un coup de coude, parce que ses yeux s'embuaient lorsqu'elle chantait la gloire de la montagne pourpre. C'était purement et simplement du dépit. Si elle se tournait vers moi, scandalisée, je m'excusais, l'air innocent. Parfois, le dimanche, Carol Sharp rentrait du catéchisme, les cheveux noirs bien lustrés retenus par deux barrettes identiques en plastique, le jupon dépassant de sa jupe rose, et m'annonçait que Dieu m'avait créée avec de la poussière, tandis que je cherchais des vers de terre dans le bac à fleurs. A quoi j'objectais que je n'étais ni le grain de poussière, ni la poupée Barbie de Dieu. Puis je lui demandais pourquoi Dieu, s'il nous aimait tant, permettait-il à la mort de s'abattre sur nous comme un robot meurtrier à la gueule béante. Carole tenait sa réponse toute prête :

— Il est des mystères dans la vie que le Seigneur ne veut pas que nous comprenions.

Une déclaration pareillement compassée me poussait à l'arroser avec le tuyau du jardin ouvert au maximum. La mort de grand-maman avait tué quelque chose en moi. Je ne la regrettais pas d'un iota, mais souffrais amèrement de la perte de ma confiance dans l'ordre du monde.

Et, croyez-moi, Leechfield renforçait cette vision du monde; la nature qui l'environnait ne faisait pas de cadeaux. Ainsi, par un matin d'automne, alors qu'en compagnie de la famille d'une amie je traversais une prairie en route vers un champ de cannes à sucre, les chiens de chasse qui gambadaient aux côtés des hommes chargés de carabines aux canons baissés firent volte-face, s'immobilisant net aux pieds d'une petite fille. Un des papas nous ordonna de ne pas bouger. On obéit. Il visa de sa Winchester l'endroit où se tenait le bout de chou de quatre ans, chaussée de tennis rouges, paniquée à en mouiller sa culotte. Le coup de feu fit voler un crotale dans la tranquillité de l'air, à un mètre de haut. Il alla atterrir dans les roseaux en faisant floc, et les chiens se précipitèrent sur lui. Rien d'étonnant qu'à la suite d'une telle expérience on se mette à trimballer avec soi une carabine ou un fusil de chasse, pour des motifs n'ayant rien à voir avec ses congénères. C'est la nature elle-même, objet de vénération sous d'autres cieux, qui fait la meilleure publicité des armes à feu à Leechfield. Ses forêts grouillaient de toutes les espèces imaginables à cette latitude, que ce soit des serpents venimeux, des araignées ou des créatures à morsure dangereuse.

Même à la plage, il y avait des panneaux qui interdisaient de s'enfoncer dans les herbes à cause des alligators. D'une couleur brunâtre, le golfe était aussi tiédasse que de l'eau de vaisselle et infesté de serpents de mer, de raies pastenagues. Il y avait des bruits qui couraient sur des attaques de requins, bien qu'aucun corps déchiqueté n'ait été retrouvé depuis des années. Au demeurant, le courant pouvait vous traîner jusqu'à Cuba avant que vous ne réalisiez que vous étiez sa proie.

C'est sur ce damné bout de côte, à la plage de McFadden, qu'on fit une virée en famille au retour de mère.

Le jour où elle rentra, on ne s'y attendait pas du tout. Elle arriva un matin, entrant par la porte de la cuisine, sans même ébaucher un salut. Papa fit : « Bonjour Joe, veux-tu un café ? » Elle secoua la tête mollement. On aurait cru un de ces chiens de tableau de bord de voiture qui a un ressort à la place du cou. Lecia et moi on dut se ruer sur elle d'un bond parce que je me souviens de papa nous disant de ne pas nous agripper à elle comme des toutous, alors qu'elle venait de franchir la porte.

Mère s'assit sur un tabouret de cuisine. On se jeta à ses pieds, à même le linoléum. Elle ne portait pas de chaussures. Il n'y avait rien de surprenant à cela, car elle disait qu'on n'esquintait jamais autant une bonne paire de chaussures à talons qu'en conduisant. Quelques petites mailles de ses bas étaient filées, d'étroites échelles noires s'élançaient à partir de ses doigts de pied. Je m'attelai aussitôt à la tâche d'en tripatouiller une, que je tirai un peu. La maille s'allongea et monta le long de son tibia. Je tirai un peu plus fort, la maille grimpa jusqu'au genou où elle s'élargit. Je demandai à mère si ça la chatouillait. Elle me tapota distraitement la main. Elle n'avait toujours pas prononcé le premier mot. Les yeux clos, elle se massait les tempes.

Lecia se mit à frictionner les pieds de mère. A force de porter des talons hauts pendant des années, elle avait les pieds calleux, aussi déformés que ceux d'une danseuse et couverts de durillons. (Adulte, Lecia devint une dévote des talons hauts. Lors d'une soirée à Boston, une débutante en mocassins lui fit observer en plaisantant que si Dieu avait voulu que les femmes portent des talons, il n'aurait pas conçu nos pieds tels qu'ils étaient. Lecia répliqua que si Dieu ne nous avait pas destinées à porter des talons, il n'aurait pas paré nos jambes de tant de beauté quand on en mettait.) Les frictions de Lecia me firent penser à un personnage de la Bible. Papa s'amena ensuite et enfonça profondément ses doigts dans les trapèzes de mère qui rejeta la tête en arrière. Elle dut avoir l'impression d'être Gulliver assailli par l'essaim des petits hommes. Levant les yeux vers elle, je la trouvai grande, infiniment plus que dans mon souvenir. (Le silence grandit un être, en suis-je venue à croire. La douleur aussi. Qu'un lourd et triste silence émane d'une personne et voilà qu'on l'investit d'une gravitas protéiforme.) Mère avait des poches sous les yeux. C'était récent, avant elle n'en avait pas. Son fard à joues était sillonné de larmes qu'elle avait versées sur le chemin du retour à la maison. Son rouge à lèvres en revanche, couleur de prune sombre, éclatait de fraîcheur. Elle l'avait retouché dans la voiture. C'est la dernière pensée que j'eus avant que mon souvenir ne se brouille.

On partit donc à la plage le lendemain pour remonter le moral de mère. C'était une bonne idée en théorie. Les seules remarques qu'on avait pu lui soutirer sur Lubbock avaient porté sur le peu de monde à l'enterrement et sur la longueur du voyage aller et retour. Elle avait passé la semaine entière toute seule en compagnie des sœurs de sa mère, des sorcières.

Il est incontestable que les sorties ne nous réussissaient pas. L'atmosphère se détériorait dès qu'on se retrouvait les uns sur les autres, en vase clos, par exemple dans la Ford sans air conditionné, en maillots de bain avec nos jambes suantes collées au vinyle. A la fin du trajet en question, Lecia et moi, penchées en avant comme des vampires, répétions à l'unisson : « Maman-papa-maman-papa », en jacassant avec un débit de commissaire-priseur jusqu'à ce que papa nous menaçât d'une gifle. On baissa la tête. La voiture bondit sur une dune de sable. Puis on descendit en glissant vers la plage de McFadden et le golfe.

Le crépuscule était tombé. C'était notre heure parce qu'on voulait échapper à la foule. L'état du rivage aurait découragé la plupart des gens sains d'esprit à n'importe quelle heure. Un reflux avait sans doute succédé à l'ouragan, ou alors c'était une nappe de pétrole qui s'était déversée, si bien qu'à peine sortis de la voiture, on fut saisis par les relents de bancs entiers de poissons morts échoués sur la plage. On se garait en général sur le sable, en face des vagues. Papa se mit à décharger le coffre.

Lecia et moi, on courut vers l'eau, présumant que mère nous suivrait. Élevée dans le désert, mère était capable de passer une bonne partie du jour, assise les jambes croisées au bord de l'eau, à faire couler du sable mouillé entre ses doigts pour construire les tourelles tarabiscotées d'un château. Mère ne savait absolument pas nager, mais elle adorait flotter dans une chambre à air. Il lui arrivait de rester allongée des heures à se laisser bercer par les flots. Mais ce jour-là, elle ne se mouilla même pas les chevilles. Lecia et moi, on entra dans l'eau en maillot et on se mit tout de suite à sauter dans les vagues. A la fin, on repéra le dos de mère du côté des dunes broussailleuses. Elle s'éloignait de la voiture. A ma droite, le soleil était bas. Je me suis abrité les yeux de la main pour la distinguer. Mère pénétra dans une flaque de soleil pâle. Elle en ressortit. Elle ne fut plus qu'une ombre.

Ensuite, l'ombre grimpa les marches abîmées d'un escalier menant à une taverne à bière, qui s'appelait *La Taverne du vent*. C'était une cabane entourée de grillages, perchée vraiment haut sur des pilotis tout grêles. Plus d'une fois la tempête l'avait détruite. On persistait néanmoins à la rafistoler. A l'intérieur, il y avait un bar destiné aux pêcheurs de crevettes, ou aux types en mal de remontant pour affronter les pique-niques familiaux. Il y avait aussi un flipper où jouaient d'ordinaire des gosses bronzés à l'air maussade, attendant que leurs pères avalent la dernière gorgée et reviennent nager ou préparer les hot-dogs. J'examinai mère. Moulée dans son maillot de bain noir sur lequel elle avait jeté une vieille chemise blanche de papa, elle montait l'escalier vers le troquet. A l'instar de beaucoup de femmes ayant des jolies jambes, elle avait une façon, surtout en gravissant un escalier, d'avancer sur la pointe des pieds le long d'une ligne invisible. On avait du coup l'impression qu'elle tortillait du derrière comme une chichiteuse et je me souviens d'en avoir été gênée. Elle portait un carnet à croquis de la taille d'une petite table de jeu, comme si elle avait l'intention de dessiner les pêcheurs. Mais moi, debout dans l'eau tiède qui m'arrivait aux chevilles, je savais pertinemment qu'elle allait se soûler la gueule.

Cela m'a mise hors de moi sans doute, car tout à coup j'ai commencé à tourner autour de Lecia, l'aspergeant de toute l'eau que la coupe de mes mains pouvait contenir. Elle essaya de se couvrir le visage pour que sa frange ne soit pas mouillée. En vain, elle fut bien trempée. Quand papa surgit du coffre de la voiture, elle me faisait le geste des deux doigts levés.

Lecia, au lieu de laisser sa main tomber et d'éviter que papa la prenne en flagrant délit d'obscénité, la cacha encore figée dans le geste de « Va te faire foutre » derrière sa tête. Elle resta plantée comme ça bien plus de temps qu'il ne lui en aurait fallu pour détendre la main.

Je vois encore papa venant nous rejoindre sur la plage. Il avait mis son slip de bain noir et ses chaussures de basket, noires elles aussi. Coiffé d'une casquette rouge de base-ball, de la marque de bière Lone Star, il se dirigeait vers nous tout en enfilant la chemise de son bleu de travail. Il avançait avec la souplesse chaloupée des hommes payés à l'heure, d'une démarche qui ne gaspille pas d'énergie et refuse la hâte. Il avait le torse et les jambes pâles. Sur un de ses tibias, on voyait une large cicatrice couleur de sang. C'était un des chevaux de Lee Gleason qui la lui avait faite en le jetant à terre, puis en le traînant autour de l'enclos jusqu'à ce que l'os apparaisse sur quinze centimètres. Sur la même jambe, un éclat d'obus couleur de fer, gris bleuté, souvenir de guerre, saillait sous la peau, juste au-dessous du genou. Pourtant, il ne boitait pas du tout en venant vers nous. Il nous lorgnait d'un air goguenard. Peut-être avait-il vu Lecia cacher ses doigts en signe de « Va te faire foutre » derrière son cou et en était-il amusé.

Il s'arrêta sur le sable et nous appela :

— Sortez de là toutes les deux. Je veux vous montrer quelque chose.

On le suivit sur la plage. On passa devant ce qui ressemblait au toit d'un hangar assez considérable. La plage était jonchée de poissons morts, puants, d'un banc complet de rougets aux yeux révulsés, tournés dans la même direction. On aurait dit qu'ils avaient tous bondi d'un seul coup, drossés par une vague qui s'était évaporée, avant qu'ils ne retombent. Papa prit le temps de retourner un bébé raie pastenague de sa chaussure, afin qu'on voie sa tête. La bestiole avait des yeux très écartés et en guise de bouche, une petite fente, semblable à une ouverture qu'on aurait découpée dans de la pâte à tarte.

À proximité de la voiture, on voyait une douzaine d'hommes dispersés sur la plage qui se préparaient à une pêche au filet. Cette pêche est au fond la pêche du pauvre, un bon moyen d'attraper des poissons sans appât, ni bateau, ni patience. On a tout bonnement besoin d'être un groupe de huit à dix personnes et d'avoir un filet de douze à quinze centimètres de haut. En premier lieu, les pêcheurs se regroupent pour entrer dans la mer. Si, en regardant la scène, on ne distinguait pas celui qui porte le filet enroulé, on pourrait s'imaginer assister à un suicide collectif ou à un baptême d'un genre mystérieux parce que les participants barbotent tout habillés. Ils portent des chaussures de toile pour éviter de se couper les pieds, et des jeans bleus ou des pantalons en légère toile kaki afin de se protéger les jambes des piqûres. Les meilleures prises se font quand on avance assez loin dans l'eau, en dépassant les petits bancs de sable autour desquels elle clapote. Papa disait toujours qu'il fallait s'éloigner le plus possible du littoral, sans se laisser embarquer par le Gulf Stream en route vers les Keys de Floride. Un homme de petite taille risque de s'enfoncer dans l'eau jusqu'au cou. Et les pêcheurs au filet marchent en brandissant leurs canettes de bière au-dessus des vagues. (On balance à la mer les canettes vides sans le moindre *mea culpa* à l'égard de l'environnement.) Quand les hommes estiment que l'eau est assez profonde, ils se déploient à distance les uns des autres, se passent le filet de main en main, le déroulent et le tendent sur trente à quarante mètres de long. Ensuite tout le monde s'en retourne à pas lents vers la plage, chaque type tenant fermement son bout de filet, où s'amasse tout ce qui nage. A leur retour sur la plage, le filet ploie sous la charge des bestioles. Il faut se donner du mal pour l'étaler par terre. Une fois que c'est fait, on marche le long du filet, en y sélectionnant tout ce qui est comestible.

La soirée en question, ils en avaient fini avec la pêche au filet parce qu'au moment où on les rejoignit, je remarquai un baquet d'eau de mer mijotant sur un grand feu près de leurs camions, garés à l'arrière. Les odeurs d'épices d'un ragoût de crabe flottaient dans l'air, un mélange d'oignons, d'ail et de toutes sortes de poivres mexicains. Au bord de la mer, deux des types se penchaient sur des seaux remplis de petite friture où ils triaient des crabes à coquille molle et des crevettes. Puis l'un deux, coiffé en brosse, qui portait un pantalon de camouflage, se redressa sur la plage, un petit requin d'un mètre de long environ à la main. Il demanda à un certain Bucky de courir chercher le Polaroid. Quelqu'un (Bucky, je suppose) bondit à la voiture. Le type qui tenait le requin (il avait les mains gantées de caoutchouc rose, comme grand-maman quand elle faisait la vaisselle) demanda à papa si ses filles voulaient voir le requin-marteau. Papa répondit : « Bien sûr. »

Je n'avais jamais vu un requin de près auparavant. C'est son absence de menton qui me frappa le plus. Son mufle descendait très bas, jusqu'à l'endroit où il aurait dû y avoir le cou, lui donnait un rictus qui découvrait ses dents et le privait d'allure. En plus, son corps entier n'était qu'un gros muscle. Il ne pesait pas plus d'une dizaine de kilos. Pourtant, le type devait lutter pour le garder en main et il criait à Bucky de se manier. Le requin, dans l'intervalle, fouettait l'air de droite à gauche. Papa finit par aider l'homme, en coinçant le requin avec son pied, afin que Lecia et moi, on puisse sentir à quel point sa peau était rugueuse. Je frottai le requin à rebrousse-poil (précisément, remarqua papa, comme il m'avait indiqué de ne pas le faire) et la peau de mes doigts en fut irritée comme par du papier de verre. La photo en noir et blanc du Polaroïd de Bucky montre Lecia regardant le requin d'un air solennel. L'animal est flou, il ressemble à une matraque mobile dans les mains gantées du type. Il y a papa, au sourire un peu contraint, et moi qui examine mes doigts saignants comme s'ils étaient un code que j'étais sur le point de décrypter. C'est que mère me trottait dans la tête. Je la voyais disparaître. Elle allait boire, s'embarquer pour ailleurs. Bien sûr, mon tourment ne figure pas sur la photo. Je le devine à la ride creusée sur mon front.

On descendit plus avant sur la plage et on tomba sur un lit de varech grouillant de ces méduses qu'on appelait « vaisseaux de guerre ». C'était ce que papa avait eu l'intention de nous montrer. Jamais je n'en avais vu autant en un seul endroit; leur masse s'enchevêtrait aux lanières brunes des algues. La tempête les avait rejetées sur le rivage et papa voulait qu'on y prenne garde. Si vous n'avez jamais vu de « vaisseau de guerre », imaginez une créature sortie tout droit de science-fiction. La tête, un globe translucide de la taille d'un ballon de base-ball qui flotte sur l'eau, est gonflée d'air, et si à certains endroits elle est claire, à d'autres elle rutile des couleurs ensanglantées d'un coucher de soleil, de bleu roi, de rouge violacé. A première vue, on pourrait confondre un banc de « vaisseaux de guerre » en train de danser sur l'eau avec de la flore aquatique, des nénuphars ou des lotus, du fait de leurs teintes vives. Si on en tâte la tête du doigt, on a l'impression d'appuyer sur une sorte de bulle de chewing-gum. Mais les tentacules qui pendouillent sous l'eau recèlent un dangereux poison. D'une couleur fuchsia, ils ont plusieurs mètres de long. Les « vaisseaux de guerre » rôdent partout sans qu'on s'en rende compte, en quête d'une jambe où s'enrouler. Du moins c'est ce que papa nous raconta. Les simples méduses, on connaissait mieux. Elles avaient des tentacules courts et durs qui restaient au même endroit. Lecia et moi, toutes les deux, on avait été piquées par une méduse. Ça ressemblait à une piqûre d'abeille. Et puis si une méduse vous effleurait, on pouvait toujours l'attraper par la tête et la lancer au loin. En revanche, une méduse « vaisseau de guerre », dit papa, vous enveloppait comme une pieuvre, se plaquait en ventouse sur votre jambe, et il n'y avait aucun moyen de s'en dépêtrer. Il ajouta qu'il fallait sortir tout de suite de l'eau si on voyait une de ces bulles à la crête d'une vague, même si on avait l'impression qu'elle était à dix mètres de distance. Car chaque tentacule était muni de petites ventouses qui vous piquaient un millier de fois en même temps. C'était pire qu'un nid de frelons. La créature était capable de tuer un homme, s'il était fragile du cœur ou atteint de quelque autre faiblesse. On s'écarta précipitamment du varech, parce que papa n'était pas du genre à faire des recommandations à la légère.

Peut-être Lecia avait-elle oublié sa peur lorsque papa disparut en haut des escaliers de l'auberge *La Taverne du vent*, pour aller tenir compagnie à mère. On chahutait dans l'eau. Le sou de prudence qui nous était imparti ce jour-là, nous l'employions à essayer de rester alignées sur la voiture, car même si le courant était faible il nous faisait dériver de trois kilomètres sur la plage avant qu'on ne le réalise. Lecia s'éloigna, s'enfonça au moins jusqu'aux hanches dans l'eau. Elle plongea dans une vague brune juste avant que la crête ne se forme et que la plante blanche de ses pieds ne se volatilise. Je me souviens avoir pensé : *On dirait la queue d'une sirène*. Lecia sautilla sur le dos du brisant, en amont de l'eau blanche ; avec ses cheveux blonds lissés en arrière, elle ressemblait à un phoque.

Peut-être restai-je plantée dans le sable à cause de la mise en garde de papa. Je me rappelle avoir piétiné au bord de l'eau, en me demandant ce que mère était en train de boire et quelle quantité. J'interpellai Lecia en hurlant, lui demandai si à *La Taverne du vent* on servait seulement de la bière. La question était cruciale parce que mère ne buvait jamais de bière, même lors de ses pires matins de gueule de bois. Lecia m'ignora, pivota et plongea dans le remous suivant. (Le terrible avec les enfants, je tiens à le faire remarquer ici, c'est leur puérilité.) Je criai derechef au moment où Lecia remonta à la surface. Cette fois, j'agitai les mains, pour lui prouver à quel point la question me tenait à cœur. Je ne me souvenais plus si on vendait des sodas à *La Taverne du vent*. Si c'était le cas, mère avait-elle emporté son sac ? On pouvait loger un cinquième de vodka dans un sac. J'avais en tête l'immense carnet à croquis mais pas le sac. Est-ce que j'avais raison ? J'allais et venais en sautillant et montrais le troquet à Lecia qui me tourna en dérision avec une grimace. Elle battit des bras comme un poulet bat des ailes. Puis, se détournant, elle piqua encore du nez dans l'eau. C'est alors que je me mis à ratisser le sol du regard, cherchant un projectile à lui lancer, rien de bien méchant vraiment, un galet ou un petit morceau de bois.

J'aperçus sur le sable une méduse dont la tête en forme de chou était d'un blanc terne. On aurait cru une cervelle jaillie du crâne de quelqu'un et qui flottait en liberté. Je trouvai un bâton avec lequel je la ramassai, en l'enfonçant sous ses tentacules durs et blancs jusqu'à ce que la gélatine de ses organes internes se répande. C'était l'arme idéale avec laquelle poursuivre Lecia, car les méduses avaient autant le don de la faire brailler que les cafards. Debout au bord de l'eau, je la brandis telle une tête fichée au bout d'une perche, l'écartant soigneusement de moi afin que le poison ne m'effleure pas. Lecia recula d'un bond. La crête blanche de la vague la gifla à la tête, lui ramena les cheveux sur le visage où ils s'agglutinèrent en paquet. Elle avait dû les asperger de laque. Lecia se frotta les yeux avec frénésie. Elle continuait à le faire d'une main quand elle se mit à hurler.

Je crus d'abord qu'elle se moquait de moi en poussant des hurlements aussi perçants que ceux d'un pourceau. Puis elle trépigna dans l'eau, levant trop haut ses genoux. Quant à moi, je persistai à agiter de son côté la méduse piquée au bout de la perche. J'étais vachement contente de lui faire vraiment peur. Je me rapprochai d'elle en pataugeant. Je tenais à tout prix à ce qu'elle cesse de se foutre de moi, afin d'élucider quel était le type de licence de débit de boisson de *La Taverne du vent*. Mais Lecia continua de hurler naturellement. La mèche de cheveux lui masquait le visage. Quand elle commença à se cogner et à se frapper la jambe dans l'eau, je me dépêchai de reculer. Une enfant plus courageuse se serait sans doute précipitée à son secours. Je n'étais pas cette enfant-là. Lentement, je rebroussai chemin en ne la quittant pas des yeux de crainte qu'elle ne disparût, happée par quelque créature marine. Au bout d'un instant, je laissai tomber la perche par terre et, prenant mes jambes à mon cou, je me ruai vers le bar.

Du bord de l'eau jusqu'aux marches de *La Taverne du vent*, la course fut rude. J'avais les pieds qui s'enfonçaient dans le sable et n'arrivais pas à les bouger, comme dans un cauchemar.

Mère et papa me suivirent en courant jusqu'à la plage. Une fois arrivés, ils me parurent calmes, bien trop. Je veux dire qu'aucun d'eux n'alluma une cigarette, ou n'importe quoi. Il fallut du temps avant que l'un d'eux ne réagît.

Le type en pantalon de camouflage avait tiré Lecia hors de l'eau pendant que j'allais chercher mes parents. A notre arrivée, il était agenouillé près d'elle. Il portait toujours les gants roses de grand-maman. Lecia, assise sur le sable, avait les jambes étendues droit devant elle comme une poupée de drugstore. Elle avait cessé de hurler. Du fait de son regard vitreux, on avait l'impression que la jambe où s'était enroulé le « vaisseau de guerre » appartenait à une autre fille. Elle ne pleurait même pas. Mais de temps en temps elle aspirait une goulée d'air entre ses dents comme si elle avait mal. Le type en tenue de camouflage s'efforçait de décoller les tentacules de la jambe de Lecia avec ses gants roses. Il s'y prenait maladroitement. Mère regardait papa, lui demandant ce qu'ils devaient faire. Elle le répéta à maintes reprises. Papa n'avait pas l'air de l'écouter.

Je me jetai brutalement à terre à côté de ma sœur, l'estomac tordu d'une crampe comparable à celle qui m'avait broyée lors de l'ouragan. Les bras passés autour de mes genoux, je baissai la tête et adressai à un Dieu auquel je ne faisais pas confiance une prière probablement du genre : *Je t'en prie fais que Lecia ne meure pas, fais que papa ait vite une idée. Ne les laisse pas non plus lui couper la jambe...* Puis, tout à coup, le vrombissement se remit à bourdonner, accompagnant ma prière en sourdine tel un courant électrique qui me traversait la tête. J'ouvris vite les yeux. Le bruit cessa.

Pour finir, papa ramassa un coquillage tranchant et coupa la tête du « vaisseau de guerre ». Ensuite, il la fit exploser comme un vieux ballon. Cela n'arrangea rien. Il le réalisa vite. Les tentacules s'incrustaient sur la jambe de Lecia qui s'était mise à enfler. Ils grimpaient jusqu'à l'articulation de la hanche, là où la tête en forme de bulle s'était plaquée. On étala la jambe jusqu'à la cheville. Je vis des cercles minuscules sur les points où le type en gants avait arraché un bout de tentacule et où la peau avait été sucée. Il y avait des cloques parfaitement rondes sur ces endroits où la chair était devenue pulpeuse. Je me dis qu'avec papa dans les parages, les choses n'étaient pas censées se passer de la sorte. Une de ses histoires me revint en mémoire. Une fois, il avait pris une cuite sur cette même plage, en compagnie de Jimmy Bent, la plus belle ordure de Cajun sur quatre comtés à la ronde. Jimmy Bent, lui aussi, s'était soûlé, au whisky Tennessee. Cela se passait lors d'une pêche au filet. Ils avaient fait venir des filles. En pantalons de plage, assises sur une souche qui leur servait de banc, les filles mangeaient des fruits de mer dans une marmite où mijotait un ragoût de crabe quand Jimmy s'était mis à tirer aux pieds de papa avec son Colt . 45, disant : « Il faut être un homme fort pour danser dans le sable. » Sur quoi papa avait rétorqué : « Je suis un homme fort, Jimmy » et dansé jusqu'à ce qu'un des mecs de l'équipe se faufilant derrière Jimmy l'assomme d'un coup de bâton sur le crâne. Cette histoire me revenait comme pour témoigner de l'omnipotence de mon papa. En sa présence rien de mal ne pouvait arriver à personne.

La réminiscence suivante me ramène au moment où l'on s'est débrouillé pour enlever tous les tentacules et où la jambe de Lecia reluit de marques rouges en forme de volutes. On aurait dit qu'on l'avait fouettée à coups de baguettes de saule. Mère a creusé une tranchée dans le sable où mettre la jambe qu'elle recouvre de sable humide, tel un cataplasme ou un emplâtre à la moutarde, pour la faire dégonfler. La jambe ne ressemble plus tellement à une jambe. La peau trop serrée, trop enflammée, me fait l'effet d'une de ces petites saucisses que les Cajuns fabriquent avec du sang, qu'on appelle du boudin. Les gens sont plus nombreux. Les hommes du groupe de la pêche au filet ainsi qu'une famille nous ont rejoints et la lumière s'estompe vite derrière eux. Le ciel se teinte de gris. Les couleurs des vêtements de tous ces gens se ternissent, comme si on nous avait tous aspergés de jus de citron. On fait boire à Lecia une gorgée de Coca-Cola. Elle la recrache aussitôt. Le corps entier de Lecia se couvre d'une pâleur assortie à sa jambe.

Il fait noir sur le cliché suivant. Papa discute dans un coin avec un policier, s'informe sur le meilleur ou le plus proche hôpital où emmener Lecia. Est-ce celui de High Island ou celui de Port Arthur? Quelqu'un a eu l'idée de braquer les phares de toutes les voitures sur nous, aussi baignons-nous dans une lumière qui jaillit des angles les plus fous. Agenouillée tout à côté de Lecia, je lui tiens la main et ne veux pas regarder son visage. Il était couleur de la lune qui commençait à monter, la dernière fois que je m'étais risquée à l'inspecter. Mère humecte ce visage avec un petit tampon humide, sorti d'un papier alu qu'elle a pris dans son sac. Une odeur d'antiseptique s'en dégage. Je la sens poindre par-delà les effluves de la mer et le relent aigre du mélange de vodka-coca qu'on a donné à Lecia pour la soulager. Plutôt que de regarder Lecia, je prête beaucoup d'attention à l'eau du golfe qui s'est retirée, et qui strie l'obscurité de longues lignes blanches vibrantes.

Mère se met à parler. Elle dit que c'est le phosphore qui crée la lumière dans le brisant des vagues. Elle le raconte à Lecia, comme si Lecia écoutait. Mère chuchote, sa voix me donne envie de dormir. Elle murmure que dans l'eau salée, il est de microscopiques animaux marins que le tumulte des flots excite et qui émettent des lueurs lorsque les vagues se brisent. Une fois, par une nuit aussi phosphorescente que celle-ci, toutes les trois, on s'était déshabillées et, toutes nues, on était entrées dans l'eau. Papa avait ramassé nos hardes sur le sable, puis s'était ri de nous au fond de son camion. « Femme, quelle folle tu fais! » avait-il crié à mère, mais avec une note de joie. Puis les vagues avaient englouti sa voix, et moi j'avais plongé en regardant mon corps s'embraser de lumière.

J'étais probablement en train de m'endormir dans le giron d'une bonne âme car c'est cette scène que je vois. Mère et moi voguons sous l'eau, tels des spectres colorés de vert clair. L'image me fait penser à une toile de Matisse, que mère avait découpée au rasoir dans l'un de ses livres d'art et collée au-dessus de la baignoire. Elle représente des femmes qui dansent, nues, dans un cercle. Mère et moi, comme ces femmes colossales, sommes fluides et pâles. Les pieds blancs de Lecia flottent au-dessus de moi. Ils ressemblent à la queue lumineuse d'une sirène qui s'éclipse, hors d'atteinte.

Dans mon sommeil, j'étais persuadée que Lecia s'apprêtait à mourir. J'imagine que je dormais à poings fermés à cause de cela. Sa mort, je l'avais souhaitée des milliers de fois, j'avais même prié pour, et avec autant de ferveur que pour celle de grand-maman. A présent, Dieu qui m'avait fait la grâce d'occire grand-maman venait toucher les dividendes de sa bonté en tuant aussi ma sœur. Il s'était servi d'un « vaisseau de guerre » pour lui empoisonner la jambe. Tout ça parce que je l'avais poursuivie avec une méduse. Tout ça parce que Lecia s'était payé ma tête quand j'avais eu peur. J'étais une petite fille, haute comme trois pommes, fauchée comme les blés, au chômage, quasi analphabète. Mais j'avais, déjà, à répondre de deux morts.

Il ne me reste aucun souvenir de l'hôpital. Je présume que Lecia et mère s'y rendirent dans une voiture de police, qu'on suivit, papa et moi. J'étais endormie à son côté quand il nous ramena à la maison. La voiture glissa soudain sur le bas-côté et je me réveillai en sursaut. Je vis les ténèbres s'engouffrer par la fenêtre, et les étoiles s'étirer en faisceaux lumineux derrière moi. Papa me dit de m'allonger, que Lecia reposait sur le siège arrière. Il ajouta son éternel mensonge, tout allait très bien, je n'avais qu'à m'étendre. Et j'obtempérai.

Le lendemain matin, je dénombrai plus d'une centaine d'ampoules aux endroits où le « vaisseau de guerre » avait enveloppé la jambe de Lecia. On lui avait prescrit de rester au lit mais elle avait l'air au comble du bonheur, allongée, avec la jambe enflée bien calée sur un oreiller. Toute la journée, je jouai à la servante aux petits soins de son impératrice, tant mon cœur était éperdu de reconnaissance qu'elle ne soit pas morte. Je lui apportai de la tourte au poulet pour le déjeuner sur la porcelaine de mère, et lui achetai avec mes propres deniers un sucre d'orge à la menthe au drugstore. Je m'emparai d'un des volumes de l'*Encyclopædia Britannica* dont je lui lus à voix haute un passage sur des calamars aussi grands que des « vaisseaux de guerre », ainsi qu'un autre sur les attaques massives lancées par des requins contre des marins naufragés pendant la Deuxième Guerre mondiale.

Le jour suivant, Lecia en était à faire payer les enfants du voisinage : un *cent* pour voir ses ampoules, dix *cents* pour en toucher une et vingt-cinq pour en crever une avec une aiguille trempée dans l'alcool. Au cours des négociations elle piqua une rogne soudaine contre moi, au point de sortir du lit et de me fourrer dans le bac à linge sale qu'on tirait du mur de la salle de bains. Une fois dedans, je me donnai un mal de chien pour me hisser et l'entrouvrir. Le lourd couvercle retomba, me broyant les doigts avant que je ne réussisse à en sortir. Lecia, je voulais sa mort une fois de plus. Je restai bien une heure, dans le noir, au milieu des maillots de bain sablonneux et des serviettes humides, avant qu'elle ne se décidât à me délivrer. A ce qu'il semble, papa était retourné à son travail et mère avait réintégré son lit pour un avenir prévisible. Il n'y avait personne d'autre dans les parages.

6

— La mort de mon père, je vais vous raconter exactement comment elle s'est passée, dit papa. Voilà, il s'est pendu.

Peut-être est-ce le plus gros mensonge que papa ait jamais proféré, du moins à ma connaissance. Son père, bien vivant, en parfaite santé, est assis dans sa véranda à Kirbyville entouré de ses chiens de chasse. L'audace de papa m'abasourdit, tandis que son sérieux appâte les hommes, pour qui ce qu'ils viennent d'entendre est parole d'évangile. Ils se trémoussent sur leurs chaises pliantes et font comme s'ils préféraient creuser des trous, disparaître sous terre plutôt que d'écouter le récit de la pendaison du père d'un homme. Papa détourne leur attention, sort la lame de son canif et se coupe une rondelle de pepperoni. Il la porte à sa bouche à la pointe de sa lame et la mâche :

— C'est un peu coriace, non?

Nous sommes dans l'arrière-boutique du magasin d'accessoires pour pêcheurs, au matin de la veille de Noël. Cela fait des mois que papa ne m'emmène plus au local de la Bande de Menteurs, dont c'est le grand jour.

Je tartine, pour tout le monde, des biscuits salés de tortillons de fromage fondu, dans l'espoir que papa remarque à quel point je rends service et me convie à l'accompagner à nouveau. Je regrette les sorties avec lui. Je suis en manque de parties de billard, de cocas gratuits et d'histoires truffées de tout un tas de gros mots. C'est que j'ai passé le mois à regarder les araignées tisser leurs toiles entre les doigts de ma mère, qui reste au lit à lire et à se vouloir morte. Bien sûr, elle n'en parle pas. Mais ce n'est pas difficile à comprendre, même pour quelqu'un, à en croire Lecia, d'aussi demeuré que moi les trois quarts du temps. Alors, de sortir avec papa et de me retrouver dans l'arrière-boutique m'irradie d'une telle lumière qu'on pourrait s'en éclairer pour lire.

Chaque année, les hommes se rencontrent ici. Ils échangent en cadeau des bouteilles de Jack Daniel's, qu'ils se mettent à boire sur-le-champ. Cette année, la bouteille est blanche avec un dessin de faisan stylisé qui s'envole d'un buisson. On a posé quatre de ces bouteilles ouvertes sur les coins de la table de jeu, où trône un petit singe qui marche à piles. Ben l'a acheté pour sa petite fille. Le singe tient une paire de cymbales dans les mains. Quand on l'allume, il les claque l'une contre l'autre jusqu'à ce qu'on lui donne un coup sur la tête. Alors, il montre les dents et vous siffle au visage. Papa le trouve bien plus drôle que des blagues ringardes.

Quand il considère que les hommes sont mûrs pour son sujet, papa reprend son récit :

— C'est le jour de mon retour de la guerre que j'ai compris que quelque chose ne tournait pas rond. Mon père se tenait devant le fossé qui longe la maison et fauchait l'herbe avec une faucille. Je l'ai aperçu de loin. Je descendais de la gare par la colline, à pied. Il m'a vu. Mais il a simplement continué à balancer sa faucille. L'herbe lui arrivait quasiment à la poitrine. En ce temps-là, les herbes des fossés pullulaient de moustiques. Ils vous avalaient tout cru. Bordel, j'en ai vu qui liquidaient un taureau. Ils entraient par ses naseaux, descendaient vers ses poumons et l'étouffaient.

— On ne connaissait pas les camions antimoustiques à l'époque. La maladie du sommeil, quand elle commençait, on n'avait pratiquement aucun moyen de l'enrayer, c'est bien ça? remarque Shug.

— En tout cas pas dans cette cambrousse, en ville peut-être que si, répond papa.

Cooter s'éclaircit la gorge. Ben gratte le cou du singe comme si c'était un chaton ou quelque animal de compagnie. Moi, je me tiens à carreau, tout émoustillée de savoir à quel point l'histoire est un mensonge. J'attends de voir comment papa va les embobiner.

— Je l'ai rejoint sur le chemin et lui ai fait : « Salut. » Il a rien répondu. Il a simplement continué à balancer sa faucille, d'un côté à l'autre, comme les battants d'une pendule. J'ai refait : « Salut. » Alors il a dit : « Comment que vous allez? »

Papa fait mine de scruter l'espace, comme pour prendre la mesure du vieillard, tandis que ce dernier l'évalue à son tour.

— Il m'a juste regardé, sérieux comme un pape. Puis il a constaté au bout d'un moment : « Pour sûr que nous sommes parents, mais comment, ça je ne sais pas. »

— Il avait perdu la boule, observe Cooter.

— Exactement, confirme papa.

Cooter hoche la tête à l'adresse des autres qui acquiescent en branlant du chef à leur tour.

— Il n'avait pas idée de qui j'étais, pas plus que s'il s'était agi d'elle, poursuit papa, en me montrant du doigt.

Je me redresse alors. Assise sur un seau à appâts renversé, j'aligne des régiments de biscuits salés garnis de tortillons de fromage fondu sur un plat posé en équilibre sur mes genoux. Je tue le temps jusqu'à ce que Ben remette le singe en marche. C'est Noël. L'eau me vient à la bouche tant j'ai envie de ce singe, qui me regarde comme s'il était un de mes cousins perdu de vue depuis longtemps.

— Est-ce qu'il lui est arrivé de s'en rendre compte? demande Ben.

— Épisodiquement, peut-être, répond papa. Mais la plupart du temps, il avait l'esprit dérangé. Le pauvre vieux. Il ne voyait pas plus loin que d'ici à cette cuve à vairons.

Dans le baquet, les corps noirs des vairons frétillent. On dirait une escouade de virgules nous faisant face à travers le verre. Papa éclate de rire comme s'il se souvenait de quelque chose :

— Cela n'empêchait pourtant pas Popa de conduire la Jeep. D'ailleurs Beaver Bishop lui avait dit : « Tom,... » Beaver était presque aussi vieux que Popa et il a toujours été le shérif du comté de Jasper, d'aussi loin qu'il m'en souvienne.

Papa se tord la bouche, lui donne l'aspect de celle de Beaver Bishop, et gonfle les joues comme si elles étaient bourrées de chique :

— « Tom, je ne veux plus te voir monter dans cette Jeep. Tu es bien trop vieux pour être sur les routes. » Alors Popa avait secoué la tête et répondu à son copain : « Beaver, ces routes ici, elles sont à moi. » Bordel, c'est ce qu'il pensait. C'était lui et les autres gars du coin qui avaient ouvert ces routes, avec les Indiens, et toutes sortes de types, même des Chinois. A l'époque les arbres étaient si épais qu'il était impossible, même à un chat, de s'y faufiler. Beaver l'a accompagné un petit bout de chemin : « Tom, toi et moi, on sait tout ça, mais l'État du Texas, il pense différemment. »

— C'est que ces vieux bougres arrivent à vous flanquer la frousse sur la route. L'autre jour, il y en avait un qui me suivait quand je suis allé au centre commercial... interrompt Cooter.

Ben le fusille d'un regard qui ferait fondre du caoutchouc. Cooter s'écrase.

— M. Bishop a confisqué à mon père son permis de conduire. Est-ce que vous imaginez que ça l'a gêné?

Papa passe les hommes en revue, un par un, comme si ces derniers l'interrogeaient.

— Diable, ce bout de papier ne signifiait rien pour lui, surtout s'il avait envie d'aller quelque part. Au bout du compte, Beaver a débarqué un dimanche et fait enlever les pneus de la voiture par son fils en disant : « Madame Karr, on viendra vous chercher si vous avez besoin d'aller faire des courses ou quoi que ce soit. Mais je ne peux pas laisser ce vieillard divaguer sur les routes. »

— Combien de temps est-il resté comme ça? demande Shug.

Il verse du whisky de la bouteille dans son gobelet de carton. Tout le monde en fait autant. Papa aime les questions d'habitude, sauf quand on lui en pose avec l'intention de lui faire accélérer le mouvement. C'est le cas de Shug en ce moment. Papa prend un cracker dans mon armée de biscuits salés. Je me remets à l'ouvrage pour combler le trou. Il mâchonne son biscuit, afin que les autres arrêtent de s'agiter avec les bouteilles. Si les types de la Bande de Menteurs se lançaient dans un concours de silence, papa remportait toujours la palme. Il finit par dire :

— J'imagine que cela a duré environ un an. A certains moments, il me reconnaissait, à d'autres pas.

» Pendant toute cette période, Popa avait la lubie de grimper partout. En haut de la grange, de la remise, de n'importe quel endroit où il pouvait appuyer une échelle. Il disait qu'il voulait se rapprocher du Seigneur.

En plus, il faisait l'imbécile en marchant dans son sommeil. Alors, Moman m'appelait : « Pete! Pete! Le voilà qui remet ça. Va le chercher. »

Papa reproduit le ton de sa « Moman » en parlant d'une voix perçante mais sans la raillerie caractéristique de certains mecs quand ils imitent une femme. Sa voix sonne juste et chevrote, empreinte de la détermination si propre aux vieilles femmes.

— Popa avait filé en caleçon jusqu'à l'autoroute 60, à toute allure, poursuit-il. Alors je l'ai coursé, dans la même tenue. La première chose qu'il faisait, Popa, en se levant, c'était de mettre son chapeau. C'était un Stetson de cow-boy, de couleur bistre, avec un petit rebord. Nombreuses sont les nuits au cours desquelles j'ai suivi ce chapeau qui tressautait devant moi sur la route.

Papa réalise que l'attention de son auditoire se relâche, il fait passer son récit à la vitesse supérieure :

— Ce chapeau, il le portait lors de sa mort.

— Alors ça c'est pas croyable! Se pendre avec son chapeau!

Cooter s'imagine qu'il a percé l'un des secrets de l'histoire.

— La question n'est pas là, Cooter, dit Shug.

Cooter et Shug se regardent une seconde en chiens de faïence, comme s'il y avait eu des mots entre eux. Ben surprend le regard haineux qu'ils échangent et frappe brutalement la table de la paume de sa main. Le whisky se renverse, le singe bascule, et Ben s'exclame :

— Nom de Dieu, c'est Noël!

Il redresse le singe, mais ne le remet pas en marche. Tout le monde recommence à écouter :

— Je dormais dans la véranda quand j'ai entendu du bruit sur le toit. D'abord, je me suis dit que c'était un raton laveur ou quelque chose comme ça. Je me suis rendormi. Mais très vite, j'ai entendu la vieille dame se lever : « Pete, le vl'à encore à grimper. » On est sortis, pour sûr, et on a trouvé Popa au sommet du toit. Il avait les yeux fixés sur un pin à longues aiguilles, comme si une créature s'y était réfugiée. Popa était coiffé de son vieux chapeau. Il m'a regardé au-dessus des gouttières, et il m'a dit : « D'abord tu lui ordonnes de descendre », en tendant le doigt vers la cime invisible du pin.

— Qui pensait-il qu'il y avait là-haut? demande Cooter.

— Je n'en sais fichtre rien. A mon avis, il avait inventé quelqu'un de toutes pièces. La vieille dame était partie chercher du miel dans la maison. La plupart du temps, elle réussissait à le convaincre de descendre avec ça. Je me suis mis à monter à l'échelle. Je suis arrivé assez haut pour distinguer les boutons au dos de son caleçon et les traces de transpiration sur le ruban du chapeau. La lune était sortie quand il s'est remis à parler.

Papa fixe des yeux les lampes autour desquelles papillonnent les phalènes. Il grimace et prend le masque de son père, dont le visage, à moitié irlandais, à moitié cherokee, est venimeux comme un serpent, et siffle :

— « Tire ton sacré trou du cul de chez moi. Va me chercher mon fusil, fils ! » Ce sont ses dernières paroles. Il a trébuché sur une poutre pourrie et il est passé à travers le toit. Il était si maigre qu'il n'a même pas fait un trou assez grand pour sa tête. Il s'est tordu, puis est resté coincé au niveau de la mâchoire. C'est là qu'il s'est pendu. Au moment où je suis arrivé à sa hauteur, il était passé. Il avait les yeux fixés sur les branches de l'arbre et il tirait la langue, avec ce chapeau à la con sur la tête.

Papa tapote la table avec une Camel en guise de ponctuation. Tap, tap, tap. Ces petits coups sont sa manière de dire : « Fin. »

— C'est vraiment une horrible façon de passer, fait Ben.

— La mort ne prend jamais de gants. Désolé que tu aies été là, Pete. Avec ta Moman et tout et tout.

Shug se garde bien de lever les yeux sur papa quand il lui prend de proférer une gentillesse. En chœur, l'assemblée hausse les épaules, comme si l'amabilité était un bain dont il fallait sortir en s'ébrouant.

Pendant ce temps, les pensées qui me trottent dans la tête tournent autour des défunts et des presque morts que j'ai côtoyés récemment. Je me représente grand-maman, la bouche grande ouverte comme je l'ai trouvée dans son lit, puis Lecia, étendue les yeux vitreux sur le sable. Je pense même fugacement à mère, enfouie jour et nuit dans son lit à côté d'une pile de livres qui donne l'impression d'être de plus en plus haute et branlante. Le visage de mère se substitue à celui de grand-mamam, bouche ouverte, avec le bras qui pend, inerte, couvert de fourmis. Un bref instant, j'oublie complètement où je suis. C'est le propre d'un mensonge réussi. En même temps, je suis plus en moi-même qu'avant le début de l'histoire de papa. C'est ainsi que les mensonges dévoilent parfois la vérité. Assise sur le seau à appâts renversé, à hauteur de la table de jeu, je suis à l'abri, à l'ombre de papa, alors que l'image de ma mère allongée, morte, me hante.

Une question s'échappe de ma bouche à mon insu. Je sais que je commets une erreur avant même de la formuler. Je demande à papa son avis sur ce qui se passe après la mort.

Shug, en m'entendant, me décoche un regard furibard. Ben est baptiste et chatouilleux à ce sujet, sur lequel papa a tendance à le taquiner. Il a même inventé une petite rengaine qu'il chante d'une voix plaintive comme s'il jouait sur un violon tout grinçant : « Jésus, toi qui aimes mon âme/ Passe-moi le sucrier... » Ben est en pétard quand papa la chante, tout en ayant le sentiment que ce n'est pas baptiste de se mettre en colère contre un tel mécréant. Alors il prend prétexte d'un rendez-vous oublié chez le coiffeur, ou d'une caisse de lait qu'il lui faut vite aller chercher. C'est un rappel à l'ordre qui met d'ordinaire un terme à la réunion de la Bande de Menteurs. On ne veut donc à aucun prix lancer papa sur le chemin du blasphème. C'est pourquoi Shug me fait la tête.

C'est peut-être la raison pour laquelle Ben donne une chiquenaude sur le dos du singe, histoire de changer de sujet. Le singe frappe les cymbales l'une contre l'autre, secoue la tête de droite à gauche, comme s'il disait non, non, non, non, ou bien comme s'il voulait s'assurer que tous, on le regarde.

De fait, à l'exception de papa, tous, on le regarde. Papa allume son briquet Zippo, et humecte sa Camel, en se concentrant sur la flamme bleue.

— Je sais ce qui arrive quand on meurt, finit-il par dire une fois sa cigarette allumée. Je l'ai vu, ce qui se passe. On se couche dans une boîte et ils vous balancent de la terre dessus.

A ces mots, il étend un bras musclé à travers la table et frappe le singe sur la tête. L'animal montre ses dents d'acier et lui siffle dessus. Et papa retrousse les babines, siffle à son tour, en exhalant une interminable traînée de fumée. C'est sur cette image que mon souvenir se fige, à l'instant où papa et le singe se dévisagent de part et d'autre de ce sillage de fumée, comme si c'était un lieu où l'un et l'autre devaient aller.

A ce que je sais, papa n'avoua jamais son mensonge, lequel resta comme une barrière qu'il avait élevée pour empêcher les hommes de mieux le connaître.

Mère, cet hiver-là, ne laissa pas une seule parole au sujet de la mort de grand-maman franchir ses lèvres. Elle ne quittait pas son lit, comme hypnotisée par le livre calé sur ses genoux qu'elle était en train de lire.

Peu après le nouvel an, deux phénomènes détestables propulsèrent mes parents sur la mauvaise pente : l'alcool et les engueulades. Mère en rendit papa responsable et je soupçonne que si jamais papa en avait parlé, il aurait soutenu que mère était à l'origine de tout. C'est le vieux dilemme de la poule et de l'œuf. Papa pouvait dire que l'alcoolisme et les idées noires de mère lui avaient fait fuir la maison. Mère affirmait que pendant le cancer de grand-maman et après l'enterrement, papa avait pris la poudre d'escampette et que son absence l'avait poussée à boire. Moi, je ne sais qui ou quoi incriminer.

D'ailleurs, l'origine précise de la crise de « nervosité » de mère, qui faillit être fatale, m'est tout aussi incompréhensible. L'alcool a peut-être rendu mère folle. Mais il est tout aussi possible qu'il ait maintenu à distance pendant quelque temps la folie qui la guettait. Je sais seulement que mère buvait, que les engueulades avec papa empiraient, et pour finir qu'on a emmené mère en lui enfilant une camisole de force.

Chez nous, l'alcool n'était pas un passe-temps réellement nouveau. Papa buvait tout le temps, sans que les effets néfastes me soient perceptibles. Par « tout le temps », j'entends tous les jours. Il gardait un paquet de six canettes de bière dans le frigo et planquait une bouteille de whisky sous le siège de son camion. Quand il disait d'un air mystérieux qu'il allait inspecter son véhicule, on savait qu'il était en route pour boire un coup. Longtemps, j'ai pensé que le camion avait sans doute peur dans le garage ou qu'il était triste seul, sans papa. Papa buvait ces verres pour se maintenir en état de marche. Ça n'avait rien à voir avec ces verres qu'on boit pour attirer l'attention. Il pouvait aussi s'enfiler des rasades de Jack Daniel's à un rythme plutôt soutenu, en jouant au billard, aux dés, aux cartes, activités auxquelles il se livrait lorsqu'on avait besoin de chaussures ou de quoi que ce soit. A l'époque, l'alcool ne le rendait pas très différent de lui-même. Il lui arrivait de rentrer à la maison en titubant comme un cheminot. Certaines fois, je me rappelle que nous dansions autour de la cuisine, moi en chemise de nuit, les pieds nus posés sur ses bottes à pointe de fer. Ensemble, nous virevoltions, dans l'exquis halo de son haleine fleurant le whisky. Ce n'était pas plus grave que ça, vraiment. En quarante-deux ans, il ne manqua pas un seul jour de travail à l'usine. Et les matins de gueule de bois, jamais il ne cria qu'un marteau-piqueur lui vrillait le front. Il ne fit jamais glisser son ceinturon des passants de son pantalon pour nous administrer une volée, ni ne pleurnicha en écoutant des complaintes de cow-boys, comme d'autres types à la Légion.

Mère, c'était une autre histoire. J'imagine qu'elle n'avait pas pu faire autrement que de s'arrêter de boire, quand grand-maman était venue mourir chez nous. Mais, le soir de son retour de l'enterrement, alors qu'on était pendues à ses basques, elle avait repiqué. Elle m'avait demandé si je pouvais aller lui chercher du gros rouge et du Seven-up dans le dressoir (un mélange qu'elle comparait à du bourgogne gazeux). J'avais répondu « Bien sûr » et cheminé pour lui préparer ce verre, d'une allure aussi pesante et lamentable que celle d'une mule peinant dans une rangée de plants de coton.

Le verre à vin était auréolé d'une trace de mousse jaunâtre et poussiéreuse, montrant combien il était resté longtemps vide. Je le nettoyai au tampon Jex, l'essuyai avec un torchon, faisant tout pour qu'on me remarque. Si quelque pensée me traversa l'esprit, il est probable qu'elle était de cet ordre : *On ne peut pas verser beaucoup de vin dans ce verre, surtout s'il y a les bulles de Seven-up.* Mère avait pris des cuites de tout temps, ne touchant plus un dé à coudre d'alcool, des semaines, des mois durant, lorsqu'elle avait bu sa dose.

Mais, ce coup-là, le premier verre la mit en route pour de bon.

La nuit de son retour à la maison, elle se contenta de ce petit verre, à la suite de quoi elle s'écroula nue sur le lit démesuré et dormit douze heures d'affilée.

C'est quelque temps après le nouvel an que le vin lui donna l'envie d'alcool d'un genre plus costaud. Elle se mit alors à commander par téléphone, au marchand de vin, sa vodka par caisses et s'empara du plus grand pot à confiture du placard. Nul besoin de glace, ni de petit verre gradué, ni de ces étranges petits oignons dont les gens chichiteux qui boivent des cocktails Gibson font un tel plat. Mère se versait la vodka en larges rasades. Aussi bizarre que cela paraisse, elle en détestait tellement le goût qu'elle se pinçait le nez pour avaler la première gorgée, comme un gosse prenant un médicament. Mais une fois cette gorgée avalée, elle descendait les autres comme les gens qui brûlent en enfer doivent s'abreuver d'eau glacée.

Une fois qu'elle avait commencé à boire, mon grand jeu consistait à évaluer l'orientation de son humeur, afin d'être capable de parer aux éventualités. Je cachais ses clés de voiture, par exemple, pour l'empêcher d'être sur les routes et d'avoir un accident. Je mobilisais le téléphone en ayant une longue conversation avec le signal « occupé » (à sept ans, les enfants n'ont pas encore une expérience du téléphone digne de ce nom), aussi ne pouvait-elle appeler aucun professeur, ni voisin qu'elle aurait risqué d'insulter. Si j'arrivais à contrecarrer les premières impulsions qui la poussaient à téléphoner ou à s'embarquer sur l'autoroute pour un endroit indéterminé, elle finissait par passer à autre chose, ou par laisser tomber.

Lecia, qui, me semble-t-il, n'avait pas le cran de la scruter d'aussi près, s'attela à la tâche de compter les verres de mère. Elle tenait un compte minutieux à la fois du nombre de ceux qui étaient versés et du montant approximatif de grammes consommés. Ce n'était pas un mince exploit si papa se mettait de la partie. Elle calculait tout de tête, sans stylo ni papier, c'était impressionnant. Les chiffres, dans leur exactitude, rassuraient toujours Lecia. (Quand elle grandit et étudia les maths, elle réussit à trouver une formule prenant en compte le degré d'alcool des différents breuvages — le vin en contient seulement quatorze par exemple —, le laps de temps qui s'était écoulé depuis le premier verre de mère, si elle avait mangé ou pas, et son poids. Ensuite, Lecia comparait le résultat à celui d'une autre beuverie de la façon suivante : « Le jour de Thanksgiving, mère avait carburé au rythme de cent dix grammes de boisson à quarante-trois pour cent d'alcool pur par heure et quatre heures d'affilée. Elle pesait cinq kilos de moins, mais n'était pas aussi déchaînée. Bien sûr, elle avait beaucoup mangé... ») Les chiffres étaient à mon sens à côté de la plaque. On pouvait s'attendre à tout, une fois que mère débouchait une bouteille. On ne remarquait d'ailleurs pas obligatoirement la différence entre un verre et dix. Par conséquent, alors que ma sœur à l'esprit mathématique faisait le décompte, moi je me concentrais sur les traits du visage de mère, le timbre de sa voix, dans l'espoir de deviner quel degré de « nervosité » elle atteindrait.

Le disque que mère flanquait sur la platine donnait une précieuse indication sur son humeur. Si elle était en état d'exaltation, elle choisissait de l'opéra.

L'opéra était de bon augure parce qu'en écoutant *Aïda* ou *Carmen*, il y avait des chances pour que mère ne s'embarque pas dans une bagarre avec papa où elle ferait voler les assiettes en éclats. Mais la musique ravivait en elle le souvenir de New York, la terre promise de sa jeunesse, dont elle se sentait exilée. (Lorsque je lus des ouvrages sur Napoléon vaincu, qui, banni dans son île volcanique et ramassée sur elle-même, passait ses journées dans son bain à se lamenter sur son empire perdu, je pensai à mère évoquant New York à Leechfield.) Elle retournait à New York dès que l'aiguille grinçait sur une ouverture. D'ordinaire, cela la soulageait. Ses yeux s'embuaient et sa voix devenait rauque. Puis elle prenait son accent yankee.

Je me souviens d'une certaine nuit où elle avait mis *La Traviata* sur le tourne-disque, posé en équilibre sur la fenêtre au-dessus de l'évier. Mère, vêtue d'un vieux pull à col roulé noir, aux manches mouchetées de jaune de cadmium, était assise au bar en contreplaqué de la cuisine où Lecia et moi finissions nos bols — des bols en faïence — de fondant à la vanille, un succédané de glace. Mère avait tenté d'en édulcorer le goût de caoutchouc en y ajoutant une crème faite avec du chocolat à cuire, du beurre et de la vraie vanille.

Le souvenir s'intensifie. Je m'empare de la gousse de vanille mexicaine qu'elle conservait dans une éprouvette en verre en pensant : *Les mamans de tous les autres, elles utilisent de la margarine et de ce succédané de vanille que les garçons de la grande école boivent très vite pour planer.* L'éprouvette me fait frais dans la main. J'examine la gousse en cherchant à deviner où mère se l'est procurée. A l'arrière-plan, elle raconte à Lecia le concert où elle a été écouter Maria Callas au Metropolitan Opera de New York. Il y a le morceau *Parigi mi cara* qui passe sur la platine. La gousse de vanille rouge sombre est ridée comme une racine sinueuse ou une longue serre d'oiseau. Quand je cesse de la fixer, j'aperçois le visage de mère, le regard perdu au loin, au-delà de la porte de la cuisine. Elle a avancé la mâchoire qu'elle contracte parce qu'elle tient à son accent guindé de la côte est.

Elle regarde par la porte de la cuisine ouverte sur la nuit moite et obscure. L'odeur du bananier qu'elle a planté l'été précédent (de fait c'est un arbre à plantain) et la pesante suavité du chèvrefeuille flottent dans l'air. Sans aucune raison, les fleurs cireuses du massif de jasmin, celui qui ressemble à une cape, se sont épanouies. C'est l'hiver, il n'aurait pas dû fleurir.

Mère dit que le parfum du jasmin lui rappelle le bouquet de gardénias qu'elle portait au poignet le soir du concert de Maria Callas. Son taxi s'était arrêté devant le grand jet d'eau, derrière une longue voiture noire où il y avait des vases en argent, à l'intérieur, près des fenêtres.

A ce moment-là, je susurre que je n'ai jamais vu de jet d'eau à l'exception de ceux où on boit à l'école. Mère en interrompt un bref instant sa réminiscence. Elle me regarde droit dans les yeux et me demande si mon enfance a été à ce point défavorisée. Lecia affirme que je suis une emmerdeuse, que le jet d'eau de la banque, je l'ai vu (celui où les enfants de la grande école mettent toujours des bulles de savon), ainsi que l'autre au musée de Houston, sans compter les innombrables fontaines que mère m'a montrées dans ses livres d'architecture florentine. Lecia dit que je suis intervenue pour m'écouter parler, que je ferais mieux de la fermer. Je rétorque que c'est Lecia le trouble-fête.

Mère finit par pousser son soupir, celui qui nous enjoint d'arrêter de nous chamailler. Elle jette un bref regard au grand rectangle de nuit semi-tropicale qui se découpe par la porte grillagée. On se calme. On l'observe, en train de regarder. La musique s'intensifie comme une vague déferlante, et mère s'éloigne de nous, s'en retourne à son taxi de Manhattan, garé devant le Metropolitan.

Elle nous rafraîchit la mémoire à propos de la limousine qui la précédait et raconte qu'elle vit une chaussure à talon de satin blanc en sortir, suivie d'une traîne pailletée de robe du soir, dépassant l'ourlet d'un manteau, qui lui parut ressembler à des peaux de castor grège. Puis, au-dessus de la chaussure et de la robe du soir, c'est Marlène Dietrich en personne qui surgit. (Si papa avait été là, il nous aurait alors rappelé en long, en large et en travers que Dietrich l'avait embrassé en plein sur la bouche pendant un spectacle de l'United Service Organisation. D'où mon deuxième prénom, Marlène.) Par la vitre, Marlène posa un instant les yeux sur mère, avant que la meute des photographes ne fonde sur elle. Mère dit qu'à ce moment-là, un coup de vent rabattit l'écharpe de mousseline blanche sur la bouche de Dietrich, lui masquant le visage, ainsi mère n'aperçut-elle tout d'abord que le rouge à lèvres à travers le voile et les yeux qui la regardaient par-dessus.

— Marlène avait le regard le plus solitaire du monde, conclut-elle.

A la suite de quoi, mère se met en tête de m'apprendre à me faire des yeux charbonneux à la Dietrich. Elle gratte une grande allumette de cuisine sous la table mal équarrie, se saisit de mon bol de glace qu'elle lève, au-dessous duquel elle laisse brûler une minute l'allumette. La faïence se macule d'une traînée de fumée grise. Mère puise dans sa bourse où elle garde en permanence un pot de vaseline. Elle y trempe un minuscule pinceau en poil de martre, qu'elle étale ensuite au fond du bol.

De la main gauche, mère m'attrape le menton. Elle me dit de pencher la tête en arrière, de faire comme si je dormais, et commence à me chatouiller la paupière avec le pinceau. Elle n'arrête pas de répéter que j'ai les plus beaux cils du monde. Pour elle, c'est primordial car elle n'en a que lorsqu'elle prend le temps de s'en coller des faux.

— Quand j'étais enceinte de toi, je me moquais du sexe que tu aurais, ou si tu avais bien tous les doigts qu'il fallait. Je priais Dieu pour que tu aies de longs cils.

Elle tire sur sa Salem. Lecia et moi sommes suspendues à la fumée, au *Shalimar*, aux effluves de vodka qu'elle exhale. Mère chasse la fumée de mon visage avant de se remettre à la tâche, dessinant, d'un coup de pinceau, un arc dans le creux qui surplombe mon œil.

— Ma mère disait que Dieu exaucerait mon genre de prière en m'envoyant un bébé à tête toute bleue, avec le cerveau liquéfié. Et je lui répondais qu'alors le bébé aurait des jolis cils, ce qui fut le cas.

C'est la première fois qu'elle parle de grand-maman depuis son retour. J'essaie de capter le regard de Lecia pour comprendre le sens d'une telle allusion.

Mais Lecia tient dans une main le poudrier de mère, dans l'autre son bâtonnet de rimmel, et je me rends compte qu'elle est obnubilée par l'idée de s'enduire les cils de mascara. Lecia avait des cils aussi touffus que moi, mère préférait les miens quand même. Et puis, c'est mon visage que mère tient. (Quand nous nous disputons maintenant, Lecia me crache au visage : « Tu as toujours été une petite fille si sacrément mignonne! » A quoi je lui réponds en hurlant : « Et toi, une fille toujours si sacrément compétente! » Ce qui résume nos rôles respectifs dans la famille.) Mère me remet le visage en place, m'empêchant de glisser un coup d'œil à Lecia. A nouveau, il n'y a plus que mère et moi. Son haleine m'effleure le nez par à-coups. Elle recule, me regarde, puis étale avec le pouce la couche qu'elle a appliquée au-dessus de l'œil. Mère avait naguère fait nos portraits à l'huile. On s'était assises en habits du dimanche sur l'estrade de son atelier qu'elle réservait aux modèles, on l'avait vue abandonner son chevalet et nous inspecter d'un œil froid. Mais là, c'est une intimité rapprochée. Elle travaille à même mon visage et ses mains sont veloutées comme des gants pour enfants. On dirait qu'elle concentre toute son attention pour me créer par sa peinture. (Je suis Marlène Dietrich. Je suis le mur de la cathédrale où Giotto trace l'esquisse d'un ange.)

A ce moment précis, mon souvenir se dissipe en fumée, vogue par la porte et survole la cape du massif de jasmin. Au cours de l'hiver, Lecia et moi, on passa de multiples soirées à regarder mère boire, et à l'écouter pleurer sur New York.

Mère nous parlait toujours de gens célèbres, alors qu'elle seule nous intéressait. Elle décrivait une boîte de nuit de Harlem où le groupe de chanteurs noirs Inkspots se balançait, un micro argenté à la main, ou bien la façon dont Bing Crosby, la vedette, avait fumé de la marijuana sur la terrasse du toit de l'appartement d'un quidam, à la lueur d'une lune grosse et pleine.

Elle aimait raconter une conférence tenue par Einstein au laboratoire de la firme Bell (où elle avait fait du dessin industriel pendant la guerre, un détail qu'on mit des années à exhumer). Elle jurait ses grands dieux qu'Einstein, au moment des questions, avait dû demander à un ingénieur de la salle de lui expliquer une loi élémentaire de mécanique. Et comme le type se montrait scandalisé qu'un physicien aussi éminent ne sût pas une chose aussi simple, Einstein lui avait fait observer : « Je ne m'encombre jamais la mémoire de ce qu'il m'est facile de retrouver. » Mère adorait cette idée d'un génie incapable d'ouvrir une boîte de thon, mais en mesure d'agencer l'univers entier dans les cavernes de son cerveau. Elle ajouta qu'entre les questions, Einstein baissait la tête, comme s'il priait, puis la relevait et donnait ses réponses qui fusaient comme celles de ces pandits robotisés, enturbannés, vous prédisant l'avenir pour vingt-cinq *cents* à Coney Island. Pour finir, elle prétendit qu'à la réception grouillante de monde qui succéda à la conférence, personne ne fit l'effort d'aller parler à Einstein. Il était assis sur une chaise, tout seul dans son coin, comme s'il était l'oncle maboul d'un des participants.

L'opéra incitait aussi mère à se livrer à des incursions dans les livres d'art. Je vois encore, auprès de son pot de confiture rempli de vodka qu'on aurait dit sorti du dessin animé sur la préhistoire, *Flintstone*, les ouvrages entassés sur la planche de contreplaqué, avec leurs épaisses tranches en cuir gravées de noms en lettres d'or carrées : Picasso, Matisse, Van Gogh, Toulouse-Lautrec, Cézanne. (Ces peintures que j'absorbai avec mon ardeur d'enfant se gravèrent en moi. Lorsque, des années plus tard, je tombai sur les toiles dans des musées, une sensation m'envahit, un peu du même ordre que celle qui vous assaille lorsqu'on retourne dans son ancienne salle de classe. On redevient tout petit dans un monde immense et insaisissable. Et pourtant le murmure des fontaines est là pour vous assurer que vous êtes grand. Quand je me retrouvai, à l'âge de dix-huit ans, face à la *Chambre à coucher en Arles* de Van Gogh, la peinture me parut ridicule d'exiguïté, et pourtant familière à l'extrême.)

En revanche, l'opéra présentait un inconvénient majeur. Il avait la capacité de mener mère tout droit à des crises de larmes de la pire espèce. Une voix de soprano italienne se mettait à miauler à quel point elle ne vivait que pour l'art, ou bien quelque autre femelle tubarde piaulait d'une voix de crécelle à son ancien petit ami (en italien naturellement) « Viens à Paris et sois ma respiration », et voilà que mère se mettait à pleurer. Son visage se plissait d'un réseau de rides infimes qu'on ne lui voyait pas d'habitude. Puis elle poussait des braillements de chat malade, se prenait la tête dans les mains, se mouchait dans du papier hygiénique, nous disant que nous ne pouvions pas comprendre, que ce n'était pas notre faute si elle pleurait. Comme si ça comptait pour nous. Nous, on voulait juste que ça s'arrête.

Si Lecia ne trouva pas vraiment le moyen d'enrayer les crises, elle sut néanmoins apprendre à y mettre un bémol. Quand mère devenait par trop larmoyante et malheureuse, Lecia la guidait vers le lit. Je ne sais comment ma sœur s'y prenait, mais elle évoluait avec une telle assurance que mère la suivait à petits pas jusqu'au lit océanique où elle s'effondrait. Lecia fourrageait alors dans le tiroir, préférant un pyjama d'homme en flanelle qu'on aurait dit être le sommeil personnifié aux cascades soyeuses de lingerie que j'aurais privilégiées. Ensuite, elle allait chercher une cruche remplie de glaçons ainsi qu'un grand verre pour la soif matinale de mère, et enfin un pot de comprimés orange d'aspirine pour bébé en prévision de la migraine.

Telles étaient les soirées d'opéra. Les soirées de jazz se passaient un peu plus mal, mais c'est lorsque papa se trouvait à la maison et que mère mettait du blues que le paroxysme était atteint.

Mon anniversaire se déroula par une soirée de ce genre. Il y avait Esther Phillips sur la platine qui se lamentait dans *Misery* : « Ne posez pas de dalle sur ma tombe/ J'ai été une esclave toute ma vie... » Ces paroles auraient dû me tuyauter sur ce qui se mijotait. Mais mère faisait cuire des lasagnes au four en mon honneur. J'en aimais l'odeur plus que tout au monde. Et j'étais absorbée par mon jeu avec la vieille paire de jumelles militaires que papa m'avait offerte le matin même.

Je sortis par la porte de la cuisine et portai les jumelles à mes yeux. J'aperçus la maison voisine par les lattes de notre clôture. Mickey Heinz prosterné sur ses gros genoux faisait rouler son tombereau sur le sol; je ne pouvais le voir sans un pincement au cœur. Une fois, je l'avais poussé à fumer une cigarette fabriquée avec du Nesquick qu'on avait enroulé dans du Kleenex. Sa langue avait brûlé. En réalité, elle s'était couverte de tellement d'ampoules que Mickey s'était précipité pour la montrer à sa mère, oubliant que cette dernière, de même que toute sa famille, appartenait à une de ces églises dont les membres ne boivent pas, ne fument pas, ne dansent pas. Mme Heinz lui avait violemment fouetté le postérieur à coups de brosse à cheveux. On avait assisté à toute la scène, tapies au-dessous de la fenêtre de la salle de bains des Heinz, écoutant le pan-pan de la brosse en plastique sur le petit cul gras de Mickey qui hurlait comme un forcené.

Ce matin de janvier, j'observai Mickey dans les jumelles reçues pour mon anniversaire. J'avais une vague envie de courir chez lui, de lui proposer de se mettre la main sur les yeux pour un jeu de cache-cache, puis de rentrer tranquillement à la maison et de le regarder me chercher jusqu'à ce qu'il se mette à râler. J'avais presque réussi à m'en persuader lorsque j'entendis le camion de papa qui faisait irruption dans le garage.

Je tournai mes jumelles vers la porte du garage où je discernai son grand casque argenté qui tressautait dans ma direction. (Je ne sais trop pourquoi, le casque de Mercure évoque toujours pour moi celui de papa, qui n'avait pas d'ailes bien sûr.)

— Alors, Pokey, cet anniversaire, comment ça se passe? me demanda-t-il.

Son casque disparut de mon champ de vision. Au bout d'une seconde, il traîna ses bottes de travail sur la marche en ciment à côté de moi. Je baissai les jumelles, levai les yeux et lui répondis :

— Très bien.

Papa, je ne l'avais pas beaucoup vu au cours de ce mois de janvier, en dehors des visites nocturnes qu'il me rendait toujours pour me remonter les couvertures sous le menton. Le contrat entre le syndicat et la Gulf Oil était arrivé à expiration. Comme tout le monde dans le comté, il avait été en grève le mois durant. Quand il ne faisait pas le piquet de grève, il allait à la pêche aux crevettes ou à la chasse aux canards, ou à n'importe quoi, pour rapporter de quoi manger. Le soir, il hantait le local du syndicat, à l'affût des moindres nouvelles susceptibles de transpirer des négociations en cours. Comme mère, il était devenu un étranger que je mourais d'envie d'apercevoir sans espoir de jamais l'approcher.

Toutefois, avant de partir pour le piquet de grève, il m'avait donné les jumelles et une nouvelle bande dessinée d'Archie, bien emballées. La délicatesse de son attention touchant un point sensible, enfoui au profond de moi, m'avait tiré des larmes. « Merde, ne pleure pas, Pokey », m'avait-il admonestée avec un sourire contraint. Il avait fini par me promettre de revenir dîner et de manger le gâteau le soir si j'arrêtais de pleurer à lui fendre le cœur.

En tout cas, je l'avais attendu une bonne partie de l'après-midi, sur les marches derrière la maison, et fermé les vannes au flot de paroles que je lui gardais en réserve. Aussitôt que je sentis son ombre sur moi, je m'empressai de les ouvrir et de lui raconter le périple à Beaumont, entrepris le matin même avec mère et Lecia pour acheter ma robe d'anniversaire.

C'était ma première robe noire, elle était en crêpe. Il m'avait suffi de l'enfiler pour me sentir star de cinéma. On avait eu un mal fou à trouver une robe d'enfant qui soit noire. Mais mère nous avait fait parcourir tout le comté. (Depuis l'enterrement, la recherche de cette robe était pour ainsi dire la première occasion où mère se manifestait, les quelques repas qu'elle s'était levée pour préparer mis à part.) On avait fini par se fixer sur une robe trapèze ornée d'une grande collerette blanche de clown qui retombait en plis souples et qui se fermait sur le devant par trois boutons de vrai strass. D'après la vendeuse la robe avait une coupe « en biais ». Lecia y avait jeté un regard, puis demandé où se passait l'enterrement, alors que déjà je faisais des mines devant le miroir à trois faces. La robe et le col s'évasaient en ondes fluides quand je virevoltais. Mère, trouvant que je ressemblais à la danseuse de ma boîte à musique japonaise, s'était exclamée, les yeux chavirés : « Tant pis », en remettant sa carte de crédit de cliente à la vendeuse pour payer. A peine dix minutes plus tard, elle avait acheté à Lecia une boîte de chimie au département des jouets. Sur le chemin du retour à la maison, on s'était arrêtées chez Al, le restaurant de fruits de mer, pour manger des crevettes sauce rémoulade, et mère s'était enfilé en vitesse deux vodkas-Martini. Il fallait fêter ça.

Papa, tout en s'essuyant les pieds, sans même regarder de mon côté, dit que la robe était jolie. Il frottait la boue de ses godillots sur le paillasson avec une attention redoublée. Puis il se glissa à l'intérieur de la maison.

Il me vint soudain à l'esprit que je n'étais pas censée parler à papa des dépenses de mère, des crevettes, de la boîte de chimie, sans compter ma robe qui avait coûté soixante-trois dollars. Personne n'avait recommandé le secret. Mais papa ne touchait aucune paye, et il nous en rebattait les oreilles. Je fus assaillie par l'image de papa fulminant contre le journal du matin, évoquant l'attitude nulle de la Gulf Oil qui foutait l'ouvrier en l'air et lui retirait le pain de la bouche. A peine deux jours auparavant, il avait apporté au local du syndicat des conserves et des habits trop petits pour nous, disant que les enfants des familles nombreuses catholiques commençaient à avoir faim. Il ne fallait pas être grand clerc pour comprendre que mère, Lecia et moi, en agissant comme nous l'avions fait ce jour-là, avions franchi une limite implicite entre le fait de prendre du bon temps et un comportement répréhensible. Et je savais aussi que ma robe noire symbolisait la traversée d'une autre frontière. Ce n'était pas un vêtement mais une toilette. Je me fis l'effet d'être une sorcière dans une église. La sensation s'incrusta jusqu'à ce que je remette mon blue-jean et que la robe se balance sur son cintre.

Plus tard, assise sur le tapis, je déshabillais ma Barbie pour la énième fois lorsque les voix démentes de mes parents retentirent. A mon côté, Lecia s'efforçait au moyen d'une pince à cheveux de tordre ses cheveux de poupée, blonds comme de la paille, en une banane à la française. Les paroles qui me parvenaient étaient confuses, le contenu évident. Mère rugissait en claquant frénétiquement les placards de la cuisine. On entendit papa sortir de la maison en fermant la porte à toute volée. C'était l'époque où il avait adopté Nipper, cette brute de chien, qui bondit hors de son repaire sous la maison en aboyant et en tirant sur sa chaîne. Papa descendit les escaliers en traînant les guêtres. La porte grillagée claqua à nouveau. Je perçus le bruit de ce que je compris vite être le plat en pyrex de lasagnes qui volait en éclats dans le jardin à ses pieds. Maman hurla : « Fils de pute, c'est son anniversaire ! » Lecia transforma la banane à la française en un chignon et dit : « Cassette dix, bobine mille, on tourne : bon anniversaire, sacré Bon Dieu. »

Dans la cuisine, mère près de l'évier faisait couler de l'eau sur ses deux poignets. Ses pommettes saillaient, barbouillées de rouge. On aurait dit qu'on lui avait peinturluré le visage à coups de pinceau forcenés. Elle me demanda si je voulais de l'aspirine. Je lui répondis : « Non, merci. » Dehors, Nipper n'arrêtait pas d'aboyer. Mère se fourra une poignée de comprimés d'aspirine pour bébé dans la bouche, qu'elle avala en se plongeant la tête sous le robinet. Elle prit le gâteau au chocolat allemand en haut du frigo, disant : « Pour le dîner, on a ce gâteau. » Lecia entra. Elle s'approcha. Sa présence me réchauffa le dos. A mère, je fis observer qu'elle n'avait qu'à reprendre la robe, c'était sans importance. Mère répondit : « Non, j'en suis incapable », et se mit à enfoncer des bougies dans la couche de boue qui nappait le gâteau. L'odeur des lasagnes et de la noix de coco fraîche qu'elle avait fendue, découpée et râpée pour le gâteau imprégnait la maison. Mère m'adjura : « Pour l'amour du Christ, oublie cette robe ! »

Je sortis. On voyait toujours Mickey. On aurait dit que les lattes de la clôture le découpaient en rondelles. Assis dans la poussière, il ressemblait à une de ces figurines de plâtre qu'on dispose sur les pelouses. Il avait tout entendu, c'était évident. On pouvait compter sur lui pour colporter par tout le voisinage que mère avait traité papa de fils de pute. Je m'accordai une pause pour maudire sa silhouette agenouillée avant de me frayer un chemin dans les bris de verre et dans le tas de lasagnes qui jonchaient le sol.

J'entrai dans le garage. Je n'aperçus tout d'abord que la braise couleur rubis du bout de la cigarette de papa. Rien d'autre. Au bout d'une seconde, mes yeux accommodèrent. Je distinguai alors le blanc du T-shirt ainsi que le reflet de la bouteille qu'il portait à ses lèvres.

— Papa ? dis-je.

— Rentre à la maison, répliqua-t-il, en tirant une bouffée de sa cigarette qui rougeoya. Pour ce que j'en ai à branler, ajouta-t-il. (Et peu après :) Je suis désolé.

— Je t'en prie.

Les criquets se mirent à crisser dans leurs carapaces. Je n'entendis aucun autre bruit, jusqu'à ce qu'un hululement, que je pris pour un cri de chauve-souris, résonne dans les grands arbres.

— Est-ce que c'est une chauve-souris ?

— Retourne à la maison, Pokey, insista papa. (Puis, comme s'il en avait eu l'idée après coup :) Pourquoi ne vas-tu pas demander à ta mère si elle a envie d'aller manger un barbecue de crabes à Bridge City?

En rentrant à la maison, je vis le plat de lasagnes renversées qui gisait dans une pelle à poussière au bord de l'évier. Mère était en train d'allumer l'ultime bougie avec la dernière allumette. Les flammes vacillaient au souffle du ventilateur noir et éclairaient par intermittence le visage de mère. Celui de Lecia, à côté, avait l'impassibilité d'une statue.

« Vas-y, fais un vœu ma petite conne », me dit Lecia. Je fermai les yeux de toutes mes forces et fis en silence le vœu d'aller vivre dans un endroit autre pour toujours, avec une famille flambant neuve du genre de celle de *Leave It to Beaver* à la télé. Puis j'aspirai le plus d'air possible et soufflai sur les bougies, plongeant la maison dans l'obscurité.

Je ne me rappelle pas la traversée de l'Orange Bridge, en route vers le café de Bridge City, qu'on effectua en famille ce soir-là. Pas plus que d'avoir mangé le barbecue de crabes. C'est bien dommage tant je raffole de sa graisse sucrée ainsi que de son âcreté aqueuse. Pas plus que du nombre de verres que but mère dans ce troquet situé en plein bayou, où après le dîner, on allait au bout du ponton et on jetait les restes à des alligators affamés.

Mon souvenir se remet au point au moment de notre retour à la maison quand nous approchons de l'Orange Bridge. De mon coin sur la banquette arrière, je vois se dessiner le profil en lame de couteau de papa, son nez en bec d'aigle et ses mâchoires contractées. On croise des phares qui glissent sur lui puis déversent leur lumière sur moi. Il me tarde d'entrevoir le visage de mère afin de me rendre compte de son état d'esprit après tout ce vin. Mais seule la toison auburn de courtes boucles folles de sa nuque entre dans mon champ de vision.

Tout à coup, la voiture penche légèrement vers l'arrière, tel un cheval qui se cabre à l'approche d'un petit animal furtif sur la route, puis on grimpe sur le pont. Les pneus se mettent à rugir sur le revêtement de lattes métalliques. Ce bruit s'associe exactement en moi au souvenir du vrombissement du jour de l'ouragan. La nuit ruisselle sur la voiture, s'éployant comme une marée noire. J'ai l'impression qu'un long sillage de ténèbres s'étire derrière nous. A un moment, au cours du trajet, le relent de serpent musqué de la chambre de grand-maman s'infiltre dans la voiture. Je n'avais même pas remarqué que cette odeur avait disparu de nos vies, jusqu'à ce qu'elle nous envahisse à nouveau. Lecia baisse la vitre, peut-être cherche-t-elle à dissiper la puanteur. Ses cheveux s'échappent de la banane à la française. Le vent va m'aspirer hors de la fenêtre et me projeter par-dessus la rambarde du pont. Il mugit, épousant le ronflement des pneus, et culmine en une puissante rafale qui balaye l'espace exigu. Je me sens toute petite.

Je prends mon courage à deux mains et regarde par la fenêtre le précipice. Mon estomac se tord. Les poutrelles d'acier défilent à une vitesse saccadée. J'aperçois deux tours de raffinerie qui se dressent au loin, flamboyantes. Elles rougeoient d'une étrange lueur magique qui ensanglante la partie inférieure du ciel. Et cette lumière prend la couleur vert chimique du pain moisi, s'élève dans le ciel nocturne comme une vilaine tache d'humidité qui grimperait le long d'un papier peint. Dehors, marais et bayous s'étendent au-delà du fleuve. Une péniche noire passe lentement sous le pont.

Mère s'époumone. Elle hurle qu'elle aurait dû mourir avant d'épouser papa, qu'elle aurait voulu qu'un éclair la foudroie avant qu'elle ne traverse ce même pont et ne s'enlise dans ce bourbier de Leechfield, anus de l'univers, néant absolu. Quant à papa, il est une insondable nullité. Je cherche la main de Lecia. C'est un poing serré et glacial. Je la pose avec délicatesse, comme si elle était un verre plein d'eau que je ne veux pas renverser.

Ensuite, dans l'obscurité, je vois les mains blanches de mère qui se lèvent de ses genoux, comme si, animées d'un mouvement autonome, elles étaient éclairées de l'intérieur. On aurait dit que toute la lumière du monde avait jailli pour façonner ces mains. Mère les tend vers le volant dont elle s'empare fermement. La voiture fait une embardée de côté et rebondit sur le trottoir. Mère cherche à nous jeter par-dessus bord. Il n'y a aucun doute cette fois-ci. Je m'écrabouille les yeux pour les garder fermés, et Lecia se hisse au-dessus de moi. Ensemble, on bascule dans le trou en bas de la banquette. Comme ça, je ne vois rien mais je sens la voiture qui dérape pendant que mère et papa se disputent le volant.

A l'avant de la voiture, on entend alors un bruit fort, comme une branche qui craque. Après quoi, la voiture se stabilise. Je peux quasiment sentir le crissement des pneus qui se remettent entre les lignes jaunes. Je suppose que pendant leur bagarre, les parents ont malmené le rétroviseur, si bien qu'au moment où Lecia et moi émergeons de la banquette, il renvoie le reflet de nos deux visages épouvantés. On ressemble à deux créatures marines surgies des abysses.

L'incroyable, c'est que la voiture est sortie du pont et roule de nouveau sur la chaussée. Il n'y a pas de casse. Mère est étendue, bouche ouverte contre la fenêtre où papa l'a expédiée avec une beigne pour reprendre le contrôle de la situation. Il ne l'avait jamais frappée jusqu'à présent. Le coup de poing est parti de tout près. Elle a eu son compte.

A son réveil, on arrive dans notre allée. Mère plante ses ongles dans les joues de papa, le griffe tout du long en le faisant saigner abondamment. Ainsi, des jours durant, on aura l'impression qu'il a reçu un coup de patte de panthère. Il y a des enfants qui jouent dans le jardin des Heinz. Ils interrompent leur jeu, se regroupent à la lisière de notre domaine et nous regardent jaillir de la voiture. Mère s'efforce toujours de griffer papa qui lui tient les poignets dans ses mains de fer. Joe Dillard, à un certain moment, se faufile vers moi, me demandant pourquoi ils se bagarrent, et son frère dit en blaguant qu'ils se battent pour une bouteille. C'est la dernière parole dont je me souvienne, celle que Junior Dillard profère de sa voix de connard prétentieux : « Ils se battent sans doute pour une bouteille. » Mère échappe alors à papa, frappe du pied en direction de la bande de mioches qui s'éparpillent comme une nuée de moineaux et retournent dans l'ombre de leurs jardins respectifs. Voilà. C'est tout ce qui me reste de mon anniversaire.

7

À sa mort, grand-maman laissa à mère un gros tas d'argent qui ne nous fit aucun bien. Dieu sait pourtant si nous en avions besoin. La grève de papa s'était étirée jusqu'au milieu du mois de mars, et on était très en retard dans le paiement des factures. Papa se débrouillait pour l'hypothèque, l'eau, le gaz et l'électricité. Mais il n'arrivait pas à faire face aux factures d'épicerie, de pharmacie et autres articles. Il passait chaque vendredi ramasser son chèque au guichet du caissier. Il le touchait sur place. Puis il se rendait à la pharmacie de Leechfield, allait tout droit à l'arrière, au comptoir où il y avait les pilules et disait à M. Juarez, que les enfants s'inspirant de la bande dessinée de Bugs Bunny surnommaient Bugsy, qu'il venait s'acquitter de sa note. Je revois encore papa cligner des yeux en prononçant ce *de*. Il louchait vers la liasse de billets, se léchait le pouce et faisait toute une comédie en extrayant un seul billet de cinq dollars, qu'il étalait bien à plat sur le comptoir entre eux. Ce petit *de* contenait une marée de honte. Il insinuait que la note pesait plus lourd que papa, le supplantait en quelque sorte. Dans le comté de Jasper où papa avait été élevé, si un homme achetait à crédit, c'était le signe manifeste qu'il se surestimait. On n'y était même pas au courant de l'existence de prêts pour automobile. On savait que des gens de ce coin s'amenaient, chargés de sacs à linge sale bourrés de billets d'un dollar, lorsqu'ils venaient chercher une nouvelle Jeep ou un tracteur.

Bugsy savait tout cela. Il le prenait au sérieux. C'était un brave type, enclin à me donner des magazines gratuitement parce que ça le titillait que je sache si bien lire. Il se comportait toujours comme s'il détestait prendre l'argent que papa faisait glisser vers lui. « Zut, Pete, reprends ça, on n'attendait pas après », disait-il.

Papa poussait le billet plus près et insistait pour qu'il l'accepte. Alors Bugsy haussait les épaules et disait « D'accord ». Il tapotait quelques zéros sur le clavier de la caisse et plaçait le billet sur la bonne pile. Puis, il sortait du comptoir le cahier vert où il tenait ses comptes, trouvait de son gros doigt taché de nicotine le nom de papa, à côté duquel il notait le règlement. Avant qu'on s'en aille, Bugsy avait l'habitude de m'emmener dans le bureau à l'arrière où il sortait son canif et coupait la ficelle entourant le nouveau tas de bandes dessinées, posé constamment dans le même coin. Je m'asseyais sur son bureau et lisais à voix haute tout un numéro de *Superman* ou d'*Archie*. Le nez dans son bol de café, Bugsy souriait de mon habileté. Papa secouait la tête, faisait observer que je n'avais pas besoin d'être encouragée, car j'avais déjà bien trop tendance à me croire sortie de la cuisse de Jupiter.

Tel était le ballet que nous dansions les jours de paye. Les figures en étaient à la fois si précises et si farouchement désinvoltes que pas un instant je ne me suis doutée que cette histoire d'argent, loin d'être négligeable, était cruciale. Personne n'en touchait mot du restant de la semaine et ce silence enserrait notre maison dans un étau de fer. En revanche Lecia et moi, on se faisait maudire, si on ne finissait pas notre bol de petits pois du Maryland, ou si, omettant de bien fermer la porte du frigidaire, on laissait le froid s'échapper, ce qui majorait la consommation d'électricité. Papa surgissait derrière vous, fermait hermétiquement cette porte ou enfournait les derniers petits pois dans sa bouche avec votre propre cuillère. Après quoi, il vous dévisageait du coin de l'œil, comme si votre innommable gâchis le faisait fulminer d'une colère incoercible.

Les soirs où il ne travaillait pas, papa s'installait sur son lit et se livrait à l'examen de ses reçus et de ses factures. Il aimait éparpiller à gauche du lit les anciennes notes où PAYÉ était apposé. Quant aux nouvelles, il les laissait dans les enveloppes et les alignait à droite. Il avait élaboré tout un rituel pour le traitement de ces notes. Quand il en trouvait une dans la boîte aux lettres, il l'ouvrait, en relevait le montant qu'il inscrivait au-dessus de la fenêtre de l'adresse où son nom apparaissait. Ainsi, il reconnaissait la dette sans barguigner, comme s'il disait « Je sais, je sais ». En plus, il n'avait plus à réouvrir, à déplier chaque facture et à se faire un surcroît de souci. Il siphonnait bouteille sur bouteille de bière Lone Star en étalant toutes ces enveloppes devant lui et calculait le montant de ses dettes en alignant les chiffres sur les longues marges de *The Leechfield Gazette*, sans jamais contester par un « Peuh ! » le moindre *cent*.

Certes, j'étais parfaitement au courant qu'il y avait des gens dont les problèmes dépassaient de mille coudées ceux de papa. Des tas de types n'avaient ni boulot ni maison du tout. Ou alors ils avaient des enfants malades de leucémie à en crever, sans compter les milliards de personnes nées dans le désert du Kalahari ou dans les rues de Calcutta, aveugles, infirmes ou à moitié décomposées par la lèpre. Les comptes nocturnes de papa furent néanmoins la forme d'inquiétude la plus concentrée dont j'aie été le proche témoin. Cette longue colonne de chiffres, griffonnés en pattes de mouches maladroites, n'était pas sans ressembler à la prière que le fidèle psalmodie inlassablement, afin que son espoir, ou l'absolu de la détresse que son invocation est censée conjurer, finissent par être pris en compte.

Pendant ce temps, mère, allongée à son côté, tantôt se tapait de la vodka dans un gobelet vert en aluminium en lisant, par exemple, du Léon Tolstoï (son livre préféré était *Anna Karénine*), tantôt pleurnichait sur quelque disque de Betty Smith. Entre eux, il n'y avait pas plus d'échange que si on avait élevé un mur de brique le long du lit gigantesque. Lecia et moi, on avait tendance à se vautrer au pied du lit des soirées entières, en prétendant faire nos devoirs qu'on finissait en réalité à l'école le lendemain. On surveillait leur tourment du coin de l'œil, de crainte qu'il ne finisse par les déborder et qu'il ne rejaillisse sur nous.

A la maison, l'atmosphère était beaucoup plus crispée qu'au moment où grand-maman pourrissait dans la chambre de derrière. Nous avions réintégré notre conception de la « normalité », mais nos habitudes familiales semblaient plus excentriques que jamais. Le verdict qu'impliquait en quelque sorte la mort de grand-maman et le chagrin muet de mère les pervertissaient.

Ce printemps-là, mère se remit à déambuler à la maison dans le plus simple appareil. Papa ne portait rien d'autre qu'un short. Lecia et moi, on s'ébattait dans toutes les pièces, soit cul nu, en l'absence de papa, soit en une tenue combinant un haut de pyjama et une culotte (qu'on appelait « slibar »), quand il était là. Ne vous méprenez pas, nous n'étions pas devenus « naturistes ». Certes, mère avait un jour scandalisé les matrones de l'association des parents d'élèves en prétendant avoir joué au volley-ball sur quelque plage nudiste du New Jersey. (Dès lors, l'école ne l'invita plus officiellement nulle part. Il lui arrivait de se faufiler pour assister à certains spectacles de Noël, mais autrement elle n'était qu'une ombre aux réunions scolaires.) C'est vrai que Lecia et moi, on gagnait des pièces de cinq *cents* en vendant l'autorisation de jeter des coups d'œil aux dessins de nus de mère qui figuraient dans son anthologie du magazine *New Yorker*. (On réservait les livres d'art aux gosses en mesure d'abouler vingt-cinq *cents* pour jeter un long regard sur une toile de Bosch représentant d'innombrables démons décharnés et des matrones à gros seins qui étaient transpercées de piques.)

Nous restions déshabillés parce que nous souffrions d'insomnie. Personne n'arrivait à dormir dans la famille. Cet état d'épuisement constant et douloureux nous donna l'idée fumeuse que le sommeil pourrait venir plus souvent à nous, ce qui arrivait seulement par à-coups, si nous étions habillés pour lui, c'est-à-dire déshabillés. Nos corps cherchaient par leur nudité à être en quelque sorte des invitations ambulantes pour le premier somme susceptible de s'emparer de l'un ou de l'autre. Les matins, la plupart du temps, on se heurtait à l'un de nous dormant à poings fermés, affalé sur le plancher à côté du canapé. Mais à deux heures du matin, on pouvait trouver mère aux fourneaux, avec un tablier attaché par un nœud impeccable autour de ses fesses dodues, qui préparait une omelette au jambon, aux oignons et aux poivrons, alors que Lecia, en culotte, assise en tailleur au salon, faisait une réussite en s'inspirant du modèle de la télé. A ces heures-là, nous ne nous retrouvions jamais ensemble mais errions dans toute la maison, chacun à des stades différents de nudité.

En fait, au cours de ce printemps, mère ne quitta son lit que le temps de condamner notre fenêtre à la vue des voisins. Un dimanche, alors que, toute nue, je me suspendais à la solide tringle de fer au-dessus de ma fenêtre (Lecia et moi, on faisait un concours de tractions à la barre), je vis le camion bleu roi, bourré de sa cargaison de Dillard, passer lentement devant moi. Bouches bées, ils contemplèrent ma silhouette glabre en train de se balancer. Ils me prirent au dépourvu. Je restai accrochée en pleine vue quelques instants, sentant mes seins se durcir au contact froid de la vitre, avant d'avoir la présence d'esprit de me mettre à l'abri. Puis je me tapis sous le rebord de la fenêtre, me disant qu'il n'y avait vraiment pas de justice : dans le quartier, en dehors de nous, *jamais* personne ne se levait aussi tôt. Mme Dillard et Fay étaient dans la cabine, coiffées de leurs mantilles noires, comme si elles allaient à la messe de six heures du matin. On avait même fait enfiler à Junior et à Joe des chemises blanches, aux cols fermés par des nœuds papillons à clips. Ils étaient assis sur les talons dans la caisse du camion, leurs deux têtes blondes calamistrées de brillantine Butch Rose. Leur rire fusa, dominant le vrombissement assourdi du camion, et me transperça les oreilles.

Lorsque mère entendit Lecia me taquiner à ce propos dans la cuisine, elle se décida à sortir du lit. Elle rejeta le couvre-lit, découvrant ses jambes en un mouvement qui s'était effacé de nos mémoires. Puis elle dit que, si les gens vous voyaient nus, cela ne valait pas la peine de s'en soucier. C'était de la foutaise, puisqu'on était tous nus sous nos vêtements, mais que nom de Dieu, elle ne m'écouterait pas miauler plus longtemps au sujet de ces connards de Dillard. Elle allait condamner les fenêtres, comme ça Dieu Elle-même (mère mettait un point d'honneur au pronom féminin) ne verrait pas chez nous.

Mère eut recours à une méthode farfelue. Elle commença par s'emparer de la râpe à fromage et tailla les mines de crayons de toutes les couleurs. Elle les réduisit en minces copeaux, qu'elle saupoudra entre des feuilles de papier paraffiné, qu'elle repassa jusqu'à ce que le crayon fonde. Lecia et moi, armées de colle et de pinceaux, on se mit alors au travail en appliquant ces carrés de papier coloré sur toutes les fenêtres existantes. Mère compara le résultat à des vitraux.

C'était la première fois que mère manifestait de l'enthousiasme depuis longtemps. On sauta dessus. Lecia se lança un défi d'emblée. Elle se chronométra pour mesurer à quelle vitesse elle était capable de coller un de ces carrés sur la vitre.

Peu de temps après l'obstruction de nos fenêtres, un jour que je rentrais à la maison après l'école, je trouvai la porte d'entrée ouverte et le grillage entrebâillé. Cela me parut bizarre, non seulement parce que nous avions un besoin farouche d'intimité, mais parce que cafards, hannetons, lézards et moustiques infestaient notre région. Dans notre climat semi-tropical, si l'humidité de l'air s'infiltrait à l'intérieur, les murs blanchis à la chaux se piquaient d'une moisissure vert-de-gris. On n'arrivait jamais à s'en débarrasser complètement, mais personne ne lui donnait prise en laissant une porte grande ouverte.

Je ramène mon esprit à l'image de la porte ouverte, devant laquelle j'ai posé mes mocassins, couleur sang de bœuf, usés et déformés à l'intérieur, tant je marche avec les pieds en dedans. La sensation de mon cartable en tissu écossais qui me laboure la hanche droite est presque présente.

Il faisait chaud, l'air avait la densité d'un voile de gaze. De retour de l'école où je venais d'avoir dix à une dictée, je grimpai quatre à quatre les marches du perron. Avec cette note, j'avais battu de justesse Peggy Fontenot, ma rivale dans la classe pour être la première. Elle avait perdu deux points à cause d'une faute d'orthographe à « disait ». C'est moi qui avais corrigé sa copie, et mon cœur s'était emballé comme celui d'une biche aux abois à la vue du mot épelé « disé ». Je tenais à la main la copie victorieuse, où il y avait l'étoile d'or indiquant que j'avais la meilleure note. Je gravis au pas de course les marches en ciment, m'arrêtant net en remarquant le grillage ouvert, avant d'entrer, de le claquer, et de crier que j'étais à la maison. Je jetai mon cartable sur le dossier du canapé et appelai à nouveau mère.

Le silence qui me répondit pesa plus lourd que l'air au-dehors. Il nappait les tapis rugueux telle une brume de marais. Cette tranquillité éperonna peut-être mon inquiétude. Il est possible que j'aie marqué un temps d'arrêt pour réfléchir à l'étrangeté de cette porte ouverte. La copie toujours à la main, je courus à la cuisine pour la montrer à mère. J'y trouvai seulement le ventilateur noir qui soufflait une brise maussade sur une tasse de café froid. Pas d'autre trace. Je retournai au salon où je tombai sur la dernière page d'une lettre de l'avocat de grand-maman, pliée en accordéon une douzaine de fois, ressemblant à ces éventails en papier que fabriquent les enfants. Mère avait dû s'asseoir sur le canapé et s'en servir pour s'éventer le visage, avant de la laisser tomber. Je la défroissai.

Les détails les plus singuliers de cette lettre me sont restés, alors que le vide a englouti les autres éléments, tels que le montant exact de l'héritage de mère. Il est possible que son importance ait dépassé les capacités de ma petite cervelle, car il atteignait les centaines de milliers. (Lorsque mère en parle, le chiffre varie de « seulement 100 000 dollars », à « plus d'un demi-million ». Cela dépend de ce qu'elle cherche à démontrer avec l'histoire. De nos jours encore, si l'on insiste pour qu'elle nous livre le chiffre exact, elle hausse mollement les épaules, tandis qu'une expression un peu sournoise se peint sur son visage signifiant qu'il faut en prendre son parti avec de telles sommes d'argent, que ce soit une centaine ou un millier de dollars, c'est à prendre ou à laisser.) Le papier était épais et de couleur crème. Le numéro de la page était « 6 sur 6 ». L'avocat promettait de virer à tel numéro de compte de la banque de Leechfield 36 000 dollars, soit environ quatre fois ce que gagnait papa en une année, sans les heures supplémentaires. La somme provenait de la vente de la maison et de la ferme de grand-maman à Lubbock. Nous espérions tous cet argent. Ce quoi à quoi je ne m'attendais pas, c'était ce qui figurait dans la suite de la lettre à propos d'un legs venant d'une nouvelle concession de pétrole.

Grand-maman n'avait apparemment pas lâché les droits miniers qu'elle avait sur sa terre, les gardant à son nom plus par habitude que par espoir d'y découvrir du pétrole. Il y avait eu suffisamment de cas de pauvres Blancs, de petits fermiers dans le Dust Bowl, qui, ayant vendu leur terre cinquante *cents* l'arpent, avaient, une semaine après, vu un geyser de pétrole éclabousser la Cadillac de l'acheteur, pour que le vague rêve de faire fortune avec le pétrole soit encore enchâssé dans les boîtes crâniennes des Texans de l'ouest. On ne vendait pas ses droits miniers comme ça. On se les gardait. Même moi, je savais cela. On les louait à bail pour des sommes colossales. (A ma connaissance nous avons encore des droits miniers sur la terre de grand-maman, bien qu'elle soit sèche jusqu'en ses profondeurs, on en a la preuve.) Il s'avéra, au demeurant, que des hordes de foreurs potentiels avaient pendant vingt ans assiégé grand-maman, afin de pouvoir creuser dans son bout de désert. Nous ne comprîmes jamais vraiment les raisons qui la poussèrent à dédaigner leurs offres. Plus tard, je trouvai une lettre où la vieille femme expliquait à mère qu'elle s'occupait de coton, pas de pétrole. Il se peut que l'idée de se faire avoir par les beaux discours des types des compagnies pétrolières l'ait tracassée. Cela ne convenait guère à sa position de prudente veuve méthodiste et de membre à vie de l'association des sœurs de l'étoile orientale. L'avocat de mère avait néanmoins découvert quelque part dans ses affaires une lettre d'un magnat du pétrole de Dallas, et il se proposait, sous réserve que mère l'y autorise, de « signer un bail de forage » avec ce type. Tels étaient les termes exacts de la lettre. Je me rappelle aussi que je déplaçai mon index le long d'une ligne de cinq zéros mais, le diable m'emporte, je n'arrive pas à faire surgir le montant exact qui s'étalait. La lettre abordait bien d'autres sujets naturellement, mais seul m'est resté le souvenir de mon index clopinant d'un zéro au suivant. Je comptai jusqu'au moment où je fus frappée d'être parvenue à la case des 100 000 dollars, à un zéro près du million, ce nombre magique que les montages cinématographiques représentaient par des billets de dollars en train de voler. Et je me dis, j'en suis persuadée : *Avec tout ça, j'aurai le poney pommelé que tous les matins de Noël, je cherche en courant. Avec tout ça, j'aurai la bague avec la pierre porte-bonheur grenat qui se trouve dans la grande roue miniature, à la bijouterie Gibson.* Et comme je ne suis pas une âme charitable, j'eus sans doute l'idée suivante : *Avec tout ça, peut-être que j'irai à Disneyland et cette enfoirée de Peggy n'aura plus qu'à aller se faire foutre.*

Je me remis à courir dans la maison en appelant mère. Je trouvai sa salle de bains dans un état qui me coupa le souffle. On avait barbouillé de fard à lèvres rouge orangé le grand miroir rectangulaire au-dessus du lavabo. Quelqu'un, mère sans aucun doute, s'était servi d'un tube de Mango Fandango ou de Rouge Baiser et y avait fait des gribouillis si compacts que le reflet argenté ne transparaissait plus que çà et là. Il y avait un bout de bâton de rouge gras dans le lavabo. Le tube vide et doré gisait par terre, on aurait dit une cartouche vide sur la peluche ovale d'un tapis jaune. Je le contournai comme s'il s'était agi d'un scorpion. Entre le monde et moi, un mince écran de peur s'interposa. Les objets de la maison prirent des proportions démesurées et fluides. En passant devant un pied de lampe, j'eus l'impression qu'il se cabrait.

Dans la chambre de mère, je trouvai le même genre de traces de rouge à lèvres, couleur hibiscus, sur le miroir de sa coiffeuse. Le O de l'ouverture en métal du tube avait rayé la surface argentée. Dans d'autres pièces, d'autres glaces étaient maculées de rouges à lèvres de diverses couleurs. Il y avait des rouges bleutés, des mauves, des roses pâles comme des nénés, et celui dont la teinte de boue m'effrayait, que mère ne mettait presque jamais parce qu'il lui donnait le teint livide d'une star de cinéma muet.

J'allai d'un miroir gribouillé à l'autre jusqu'à ce que je découvre celui de notre salle de bains, pulvérisé. J'imagine qu'elle était passée par là en dernier. Au milieu, il y avait un rond brisé net du diamètre de son poing. Mère avait sûrement surpris le reflet de son visage en cet endroit précis au moment où elle l'avait cassé. On aurait dit que cette brèche était un cyclone, des spirales tourbillonnaient en son centre puis s'évasaient en rayons plus allongés. Mère avait dû regarder les plans de son visage anguleux se disloquer comme un portrait cubiste. Je reculai loin du chaos, me tenant à une distance respectueuse du lavabo et des bris de glace qui jonchaient le sol.

Je me ruai dehors en claquant la porte derrière moi. Je descendis quatre à quatre l'escalier de service, implorant Dieu que la colonne noire de fumée de cheminée qui s'échappait par l'orifice en fer-blanc du toit du garage soit le signe que j'allais trouver mère en train de peindre dans son atelier. J'étais sûre de ne jamais la revoir si la voiture n'était pas là. Je n'avais aucun mal à me représenter la voiture prenant un virage en vol plané et fonçant dans un remblai de béton. Mère, je la voyais effondrée sur le volant, un filet de sang éloquent suintant d'une oreille. Ce jour-là, c'était certain, elle voulait qu'on l'arrête dans sa course. Je priai pour trouver la voiture au garage. Elle y était, accroupie sur ses quatre roues, avec ses phares comme des paupières lourdes, ensommeillées ; on aurait pu la prendre pour un reptile assommé d'ennui.

La porte qui séparait le garage de l'atelier de mère était ouverte. Son porte-clé en argent, ciselé en forme de corne de bouvillon, incrusté de turquoises, était encore accroché au loquet ouvert. Mère, assise dans le vieux fauteuil à bascule de sa mère, me tournait le dos. Elle jetait au feu du poêle en fonte des feuilles de papier dont les bords blancs se carbonisaient et se tire-bouchonnaient. Je compris qu'il fallait me taire. Au mur, le portrait colossal de grand-maman aux bras raidis en angle droit la dominait du regard. Après l'enterrement, mère l'avait déménagé du salon, en laissant sa place vide. La vue de grand-maman Moore qui toisait mère m'affola.

Des effluves insolites flottaient dans l'atelier. Je distinguai, outre l'habituelle brûlure décapante de la térébenthine et de la peinture à l'huile, un fluide plus léger, à moins qu'il ne s'agît du charbon compact de l'allume-feu dont papa se servait toujours pour allumer le barbecue Weber. En fait, c'est au moment où je heurtai la porte que mère s'empara d'un bidon posé à côté du rocking-chair. Elle fit gicler un liquide clair sur le feu qui crépita. Les flammes léchèrent le poêle à l'avant puis se remirent à pétiller sourdement. (Plus tard, je découvris une tache de roussi sur la voûte du plafond. Je compris aussi qu'elle alimentait le poêle de tout le courrier qu'on avait adressé à grand-maman depuis sa mort. Il consistait en relevés de banque, en catalogues de graines et en vœux de prompt rétablissement de la part du club des femmes de l'église méthodiste de Lubbock.)

En tout cas, le dos tourné de mère dans ce fauteuil à bascule me remit en tête un vieux film d'Alfred Hitchcock, *Psychose*, qu'elle nous avait emmenées voir en 1960. Le tueur fou, à la fin du film, prenait l'apparence de sa cinglée de vieille mère en se coiffant d'une perruque grise, et il se balançait dans sa chaise. Mère se retourna avec lenteur. Elle me fit face, en adoptant l'attitude du pauvre Anthony Perkins. Son visage se révéla à moi, ses traits anguleux se détachant un par un. Et je réalisai, à ce moment-là, que mère se l'était entièrement barbouillé du rouge à lèvres couleur de boue. Je pensai : *C'est qu'elle essayait de s'effacer.* Il est vrai que les gribouillis ne ressemblaient en rien à ceux d'un masque africain ou à des peintures de guerre d'enfants. Informes, ils ne tenaient pas compte de la structure du visage. Les surfaces planes de sa figure n'étaient soulignées ni de triangles, ni de traits horizontaux. Ma mère, assise dans le fauteuil à bascule de sa mère, entourée des coussins de coton bleu bien festonnés, en face de ce poêle embrasé, enveloppée de cette odeur de charbon liquide, et avec son visage tout peinturluré de rouge sang, avait véritablement l'air d'une folle.

Ensuite, je me retrouve dans la chambre lavande que je partage avec Lecia. C'est le coucher du soleil, la glycine et le chèvrefeuille projettent une ombre déchiquetée comme de la vigne vierge sur les fenêtres couvertes de papier paraffiné. Mère se tient devant la vitre éclairée, au-dessus d'une boîte en carton, auprès de notre placard grand ouvert au fond duquel elle ramasse un par un les jouets qu'elle balance ensuite dans la caisse. D'une voix rauque que je ne lui reconnais pas, elle dit qu'on a laissé un vrai bordel dans notre chambre. Il ne lui reste plus que ce timbre de pocharde yankee. « Je veux être une bonne *Hausfrau.* » Mère emploie une expression dont j'ignore le sens : « femme au foyer ». Son âpre sonorité allemande me fait peur. « C'est mon travail. C'est ce que je suis, la femme au foyer de cette cage à poules de cinglés. » Et volent dans la boîte poupées Barbie manchotes, poignées de pions, de billes, soldats en plastique, petites voitures en métal, et puis des jeux de société et les pièces en marbre d'un échiquier. Tous atterrissent au fond du carton avec un bruit de pluie qui crépite.

Une fois le placard vidé, mère arrache les dessus-de-lit, qu'elle envoie planer dans la chambre. C'est au tour du matelas d'être jeté par terre, puis elle soulève la dépouille du sommier à ressorts au-dessus de sa tête. Elle ressemble au Samson des illustrations de la Bible, quand il brandit un de ces énormes piliers de pierre. La caisse, en cognant le mur, émet un écho caverneux qui résonne comme une mélodie primitive. A cause de ça, je commence à pleurer. Au cours de cette nuit, ce sera la seule fois. Je baisse la tête, que j'enfouis sous l'aisselle de Lecia, au creux de son pyjama blanc délavé.

Ensuite, je nous vois derrière le garage, en face d'un monceau énorme de jouets, de livres de collection pour enfants, et de meubles qui s'empilent en pyramide. J'ai été à des feux de joie clôturant des matchs de football américain et aussi à des barbecues sur la plage où on faisait rôtir des veaux entiers à la broche. Et Becky Herber m'a même une fois emmenée à un pique-nique de poissons frits organisé par le Ku Klux Klan, où ils avaient brûlé en autodafé des livres de classe et des romans à l'eau de rose, qu'ils avaient entassés en piles plus grandes que n'importe quelle maison des environs. Le tas s'élève presque à la même hauteur. Il dépasse papa, qui mesure un mètre quatre-vingt-cinq en chaussettes.

Je me concentre sur mon vieux cheval à bascule en

bois rouge qui se trouve à moins de deux mètres de moi. Maintenant, il pendouille sur les ressorts rouillés de son cadre en bois. Mère l'inonde du gaz du bidon rouge. Il a l'air désolé.

Mère s'empare de la grande boîte d'allumettes suédoises, d'un geste ample du bras, elle nous fait signe de reculer, à Lecia et à moi. On l'aurait dit sur le point d'exécuter un numéro de cirque. Je commence à me lever, prête à bondir et à lui attraper le bras avant qu'elle n'allume cette allumette. Mais Lecia m'en empêche en m'agrippant l'épaule d'une main. Elle me repousse à terre. J'ai l'impression que mes jambes se déforment sous moi, comme si elles appartenaient à une autre fille, ou plutôt comme si elles étaient les pieds en acier d'une de ces chaises de jardin qui se replient toutes seules. Je suis fermement assise sur l'herbe de saint-augustine dont les brins ont la rigidité du plastique. C'est mon cheval qu'on inonde avec le bidon de gaz renversé. Je me croise les bras sur la poitrine, pensant à quel point je tenais à ce cheval à bascule. Il était censé être un jouet pour petits, mais certains jours, en l'absence de Lecia, je l'enfourchais en faisant grincer ses ressorts et, les yeux fermés, je m'imaginais galoper dans une vaste prairie. Le cheval me regarde de ses yeux vides et las.

Je ratisse le sol du regard en quête d'une pierre ou d'un petit projectile à balancer sur la caboche de mère. Lecia se garde bien de me lâcher les épaules. Elle pourrait aussi bien regarder la météo à la télévision, pour ce qu'exprime son visage. Je lui dis que c'est mon cheval que mère fout en l'air. Lecia en a marre de mes jérémiades. Alors je laisse tomber, et pense par-devers moi : *Au revoir vieux canasson, je suis un Cheyenne qui prend la route.*

Avec lenteur, mère gratte l'allumette suédoise sur la bande noire du côté de la boîte, et le bout rougeoyant s'embrase d'une étincelle. Avec un geste proche de la délicatesse, mère jette l'allumette vers le cheval. Un moment, on pourrait la prendre pour une dame qui laisse tomber son mouchoir. Les flammes atteignent mon cheval et crépitent bruyamment. La forme noire du cheval se détache distinctement du feu orangé. Elle s'affaisse enfin, gagnée par les flammes où mère balance plein de trucs. Le cheval a disparu. Mère renverse la dernière caisse de jouets, en la secouant de la même manière que chacun des tiroirs de notre commode.

Le feu est bien parti. Il s'élève et engloutit chacun des objets entassés. Mère incendie aussi ses peintures, du moins certaines, celles qui représentent la plage surtout. Les toiles se calcinent avant les cadres. Ça fait comme des tableaux de flammes encadrées, de tailles différentes, qui s'étagent le long d'un des flancs de la pyramide. Le feu fait rage dans les cadres dorés et dans les cadres vermoulus. En revanche, il miroite à la surface cuivrée des cadres ultramodernes.

C'est alors que mère traîne sur l'herbe la plus grande boîte, la plus profonde, celle du vieux réfrigérateur dont nous avions l'intention de faire un théâtre de marionnettes. Et elle en sort nos vêtements, des jupes-culottes, des barboteuses à bretelles, ainsi que des vieux pyjamas se fermant sous les pieds par des pressions qui cliquetaient sur les carreaux de la salle de bains et vous empêchaient de glisser. Une blouse blanche au col de Peter Pan décolle de la main de mère et décrit un arc dans le ciel noir. Un ample jupon à crinoline rouge, que je portais pour danser le french cancan, s'élance à sa suite. Il évoquait toujours pour mère les danseuses de Degas, et maintenant le voilà qui, lancé par sa main, tourbillonne avant d'atterrir presque en douceur dans le feu qui n'en fait qu'une bouchée. Des douzaines de chaussures de tennis dégringolent des bras de mère, s'affalent jusqu'à ce que la toile soit consumée et qu'une fumée noire s'élève dans un relent nauséeux de caoutchouc brûlé.

Maintenant qu'elle a fait un sort aux chaussures, mère s'attaque aux robes. Elle les fait glisser une par une de leurs cintres avant de les confier au bûcher. Un imposant tas de cintres s'empile à ses pieds. Chaque fois qu'elle en laisse tomber un de sa main blanche, il tinte faiblement. Ce son donne à mère un regain d'agitation. Elle tient brièvement chaque robe dans sa main, par les épaules, comme si c'était un écolier dont elle vérifiait la tenue avant l'église. Puis elle les balance une par une dans le feu. Ainsi voguent ma robe de Pâques en dentelle, le tablier où grand-maman avait fait des smocks et brodé des fleurs roses au point de croix, ainsi que la jupe de paysanne de Lecia, achetée au magasin mexicain de Houston. Et aussi la robe chasuble en écossais vert qui avait des franges jaunes de cow-girl cousues autour des poches, que nous avions portée toutes les deux. Ces robes ressemblent à s'y méprendre à des corps de petites filles qui auraient rendu l'âme. (Épictète définit magistralement la séparation du corps et de l'âme : « Vous êtes une parcelle d'esprit qui anime la matière. » Lorsque je le lus des années après, l'image de ces robes privées de leurs propriétaires, glissant avec grâce dans les flammes, s'imposa d'emblée à moi.)

A un moment donné le brasier perd de son éclat et devient une toile de fond orange. Je me concentre sur le seul visage de mère, strié de part en part de rouge à lèvres et de suie. Mère a l'air folle à lier. Elle marmonne, les lèvres tremblantes, et je n'arrive pas à saisir le sens de ses paroles. Nipper gronde et jappe. Il se tient dans le grand cercle d'ombre aux abords de la maison, laquelle existe à peine pour moi. J'entends Nipper tirer sur sa chaîne, puis s'arrêter d'aboyer parce que son collier l'étrangle avant de s'en retourner sous la maison la queue entre les jambes. La voix de mère s'amplifie, et par-delà le crépitement du feu, les gémissements du chien, je capte ce qu'elle dit : « Putain de salope de *Hausfrau.* »

Je découvre que, si je ne fixe pas mon regard et le coule à travers mes cils, il m'est possible de donner à la nuit entière l'aspect d'un de mes dessins. Les cimes des arbres qui nous entourent sont des bulles. Les robes qui volent dans le feu sont découpées dans un livre de modèles pour poupées. Le feu est couleur d'orange brûlée, de tournesol jaune, du rouge des voitures de pompiers, cerné de lances noires, audacieuses. A l'horizon, les tours des raffineries s'élèvent en lignes longues et efflanquées. Je les avais dessinées au crayon argenté, en me servant de ma règle pour qu'elles restent bien droites. Leurs flammes me font penser à des bougies d'anniversaire qu'on s'apprête à souffler.

Toute résistance m'abandonne, je ne sais trop quand, mais c'est certain. Si on m'avait emmenée par la main tout droit vers les flammes, je doute que j'aurais poussé un seul cri. Je ne suis plus capable de la moindre protestation et me rends compte que Lecia aussi est vidée de toute énergie. Nous sommes la proie d'une sorte d'énorme machine qui nous broie. Sa puissance simplifie tout. Un sentiment de calme mystérieux m'envahit. Ce qui est sur le point d'advenir était écrit. On a fermé, l'un après l'autre, tous les chemins qui auraient conduit à autre chose qu'à cet instant.

Je pense à l'histoire de Job entendue à l'école du dimanche de Carol Sharp, à la façon dont il avait appris à s'appuyer sur sa détresse, comme on s'abandonne à un grand vent par lequel on se laisse porter au bout d'un moment. Il est des gens qui arrivent à se détacher de la souffrance ainsi, s'ils pensent qu'elle leur est envoyée par une puissance plus vaste qu'eux-mêmes. Il en est par exemple qui se meuvent avec sang-froid au sein d'une épidémie atroce où tout le monde a les aisselles et le bas-ventre couverts de bubons purulents. Je sais donc, avec une tranquille certitude, à quel point nous sommes coupées de tout secours. Aucun camion à incendie ne va arriver. Parmi les voisins, personne ne va téléphoner à papa ni au shérif.

Je m'imagine Mme Heinz dans la maison d'à côté, penchée sur son évier, postée derrière la fenêtre qu'elle nettoie chaque samedi à coups de seaux d'eau ammoniaquée où elle a pressé un citron. Elle peut parfaitement nous voir. Je sens ses yeux posés sur moi. Elle essuie la dernière assiette de l'égouttoir et se demande si elle devrait sortir. Mais elle a mieux à faire. Mère balance tout dans le feu; elle est pareille à une sorcière d'une pièce de Shakespeare. Il est fort probable que la vieille Mme Heinz l'épie, derrière ses doubles rideaux à rufflettes qu'elle a confectionnés elle-même sur sa machine à coudre avec du tissu vichy de prisu, pour qu'ils soient comme ceux du catalogue de Sears. Il est fort probable que, incapable de détacher ses yeux de la montagne de jouets et de meubles embrasés, des cadres encerclés de flammes vives, de mère tisonnant le tout avec une longue perche, elle se dise *Un peu, que ça n'est pas mes affaires*. Après quoi, elle laisse tomber le rideau à carreaux roses sur nous.

Les autres voisins ont fait pareil. Ils nous abandonnent à notre sort, à ce qui va nous arriver. C'est ce que je sens. Chacun tire ses rideaux. On referme bien chaque porte grillagée, on remet avec soin chaque loquet dans son crochet, et en pleine chaleur, on soulève les lourdes portes dont on cadenasse tous les verrous. C'est comme si j'entendais tous les bruits, signes de précaution que prend le voisinage. On augmente le volume des télés pour étouffer notre raffut. N'importe lequel d'entre eux aurait pu appeler papa et dire : « Pete, écoute voir. Ça ne me regarde pas, mais... » (L'idée qui m'accable le plus aujourd'hui, c'est que l'un d'eux téléphona effectivement à papa pour le prévenir. Mais papa, happé par la même machine à broyer que nous, se contenta d'acquiescer au verdict du destin et répondit qu'il prévoyait de rentrer directement à la maison. Il peut aussi bien avoir dit « Et mon cul, c'est du poulet » car papa, quand cela l'arrangeait, avait la faculté d'affiner ou d'épaissir sa perception d'une partie du monde. Je me le représente très bien, reposant de ses grosses mains le téléphone sur son support noir. Il se peut que dans son équipe, des hommes aient fait revenir à la poêle quelque poisson-chat récemment pêché. Peut-être a-t-il regardé par la fenêtre incurvée du haut de la tour, par-delà l'étendue des oléoducs, des réservoirs à pétrole, du dépôt ferroviaire, le damier des maisons toutes pareilles, dans la cour d'une desquelles mère mettait le feu à nos vies, et a-t-il décidé de zapper de la chaîne montrant l'incendie et de s'intéresser à celle où pain de maïs trempé et poisson-chat mijotaient dans la graisse chaude. Et je l'imagine s'exclamant : « Miam! ce poisson sent bon. »)

Mère en a terminé. Elle a tout déversé dans le feu. Elle retourne dans la maison où nous la suivons comme des moutons. On ne se sauve pas en courant pour aller alerter un voisin en criant « Au secours! au secours! » Il est hors de question pour nous de quitter mère dans l'état où elle est. On traverse l'herbe roussie par le feu pour pénétrer dans l'humidité de la cour obscure et dans la maison plongée dans les ténèbres. On monte les marches de ciment en traînant les pieds et on entre dans la cuisine d'un pas égal. Mère va dans sa chambre en empruntant le long corridor. C'est en cet instant qu'une étincelle s'allume chez Lecia, qu'elle éprouve comme un désir de nous sortir de là toutes les deux, de nous soustraire à cette course folle où on nous a entraînées. Elle me pousse du coude vers le coin de la maison qui nous est réservé, me bouscule, et je la suis comme un veau aveugle.

Notre chambre sens dessus dessous est dans un indescriptible désordre. Le sommier appuyé contre le mur m'épouvante. Je revois mère en train de le hisser et l'entends à nouveau cogner contre ce mur. Il y a un édredon gris-noir que grand-maman avait cousu, en rassemblant les échantillons d'un catalogue de vêtements masculins déniché chez un tailleur. Lecia l'étale comme si on était à un pique-nique. Je m'y allonge. Elle tire le couvre-lit de tissu gaufré blanc sur nos genoux qu'on plie pour faire comme des montagnes. Les cloques de l'étoffe sont comme un code. Lecia et moi, on se retourne sur le côté et on se fait face. On joue à la marelle avec les bouts de nos doigts, on saute de carré en carré sur l'édredon bien tendu entre nous. On passe de la gabardine noire à la flanelle couleur charbon, au tissu à rayures très fines. On dirait des champs vus d'avion. Mère a cassé toutes les ampoules de notre chambre avec un manche à balai. Il fait donc noir. Il est difficile d'identifier les meubles qui sont renversés, chamboulés n'importe où, et dont on ne voit que les angles droits protubérants qui dessinent un paysage de montagnes déchiquetées autour de notre couverture étalée sur le sol.

Mère est dans la cuisine, je l'entends. Elle doit vider les tiroirs de leur contenu de couverts parce que des sons métalliques éclatent par intermittence. Si je ferme les yeux, j'ai l'impression qu'un combat, sorti tout droit de la geste du roi Arthur, est en train de se livrer. Je vois défiler des chevaliers en armures brandissant leurs épées contre des boucliers, des flèches qui volent vers les remparts, des lances qui s'enfoncent dans les plastrons des cavaliers. Quand j'ouvre les yeux, seule s'étire la plaine sombre de l'édredon où nous sommes étendues, quadrillée par la grille des échantillons de complets pour hommes. A côté de moi, Lecia, le visage long et pâle sous sa frange en épis, a l'air sinistre d'un chien basset. Elle ne joue plus à la marelle mais, l'index pressé sur ses lèvres, me fait signe de ne pas moufter. Que pourrais-je bien dire? Par la porte ouverte, un grand rectangle de lumière nous éclabousse.

Une forme noire s'infiltre dans la lumière. La silhouette a l'allure de ma maman, auréolée d'une couronne de cheveux hirsutes. Elle n'a plus de visage. Rien qu'une ombre. Les bras levés, elle écarte les pieds, de sorte qu'elle ne se profile plus comme une longue ligne effilée mais comme un X. Et l'éclair d'un coutelas de boucher, long de trente centimètres, brille dans une de ses mains. Il ressemble à celui du type fou dans la scène de la douche du film *Psychose*. C'est le couteau évasé en triangle que papa affûte à la main sur sa pierre à aiguiser, avant de découper un écureuil ou un poulet, assez grand, par ailleurs, pour trancher l'os iliaque d'un cerf. Sa pointe scintille comme une étoile, un vieux refrain me traverse alors la tête : « Étoile lumineuse, étoile radieuse, première étoile que je vois ce soir. Je souhaite pouvoir, je voudrais tant que mon vœu de ce soir soit exaucé. » Je ne sais plus quoi souhaiter. Lecia garde le doigt pressé sur ses lèvres. Elle fixe, de ses yeux écarquillés mais calmes, la silhouette au coutelas dans l'embrasure de la porte. Je ne veux pas crier. Lecia serait furieuse. J'en suis sûre. Un cri, je ne veux absolument pas que ça m'arrive juste maintenant. Vœu et prière se soudent à parts égales dans ma tête et m'empêchent de hurler.

A peine ai-je étouffé ce cri que le miracle se produit. Un immense calme m'envahit. La figure de Lecia se ratatine, comme quelqu'un se trouvant du mauvais côté du télescope. La silhouette de mère se modifie et s'amenuise. La gracile forme féminine à l'aspect d'araignée, en pantalon extensible noir et col roulé, qui lève le bras en brandissant un couteau, se réduit à l'image de ma mère comme un bâton, dessinée au crayon indélébile sur la carte de fête des mères que je lui avais donnée le dimanche d'avant. J'avais écrit sous le dessin, en lettres majuscules roses ornées de motifs de dentelle : « *Tu es une gentille maman. Je t'aime. C'est bien d'être avec toi. Gros baisers de Mary Marlène.* » Ce dimanche matin-là, après avoir ouvert et lu la carte, elle avait éclaté en sanglots déchirants et m'avait serrée si fort dans ses bras que ses larmes avaient dégouliné dans mes oreilles. Puis Lecia était apparue au chevet de mère, lui apportant la vodka-Martini qu'elle avait préparée, lui disant « Tiens, bois ça ». Il y avait eu une autre vodka-Martini, puis une troisième. Della Reeds chantait *Mack the Knife* sur le tourne-disque. Mère n'arrêtait pas de répéter : « Mes pauvres, pauvres bébés » et « Ce n'est pas votre faute ». Et lorsque, ayant récupéré mes esprits, je m'étais faufilée dans la cuisine pour renverser la bouteille de vodka dans l'évier, il n'en restait qu'un centimètre.

C'était le jour de la fête des mères, il y a une semaine. J'avais fait le dessin d'une maman comme un bout de bois, portant un collier de perles de la taille de balles de ping-pong autour de son cou rigide. Et dans mon esprit maintenant, l'image du bout de bois est devenue mère. Sa tête est comme un ballon et ses cheveux sont des tire-bouchons. Mais c'est là que prend fin la ressemblance avec le dessin de ma carte. Car l'image du bout de bois que j'ai devant les yeux tient un coutelas triangulaire, à la pointe duquel scintille une étoile. Ma sœur, un bâton elle aussi, respire à fond sous le plastron de son pyjama blanc et j'accorde mon souffle au sien. Nous sommes allongées là, dans cette chambre de dessin animé, pour l'éternité, à ce qu'il semble. Puis, surgie de nulle part, il y a mère qui pousse un rugissement de lionne : « Non! » Sa bouche dessine un gigantesque NON noir, bordé de dents pointues, et cela paraît durer longtemps. Puis ce NON noir décolle de sa bouche tel un ballon à queue de comète, nous dépasse, traverse les fenêtres couvertes de papier paraffiné et s'envole dans la nuit embrasée.

Dieu répondit à mes prières de cette manière : j'appris à nous transmuter en personnages de dessin animé. Cette femme comme un bout de bois, debout au milieu de la grande page noire, les sourcils froncés en un V dément, au-dessus d'yeux en tête d'épingle, n'est pas plus ma mère qu'un monstre de dessin animé du samedi. Elle ne l'est pas, tout bonnement. Je cadenasse mon épouvante au creux de mon estomac, jusqu'à ce qu'elle se durcisse en un bloc que je sens à peine. Il en va de même pour moi, je me raidis et sais à peine que j'existe. Lecia redresse la tête vers moi, comme si elle voulait savoir ce qui me prend de ricaner.

L'image de la maman comme un bout de bois pose maintenant le coutelas par terre et téléphone. Je compte les sept tours de cadran qu'elle fait en détendant son doigt de bois. Elle pleure, la maman comme un bout de bois, à gros sanglots. Un flot de larmes bleuies jaillit de ses yeux en tête d'épingle. Je devine qu'au bout du fil, c'est le docteur Boudreaux qui répond, parce qu'elle s'écrie :

— Forest, c'est Charlie Marie. Viens ici. Je viens de les tuer. Toutes les deux. Je les ai poignardées. Elles sont mortes.

8

On emmena mère ailleurs. Après quoi, elle me manqua tant que je sombrai dans un terrible sentiment de solitude. Rien ne parvint à m'en extirper. Personne d'ailleurs ne vint m'y chercher. Je veux dire par là que papa ne faisait jamais allusion à la nuit de l'incendie. Pas plus qu'il n'évoquait la date éventuelle du retour de mère à la maison, autrement que par un « très bientôt ». Notre silence, à Lecia et à moi, qui n'abordions pas le sujet non plus, avait peut-être pour but de lui épargner un excès d'inquiétude. En tout cas si on lui fit défaut en ne lui racontant pas ce qui s'était passé, c'est clair comme de l'eau de roche que papa faillit à sa tâche, faute de nous poser les bonnes questions.

A l'école, je m'achetai une conduite. Il n'y eut plus ni jurons ni bagarres, et je ne fus pas exilée une seule fois dans le bureau de Frank Doleman pour une partie d'échecs. Sur le dernier bulletin de ma classe de onzième, il y a la mention « satisfaisant » à la fois en conduite et en camaraderie. Une première pour moi. Il est évident que mon comportement provenait de l'idée que si, aux yeux de l'autorité sous toutes ses formes, j'étais parfaite en tous points, mère reviendrait peut-être plus vite.

A la maison, je rangeais mon coin de chambre, et, de mauvaise grâce, aidais Lecia à faire nos lits en pliant les coins des draps à la militaire. Ma participation au ménage s'arrêtait là. Chaque samedi, pourtant, elle récurait la maison de fond en comble, jusqu'à l'intérieur des toilettes. Elle s'acharnait en particulier sur les cendriers de papa. Il suffisait qu'il y tapote la cendre d'une Camel et elle se précipitait pour laver et sécher le cendrier, avant même qu'il n'ait retiré sa main.

Lecia et moi, tenues à l'écart de données réelles en ce qui concernait la santé psychique de mère (ou laissées sans nouvelles), nous concoctions des scénarios plutôt alarmants à son sujet. Un soir, on regarda à la télé un film intitulé *La Fosse du serpent*. Olivia de Havilland y jouait le rôle d'une dame assez charmante quoique sous tension. Elle passait l'aspirateur dans sa maison, en portant des broches clinquantes et des jolies robes serrées à la taille. Au début du film néanmoins, elle avait un tic à la bouche, présage de l'infernale dépression, avec un D majuscule, qui allait s'abattre sur elle. Le titre du film est révélateur de la manière dont on présentait le pavillon des malades mentaux. On y montrait un des dingues plongé dans une baignoire glaciale sous des toiles trempées, et on y dépeignait l'électrochoc comme suit : « Ensuite, on fixe les électrodes sur les tempes et ZZZZZZT, des milliers de volts traversent le cerveau au pas de course ! » La pauvre Mme de Havilland finit par être enfermée dans une cellule capitonnée. On lui enfila une de ces camisoles de force à manches longues qui vous forçaient à vous recroqueviller toute la journée et qui en outre devaient tenir sacrément chaud. Et elle avait tout le temps des hallucinations de serpents qui rampaient partout. Telle était l'image de l'existence menée dans un asile par les « nerveux » confirmés, à laquelle Lecia et moi on s'ajusta rapidement. Nous n'avions rien d'autre à nous mettre sous les dents.

Les enfants de notre voisinage n'étaient pas des plus réconfortants. S'ils étaient autant que nous à court d'informations précises sur les hôpitaux psychiatriques, ils étaient en revanche intarissables en matière d'expressions vicelardes. De nos jours encore, c'est un trait caractéristique des citoyens de Leechfield que d'attaquer votre point le plus vulnérable dans les termes les plus crus du jargon local. En fait, pire est l'événement, plus brutale et abrupte la façon dont on l'évoque. Ainsi on y traite de boiteux les gars nés avec des jambes malingres, de faces de pizza les filles qui ont de l'acné.

Papa a même travaillé avec un type dont le fils adolescent, pris d'un accès de folie furieuse, était entré par un jour d'été dans son collège, armé d'un fusil de chasse de calibre .12. Il avait visé et tué un conseiller d'éducation, alors que le proviseur (la cible initiale, apprit-on par la suite) se cachait dans la chambre forte de l'école. Les collègues de travail de papa affligèrent le gosse du surnom d'« embusqué ». La semaine où le journal local fit paraître un article sur l'incarcération et la lobotomie du garçon à l'hôpital public de Rusk, les types de la raffinerie firent une fête à tout casser en l'honneur de son père, avec ballons et pétards. Et papa était prêt à parier que sur la carte qu'ils avaient donnée au pauvre père, il y avait écrit : « Avec tous nos vœux pour que l'embusqué dépose les armes ! »

Ce recours à la cruauté sans fard nous était habituel. Il était sous-tendu par l'axiome suivant : ne pas parler d'un épisode douloureux dans les termes les plus rosses, c'est une façon d'en occulter la charge de souffrance. On considérait que le déni de la détresse revenait au même que de mentir à son propos. On estimait le mensonge plus cruel que la triste vérité, car il isolait ou excluait de son environnement la personne plongée dans l'affliction (le père de l'embusqué dans le cas cité ci-dessus). Enfin, on jugeait que de passer sous silence une opération aussi monstrueuse que la lobotomie du propre fils d'un homme risquait d'insinuer que cela avait affaibli le type en question ou qu'il était incapable d'y « faire face ».

Les enfants du voisinage me parlaient donc en des termes censés me cuirasser contre la dure réalité. J'appris à quel point mère était folle à lier, complètement ravagée. J'entendis qu'elle marchait à côté de ses pompes, qu'on l'avait flanquée au cabanon, dans la ferme des cinglés, au Marriott pour faibles d'esprit, à l'hôtel des Zin-Zin.

A trois ou quatre reprises, je me fis botter le cul en sautant comme une scie électrique sur des gosses qui sortaient ce genre d'insanités sur ma mère. Papa en vint à m'encourager à répondre à coups de bec et d'ongles à ceux qui m'enfonçaient comme ça. Même s'il savait que je mordrais la poussière en me défendant. Avec ma taille, il était exclu de remporter des victoires définitives. « Abîme-leur le portrait, Pokey », me conseillait-il. Une morsure, ça laissait une trace durable, même si après coup je me faisais tabasser. L'été en question, je mordis jusqu'au sang sept ou huit gosses. Mais c'est le bout de chair que j'arrachai de l'épaule de Rickey Carter qui déclencha les événements auxquels je dois ma réputation d'enfant la plus infernale du quartier.

Rickey le rougeaud avait douze ans. Un jour, je le mordis à l'épaule et il perdit la face parce qu'il avait éclaté en sanglots devant les plus petits. Il chercha en vain un moyen de reprendre le dessus, puis se rua sur Lecia. C'était toujours une erreur de s'attaquer à Lecia. Rickey était plus âgé et beaucoup plus grand, mais Lecia était aussi coriace qu'une semelle de botte. Elle ne pouvait pas aller s'acheter une glace au drugstore sans qu'un dur à cuire la montre du doigt et dise : « C'est la fille de Pete Karr ». Et il y avait toujours un type pour hausser le sourcil d'un air approbateur face à l'éloge. En tout cas Lecia avait bien vite réglé son compte à Rickey, quand Philippe, le petit frère de ce dernier, armé d'une batte de base-ball, s'approcha d'elle par-derrière, la frappa de toutes ses forces en plein entre les deux épaules et la mit K.O. Le bois craqua en heurtant la colonne vertébrale, et mit en déroute la bande de gosses qui coururent vers leurs jardins respectifs. Lecia perdit l'équilibre. Plusieurs minutes s'écoulèrent avant que ses joues ne reprennent des couleurs, et que d'un battement de paupières elle n'ouvre les yeux.

Le lendemain, à l'aube, j'allai chercher en haut de la bibliothèque ma carabine à air comprimé et m'embarquai pour une aventure préfigurant celle de Charles Whitman, le type qui, à quelques années de là, allait tuer treize personnes à coups de fusil, du haut du bâtiment de l'université du Texas. Je fourrai une boîte de *tamales* épicés avec un ouvre-boîtes dans un sac en papier et remplis de thé un pot de confiture. Alors que les autres enfants, encore en pyjama, en étaient à manger leurs beignets au sucre en regardant des dessins animés à la télé, je traversai subrepticement le champ aux mûriers, derrière notre maison. Au milieu du champ, il y avait un arbre à chapelet solitaire. J'y grimpai prestement, ma carabine à air comprimé à la traîne, et me postai à l'affût des enfants Carter. Ils avaient fait le projet d'aller cueillir des mûres ce matin-là, pour que leur maman leur fasse une tarte aux fruits. J'avais surpris une conversation à ce sujet.

Je n'attendis pas longtemps. Le soleil avait viré de sa teinte rosée à un blanc aveuglant quand le clan Carter au complet traversa en vociférant le fossé d'herbe qui encerclait le champ. Leur papa les conduisait. Ils le suivaient en désordre, chacun tenant une casserole ou un seau à la main. Je levai la carabine et visai par la fente en V, d'aussi près que possible, le reflet blanc des lunettes de Rickey. J'avais la ferme intention de le toucher entre les yeux. Je me répétai la recommandation de papa d'appuyer lentement sur n'importe quelle gâchette. Il m'avait toujours admonestée : « Ne la fais pas sauter, Pokey. » Je suivis son conseil. Il y eut le petit bruit satisfaisant, zing, puis un miracle. Je vis Rickey Carter qui se donnait des baffes sur le cou, comme s'il pensait qu'une guêpe l'avait piqué.

Mes coups suivants ratèrent leur cible. Mais M. Carter les vit ricocher sur l'herbe haute et localisa le bruit. Il aperçut ma silhouette sous la frondaison de l'arbre. J'avais atteint Rickey au cou, et même à cette distance, je voyais le petit trou sanglant. M. Carter lança mon nom, puis demanda en hurlant si c'était bien moi. Mais je restais planquée comme Brer, le lapin. Puis il s'égosilla, voulant savoir si j'avais une arme quelconque avec moi sur l'arbre. Babby Carter laissa tomber son pot par terre, partit en pleurant sur la route, suivi par Philippe. Shirley aussi prit ses jambes à son cou. Ses sandales claquèrent sur ses pieds nus jusqu'au moment où elle franchit d'un bond le fossé et atterrit sur l'asphalte de l'autre côté. Rickey, les mains sur les hanches comme s'il était fou de colère, fit un pas de côté. Son père s'interposa entre l'arbre et lui. Je le traitai de « tapette » en mon for intérieur, comme si Rickey confirmait son manque de virilité en refusant de me servir de cible. M. Carter me cria de descendre de là, qu'avec mon fusil à plomb je pouvais éborgner quelqu'un. Et je lui assenai une réponse dont les mères décrépites de la ville s'étranglent encore. C'était sans conteste la pire insanité sortant de la bouche d'une enfant jamais entendue à Leechfield : « Hé! monsieur, viens donc me brouter le cresson. »

Je n'avais aucune idée de ce que cela signifiait. La

phrase s'était fichée dans ma tête comme une alternative anodine à « Tu peux te le foutre au cul », qui avait perdu de son piquant à force d'avoir servi.

Je restai dans l'ignorance longtemps. Même après qu'on eut téléphoné à papa pour me dénoncer, même après qu'il m'eut fouettée avec la vieille cravache de cuir faite maison de grand-maman : un outrage en soi, ai-je sans doute hurlé.

Le lendemain, je décidai de planter un piquet de grève dans l'allée des Carter, persuadée que les gosses des familles syndiquées n'auraient pas le front de passer outre un tel cordon pour jouer avec eux. Utilisant les pots de peinture à l'huile de mère, je préparai des affiches pour Lecia et moi. J'écrivis assez platement sur la mienne « A bas les Carter » et sur celle de Lecia « Les Carter se battent sans loyauté ». Lecia me convainquit d'y renoncer. Ma matinée de tireur isolé me valut un respect accordé à contrecœur. Les gosses arrêtèrent de débiter des horreurs sur mère. La campagne anti-Carter m'avait animée et procuré une parcelle de répit. Mais sans complots à ourdir contre eux, je sombrai à nouveau dans le manque de mère.

Lors d'une réunion de la Bande de Menteurs, papa ne trouva qu'une histoire à me raconter pour évoquer la cruauté de sa propre Moman. Elle lui aurait administré des raclées d'une telle virulence, qu'il se vantait de les avoir endurées.

— La vieille dame me bottait le train. Il ne faut pas croire. Et elle avait la main aussi leste que Popa.

Papa, moi et les autres, on est en train de nettoyer des canards. A neuf heures, ce matin-là, on avait fait le plein de gibier. Moi, j'évide une sarcelle et papa plume la carcasse toute ramollie de l'unique canard sauvage de notre chasse. En un coup de main, il déblaye comme un large chemin au milieu des plumes.

— Moman était coriace comme un cul de bûcheron.

Venant de papa, c'est un grand compliment. Car au campement d'exploitation des forêts, les bûcherons conduisaient des mules attelées à des chariots chargés de trains de bois brut. Et comme ils se frottaient le cul sans arrêt aux troncs qui n'étaient pas équarris, leurs arrière-trains en étaient venus à symboliser la dureté.

— Combien d'œufs vous voulez, les gars? s'enquiert Ben.

Tous, ils répondent trois. Il met un gros morceau de margarine Crisco dans la poêle noire. On a fait une halte dans la cabane à une pièce de Cooter pour nettoyer les canards et prendre le petit déjeuner. Elle se trouve sur le bayou Chupique, qui s'étend de l'autre côté de la rivière, en Louisiane.

— Elle n'était pas plus haute que trois pommes, ma mère, ajoute papa. Mais si on lui mentait, elle était une vraie vipère.

Shug dit alors en gardant son sérieux qu'il est incapable d'imaginer papa en train de mentir. Il découpe les canards en quatre et enveloppe les morceaux dans le papier blanc pour congélateur. A notre retour en ville, on se les partagera.

Papa incline la tête vers Shug.

— La dernière fois qu'elle m'a battu, c'était à cause d'un mensonge. J'étais assez grand pour croire que j'avais dépassé le stade des raclées. Putain, c'est que j'avais les bras gros comme cette bassine.

Papa contemple la cuvette à ses pieds, remplie de carcasses de canards et de plumes. On aurait dit qu'il s'attendait à en voir surgir le fantôme de sa Moman.

Une fois qu'il s'est assuré que tout le monde l'écoute, il revient en arrière, situe la scène.

— Il y avait eu un ouragan au cours du mois d'août. Il avait déversé des quantités incroyables d'eau dans la rivière Neches. Est-ce qu'elle était haute ? (Et là, il fusille chacun du regard, pour bien enfoncer le clou.) Seigneur Dieu, oui, la rivière était haute !

Un ange passe dans la pièce. Les œufs grésillent dans l'huile et Shug plie les feuilles de papier du boucher. Il n'y pas d'autre bruit. Une fraction de seconde, le mot « ouragan » fait mugir en moi le souvenir de l'Orange Bridge pendant l'ouragan Carla, associé à la rambarde qui se rue de côté sur la voiture, en traversant le rideau de pluie. Je secoue la tête pour m'en libérer et retourne à ma sarcelle. C'est un travail pénible.

— Je m'en souviens, de cette tempête.

C'est Cooter qui parle. Il a la voix qui vibre d'une légère excitation parce qu'il a l'impression de faire partie de l'histoire.

— Cooter, à l'époque tu faisais encore dans tes couches, c'est tout juste si tu respirais d'ailleurs, dit Ben, en cassant les jaunes d'œufs avec sa spatule pour les faire durcir. Si on veut avoir des œufs cuits comme ça dans un routier, on recommande à la dame : retournez-les et marchez dessus.

— Eh bien, je me souviens d'un ouragan dans le même genre, rétorque Cooter.

— Bordel de merde, on se rappelle tous d'un ouragan comme celui-là, dit Shug.

Il en a plein les bottes de Cooter qui l'a régenté tout le week-end, parce qu'il est un homme de couleur. « Shug, mets le moteur en marche. » « Shug, tu tires trop tôt. » « Shug, je gardais ces petits gâteaux pour plus tard. » Cooter est en passe de raconter des blagues sur les Noirs. Il emploie *polak* et *péquenot*, mais tout le monde sait, Shug y compris, que sans la présence d'un Noir dans la pièce, il aurait du *nègre* plein la bouche. Papa soutient que Cooter est ignorant, que c'est pas sa faute, qu'il n'a jamais connu de Noir avant Cooter. Mais moi, je trouve ça nul que personne ne réagisse de front.

C'est vrai, les types essaient de le refréner un peu et de l'empêcher de trop faire l'enfoiré. Mais personne ne lui dit carrément : « Tu es tout le temps sur le dos de Shug parce qu'il est noir. » J'ai parfois l'impression qu'on n'est pas censé s'aviser de la couleur de Shug ou qu'il serait de mauvais goût d'en parler. J'en suis perplexe parce que c'est tellement évident que Shug est noir. On ne se prive d'habitude ni de souligner, ni d'attaquer la différence des gens. Ce silence, un mensonge lié à la couleur de la peau d'un homme, en est d'autant plus lourd et intrigant.

La voix de papa interrompt ma songerie.

— En tout cas, Moman nous avait carrément interdit à mon frère A.D. et à moi d'aller dans la rivière. « Ne vous approchez pas de la rivière, les garçons. Des gars s'y sont noyés. » On avait dit d'accord. Mais il y a A.D. qui me jette un coup d'œil et je sais qu'on pense pareil.

» Moi et A.D., on va s'accroupir sous la fenêtre et on parle très fort pour qu'elle nous entende. On dit qu'on devrait aller voir à la scierie si papa a besoin d'aide. Et on décampe à travers bois. Mais dès qu'on arrive au croisement, là où elle ne nous voit plus (il croise ses doigts pour montrer le chemin), on vire et on se taille là-bas. Les autres types y sont déjà, au bord de l'eau. C'est là qu'on a envie d'être. On y déboule vite fait, on se déshabille et on plonge dans la rivière, raides comme des couteaux qu'on enfonce dans une motte de beurre.

Papa a fini de plumer le canard sauvage. Il me passe le corps rose et piquant à vider. Il ramasse un colvert dont la tête chatoie. Lorsque, plus tôt dans la matinée, Ben faisait le compte de tous les colverts des gabions, leurs têtes lustrées composaient comme un bouquet de fleurs au creux de sa grande main rouge. Sans leurs yeux noirs, grands ouverts, on en aurait oublié qu'ils étaient morts.

— Et c'était ton plus grand frère avec qui tu étais ? demande Cooter.

— Ça n'a pas d'importance qui c'était, Cooter, s'énerve Shug, nom de Dieu, tu es le poseur de questions le plus emmerdant que j'aie jamais rencontré.

D'un mouvement giratoire, Cooter se retourne sur sa chaise et regarde fixement Shug. Il se tord le cou à la façon des oiseaux. Je ne suis pas loin de l'imaginer sur le point de traverser la pièce en gloussant et en picorant par terre.

— Si j'ai envie de savoir, c'est que ça a de l'importance, rétorque-t-il.

Papa ramène le colvert dans sa main, comme si c'était une batte de base-ball qu'il s'apprête à brandir.

— Par Dieu, je jure que si vous ne la fermez pas, je vais vous botter le cul avec ce canard.

— C'est lui qui a commencé, dit Cooter qui se cache le visage dans son col de chemise.

Ben dit de laisser tomber. Il s'affaire à ses fourneaux et verse le trop-plein de graisse de la poêle dans le pot de lard.

Papa arrache quelques poignées de plumes au colvert pour récupérer l'attention de tous les hommes, avant de reprendre son récit.

— Quand on rentre à la maison à travers bois ce soir-là, v'là Moman qui se ramène. Elle a son tablier noué autour de la taille et la jupe relevée pour que le balai ne la touche pas. Et comme toujours, elle porte un vieux bonnet à fleurs bleues. (Papa imite le bonnet en mettant ses mains en éventail derrière la tête.) Le soleil se couche à l'ouest, sur sa droite. Si bien que son bonnet jette une ombre sur son visage. Ça nous empêche de la voir. Mais rien qu'à sa façon de fouler les mauvaises herbes, je sais qu'elle est folle furieuse. En plus elle a déjà coupé une branche d'orme à peu près aussi grande qu'elle, comme si elle avait en tête de nous fouetter. Je chuchote par-dessus mon épaule à A.D. de ne pas lui dire qu'on est allés dans la rivière, de prétendre qu'on a simplement regardé les autres. Et il est d'accord.

» Au bout d'à peine une minute, Moman s'arrête pile sur le chemin en face de moi : « J.P., tu y es allé dans cette rivière? — Non, Moman, on n'a fait que regarder les autres. — Très bien », qu'elle dit. Puis elle lève son bâton derrière mon dos, et touche A.D. à l'épaule. Elle l'en effleure pour attirer son attention. « A.D., est-ce que tu es allé dans cette rivière? » Et Bon Dieu, j'en crois pas mes oreilles, le v'là qui répond : « Ben oui, Moman, et, lui, il est venu avec moi. » Alors en moi-même, je le traite de triple connard d'enfant de pute.

J'observe Ben. Il retire un plat de galettes du four. Il se sert d'un décapsuleur pointu et ouvre, en faisant un trou en triangle, un bidon jaune, tout neuf, de sirop de canne à sucre. J'adore enfoncer le pouce dans une galette, puis remplir le trou de sirop. Quand on mord dans la galette, le sirop vous gicle dans le palais. Je m'imagine en train de le faire. Le désir de cette saveur sucrée me tapisse la bouche. Il m'habite encore comme une soif, au moment où papa reprend son histoire.

— Il faut que je vous dise, les gars, ma Moman à l'époque n'était pas plus haute que Mary Marlene, ici.

Il pointe le pouce vers moi, témoin de la petitesse de sa mère. Je l'ignore, feignant de me passionner pour le ventre mou du canard sauvage que je découpe.

— Maman ne pesait probablement pas plus de quarante kilos avec ses godillots. Peu importe, elle nous a emmenés derrière la maison, dans la véranda entourée d'un grillage où on dormait l'été. Elle commença par A.D., en lui donnant des coups de bâton si forts qu'on aurait dit qu'elle voulait le tuer. Elle lui lacéra le dos, comme si elle cherchait à creuser un sillon dans la chair. Chaque fois que les yeux de A.D. attrapaient les miens, j'éclatais d'un rire diabolique. Je m'imaginais qu'elle allait s'épuiser sur lui. Comme ça, ce serait moins terrible quand viendrait mon tour.

— Mon père nous battait pareil, mon frère et moi, l'un après l'autre, pour qu'on se regarde, dit Shug.

— C'est toi maintenant qui interromps! s'exclame Cooter en frappant sur la table. Pourquoi est-ce que personne ne l'empêche de couper la parole?

Cooter a les veines de son cou qui saillent. Ben lui demande de sortir les assiettes et d'arrêter de s'apitoyer sur son sort.

Papa laisse tomber le colvert dans le baquet, comme si l'évocation de cette raclée l'épuisait soudain. On dirait qu'il en subit l'assaut de plein fouet. Ses épaules s'affaissent. Les rides profondes de son visage se creusent. Il regarde dans le vide. On a l'impression que la correction se déroule dans la pièce même et qu'il ne lui reste qu'à y assister et à en faire un rapport aux autres.

— Elle me déchira le dos de la chemise en à peu près quatre coups assenés avec son bâton. (Papa baisse encore plus la tête, comme sous le poids de ce bâton que je me représente de mieux en mieux.) Ça m'était arrivé que des hommes mûrs me rossent avec des crics en fer, des chaussettes bourrées de pièces de monnaie, enfin avec tout ce qu'on peut concevoir en matière de trique. Mais cette vieille femme chenue comme une poulette, elle a pris cette branche d'orme à la mords-moi-le-nœud et elle m'a cinglé du cul jusqu'aux épaules. Elle ponctuait d'un coup chacune de ses paroles : « Tu-n'as-pas-le-droit-de-me-mentir-et-je-t'interdis-de-t'enfuir! » Bon Dieu, j'ai pris le large deux ou trois fois. J'ai couru jusqu'à la porte grillagée. Mais la pluie avait gonflé les planches de cette sacrée véranda qui nous servait de dortoir. La porte gondolait. Il n'y avait pas moyen de la tirer complètement, ni d'ouvrir le loquet. Et quand j'étais sur le point de la faire jouer sur ses gonds, v'là le bâton qui se ramenait sur mon dos. On l'entendait siffler, juste avant de le sentir. Et Moman derrière lui, qui me taillait en pièces comme si j'étais un pin qu'elle s'efforçait d'abattre. J'avais peur de m'écrouler, de ne plus pouvoir me lever, ni vivre à la verticale. Ça, je vous le jure. Vous vous imaginez qu'elle s'était épuisée sur A.D. ? (Il nous lorgne, puis ramasse le colvert dont il arrache quelques plumes comme pour se détendre.) Bordel, elle s'était simplement fait la main, sur A.D.

— Ils détestent ça quand on se taille, dit Ben tout en versant le dernier œuf sur le plat. Avec ma grand-mère, c'était du pareil au même, la raclée s'éternisait si on se taillait.

Pour ce qui est de prendre la fuite en plein milieu d'une fessée, ma réputation n'est plus à faire. Je suis fière que papa aussi se soit débattu. J'ai toujours pensé que seul un connard débile pouvait supporter ça sans broncher. J'ai réussi à me rapprocher du four. Maintenant je suis à la hauteur du plat de galettes. Elles sont gonflées et dorées à la surface. Je compte bien chiper la première, au moindre clin d'œil d'assentiment de Ben.

— J'ai tout de même réussi à me libérer et à m'élancer à travers le grillage. J'y ai laissé une empreinte pareille à celle d'une poupée qu'on découpe dans du papier, poursuit papa.

Shug me fait un clin d'œil, tant c'est invraisemblable. Il n'arrête pas de me prendre à témoin en ce qui concerne le coefficient de crédibilité des propos de papa. Je suis petite pourtant, et notoirement casse-pieds pour une enfant.

Papa repose le canard par terre. Son visage se fend d'un grand sourire. Il plisse les yeux, redresse les épaules, comme si la meilleure partie de l'histoire lui revenait en bouillonnant.

— Et vous pouvez me croire, le vieil A.D. a payé très cher sa connerie.

— Est-ce qu'oncle A.D. n'était pas bien plus grand que toi, papa?

Je suis toujours en quête d'un moyen de minimiser ma propre maigreur. Oncle A.D. est un homme qui a une stature de chêne, les cheveux blancs et une grande vigueur. Sur toutes les photos des fils Karr en rang d'oignons, A.D. se tient à côté de papa, qu'il toise comme s'il le régentait d'une certaine façon.

— La taille ne change rien. C'est une chose d'être plus grand mais il y en a beaucoup d'autres plus importantes, Pokey, ne l'oublie pas. Cette fois-là, j'ai pensé qu'il était le plus grand trou du cul que la terre ait porté, répond papa en reprenant le fil de son récit. Je vais derrière la remise où je trouve le vieil A.D. accroupi par terre. « Dis donc, frérot (papa adopte une voix suave, au moelleux de beurre fondu, pour reproduire la façon dont il s'adresse à son frère), j'imagine que tu dois avoir sacrément mal au dos. » Et je lui raconte que j'ai un baume qui pourrait le soulager. A.D. se penche en avant. Il se met à arracher sa chemise des endroits douloureux où le tissu est collé. Il gémit entre ses dents. Il retrousse le vieux sarrau de coton au-dessus de ses omoplates. Il me demande si ça a l'air vilain. Et je réponds : « Mon pauvre vieux... La vieille m'a aussi mis la chemise en lambeaux avec ses coups dans le dos, je sais de quoi il en retourne.

» Remonte ta chemise un peu plus haut sur ton cou, que je lui dis, je ne veux pas la salir avec ce baume, cela enragerait Moman encore plus. » A.D. se penche, se plie en deux. Il se prend les bras dans les manches de sa chemise comme un serpent dans sa mue. C'est là que je l'empoigne. J'enduis ses blessures d'un onguent pour chevaux à la térébenthine, que Moman fabrique avec du goudron. Je l'immobilise et le barbouille de la paume de ma main. Et lui se débat comme un diable pour se libérer.

Shug arrête un instant d'emballer les carcasses des oiseaux. Il incline la tête vers papa, puis dit que sa maman, elle préparait un onguent du même genre quand il était jeune. Shug, voyez-vous, est originaire de la même région de pinèdes que papa.

— Si je me souviens bien, le sien associait goudron et résine. Peut-être y ajoutait-elle de la citronnelle ou une de ces plantes astringentes.

Les mamans de Shug et de papa se connaissaient. L'une comme l'autre étaient des guérisseuses hors pair. De temps à autre papa et Shug voguent vers leurs mères dans leur pays natal, en évoquant cette pommade ou quelque autre potion curative. Leurs visages se voilent d'une telle tendresse que, les larmes aux yeux, je me sens bien près d'éprouver de la nostalgie pour ces femmes que je n'ai pas connues.

Papa admet que la description de Shug fait penser au produit en question. Il se lève, s'éloigne de la bassine remplie de plumes et chaloupe vers l'évier pour se laver. Il a l'air satisfait. Le fait que Shug connaisse cet onguent, précisément, témoigne de la réalité du monde qu'il dépeint. Mais Shug fronce profondément les sourcils d'un air ennuyé. Il prétend qu'on n'avait aucun autre moyen de se débarrasser de ce produit que de se décaper la peau ou quelque chose d'approchant. Alors papa répond que c'est ce qu'il avait en tête, de brûler oncle A.D. jusqu'à la moelle, parce qu'il avait cafardé.

L'histoire me rend songeuse. Il m'arrive d'entendre évoquer la cruauté de certaines actions de papa. Quand il s'avance vers un billard, je vois les types lui céder le passage. Mais moi, il me traite comme si j'étais un bibelot de porcelaine. Les fessées qu'il me donne sont même assez douces pour en paraître symboliques. Quand, ce matin, je me suis levée transie de froid pour notre départ au bayou, il a réchauffé mes chaussettes sur le poêle à mazout avant que je ne les enfile. (Lecia dormait chez une copine. Elle était devenue trop grande pour papa, et experte par ailleurs dans l'art de s'introduire au sein de familles plus paisibles que la nôtre.) Papa me passe tous mes caprices, rigole à mes blagues et m'assure cinquante fois par jour qu'il m'aime plus que n'importe qui au monde. Je l'ai vu se bagarrer, jamais en revanche agir avec la perversité sournoise dont il régale la Bande de Menteurs. Je le regarde s'enlever le sang des ongles avec une brosse en plastique bleu clair. Je m'interroge. Il est en train de rire à gorge déployée à cause de ce qu'il a fait à A.D., en s'essuyant les mains à un torchon.

— J'ai abandonné A.D. qui se tortillait par terre. Il se grattait comme un fou pour se débarrasser de lui-même.

Ben incline la poêle d'où les galettes tombent en un cercle fumant, parfaitement dessiné. Le fond du récipient est tapissé d'une croûte marron. Ben m'indique d'un signe de tête d'en prendre une. Je la passe d'une main à l'autre, sinon elle me brûlerait. Je finis par la laisser tomber sur le comptoir où je l'abrite de mes mains dont je fais un igloo. Je souffle dessus. Quand je lève les yeux, je réalise que Ben a l'air sombre. On dirait qu'il n'arrive pas plus que moi à se dégager de la cruauté de l'histoire.

Il se peut que le soupçon de cette méchanceté cachée de papa m'ait empêchée de le harceler de questions sur mère pendant son séjour à l'hôpital. Son silence à ce sujet dressait une barrière que je n'étais pas censée franchir. Il m'était déjà arrivé cependant de bousculer des panneaux d'interdiction de passer.

C'était un jour où papa et moi, on rentrait à la maison dans son camion couleur vert lézard. Je me repassais la scène de la nuit de l'incendie dans ma tête. A l'époque, j'avais évacué l'image de mère brandissant le coutelas de boucher, et même celle du feu où elle avait fait brûler nos habits. Tout mon esprit était suspendu au docteur Boudreaux à la moustache comme une chenille, qui me demandait où étaient les marques et je savais que c'était lui qui avait fait entrer mère dans un hôpital psychiatrique. Je me risquai à interroger papa sur cet endroit et sur la raison qui nous empêchait de rendre visite à mère. Papa dit qu'il était interdit d'y emmener des enfants, parce que cela faisait peur aux petits cafouilleux, de voir leurs mamans enfermées dans un pavillon verrouillé, entourées d'un essaim de gens en pyjama. Puis il se détourna, fit tomber une Camel de son paquet, pressa le bouton de l'allume-cigare. Le briquet était comme un point ponctuant la fin de sa phrase, supposé mettre un terme à mes questions. Mes cheveux volèrent sous la caresse du vent tiède. Je regardai l'usine de caoutchouc s'estomper dans la nuit.

Je revins à la charge pourtant. On se dirigeait vers la maison après s'être arrêtés à *La Ferme royale* où, pendant que je buvais mon soda glacé à la cerise, la serveuse avait coutume de s'appuyer contre la fenêtre de papa. Elle ne lui apportait jamais l'addition d'ailleurs, alors qu'il descendait bien au bas mot trois canettes de bière. Peut-être cette fois-là me suis-je dit que la bière allait délier la langue de papa. Alors, je lui ai demandé s'il n'avait pas peur, quand il allait voir mère. Il répondit que là-bas, les gens avaient plutôt l'air infiniment tristes que fous furieux. Papa ajouta que ces gens passaient beaucoup de temps à jouer à des jeux de société, mais bien souvent sans bouger leurs pions.

Le détail des pions donna de la réalité à l'hôpital pour moi. Une colère noire, enfouie en moi, explosa tout d'un coup. Et j'en arrivai à dire à papa que je n'avais pas envie que mère revienne à la maison, si c'était pour qu'elle redevienne folle à lier simplement parce qu'on n'avait pas rangé notre chambre.

Papa eut une réaction si peu conforme à ce que je

connaissais de lui qu'elle en devint sur-le-champ la plus propre à le définir dans ma tête. Il donna un brusque coup de volant, si bien qu'on enjamba le bas-côté et qu'on se retrouva sur le gravier. Il freina à mort. Le camion s'arrêta en faisant une queue de poisson. Papa ne se retourna même pas pour me regarder. Les yeux chevillés sur le côté, il fixa son reflet dans le rétroviseur latéral, ou alors les tours dressées dans le lointain. Les pommettes saillantes et le nez en bec d'aigle de son profil se détachaient distinctement. Quand il se décida à rompre le silence, il plissa les yeux. Il dit que si je continuais à parler de ma mère comme ça, il me giflerait sans trêve jusqu'au mardi de la semaine suivante. On resta pétrifiés une minute sous l'effet de sa violence. Il ne m'avait jamais frappée au visage, ni même menacée de le faire. Mon visage s'embrasa à la perspective. Je ne pipai mot. L'instant d'après, il appuya sur l'embrayage, passa la première vitesse et on repartit sur la route.

Papa finit par se résoudre à nous emmener à l'hôpital, un bâtiment bas, en brique, qui s'étirait sous un soleil de plomb dans un terrain broussailleux. On n'y pénétra pas. On resta à l'extérieur d'une pièce qui devait être la salle commune. Papa avait fixé l'heure à l'avance avec mère. Tandis qu'on s'avançait, je distinguai à travers les grillages renforcés fixés à la fenêtre, destinés, j'imagine, à empêcher les gens de s'enfuir, les fleurs tropicales de l'imprimé de la robe d'intérieur de mère. Papa dut me soulever par la taille pour que j'atteigne cette fenêtre. Même comme ça, seul mon nez touchait le bord inférieur. Mère posa la main sur le grillage. Sa main était très blanche et j'y collai la mienne en faisant bien attention d'en couvrir la plus grande surface possible. Le grillage s'écarta un peu. Nos paumes entrèrent en contact à travers le réseau du fil de fer. Il faisait très sombre dans la pièce. Son visage était un ovale pâle, dépourvu de traits. Mais quand elle dit qu'on lui manquait, j'entendis sa voix qui pleurait. Elle tamponnait d'un Kleenex cet ovale qui lui tenait lieu de visage, et elle reniflait. On prit chacune quelques tours de plus pour se répéter qu'on se manquait l'une à l'autre.

Je dis alors une chose qui poussa Lecia à me pincer la cheville :

— Je suis désolée que tu sois sous les verrous comme ça.

Mère éclata de rire :

— Merde, mais mon lapin, tu sais, toi aussi tu es en prison, dans une pièce plus grande, c'est tout.

A peine avait-elle fini sa phrase qu'une cascade de gloussements éclata dans un coin éloigné de la pièce où je n'avais pas du tout regardé. Elle me glaça jusqu'aux os. Je jetai un œil en direction de ces rires, et je vis un groupe confus de patientes en robes de chambre bleues, assises autour d'une grande table, enveloppées d'un nuage gris de fumée de cigarettes. Je compris soudain qu'il s'agissait des autres folles. Leur anonymat, loin de m'effrayer, me mit de mauvaise humeur parce que ces femmes, elles, passaient leur temps avec ma mère. Elles prenaient leurs repas avec elle, jouaient au gin-rami avec elle, alors que moi, je n'étais qu'une espèce de ballot informe soulevé en haut d'une fenêtre, qu'elle supportait à peine de voir. Papa me fit descendre de la fenêtre en réalisant que j'avais aperçu ces femmes. Je renâclai un peu, dis : « Je t'aime. » Mère dit pareil, puis disparut progressivement de mon champ de vision.

Lecia étant plus grande, papa put la hisser plus haut. Il noua ses doigts les uns aux autres en une sorte d'étrier et redressa le dos, si bien qu'elle occupa tout l'espace de la fenêtre. Je fus ulcérée en voyant Lecia et mère se mettre à chuchoter. Comme un bandit ou un voyeur, je dus presser le nez sur le bord de la fenêtre pour apercevoir Lecia qui approchait son visage entier tout près de celui de mère. Et par-dessus le marché, je ne captais pas un traître mot de ce qu'elles se racontaient. Toujours, elles avaient partagé des secrets. Certains soirs, quand Lecia lui préparait ses Martini, ou changeait les disques pour elle, mère s'interrompait quand j'arrivais à portée de voix. Lecia, pour sa part, quand elles complotaient, me chassait d'un geste de la main, comme si j'étais un taon dont elle voulait se débarrasser. Ces deux-là étaient en osmose et évoluaient dans le cercle invisible d'une entente dont papa et moi étions exclus, relégués dans des confins insipides dont mère n'avait que faire.

Toujours est-il qu'à l'hôpital ce jour-là, lorsque la silhouette blanche de l'infirmière se dressa derrière mère, lui donnant le signal du départ, Lecia tendit le cou pour l'embrasser et lui dire au revoir. Elle appuya les lèvres à même le grillage. L'envie de fesser le cul de ma sœur moulé dans son jean délavé me démangea, surtout quand je vis les lèvres de mère traverser l'entrelacs du chèvrefeuille et effleurer celles de Lecia.

Au moment où papa faisait sortir à reculons son camion du parking, on vit l'imprimé tropical de mère se déployer dans l'embrasure d'une autre fenêtre. Sa main, qu'elle posa à plat sur le grillage, me fit penser à l'orchidée très blanche, réduite en poudre, que j'avais trouvée un jour, écrasée entre les pages de *Hamlet*.

Cette nuit-là, pour la première fois depuis des semaines, je n'eus aucun mal à m'endormir. Je fis un rêve abominable. Il se déroulait à l'arrière-plan de ma cervelle. On aurait dit un film de télé en grand angle. Dans ce rêve, Papa dépeçait une grosse bête sur la table en contreplaqué de la cuisine. Je me dirigeais vers lui en traversant la salle à manger et l'observais par le rectangle de la vitre qui séparait les deux pièces. Je n'arrivais pas à discerner de quelle espèce était l'animal, s'il s'agissait d'un cerf ou d'un sanglier. C'était du gros gibier. Papa d'ordinaire nettoyait ses dépouilles au-dessus d'une bassine, dans le patio derrière la maison, afin de laver au jet d'eau les taches de sang des briques. Son T-shirt était éclaboussé de pourpre. Les veines de ses mains saillaient parce qu'il faisait un effort. A un moment du rêve, papa levait le couperet, puis l'abaissait brutalement. Il l'agitait ensuite dans tous les sens pour couper des tendons. J'entendis le couperet qui tranchait l'os s'abattre bruyamment sur la table.

C'est à peu près à ce moment-là que papa me voyait. Il me disait de retourner au lit, qu'il était occupé.

« Retourne au lit, Pokey. » C'est ainsi qu'il s'était exprimé en me jetant à peine un coup d'œil. Je faisais demi-tour, mais me sentais obligée de regarder en arrière comme si sa tâche m'hypnotisait. Il tenait l'animal par un bout et l'examinait. L'éclairage se modifiait et ce qu'il tenait se révélait être le bras d'un être humain, coupé à hauteur du coude. Au bout de ce bras, il y avait la main de mère qui portait à l'annulaire l'alliance de grand-maman. Le poignet était replié de sorte que la main et le bras formaient un angle droit. On aurait dit que mère avait levé la main pour dire « Arrête », et qu'elle était restée figée dans cette pose. Je me réveillai en sursaut, le T-shirt collé à la poitrine, tandis que des filets de sueur collaient à ma lèvre supérieure.

Avec la distance, il me semble que la main tranchée de mère dans mon rêve avait la même position que celle qu'elle avait posée à plat sur le grillage de l'hôpital.

Mais il y eut une autre main qui se grava au fer rouge dans ma mémoire. Il s'agit de celle, enduite de farine, de la femme de Juarez, le matin où elle s'amena à la porte de notre cuisine. Elle appuya cette main blanche sur la table humide du petit déjeuner tout en disant à papa : « Viens vite, je t'en prie, Bugs s'est tué d'un coup de fusil. » Elle avait entendu le coup de fusil alors qu'elle faisait des galettes. Bugs, précisa-t-elle, avait pris la peine de recouvrir le sol du garage de la bâche servant à leurs meubles de jardin, afin d'éviter le carnage. Et elle nous demanda si nous ne trouvions pas que, comme dernier geste, c'était plutôt attentionné. Et en y pensant, elle avait un sourire incertain qui flottait sur son visage. Papa, bien sûr, trop occupé à téléphoner au shérif, ne répondit pas. En tout cas, l'empreinte blanche de la main de Mme Juarez resta toute la journée sur la table, comme si un fantôme l'avait touchée. Chaque fois que je suis passée devant, elle m'a rappelé mère, jusqu'à ce que Lecia se décide à l'éponger avant le dîner.

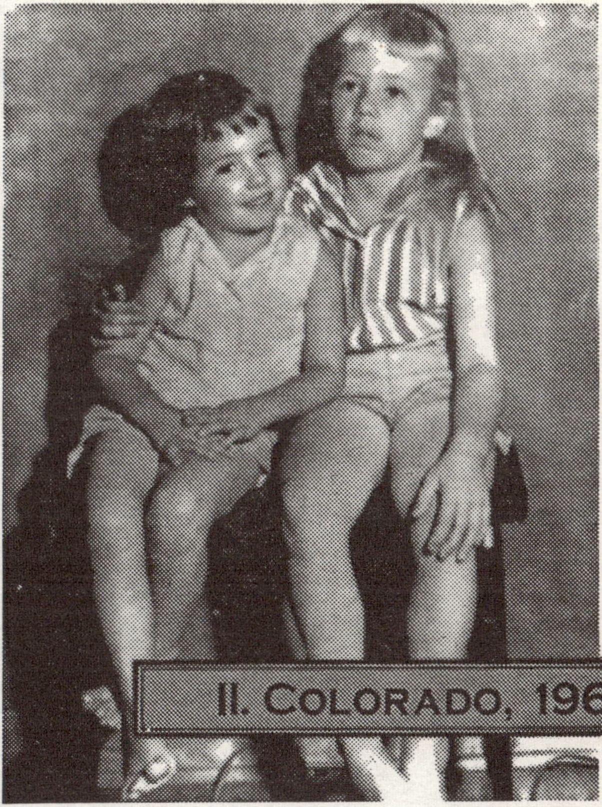

II. Colorado, 1963

« L'homme est en peine pour connaître son esprit, car il ne dispose que de son esprit pour le faire. Et s'il est à même de sonder son cœur, il s'en garde bien. A juste titre. Mieux vaut n'y pas regarder. »

Cormac McCarthy, *Le Méridien du sang.*

9

On s'installa au Colorado tout à fait par hasard. En route pour l'exposition internationale de Seattle, nous franchissions la frontière de l'État, lorsque mère, qui regardait par la fenêtre d'un air absent, demanda à papa de s'arrêter en poussant un cri si perçant que je crus qu'elle avait mal au cœur. Mes deux parents furent très souvent malades en voiture au cours de ce trajet, ils avaient attrapé la maudite grippe Smirnoff. On ralentit. La route s'inclinait en pente douce vers une vallée, ample, chamarrée de cornettes, de renoncules roses et des fleurs blanches des carottes sauvages. Le sommet de « Pikes Peak » la dominait. Pour une gosse élevée dans les marais, il paraissait irréel. Sur une page de mon livre de cantiques, pour illustrer la légende « Amérique la Belle », il y avait une montagne qui lui ressemblait, un pic empourpré où flottait une fine traînée de nuage, coiffé d'une calotte de neige. J'eus l'impression de pénétrer dans l'image en sortant de la climatisation de la voiture et pensai : *Il fait tellement frais, c'est bizarre.* A Leechfield, le ciel bleu était synonyme de chaleur suffocante. L'odeur des conifères me désorientait, elle évoquait les effluves de térébenthine de l'atelier de mère.

Passée championne dans l'art de la bouderie en voiture, je m'y employai à cette occasion-là, parce qu'on s'était arrêtés. Il m'arrivait aussi bien de faire la tête quand on continuait à avancer, si j'avais l'idée fixe de visiter un élevage de serpents, par exemple, ou d'aller dans un magasin de glaces, et de balancer mes chaussures par la fenêtre pour obliger mes parents à faire halte. A moins que ce ne soit parce que je me refusais à pisser dans le pot à café sur le siège arrière et à offrir mes fesses luisantes en spectacle aux camionneurs qui les lorgnaient en klaxonnant à tout rompre.

La piscine du Holiday Inn à Colorado Springs fermait au coucher du soleil. J'avais harcelé papa tout le jour pour qu'on y arrive à temps. La bouche à cinq centimètres de son oreille pendant que nous roulions, je lui avais soufflé presque sans trêve, tel un insecte bourdonnant, qu'au cas où nous arriverions trop tard pour nous baigner, j'allais piquer une crise de rage assortie d'une bordée de jurons, en plein milieu du hall du motel. Mais mère tenait à ce qu'on s'arrêtât, à cause de la vue.

Je jetai des cailloux sur le pneu d'une roue, tout en mijotant dans ma tête la crise que j'allais infliger à mes parents au motel : aux employés, je dirais que l'homme n'était pas le moins du monde mon père, qu'il m'avait kidnappée à la pointe du couteau, alors qu'il dévalisait une banque. L'air raréfié m'étourdit. Je levai les yeux. Au-dessus de moi, un aigle tenant au bec un rongeur qui se tortillait planait assez bas pour qu'on distingue ses yeux. A sa vue, mère s'élança, Kodak à la main. Lecia sautilla comme une simple d'esprit, agita les bras et pérora sur la chaîne alimentaire. Papa levait le capot pour vérifier le niveau d'eau du radiateur quand mère le rejoignit d'un pas ailé. Elle appuya la tête sur le plastron de sa chemise kaki et demanda : « Pourrions-nous rester un moment, s'il te plaît, mon chéri ? » La lumière, n'est-ce pas, lui donnait envie de peindre.

Moi, je voulais qu'on poursuive notre route. Lecia et moi, on avait déplié la carte de la station Esso afin de préparer notre trajet. On avait relié les points noirs des villes de l'ouest par des lignes rouges au crayon indélébile et dessiné une large bande rougeoyante comme un éclair qui traversait les États-Unis directement jusqu'à Seattle. C'est que je tenais à passer par la boutique de souvenirs du Space Needle pour envoyer une carte postale à Peggy Fontenot. J'avais écrit un brouillon dans le cahier couleur cerise du journal intime, avec une clé miniature, que mère m'avait acheté au drugstore avant notre départ : « *Chère Peggy, ne crois-tu pas que ton minable camp d'été d'instruction religieuse est battu à plate couture avec ça ?* »

En mettant le contact, papa était partagé entre l'envie de continuer et celle de s'arrêter, si bien que la voiture se retrouva à cahoter sur le revêtement noir. Le bleu de chine du ciel se remit à défiler par le pare-brise. Au bout du compte, papa me cligna de l'œil dans le rétroviseur en déclarant que lui aussi souhaitait poursuivre vers l'ouest. Mère ne le voulait pas. Elle aborda la discussion poliment tout d'abord. Puis, bien vite, employa des termes tels que Lecia et moi on se boucha les oreilles. En un rien de temps, le ton avait monté dans la voiture. Il n'était plus question de savoir si nous restions ou pas, mais d'un débat plus général tournant autour de qui agissait toujours comme ci et qui ne faisait jamais ça. Mère en arriva à jeter une boîte d'allumettes au visage de papa. Il dévia de la route, entra dans une petite ville que je vais baptiser Cascade. On y acheta une maison.

Mère acquit une maisonnette de pierre, accrochée à flanc de montagne. On aurait dit qu'elle sortait tout droit d'un dessin animé de *Road Runner*. Les photos le confirment. On a l'impression qu'il aurait suffi d'y arrimer un cric en bon état, ou même d'en frapper un des coins avec un pied-de-biche, pour l'arracher à ses pilotis et l'envoyer valdinguer cul par-dessus tête sur la piste qui dévalait vers la ville.

Cette acquisition était la preuve que l'argent hérité de grand-maman contribuait à l'élévation globale de notre niveau de vie. On en avait déjà eu un aperçu au Texas. Avant notre départ, papa avait installé des climatiseurs sur toutes nos fenêtres. On avait donné nos ventilateurs à lames noires à l'armée du salut, gravissant ainsi un échelon de l'échelle sociale du comté. En plus, à Houston, mère s'était offert un manteau de vrai léopard avec la toque assortie, pareil à celui que portait le Cosaque de la bouteille de vodka. (Peut-être ce manteau, une torture à porter sous nos climats tropicaux, prouvait-il que mère n'avait pas l'intention de revenir au Texas après ce voyage, bien qu'elle se refusât à en convenir.)

C'est, au demeurant, notre voyage à l'ouest lui-même qui délimita effrontément la frontière entre notre famille et les voisins. N'ayant que trois semaines de congé, papa prévoyait de rentrer en avion. Et Mme Fontenot avait sûrement chuchoté avec ses commères, par-dessus son tablier débordant de cosses de petits pois étendu sur ses genoux, « en avion bel et bien, et c'est qu'il les laisse toutes seules, sans homme pour les escorter ». C'était déjà un scandale que de vivre dans une ville lointaine sans son mari. Mais il se peut que le plus accablant à leurs yeux ait été notre grand voyage. De fait, je ne connaissais pas une famille qui se soit aventurée plus loin qu'Alamo à l'ouest, ou qu'à Breaux Bridge à l'est, en Louisiane, pour le festival des écrevisses. La Nouvelle-Orléans se trouvait à cinq cents kilomètres à l'est. Mais seules les paroles de la chanson *House of the Rising Sun* donnaient une réalité à la ville.

Le jour de notre départ, quand on sortit de notre allée en direction de Seattle, les enfants du voisinage nous firent la haie. En premier lieu, ils agitèrent les mains, ensuite, ils nous balancèrent des poignées de gravier. Leurs parents, plantés comme des piquets devant leurs vérandas, ne bougèrent pas, comme si pour eux la prise en chasse de notre vieille Impala par des gosses en maraude constituait l'adieu approprié. Nous les trompions en prenant des vacances aussi luxueuses, nous commettions une trahison que la ville entière était en droit de prendre à son compte.

De même, notre maison dans la montagne avait l'allure d'un caprice. Personne, parmi nos connaissances, ne possédait de résidence secondaire, gabion ou roulotte au bord de l'eau exceptés. C'était une famille de banquiers de Denver qui l'avait construite pour y passer des étés en toute simplicité. Pour moi, elle était empreinte d'un indicible mystère. Les pierres de granit des fondations me faisaient penser à quelque château de l'ancien temps. La cave (où l'on conservait les légumes au frais) n'aurait pu exister dans les marais de Leechfield, où, le moindre trou creusé, la première cuillère à soupe de terre balancée par-dessus l'épaule, vous mettait en contact avec le niveau hydrostatique.

La salle de séjour était assez longue pour qu'on y jouât au bowling. Mère acheta sur-le-champ de nouveaux canapés moelleux, aux lignes pures, couleur d'orange brûlée, afin de rompre l'effet de piste de course canine que donnait la pièce. Au fond, il y avait une cheminée en pierre presque de la taille de papa. Après quelques jours, on embaucha des ouvriers qui s'amenèrent, ouvrirent tous les murs pour poser des baies vitrées. La maison ressembla à un aquarium. On échangea le poêle à bois contre un autre à mazout. Mère, s'inspirant d'un magazine d'architecture, fit poser des carreaux neufs sur les planches grossières de la salle de bains.

Nous vécûmes pendant quelques semaines comme des personnages d'un film de Disney. La nuit, des élans venus des montagnes cognaient la dentelle de leurs andouillers contre les panneaux en pin de la maison. Le matin, Lecia et moi nous faufilions dans les lits jumeaux de nos parents pour observer les ours par leur baie vitrée. Chaque jour, une ourse grise, suivie de ses deux petits, descendait la côte d'un pas tranquille et fourrageait dans nos ordures. Mère avait laissé le papier-cache adhésif du chantier sur cette fenêtre. Il avait une forme de croix, et en regardant par-delà, je m'imaginais que notre maison était un trésor inscrit sur une carte que les ours portaient avec eux.

A la première lueur de l'aube, je m'asseyais sur le lit de papa, à côté de ses pieds blancs qui dépassaient des couvertures. Il avait les plantes de pied dures comme de la corne. Je n'avais pas envie qu'il les frotte sur moi. D'autant que j'étais indignée d'être reléguée auprès de sa forme inerte, alors que Lecia se pelotonnait contre mère. Enfant moite, malpropre. Si je m'étais risquée à me glisser contre mère, elle aurait dénoué mes bras de son cou sous le prétexte que je lui tenais trop chaud.

Un certain matin, on entendit les ours fouler le sol de la forêt tapissée d'aiguilles de pin. Puis on vit apparaître et disparaître, comme par éclairs, la silhouette de la mère ourse dans la voûte des pins. Elle marchait à grandes enjambées et les muscles imposants de ses épaules ondulaient sous sa fourrure. Je me raidis instinctivement à sa vue et restai interdite, jusqu'à ce que ses petits surgissent en gambadant derrière elle.

C'est le boucan de la première poubelle qui réveilla papa. Il se redressa en hurlant. Son esprit embrumé prit l'ombre penchée de l'ourse pour celle d'un voleur. Je n'eus pas le temps de l'attraper par la jambe, il se précipita, tête baissée, contre la vitre qu'il martela de ses poings. On le regarda bouche bée, sans mot dire. C'est tout juste si mère l'appela par son nom à quelques reprises. Rien de plus. Il persista à mettre en scène je ne sais trop quel rêve où il s'était égaré. Il hurla à la mère ourse de foutre le camp de son jardin avec une telle force que ses petits se regroupèrent derrière elle, abandonnant une traînée d'ordures et d'écorces de melon.

Les cris de papa déclenchèrent la fureur de l'ourse. Elle chercha à faire battre en retraite la haute silhouette qui jappait. Les oreilles couchées, elle se redressa de toute sa taille, et s'avança en vacillant vers la vitre. Elle grondait, les pattes antérieures écartées, et la chair de son torse tressaillait sous la toison lustrée. L'ourse et papa s'affrontèrent un instant, à trois pas l'un de l'autre, seules la paroi vitrée et la croix du papier-cache adhésif les séparaient. Le museau de l'ourse dessina une auréole de buée sur la fenêtre, à une cinquantaine de centimètres au-dessus des cheveux noirs et encore gluants de sommeil de papa. Cette coiffure lui donnait un air particulièrement ahuri. Je piquai, tête la première, sous les couvertures, priant pour que nous rentrions tous à Leechfield, où le Seigneur envoyait des serpents mocassins sournois et des araignées, des veuves noires, qui vous tuaient en vous empoisonnant à petit feu.

A un moment, au cours de ma prière, papa se réveilla. Lorsque je jetai un furtif coup d'œil, je le vis s'éloigner de la fenêtre à reculons. Il se cogna les genoux au bord du lit, ses jambes fléchirent. Il s'assit, l'air abasourdi. L'ourse occupait fermement ses positions. Elle grognait, retroussait les babines et agitait ses pattes lustrées. On resta tous assis, osant à peine respirer jusqu'à ce qu'elle tende le cou vers papa comme si elle prenait une décision. Elle finit par se détourner, retombant pesamment sur ses pattes, et repartit d'un pas lourd vers la montagne, ses petits à la traîne, s'essoufflant pour suivre à son allure.

Au pied de la montagne, il y avait un manège qui louait des chevaux pour sept dollars par jour. Mère était paralysée de peur à l'idée d'enfourcher tout engin fonctionnant autrement qu'à vapeur. Elle ne s'en glissa pas moins, par un clair matin ensoleillé, dans la sellerie de ce manège où le propriétaire, un cow-boy du nom de Rick McBride, était penché sur une bride qu'il réparait. Mère portait son manteau de léopard. Elle laissa la porte de la sellerie claquer derrière elle et se retrouva en tête à tête avec M. McBride. Ce qui provoqua une explosion de quolibets et de sifflets chez les palefreniers qui se tenaient autour de l'enclos. Quand mère sortit, elle avait négocié l'achat de deux chevaux demi-frères dont Lecia et moi étions déjà tombées amoureuses. Le mien, « Assez Grand », était le plus petit, un bai tacheté de noir. Celui de Lecia, « Assez Sûr », était un rouan sombre, au poitrail plus large, qui avait un tantinet plus de ressort.

S'il est une joie qui illumina ce séjour sinistre au Colorado, ce sont ces chevaux qui nous l'ont procurée du début à la fin. A moins d'être affligé d'une panique physique insurmontable (comme c'était le cas de mère), il est impossible de se hisser sur le dos d'un cheval sans que la puissance de l'animal vous émerveille. Les photos de l'époque montrent que, perchée sur Assez Grand, j'ai l'air absurdement petite. Pourtant, dans mon souvenir, j'avais l'impression d'être grande sur la selle et d'avoir de longues jambes. Il me semblait qu'une simple pression du genou, un petit coup des rênes suffisaient à le faire tourner. En réalité, le cheval avait un ventre gros comme une barrique dont mes jambes entouraient à peine le tiers. Et, chaussées des étriers qu'il me fallait toujours attacher au plus court, elles saillaient presque à angle droit.

Chaque matin, la première bouffée respirée dans l'écurie, un mélange de crottin de cheval, de boue et de cette odeur de paille imprégnée de pisse si proche de la bière, m'emplissait les poumons d'assez d'effluves chevalins pour que j'en fusse comme grisée. Si M. McBride ferrait un cheval à proximité, on entendait les sons métalliques du marteau, du fer à cheval et de l'enclume ou bien le crissement régulier de la lime qui rabotait un sabot. Mais sinon, il n'y avait que les bruits des animaux. De temps à autre, le fumier clapotait, ou bien une jument endormie dansait d'une patte sur l'autre, ou un poney se raclait les naseaux à son auge vide, heurtant d'un bruit mat la mangeoire en bois. On avait assez vite appris à renoncer aux bottes de cow-boy. C'était bon pour les touristes de Chicago ou de Los Angeles. Je pataugeais donc dans la gadoue en chaussures de tennis qui se détrempaient à chaque pas. La boue avait tendance à déborder et mouillait mes socquettes de nylon blanc. Je vois encore la croupe fauve et lustrée d'Assez Grand, lorsque je la caressais (il me fallait escalader un tas de planches empilées sur un des côtés de l'écurie pour y arriver) en lui murmurant : « Tout doux, tout doux. » Je passais brièvement l'étrille sur son encolure avant de le faire sortir à reculons de l'écurie.

Les chevaux sont bénis parce qu'ils ont un air éveillé. Ils sont cependant deux fois moins intelligents que les cochons par exemple. Le premier enfant esseulé qui étrille la boue séchée du large garrot d'un cheval, ou lui masse l'étoile blanche du front pendant une minute, va, du fait de sa physionomie, s'imaginer que ce dernier l'aime et le comprend plus que n'importe qui. On se laisse d'autant mieux prendre à ce mythe que le cheval est calme et doux, qu'il permet à l'enfant en question de faire de longues chevauchées, sans le jeter contre un arbre, ni renâcler sous son poids.

J'aimais monter à cru, sans rien d'autre qu'une

bride. Mais c'était un rite public de seller mon cheval chaque matin, destiné à démontrer mon savoir-faire à toute personne présente. J'avais acquis une compétence pour la première fois de ma vie. J'attachais Assez Grand au poteau de la façade de l'écurie au cas où quelque cow-boy se sentît d'humeur à me regarder accomplir ma tâche.

On lui jetait tout d'abord la couverture mexicaine sur le dos. Il fallait ensuite hisser la selle. A vrai dire, j'avais besoin de l'aide de Lecia pour l'opération. On allait chercher deux chaises dans le bureau, et on montait dessus. La selle pesait si lourd qu'on devait s'y prendre à deux pour la balancer d'un élan sur le dos du cheval, sans qu'elle retombe. Ensuite on accrochait au pommeau l'étrier gauche afin d'attacher la sous-ventrière. Dans le cas de mon cheval, je devais lui assener un certain nombre de bourrades dans l'estomac. Face aux touristes, il avait appris à faire semblant d'avoir le ventre ballonné, évitant ainsi qu'on serre la sangle de la selle. Du coup, les gens étaient jetés au bas de leur monture au milieu de la balade. Quelques coups suffisaient à lui faire rentrer le ventre, et on le ceinturait correctement. On faisait coulisser le restant de la sangle dans un petit anneau argenté fixé au côté de la selle où on le nouait. Puis on laissait l'étrier retomber du pommeau. M. McBride ou Polly, sa femme, ne me laissaient pas partir sur mon cheval sans avoir vérifié combien de doigts ils pouvaient glisser sous la sangle, et ils resserraient la selle en conséquence.

La pose de la bride venait en dernier. Les McBride s'en chargèrent longtemps. Je réussis toutefois à apprendre à introduire le mors dans la bouche de mon cheval. Je sortais de la poche de mon Levis un morceau de sucre, piqué chaque matin au snack où les cow-boys s'achetaient des œufs et où Lecia et moi avions un compte. Avec mon pouce et mon index, je faisais un cercle où je mettais le mors en métal ainsi que le sucre. J'ai encore sur les doigts la sensation de la bouche du cheval, d'un velouté sombre, rêche néanmoins à cause des moustaches. Au moment où il s'apprêtait à mordre, une odeur de trèfle se dégageait de son haleine. C'était le signal pour que je glisse le mors entre les dents. Une fois la jugulaire attachée, on était paré pour la randonnée dans les montagnes.

La confiance éprouvée sur le dos d'Assez Grand était une découverte pour moi. Elle contribua peut-être à ce que je me révèle assez bonne cavalière. Dotée d'un sens inné de l'équilibre, j'étais d'une intrépidité absurde. Je possède encore le ruban rouge gagné aux courses de tonneaux du gymkhana de ce mois de juillet. (Lecia arriva en sixième place au concours d'obstacles de Washington. D'ailleurs elle tiendrait ici à ce que je fasse remarquer que la compétition dans sa catégorie était beaucoup plus serrée que dans la mienne, réservée aux petits.) Assez Grand ne me jeta pas à terre de tout l'été, bien qu'il fût assez fougueux pour se cabrer devant un rongeur ou un écureuil traversant le sentier, et lancer de violentes ruades, quand il voyait et entendait un bulldozer sur la route. Il arrivait qu'un convoi lourd de ce genre nous bloquât sur le pont par où nous rentrions à l'écurie; alors je jouais à la cavalière de rodéo. Si Assez Grand ne me désarçonna jamais, c'est bien plus parce que, devenue une enfant vigilante, je faisais très attention, et m'accrochais au pommeau de la selle au premier indice de problème, qu'en raison d'une réelle aptitude de ma part.

Tous les jours nous partions à cheval dans la montagne, plus haut qu'il n'était prudent de le faire, je m'en rends compte maintenant. Nous n'avions ni carte ni guide car les chevaux retrouvaient toujours le chemin de l'eau et de l'avoine. Le paysage était d'une variété inconcevable sous le ciel vide de notre Texas. Chaque bosquet d'arbres débouchait sur un panorama différent. Nous bondissions à travers de vastes prairies en semant la panique sur notre passage parmi les lièvres, empruntions d'étroits sentiers caillouteux où nos chevaux s'avançaient sur les pointes, comme des ballerines. On avait même trouvé une cave, où on entrait par une fente terreuse, qui s'évasait en une immense caverne de roche rouge, à l'allure de cathédrale. On emportait des sacs de provisions pour y déjeuner et des lampes de poche accrochées à nos selles. Une fois on alluma un feu de bois mort et d'aiguilles de pin avec des allumettes du snack. Et soudain on se rendit compte que ce n'étaient pas les rares nids d'oiseaux de nuit qui emplissaient la caverne de glapissements et piaillements, mais des grappes de chauves-souris frugivores suspendues au plafond. On darda les faisceaux jumeaux de nos lampes de poche dans leur masse criarde. Leurs yeux luisaient du même éclat rouge que ceux des rats nutria que j'avais vus. Quand nous battîmes en retraite, nos tennis glissèrent, aussi silencieuses que si nous avions été le couple de fantômes d'Indiens à la recherche desquels nous étions parties.

Une fois, on entrava nos chevaux sur le site d'une mine à l'abandon. On s'y enfonça en suivant les traces des chariots, et, au pied d'un mur compact de chalcopyrite, on découvrit un tuyau en caoutchouc tout mou que je pris pour une mue de serpent. Je le brandis comme un trophée à notre retour à l'écurie. Les cow-boys rigolèrent en se foutant de moi. Au cours de ces randonnées on tombait sur des cascades et des torrents d'eau limpide. Ils étaient trop froids pour qu'on y nageât mais on adorait y barboter, y boire. L'eau était d'une qualité incomparable, sans rien de commun avec la saumure des bayous, ni la boue du golfe du Mexique. Des truites arc-en-ciel frétillaient à la surface de ces cours d'eau où l'on s'abreuvait à deux mains jusqu'à satiété, jusqu'à ce que leur fraîcheur bleutée nous glace chevilles et doigts de pieds.

Comme de juste, on était toutes seules quand un accident arriva. On se trouvait dans un col rocheux. Les chevaux broutaient pendant qu'on regardait un troupeau de chèvres sauvages. Tout à coup, les deux chevaux s'arrêtèrent de mastiquer, s'agitèrent, dressèrent les oreilles, se cabrèrent. On aurait dit qu'ils flairaient un danger qu'ils s'attendaient à voir se concrétiser. Les oreilles d'Assez Grand se couchèrent. Assez Sûr, lui, commença à marcher en crabe. Un nuage noir, plat comme une lame d'acier, fila dans le ciel bleu. Quand le ciel s'éventra, il déversa des grêlons de la taille de balles de base-ball. On se recroquevilla sur nos selles. Les chevaux paniquèrent encore plus.

On mit pied à terre, dans l'idée d'attendre la fin de l'orage sous des arbres. Lecia entreprit de m'apprendre à mesurer le temps qui s'écoulait entre le moment où la foudre frappait et le coup de tonnerre. Elle me dit que les intervalles se rapprochaient de plus en plus, l'orage s'avançait donc vers nous à toute allure et il passerait aussi vite qu'il était venu. Toutefois, quand, à deux pas de nous, un éclair blanc foudroya une souche dans une clairière, on se coucha par terre en se protégeant le visage. Les chevaux se libérèrent de leurs rênes, et galopèrent dans la montagne en faisant claquer leurs sabots.

On marcha cinq à six kilomètres sur le sentier, sans chapeau, trempées sous nos vestes en jean. La température avait chuté. On arriva à l'écurie les lèvres violettes, grelottantes. Je déboulai, tout en me frictionnant, dans le bureau de M. McBride à qui je demandai : « Si nous avions été blessées, qu'est-ce qui se serait passé ? » Il répondit que, si les lynx avaient tendance à traîner les gros os et les carcasses au-delà des crêtes, les buses et les vautours en revanche se regroupaient d'habitude pour partir en chasse.

Une autre fois, on a fait la course à cru avec d'autres enfants, et Lecia chevauchait un rouan emprunté qui s'appelait George, quand un petit salaud de Caroline du Nord balança un serpent inoffensif vers George. Le cheval se cabra, et s'effondra sur Lecia à qui il broya la clavicule. On voyait l'os apparaître sous le tissu de sa chemise blanche et on aurait dit qu'il allait lui transpercer la peau. On alla à la recherche de mère que l'on trouva sirotant un cocktail Gibson à la vodka au bar des cow-boys. Elle se contenta d'offrir à Lecia un comprimé d'aspirine pour bébé qu'elle sortit de son sac. Mère affirma que les médecins allaient tout bousiller; à son avis, les os ça ne se soignait pas. Puis elle nous demanda si un coca à la cerise nous ferait plaisir. On refusa en la remerciant. Je revois Lecia, le visage sec et livide, la mâchoire soulignée d'une traînée de terre couleur d'ambre, lorsqu'elle réalisa que personne n'allait s'occuper de la fracture. Elle tenait son bras à distance comme si c'était un objet.

A notre arrivée, le barman du troquet, un beau Mexicain à cheveux noirs qui s'appelait Hector, lisait les lignes de la main de mère. Cette main, il l'abandonna assez longtemps, pour mettre le bras de Lecia en écharpe dans un torchon du bar. Une faible odeur ténue de gin aigre se dégageait du tissu, lequel était taché d'une traînée poisseuse de grenadine. Hector ouvrit la caisse, nous donna des pièces de vingt-cinq *cents* pour le juke-box. Mais on a foutu le camp en les emportant et on s'est acheté des sodas à l'écurie.

Sauf à des moments pareils, où nous avions besoin d'un adulte équilibré et n'en trouvions guère, nous nous sentions plutôt en sécurité. Nous ne soumettions plus nos parents à une étroite surveillance. J'omis ainsi de remarquer qu'on ne les voyait jamais ensemble. Il arrivait à papa de traîner dans les parages de l'écurie en buvant un café avec M. McBride, car papa était capable d'indiquer l'âge d'une jument après un simple regard dans sa bouche, de deviner le poids d'un étalon à dix kilos près et de mesurer en paumes la taille d'un hongre. Jeune homme, papa avait dressé des chevaux difficiles. Les cow-boys lui en témoignaient une certaine dose de respect, malgré son origine texane, rédhibitoire aux yeux de la majorité des palefreniers. M. McBride alla jusqu'à prêter gratuitement à papa son propre cheval, un Appaloosa[1] pommelé de bleu, pour qu'il nous emmène, Lecia et moi, faire une randonnée dans la montagne.

On commença la journée en attachant nos chevaux devant le magasin du village, où trônait un baril à biscuits secs tout ce qu'il y a de plus traditionnel. Papa donna de l'argent à l'homme afin qu'il prépare des sandwichs au roast-beef sur du pain de mie Wonder. Le commerçant tartina les tranches de moutarde en grains, y mit des lamelles d'oignon rouge. On acheta des boîtes d'œufs de saumon rose et on loua des cannes à pêche ainsi que des cuissardes pour la pêche à la truite.

Ce sport demeure d'ailleurs le seul où j'aie jamais battu Lecia du premier coup. Ce même réflexe qui en fait une experte au maniement des armes à feu (aujourd'hui encore, Lecia abat une tourterelle sur un arbre) faisait qu'elle s'ennuyait dans l'eau. Rester plantée l'assommait, Lecia avait besoin d'agir.

L'après-midi en question, la musette en toile que je m'étais passée autour du cou se remplit bien vite de truites dont les corps luisants tressaillaient encore. Lorsque je fus incapable de la porter, je retournai en pataugeant vers la rive où je la confiai à Lecia. Ma sœur, ayant déclaré forfait, ouvrait les paquets de sandwichs. Je faillis l'imiter et déposer ma canne à pêche. J'aurais commis une erreur, car le dernier poisson que je pêchai

1. Appaloosa : Race de cheval qui se rencontre surtout dans l'Ouest des États-Unis, à croupe claire tachetée et bouche rose.

ce jour-là devait peser dans les trois kilos ; il se débattit comme un beau diable.

Quand le poisson mordit, papa éclata de rire. Ma canne à pêche se plia en deux. Je trébuchai en m'enfonçant dans l'eau et appelai à la rescousse. Papa retourna d'abord sur la berge. Il s'y débarrassa de sa canne pour m'aider à ramener le poisson. Il n'empêche que c'est moi toute seule qui passai le filet sous lui. On traîna tous les deux la truite sur l'herbe de la berge où, agitée de faibles soubresauts, elle battait de la queue. Saisie d'un bizarre mouvement de dégoût, Lecia s'écarta d'un pas. Papa attrapa la queue d'une poigne ferme et frappa la tête contre un rocher.

Ensuite, la truite, les yeux fixes, s'immobilisa. Ses ouïes s'ouvrirent par réflexe. Elle n'était pas plus le vieux poisson que décrivit le poète Elisabeth Bishop, « désolée, vénérable et ordinaire », avec de longues moustaches de mandarin, que le volumineux thon qui ensorcela Hemingway. Elle frisait la perfection néanmoins en matière de poisson. Sa cuirasse d'argent pur étincelait au soleil. Les couleurs de l'arc-en-ciel, rose, bleu, jaune-vert se mariaient dans ses écailles intactes, qui, ni salies de mousse, ni entaillées, s'emboîtaient d'une manière qui la faisait ressembler à quelque précieux objet d'art chinois. On aurait dit qu'un orfèvre les avait soudées une par une. Papa ne me suggéra même pas de l'évider ou de l'écailler. Il voulait la rapporter entière au magasin du village, car il pensait que le vieil homme qui nous avait loué notre équipement en tirerait une fortune.

Papa porta le poisson qui pendillait par les ouïes dans le magasin, l'étala sur le comptoir à viande du type et, posant ses mains sur mes épaules, déclara que c'était « Pokey », cette petite fille, qui l'avait attrapé. L'homme hocha la tête et appela sa femme dans l'arrière-boutique. Elle hocha la tête. Puis on resta tous un moment autour de la truite à hocher la tête, jusqu'à ce que l'homme se mette à donner les noms de divers empailleurs. C'est alors que Lecia demanda si elle pouvait avoir un eskimo. Papa lui offrit la glace, mais elle demeura comme prostrée, en croisant fermement les bras sur son sweat-shirt, avec une tête de six pieds de long. C'est cette lippe qui nous fit sortir de l'humidité de la boutique et retourner dans la lumière de l'après-midi.

Dans la soirée, papa ramassa du petit bois pour allumer un feu sur une grosse pierre dans la montagne, à une cinquantaine de mètres de la maison. La nuit tombait. Lecia et moi, il nous chargea de souffler sur le brasero jusqu'à ce qu'il prenne feu, pendant qu'il allait chercher une poêle à la maison. On s'accroupit et on joua à être des Indiens. Je discerne encore la silhouette agile de papa, venant vers moi à travers la fumée du petit bois vert. Il s'avançait entre les arbres, gravissait la montagne en trimballant la poêle en fonte. Il avait de longues jambes, le pied sûr et ne faisait aucun bruit.

Lorsque le feu fut bien parti, papa trempa chaque carcasse de petit poisson dans un bocal de farine de maïs. Ensuite il les fit revenir dans de la margarine. J'avais une faim de loup, comme seule une journée à cheval peut en susciter. Une voûte de branches d'arbres à feuilles persistantes ondoyait au-dessus de nous. Les étoiles clignotaient entre leurs ramures. Des brassées d'étincelles s'élançaient du feu crépitant et se dispersaient dans les airs.

On mangea avec nos doigts dans des assiettes en carton. Une croûte bouillante s'était formée sur les truites cuites, qui, petites, craquaient sous la dent. Je crachais à tout bout de champ les arêtes piquantes. Le fond de l'air était frais. Il fallait refroidir chaque bouchée afin de lui donner une température comestible. On avalait une petite goulée d'air entre les dents, qui sifflait quand on aspirait. Ça faisait un vilain bruit. Lecia me dit que je faisais autant de vacarme qu'une mule à qui on aurait accroché une musette-mangeoire aux oreilles. Papa fit observer : « C'est l'hôpital qui se moque de la charité. » Et ce qui aurait pu dégénérer en dispute s'évapora, s'éleva avec la fumée, et se dissipa au sein des conifères aux branches ondoyantes.

Papa avait gardé mon gros poisson pour la fin. Il le mit à cuire, en l'entourant de tout un cérémonial. Il dut le couper en deux pour qu'il tienne dans la poêle. Néanmoins, la queue déborda et brûla. Ce soir-là, on dégusta le poisson le plus charnu du monde, dont la proportion de chair blanche par rapport aux arêtes pointues était énorme. Pendant qu'on mangeait, Lecia et moi, papa prépara une poêlée de fines lamelles de pommes de terre rouges avec des oignons doux coupés en quatre.

Papa, je le vois encore racler les pommes de terre que la friture imprégnait d'une saveur de poisson fumé. Il fredonnait *Good-night Irene*, en contemplant la poêle d'un air lointain. Et moi, je regardais la voûte céleste en songeant à un passage lu dans l'encyclopédie que grand-maman nous avait offerte. On y décrivait la formation des Rocheuses à partir de glaciers qui avaient glissé à travers le continent en amassant des tonnes et des tonnes de roches. Je me représentais un de ces glaciers, se déplaçant aussi lentement qu'un rouleau de soie blanche qu'on déroule, vers le lieu où nous étions assis. Le lendemain, j'écrivis dans mon journal intime : « *Peut-être Dieu a-t-il fait tomber cette pierre plate juste ici pour qu'on y prépare notre dîner.* » (Le réconfort nous abêtit, et les enfants retrouvent bien vite la foi.)

A un moment, papa nous demanda de nous taire. On aperçut les bois émoussés d'un élan se profiler au loin parmi les pins. Il me parut noble dans sa laideur, avec ses énormes mâchoires. Un lynx hurla peu après. Il était assez proche pour que je sursaute sous le bras de papa, qui se rit de mon effroi et m'assura que rien ne viendrait m'embêter. Je le crus.

A la fin de notre repas, papa remit du bois dans le feu. Il s'allongea sur une veste en jean qu'il avait roulée en boule, et but à petites gorgées dans une flasque à whisky en argent. Lecia et moi, on déplia quelques cintres en fer pour faire griller des marshmallows. J'en fis rôtir trois en même temps, les plongeant en plein milieu du feu. Ils s'enflammèrent, noircirent à l'extérieur. Il resta une bouillie gluante à l'intérieur. Lecia procéda avec plus de mesure : elle en mit un à griller à la fois jusqu'à ce qu'il se teinte d'or pâle. Elle recourba le bout d'un cintre, pourvu ainsi d'un manche rotatif, qu'elle put retourner comme une vraie broche. Pour une fois, la différence entre nous ne me plongea pas dans un abîme de tourments sur ce qu'elle augurait de mon tempérament ou de mon manque de caractère. Lecia, occupée à tordre sa broche, alla jusqu'à me dire que mon poisson était une sacrée belle pièce. Papa approuva.

On s'endormit à côté de lui sur cette pierre incroyablement froide. Toutes les deux, on était pleines comme des outres de poisson et de pommes de terre. Chacune se pelotonna sous une des aisselles de papa et on posa nos têtes sur sa poitrine. Il sentait encore le cheval. Les braises de charbon qui s'éboulaient me réveillaient parfois en sursaut. Il y avait des étincelles qui s'élevaient dans les airs comme des tours, et papa qui remontait nos vestes de football sur nos épaules. Sinon, il restait immobile, la flasque posée en équilibre sur sa poitrine, à un angle idoine qui lui permettait de boire régulièrement des petits coups sans lever la tête, ni baver sur son menton. Je ne me rappelle pas qu'il ait récuré la poêle avec du sable et des aiguilles de pin, ni qu'il m'ait portée pour descendre la montagne.

J'en suis réduite aux conjectures quant à la façon

dont mère occupa sa soirée. Il se peut qu'elle ait lu. Elle était en pleine période d'histoire russe. Sur la couverture de sa biographie de Raspoutine, il y avait une photo d'un homme aux cheveux fous, dont les yeux exorbités surmontaient une barbe embroussaillée. Mais il se peut aussi qu'elle se soit transbahutée au bar des cow-boys de la ville, et s'y soit commandé des rasades de tequila. Ou encore, comme souvent, assise dans la chaise longue en bois d'Adirondack dans la véranda qui dominait un précipice vertigineux, avait-elle passé des heures à siroter toute seule de la vodka dans l'obscurité. Boire en contemplant la montagne était un de ses fréquents passe-temps. Si j'avais été dotée d'un sou de sens commun, le spectacle de mère tétant sa vodka, pelotonnée dans ce profond fauteuil incliné très bas, emmitouflée dans un poncho, aurait dû m'alerter.

Lecia et moi n'étions pas à la maison pour assister à la mise en chantier du divorce des parents. Cela resta pour moi le signe qu'on avait manqué à notre devoir, car on aurait peut-être pu les convaincre d'y renoncer. Mais l'écurie organisait des randonnées de nuit sur des pistes dégagées, faciles d'accès, au cours desquelles on faisait des grillades en plein air. Les palefreniers emportaient leurs guitares et entraînaient les touristes à chanter, *On Top of Old Smokey*, ou *Ninety-Nine Bottles of Beer*, avant que nous ne repartions. J'avais nagé dans l'euphorie ce soir-là. Escortée par les apparitions furtives de la lune entre les pins tout au long de la descente du sentier montagneux, je m'étais endormie sur ma selle. Le cheval s'était frayé un chemin à travers les éboulis en me berçant comme la mer du golfe du Mexique, à laquelle je n'avais pas accordé une pensée jusque-là. C'était un rythme fœtal, me semble-t-il, un de ceux qui s'insinuent entre les battements de votre cœur, vous ramollissent le cerveau et soudent vos paupières.

Ma tête se mit à dodeliner sur mon sweat-shirt,

lorsque, arrivé au bout de la piste, Assez Grand tressaillit. Le claquement de ses sabots sur l'asphalte me réveilla brusquement. Je m'agrippai au pommeau de la selle juste avant qu'il ne partît d'un trot léger en voyant l'écurie. Et là, sous les projecteurs qui éclaboussaient les stalles vides de lumière, se dressait la silhouette dégingandée, aux grandes mains, de papa. Il était coiffé d'une casquette de base-ball où était brodé *État du Texas*. Il y avait sous le logo une étoile jaune que la lune éclairait juste assez pour qu'on la vît. Je me dirigeai vers cette étoile. La visière de la casquette projetait un goulet d'ombre où papa dissimula son visage, en gardant un silence de circonstance, durant tout le trajet de retour à la maison.

Mère, assise sur le canapé rond en face de la cheminée où s'amoncelaient les cendres, était en train de boire une vodka-orange diluée d'eau. Elle portait un pantalon noir en tissu extensible et une de ces chemises blanches de chez Sears qu'on offrait à papa tous les ans pour Noël. J'étais sûre que celle-ci venait d'être dépliée. Il y avait une petite étiquette en carton qui en sortait comme un col dur d'une chemise de pasteur. On n'avait pas touché au nouveau jeu de cartes, qui n'était pas décacheté.

J'ai oublié la façon dont ils s'y prirent pour annoncer le divorce. Papa, assis pesamment au bout de ce canapé rond, était penché en avant, les coudes sur les genoux, et laissait pendre ses grandes mains décharnées vers le plancher. Il baissait la tête de côté comme un taureau à la fin d'un combat, lorsqu'il a perdu beaucoup de sang et qu'on lui a administré tant de coups de pique et d'épée dans les garrots qu'il est incapable de se redresser pour repartir à l'assaut. Les yeux de papa ruisselaient de grosses larmes qui s'écrasaient sur le plancher. Il les laissait couler. De temps à autre, il essuyait du revers d'une main la goutte de morve qui n'arrêtait pas de lui dégouliner du nez. Les larmes maculaient le parquet de traces sombres sur lesquelles je me concentrai un long moment, afin d'éviter de le regarder. Les marques des larmes composaient comme les points à relier d'une image dont le sens m'échappait.

A l'autre bout du canapé, mère restait les yeux secs. N'y voyez pas le testament de ses sentiments. Peut-être refoulait-elle une marée de souffrance, peut-être pas. Certes, elle n'était pas vraiment là. L'énorme vodka-orange l'avait emmenée ailleurs. C'était son rôle.

Ils nous demandèrent de but en blanc avec qui nous voulions vivre. Mère restait au Colorado. Papa rentrait à la maison. Ces faits, ils nous les présentèrent comme s'ils nous donnaient à choisir entre deux parfums de glace. Que préférerions-nous avoir, un père ou une mère? Ou alors si on voulait, on pouvait se séparer, comme ça chacune aurait son chacun.

Lecia me convoqua dans la cuisine pour une conférence au sommet pour m'assurer que si je versais une seule larme elle me battrait jusqu'à ce que je perde conscience. Mais j'étais bien loin d'avoir envie de pleurer. Je voulais me rouler en boule.

On jeta un coup d'œil dans le salon par l'embrasure de la porte. Les nuques de nos parents assis en silence dépassaient le dossier du canapé. On aurait dit deux inconnus dans le métro. Le départ de l'un deux pour toujours semblait inconcevable. Je me représentai le globe divisé en méridiens. Je connaissais la distance qui séparait le Colorado du Texas. Mais le choix n'était pas seulement d'ordre géographique. Une petite seconde durant, je fis am-stram-gram entre leurs deux têtes. L'instant d'après j'en étais à envisager de les tirer à pile ou face. Je zigzaguai entre marais et montagne, entre chaleur insupportable et fraîcheur bleutée. J'avais une envie persistante de m'allonger par terre, d'appuyer ma joue brûlante sur le carreau d'Italie et de perdre conscience jusqu'à ce que les ours me réveillent. Pendant que je tournais en rond dans mon dilemme, le regard de Lecia se fit neutre comme si elle avait vu venir ce choix tel un front dépressionnaire au loin dans le ciel.

Lecia trancha. Si on laissait mère livrée à elle-même, elle risquait la catastrophe avec un C majuscule. Alors que papa allait tout bonnement retourner travailler sur le Golfe, si bien que nous saurions toujours où le trouver. Il me sembla que le raisonnement se tenait.

— On n'a qu'à retourner dans le salon et leur annoncer, dit Lecia.

Papa partit à l'aube le lendemain. Le camion de M. McBride s'arrêta brusquement devant la maison. M. McBride enjamba le marchepied, laissa son moteur en marche et refusa le café quand mère lui en proposa. Papa sortit, hissa son paquetage militaire sur la plateforme du camion. En pleine nuit, j'avais essayé de me lover dans ce paquetage, en m'ensevelissant sous les mouchoirs bien pliés et les chaussettes roulées. J'y tenais plutôt bien. Mais j'avais une telle peur atavique du noir que j'avais laissé la fermeture Éclair ouverte sous mon menton.

C'est là qu'au matin papa me trouva endormie. Il sentait l'eau de toilette *Old Spice*. Son visage buriné était coupé en plein d'endroits, constellé de points rouges sanguinolents où il avait collé des carrés blancs de papier toilette. Il s'accroupit, tenant dans une main sa trousse de cuir marron.

— Sors d'ici, Pokey, dit-il en tirant la fermeture Éclair jusqu'à mon nombril. Pour l'amour de Dieu, tu brises le cœur d'un homme.

Puis le camion chevrolet gris de M. McBride emmena papa au loin, en bas de la montagne. Derrière la vitre, la tête de papa s'amenuisa, devint un point noir, comme ceux indiquant sur une carte une des villes où on avait eu tant de hâte d'arriver. J'avais traversé tout le

Texas derrière cette tête dont je connaissais la moindre trace de coup de peigne. Et pendant ce voyage l'éventualité du départ de papa ne m'avait pas, même vaguement, effleuré l'esprit, bien que mère ait en permanence représenté une menace implicite. C'est que papa était le type sur qui on réglait sa montre. Il se levait tous les matins d'humeur égale, demandant si on voulait du porridge ou des œufs. Et voilà que le camion de M. McBride le transportait au bas de la montagne par les virages en épingle à cheveux. Je finis par cesser d'en guetter le reflet surgissant des flaques d'ombre qui filtraient entre les arbres, baissai la tête et courus comme une dératée sur la route poussiéreuse. Le véhicule avait disparu depuis longtemps, je n'en poursuivis pas moins ma course jusqu'à ce que l'asphalte remplace la piste.

A mon retour au chalet, mère enleva les rouleaux de ses cheveux en deux temps, trois mouvements et déclara qu'elle se sentait comme une esclave affranchie.

On partit en voiture à Denver, pour un grand magasin aussi immense qu'un canyon. Mère s'y offrit ce qu'elle baptisa une petite robe de cocktail. A Lecia et à moi, elle acheta des robes du dimanche (encore qu'on eût préféré bouffer du linoléum que d'aller à l'école du dimanche). L'endroit me donna le vertige. Les vitrines en forme de cubes, aux bords tranchants, miroitaient. On y avait disposé des écharpes en soie qui chatoyaient d'un éclat incomparable, des étuis à cigarettes incrustés de pierreries, des chaînes en or véritable ne servant qu'à retenir les lunettes autour du cou. L'odeur de teinture fraîche des vêtements me piquait les yeux. Des escaliers roulants en métal serpentaient entre les étages et menaçaient de m'engloutir les doigts de pieds quand j'arrivais au bout.

Chacune de nous eut droit à un manteau de fourrure. Celui de mère, en castor blanc à fronces, était plus doux que la face interne de mon bras. Il était doublé d'une soie beige pâle qui me caressait les épaules comme la lotion mentholée qu'on vous applique sur la peau après un coup de soleil. Le lourd ourlet à volutes était bordé d'une large bande de dentelle noire. Lecia et moi, on choisit des parkas aux capuches bordées de fourrure de lapin et dont les poches étaient si profondes qu'on pouvait y fourrer le reste des petits pains du dîner.

L'après-midi, on entra en tournicotant dans le majestueux hall de marbre d'un grand hôtel, où il y avait des lustres suspendus au plafond. Le type qui faisait marcher l'ascenseur portait un uniforme à boutons de cuivre d'officier de marine. Il nous dit gagner un salaire régulier, rien qu'à appuyer sur des boutons toute la journée. Sa remarque me plongea dans une spéculation sur les syndicats de ces régions qui devaient donner maille à partir aux chaînes hôtelières. Mère et lui en rirent comme s'ils étaient de vieux copains. Quand mère glissa cinq dollars dans sa main gantée de blanc, il en rigolait encore.

Le soir, dans la salle à manger, notre table était couverte d'une équipe au grand complet de couverts alignés sur la ligne de départ. Le maître d'hôtel n'en apporta pas moins des minuscules fourchettes de bébé pour notre cocktail de crevettes. Il portait un smoking, et prétendit que c'était exprès que la soupe de pommes de terre était froide. Un autre type, avec une tasse en or attachée autour du cou, goûta le vin de mère avant qu'elle ne l'entame. A la fin du repas, le chef en personne sortit de la cuisine, la tête surmontée de sa coiffe à soufflets en portant une poêlée de bananes découpées qu'il fit flamber à notre table et qu'il servit dans nos assiettes plaquées or, remplies de crème glacée. Mère commanda une bouteille de dom pérignon et des verres en cristal pour qu'on la partage avec elle. En guise de souvenir, on piqua les fourchettes à cocktail qu'on cacha dans les poches de nos jupes. La mienne ressemblait au trident qu'un minuscule diablotin aurait brandi. Je le dis à Lecia qui faillit mouiller sa culotte tant elle rigola. On fit tinter nos verres pour rester à jamais comme des princesses dans cet hôtel. Dans l'intervalle, les serveurs en costume noir débarrassaient nos assiettes, enlevaient les miettes de la table avec des brosses à tête d'argent, qu'ils maniaient avec des mouvements de poignets trop raides pour être naturels.

Papa m'était, tout ce temps-là, complètement sorti de l'esprit. C'était bien sûr l'objectif de mère. Mais quand la conscience de son absence déferla en moi comme un train lancé à grande vitesse, elle remorquait un plein wagon à charbon de sentiments funestes.

J'étais allongée sous une courtepointe de satin émeraude et j'avais posé sur mon ventre le menu du petit déjeuner. Lecia gisait encore, masse inerte, au bout du lit. Le liseré de lumière qui filtrait au bas des rideaux me confirmait qu'on était le matin. La faim ne me tourmentait pas. C'est au moment où je me demandais avec insistance en quoi consistait la gaufre belge que ma dernière vision de papa jaillit du néant et me traversa le cerveau. Je vis le camion gris de M. McBride disparaître derrière un bouquet de conifères. Le menu me tomba des mains. Comment le départ de papa s'était-il envolé de mon esprit ? J'avais toujours évalué ma loyauté à l'aune d'une fidélité à toute épreuve. Ma tête était truffée de tortures que je serais capable d'endurer aussi bien pour de nobles causes que pour des camarades, que pour l'honneur de ma famille. Et voilà que je m'étais laissé acheter à bon marché : un manteau en peau de lapin, le larcin d'une fourchette de diablotin avaient balayé papa.

A l'époque où mère se mit à fréquenter un cow-boy de l'écurie, un type qui s'appelait Ray et qui avait de petites dents pointues de lapin, je ne montais plus Assez

Grand. Le Colorado et les chevaux avaient fait partir papa au loin. Je jurai de me rendre digne de son retour en m'infligeant des privations qui le persuaderaient de revenir. Je passais donc mes journées à lire et à tenter d'écrire de la poésie dans le confort frais de la salle de lecture du foyer de la *Christian Science*. En voici un fidèle extrait :

Grand-maman portait une écharpe
Sur sa tête argentée.
Je pensais qu'elle la garderait
Jusqu'à ce qu'elle s'écroule, morte.

Un après-midi que je m'étais endormie sur mon volume du poète américain E.E. Cummings, la matrone de la salle de lecture m'avait réveillée d'un doigt accusateur, et suggéré de rentrer piquer mon roupillon à la maison.

C'est là que je trouvai mère, torse nu, allongée par terre devant la cheminée, chevauchée par le vieux Ray comme si elle avait été un poney qu'il s'apprêtait à dresser. Il lui massait les trapèzes. Son chapeau de cow-boy était perché sur le dossier du canapé. Il avait des cheveux bruns vraiment gras et tout plats. En fait son chapeau lui avait laissé une empreinte autour du crâne. On aurait dit la marque du toit ouvrant d'une voiture décapotable. Je le dévisageai, serrant le volume de E.E. Cummings contre ma poitrine. Ray se leva d'un bond, bien sûr. Il avait les jambes grossièrement arquées. (Dans le jargon de Leechfield, on l'aurait dit incapable de coincer un cochon dans un fossé.) Et mère, pendant ce temps-là, furetait autour d'elle, cherchant à mettre la main sur son soutien-gorge. Elle le fit discrètement glisser sur sa poitrine et l'attacha d'une main ferme, en gardant tout le temps la tête baissée.

— Tiens, Slow Poke, bonjour, lança Ray.

Il avait une voix sonore et rauque. Je le corrigeai sur-le-champ, sans ciller :

— Pokey, mon papa m'appelle Pokey, pas Slow Poke. Slo-Poke, c'est une sucette marron qu'on achète et qui vous casse les dents.

Mère enfila sa blouse, disant qu'elle était contente que je sois revenue déjeuner à la maison pour une fois. Ce mensonge me blessa plus que d'avoir vu mère sans chemise, étendue à moitié nue sous un cow-boy. Ce n'était pas vrai, elle n'était pas du tout enchantée de me voir.

La semaine suivante, Ray quitta son boulot de palefrenier à l'écurie et s'évanouit dans la nature. Son départ coïncida avec le voyage que mère fit en solo à Mexico. « A nous deux Acapulco », avait-elle clamé, en promettant de nous rapporter à toutes les deux des sombreros. Mais quand elle vint nous chercher à son retour (on était restées dans la famille du patron du manège, moyennant finances), l'homme qui sortit de la voiture n'était manifestement pas Ray. Il était trop grand, trop dégingandé et avait les cheveux trop noirs.

A leur arrivée, je faisais tourner deux chevaux couverts d'écume dans le manège. A la vue de cette silhouette virile près de l'auto, mon pouls s'accéléra. L'homme qui se dressait dans le nuage de poussière soulevé par l'Impala était vêtu d'un pantalon gris et de ce qui aurait bien pu être une chemise blanche à manches courtes de chez Sears. Je laissai tomber les rênes des deux animaux, m'attirant les foudres de M. McBride : « N'abandonne pas ces chevaux en nage comme ça ! »

Mais moi, remplie du même espoir qu'un enfant au matin de Noël, je bondissais déjà vers cette silhouette élancée. Ce n'est pas devant mon papa pourtant que je m'arrêtai en dérapant, alors que déjà, je l'imaginais en train de me soulever comme une plume avec ses grandes mains, de faire virevolter mes pieds au-dessus de la poussière de la cour de l'écurie. Non, ce n'était pas papa, qui était assis sur le siège du passager dans la voiture de mère. C'était Hector, le barman du troquet des cow-boys. Mère se pencha par-dessus le toit de la voiture et tendit une main alourdie d'une bague sertie d'un solitaire. Je m'arrêtai pile. Mère prit la parole : « Dis bonjour à ton nouveau papa. »

J'entendis le cliquetis des éperons de Lecia qui se rapprochait de moi tandis que je captais le sourire de crocodile d'Hector. Lecia murmura ce que, déjà, je pensais : « Oh ! merde. »

10

Un dimanche, après l'installation d'Hector à la maison, Lecia et moi, on alla à l'écurie. Le soleil, déjà levé, apparaissait derrière les montagnes; pourtant, on trouva la sellerie verrouillée. Quelqu'un était passé, puis reparti. Les stalles étaient bien nettoyées, le sol couvert de paille fraîche, les mangeoires remplies d'avoine et les auges d'eau pure. En revanche, aucun camion n'était garé dans l'allée devant la caravane des McBride. On frappa à la porte grillagée, mais personne ne se manifesta. Je traversai le pont, jetai un coup d'œil par la fenêtre du snack-bar. Pas une âme qui vive n'était perchée sur un tabouret derrière le comptoir. On se serait cru dans cet épisode de *Twilight Zone*, où des hommes surgis de l'espace kidnappaient tous les habitants de la planète, à l'exception d'une vieille dame revêche, un professeur, qui en venait à regretter amèrement d'avoir tellement emmerdé le monde.

Lecia et moi, on s'assit devant le snack-bar sur des parpaings que le propriétaire avait alignés, afin de décourager ceux des clients, qui, pris de boisson, auraient l'idée de défoncer la vitre. Lecia sortit nos sandwichs d'un sac en papier. Des saucisses de Bologne dans du pain de mie Wonder — avec de la moutarde dans le mien, de la mayonnaise dans le sien. Il était hors de question de rentrer à la maison. La veille au soir, mère et Hector en avaient appris une (c'est comme ça qu'on avait compris l'expression « en prendre une », de cuite s'entend). Ils étaient encore, sans aucun doute, soit dans les choux, soit en proie à leurs vapeurs matinales. Hector avait concocté une potion à base d'œufs crus, de vodka et de bismuth contre la gueule de bois. Je l'avais baptisée « coup de grâce ». Il suffisait que mère voie Hector l'approcher de ses lèvres pour qu'elle décampe dans la salle de bains, le cœur soulevé de nausée. On avait donc plutôt tendance à fausser compagnie aux jeunes mariés. En fait, depuis qu'Hector Florsheim avait franchi le seuil de la maison, on ne s'était pas une seule fois glissées dans les lits jumeaux pour regarder les ours. Je n'osais, pour ma part, m'aventurer dans la chambre de mère avant midi.

Je grignotai le cœur du sandwich, ce qui mettait Lecia hors d'elle. Elle détestait que je chipote. Elle balança mes restes de croûte aux moineaux, en déclarant que je mangeais comme les écureuils. Les oiseaux picorèrent les restes, sans qu'on vît passer une voiture. Le soleil grimpa d'un cran. Toujours rien. Abandonnant l'espoir que les McBride arrivent afin qu'on puisse entrer prendre nos selles, on regagna l'écurie par le pont, en jouant à donner des coups de pied dans le sac du déjeuner roulé en boule.

Lecia dénicha deux longes accrochées à un clou et on emmena nos chevaux se balader. On suivit un étroit sentier en montagnes russes, si raide qu'il vous mettait le cœur au bord des lèvres. Les chevaux ruisselaient de sueur. On leur fit faire des huit dans le manège. On les brossa, on leur donna à boire. Le reste de la matinée, on le tua en partant à la chasse aux serpents dans le pré derrière l'écurie. Deux ou trois couleuvres s'enroulaient les unes aux autres au fond d'un seau d'avoine quand le camion des McBride franchit pesamment le pont. On courut dans sa direction.

M. McBride dit « Salut. » On répondit « Salut. » Il me demanda si je savais quel jour on était. Je répliquai que, selon toute apparence, on était dimanche. Polly descendit alors de la plate-forme du camion, pivota pour nous regarder, son tout nouveau bébé calé sur la hanche. L'étrange visage de ce bébé s'est gravé dans mon esprit parce qu'il ressemblait de façon bizarre à Winston Churchill. A l'instant précis où je pensais : *Voilà un bien triste visage à exhiber de par le monde, pour une petite fille*, Polly demanda si nous aurions oublié par hasard d'envoyer une carte à papa pour la fête des pères.

La question me glaça de honte. Lecia s'empressa de rompre mon silence en affirmant qu'on lui en avait envoyé une, avec en plus toute une boîte d'appâts de Denver, peints à la main, un sac de vers de terre en caoutchouc rouge et un nouveau moulinet Zippo avec une ligne qui pesait dans les cinquante kilos. M. McBride fit observer qu'à son avis il n'existait pas de ligne de ce poids. Mais Lecia aurait préféré le plaquer contre le mur jusqu'à ce qu'il cède, plutôt que d'en démordre. Elle ajouta que, comme les truites du Colorado n'arrivaient pas à la cheville des bars de l'est du Texas, c'était normal que les magasins d'accessoires de pêche yankees n'aient pas de grosses lignes en réserve. Elle affirma que là-bas, à Leechfield, une ligne de cinquante kilos, c'était la plus légère qu'on puisse se procurer, que la plus grosse atteignait la taille de son poignet, qu'elle exhiba, telle une preuve, sous les yeux de M. McBride. Tout le monde à l'écurie en avait sa claque des Texas par-ci, Texas par-là de Lecia. M. McBride se contenta de lui presser l'épaule, avant d'aller ouvrir son bureau. Ses enfants bondirent hors du camion. Je les haïssais tous. Chacun d'eux avait un papa. Je voulais que mon papa revienne, qu'il m'enveloppe dans l'ombre de sa grande silhouette apaisante.

Je me mis à repenser au matin où il m'avait sortie de son paquetage, à la façon dont j'avais couru après le camion qui l'embarquait. Je croyais dur comme fer que je mourrais, sans papa dans les parages. Bien sûr, je ne mourus pas. Oh certes, je ne m'étais pas mise à appeler Hector « papa », comme il me l'avait demandé (lui ayant garanti que ça arriverait « quand les poules auront des dents »). En revanche, je n'avais pas écrit une lettre par jour à papa comme je l'avais promis. Les premières semaines, je l'avais bombardé de cinq ou six missives. Pour toute réponse, j'avais reçu une carte postale représentant le puits de pétrole de Spindletop, où papa avait griffonné une blague bancale sur la fortune qu'il était en train de faire « dans le pétrole ». Il y avait ajouté un « hi! hi! » qui m'avait paru pitoyable. Et il avait conclu sur un « Tendresse de ton meilleur papa ». L'évocation de ce « meilleur papa » fit surgir toute une flopée de pères qui me faisaient des gestes de tendresse; j'en eus les larmes aux yeux.

Une autre dilemme me tracassait : je n'étais pas entièrement sûre que papa soit au courant de l'existence d'Hector. Et j'avais du mal à lui écrire sans y faire allusion. Peut-être étions-nous censées décrire mère en train de broyer du noir, toute seule, pareille à ces femmes divorcées des chansons *country*. J'avais tout de même assez de bon sens pour ne pas évoquer l'épisode du vieux Ray aux jambes arquées, en train de masser le dos nu de mère. Mais, indépendamment d'Hector, le fait de ne pas savoir si je devais prendre un air enjoué ou si je pouvais lui dire à quel point il me manquait me rendait la rédaction de ces lettres de plus en plus pénible. Je passais beaucoup de temps à la bibliothèque du foyer de la *Christian Science*, à rêvasser le nez en l'air, ou à mordiller mon crayon en essayant d'y imprimer des traces identiques de haut en bas. Il arrivait qu'au bout d'une matinée dans cette pièce sentant le renfermé, je n'aie ni barré un seul *t*, ni mis un point sur un seul *i* de mon bloc Super Conquérant.

Lecia et moi, en ce jour de fête des pères, on alla de l'écurie à la cabine téléphonique de la station-service Esso. C'était une fournaise, le soleil l'ayant chauffée depuis l'aurore. On ouvrit la porte vitrée, une bouffée d'air brûlant s'en échappa comme d'un four. Le sol au reflet argenté craquait sous nos pas. Il était jonché de guêpes et de papillons de nuit, abattus en plein vol par la chaleur et le manque d'oxygène. Je restai à l'entrée, ne voulant pas les écrabouiller avec mes semelles. Lecia les piétina sans vergogne pour arriver à la fente où elle introduisit sa pièce de dix *cents*. Elle tenait le combiné noir à cinq centimètres de sa joue, afin d'éviter qu'il ne la brûle, j'imagine. Elle demanda à la téléphoniste le 2-2800 à Woodlawn en P.C.V. Cette dernière coupa après avoir laissé la sonnerie retentir un millier de fois. Lecia refit une tentative. Mais la standardiste de la Gulf refusa d'accepter le P.C.V. et de la relier au service de papa. Lecia lui expliqua de sa voix la plus chevrotante qu'il s'agissait d'une urgence médicale. Peine perdue. Lecia, traitant la dame d'immonde putain, raccrocha le combiné avec une telle violence qu'il fut éjecté de son support argenté et se balança au bout du fil en cognant la vitre de la cabine.

Éclatant en sanglots, Lecia se recroquevilla comme si quelque chose s'était brisé en elle, et se laissa glisser sur le sol de la cabine sans vérifier si l'appareil avait rendu la monnaie.

Au bout du compte, on fabriqua deux cartes de fête des pères dans du papier à découper bleu. On écrivit sur chacune « papa » en lettres cursives d'un bleu ciel éclatant, qu'on colla avec de la super glu. Sur la mienne, j'ajoutai un drapeau, dont je coloriai les bandes en rouge. J'y dessinai des étoiles argentées qui virèrent à une couleur gris métallique, au lieu de scintiller comme avec le Crayola. Le résultat me catastropha. J'avais beau avoir une belle idée de dessin en tête, ça ne ratait pas, je ne sortais qu'un vilain gribouillage de gosse.

Mère mit les deux cartes à sécher sur le manteau de la cheminée. Celui de Lecia, au moins, était propre, le mien, constellé de taches de colle. Et puis Lecia coloriait vachement bien, sans déborder des lignes. J'en étais incapable à l'époque. Pourtant, le vieil Hector regarda ces dessins, en se balançant d'une jambe sur l'autre, comme s'il voyait le satané Saint Graal. Il avait un regard larmoyant de chien battu, qui, je le comprends maintenant, provenait autant de sa myopie que de son ivrognerie. Il bafouilla une phrase comme quoi il espérait qu'un jour on lui préparerait une surprise pour la fête des pères, à laquelle Lecia répondit par : « Compte dessus et bois de l'eau fraîche. » Cela me fit assez de peine pour qu'avant d'aller me coucher, je lui passe rapidement les bras autour de la taille, toute flasque sous le nylon poisseux de sa chemise.

Le lendemain matin, mère s'extirpa du lit. Elle voulait aller acheter assez de timbres à la poste pour qu'on envoie nos cartes à papa. Ce n'était pas un mince effort que de conduire avant d'avoir ingurgité sa ration matinale d'alcool. Elle avait apporté avec elle une thermos de bloody mary, fermée par un couvercle comme un biberon. Une fois arrivée à la poste, elle resta lourdement assise derrière le volant, fourrageant de ses mains tremblantes dans son sac en cuir à la recherche de son portefeuille. De guerre lasse, elle colla le tout sur les genoux de Lecia en lui disant de s'en occuper.

Seule dans la voiture avec mère, je me rendis compte, pour la première fois, à quel point l'alcool l'avait abîmée. Elle avait décoloré ses cheveux en blond platine. En plein jour, elle portait des lunettes de soleil noires. Le contraste formé par la couleur de foin brûlé de ses cheveux et le noir miroitant des verres lui jaunissait le teint. Elle s'était enveloppé la tête et le cou d'une écharpe de mousseline en soie blanche. On aurait dit une espèce de pansement trop lâche et trop béant pour servir à quelque chose. Ses grandes mains carrées tremblaient, même quand elle faisait un geste précis, comme celui de jeter par la fenêtre le contenu du cendrier par exemple. Je gardai le silence, me creusant les méninges pour trouver quelque chose à dire. A peine une phrase émergeait-elle dans ma tête que je me représentais la réaction désabusée de mère. En ce temps-là, elle aimait à dire que son seuil de tolérance aux conneries était vite dépassé. Moi, je l'assommais, c'est tout ce que je savais. Je l'observai. Elle saupoudrait de sel le goulot de la thermos, avec le shaker à pique-nique de chez Morton qu'elle gardait dans la voiture. Je lui dis qu'elle avait peut-être besoin d'un bloc de sel aussi gros que celui qu'on répandait dans la pâture des chevaux. Pour toute réponse, mère pinça les lèvres.

La coiffure décolorée de mère me fit penser à la photo de la notice nécrologique de Jane Mansfield, morte, apparemment, décapitée dans un accident de voiture. J'avais le goût des images macabres à l'époque, il ne m'était pas difficile de me représenter la tête de Jane Mansfield, chaussée de ses lunettes en yeux de chat aux bords incrustés de faux diamants, détachée du cou et voguant dans le bleu du ciel comme une balle de base-ball. L'image s'évapora quand Lecia poussa la porte vitrée et apparut en plein soleil. Lecia portait en bandoulière le gros sac de cuir qui lui battait les flancs, comme un paquetage de soldat.

Lecia et moi, la semaine après avoir posté les cartes de fête des pères, on passa voir à la poste matin et soir s'il y avait une réponse. Lecia ouvrait la minuscule porte de la boîte aux lettres, dont le numéro m'est sorti de l'esprit, avec la clé qui pendait au bout d'une ficelle passée autour de son cou. Papa était un piètre correspondant. La boîte restait aussi vide qu'un petit cercueil.

Pour lui rendre justice, il est vrai que les hommes divorcés d'alors confiaient leurs enfants à la mère et les oubliaient. Ils s'en déchargeaient comme d'une portée de chatons ratés, fourguée au fond d'un sac à patates, qu'on balançait du haut de l'Orange Bridge par la fenêtre d'une Ford lancée à toute vitesse. Je n'aurais jamais imaginé que papa puisse disparaître de la sorte. On avait trop joué au billard ensemble, trop pêché de poissons, trop mangé de gombos exquis. Et, de tout temps, papa avait fait des promesses de fidélité indéfectible sur un ton déclamatoire. Elles me trottaient dans la tête, comme une onde parasitée, dès qu'il commençait à me manquer : « Ma chérie, tu sais, si je ne suis pas riche, je suis capable de marcher. Et j'avance d'un pas ferme. Je jure devant Dieu que si quiconque te fait du mal, je marcherai aussi loin et aussi fermement que je l'ai fait pour l'armée des États-Unis. Nom de Dieu, ça je te le garantis ! »

Cet été-là, Lecia perdit la clé de la boîte aux lettres en montant à cheval. Puis on trouva trop pénible de faire la queue au guichet et de demander deux fois par jour si l'on avait du courrier.

À la même époque, je lançai une ultime campagne pour séduire papa et le faire revenir, en misant sur des vignettes vertes qu'on ne s'était jamais soucié de collectionner auparavant. Les magasins avaient coutume d'en distribuer en fonction de la somme d'argent qu'on venait de dépenser. Un dollar de produits d'épicerie donnait droit à environ vingt vignettes. On les collait ensuite sur des albums qu'on allait échanger contre des articles gratuits, au Centre des vignettes vertes.

Le catalogue des articles à échanger n'était pas plus

épais que la circulaire envoyée par une quincaillerie pour les soldes du jour anniversaire de son patron. Mais tout y était présenté en désordre. Les produits pour enfants figuraient au milieu des lampes de poche, les articles ménagers se trouvaient mélangés aux extincteurs. Pour dix albums, on obtenait une poupée parlante démarquée, une de celles qui s'arrêtaient de parler après qu'on en eut tiré les ficelles pendant une semaine et qui se mettait à pousser des cris perçants de singe. Avec une centaine d'albums, on gagnait du matériel de camping ou un jeu de croquet rangé dans un petit chariot en bois à roulettes. Mille albums vous rapportaient quelque chose d'aussi conséquent qu'un sèche-linge ou une chaise longue. A l'épicerie de Leechfield, les clientes fondaient comme des vautours sur le long ruban de vignettes que mère brandissait à la sortie en criant : « Est-ce que quelqu'un est intéressé ? » Les chariots convergeaient d'un bond vers l'endroit où se tenait mère. Toutes ces dames s'en emparaient en écrasant leurs laitues, leurs morceaux de poulet, leurs bébés joufflus, qui, assis sur les sièges portables, laissaient pendre par les trous du grillage leurs jambes boudinées, pareilles à des rôtis ficelés. Mère ne croyait pas plus aux vignettes qu'aux bons de réduction. Elle les considérait comme autant de tours de passe-passe, qui rivaient les femmes à leur cuisine, une fois leurs enfants endormis, un peu comme le ravaudage ou la broderie, en quoi elle excellait, mais qu'elle se refusait à pratiquer. De même, il était hors de question pour elle de faire un détour de deux cents mètres pour se procurer de l'essence deux *cents* moins cher. Même avant l'héritage de grand-maman, mère était au-delà des économies.

Pourtant, elle ne me tourna pas une seule fois en dérision lorsque je me mis à bourrer de vignettes le pot à café en fer-blanc, décoré d'un dessin de coq. Elle a dû faire de gros efforts pour se retenir. Je passais mes soirées à la table de la cuisine à lécher des vignettes que je collais sur les albums. Quand je n'avais plus de salive, je me servais de l'éponge bleue à l'odeur aigre de l'évier. Les pages de ces albums étaient quadrillées de lignes vert menthe. Je bâclais le boulot la plupart du temps, mais s'il m'arrivait d'aligner les vignettes correctement entre les traits, j'en éprouvais une satisfaction infinie. Tous les soirs, Lecia me demandait si j'étais devenue complètement marteau, d'une voix dépourvue de réelle animosité au demeurant.

Des jours durant, je hantai l'épicerie de la ville, postée derrière les portes automatiques. Parfois, les gens sortaient de leurs sacs en papier des vignettes, qu'ils me donnaient, avant de pousser leurs chariots sur le caoutchouc noir actionnant les portes qui s'ouvraient en vrombissant.

C'était le jour de la collecte des ordures que je ramassais mon plus gros butin. Les gens avaient tendance à bourrer les poubelles métalliques, comme cuirassées d'une armure, de sacs d'épicerie vides. Le plus souvent, les sacs marron étaient empilés sur les saloperies. Je dus peu de fois fourrager dans du marc de café ou des écorces de melon pour les atteindre. Il arrivait qu'on trouve au fond de ces sacs des mètres de vignettes, oubliés par un mari ou un adolescent. Les rares médecins ou hommes d'affaires de Colorado Springs, propriétaires de maisons de week-end dans le coin, se foutaient des vignettes. Je m'attaquais en premier aux poubelles impeccables de ces gens.

J'avais rassemblé des douzaines d'albums, au terme de ces fouilles, de ces coups de langue, de ces calculs. Je les mis dans une caisse à bouteilles de vodka, que Lecia dut m'aider à trimballer en foulant le gravier et les aiguilles de pin de l'allée jusqu'à la voiture. Mère la hissa dans le coffre. Elle me conduisit d'une traite à Colorado Spring, au lieu baptisé « Centre de remboursement » par les sorciers du marketing des vignettes vertes.

Derrière le comptoir se trouvait une femme, une Indienne qui portait au bout d'une jolie chaîne en argent une pierre turquoise polie luisant dans l'ombre de son décolleté échancré. Je passai tant de temps à sa hauteur que ce dernier s'est gravé dans ma mémoire. Car il se révéla problématique de trouver un article à cocher dans le catalogue à disposition sur les étagères. Il n'y avait ni nouvelle canne à pêche pourvue d'un moulinet Zippo, ni boutons de manchettes en forme de fer à cheval, incrustés d'éclats de diamant. La dame proposa de passer commande en Ohio. Cela prendrait de six à huit semaines. Mais mon père n'avait pas fait de moi une imbécile. Tout comme je savais ne pas devoir acheter à crédit, j'étais sacrément au courant qu'il ne fallait pas payer un produit sans pouvoir le palper de ses mains, sauf dans le cas des magasins Sears.

La dame eut la gentillesse de parcourir son livre d'inventaire. On y passa la plus grande partie de ses heures de service. Je lui lisais le numéro de la marchandise qui figurait dans mon catalogue écorné et elle le cherchait dans son classeur à trois anneaux, attaché au comptoir par une chaînette métallique, recouvert comme les livres d'écolier de tissu bleu poussiéreux. Au fur et à mesure que le temps passait, je dotais le livre d'inventaire d'un pouvoir magique. Il recélait le cadeau de papa, dont la découverte parmi ses pages en papier pelure constituait la dernière étape du long voyage entrepris le jour où j'avais poursuivi papa en bas de la montagne. Chaque fois que la dame s'arrêtait de feuilleter les rangées de classeurs et faisait courir son index le long d'une page, je croisais les doigts de mes deux mains pour mettre toutes les chances de mon côté.

Pendant ce temps mère, debout près de la porte vitrée, enchaînait cigarette sur cigarette. Je l'entendais écraser du pied chaque mégot. Elle remuait le pouce dans sa chaussure à talon haut qui crissait sur le sol en béton. A peine une cigarette était-elle écrasée qu'une autre était allumée. Il y avait le son du briquet ouvert d'une chiquenaude, puis le claquement dur de la pierre d'où fusait une étincelle. Au bout de quelques secondes, un double nuage de Salem aspirée puis expirée du poumon dérivait vers nous. De plus, chaque fois que la vendeuse secouait la tête négativement, mère soupirait en exhalant une épaisse fumée.

Aucun des articles sur lequel mon choix se porta n'était en réserve. J'en fus bouleversée. Au fil des nuits, je m'étais représenté papa surgissant de son camion, après le long trajet jusqu'au Colorado, et me soulevant dans ses bras, alors que Lecia trépignait. J'avais imaginé, étalée sur la banquette arrière du camion, la boîte dans laquelle on avait expédié le nouveau moulinet (ou fixe-cravates ou jeu de dominos en ébène). Dans mon esprit, mes efforts de séduction pour faire revenir papa avaient franchi la frontière entre rêve et réalité. Je me berçais même de l'illusion que c'était de bon augure qu'il n'y ait rien en stock. Le destin allait choisir le cadeau de papa et cela valait mieux que de risquer de faire n'importe quoi.

Mère s'avança dans l'allée vers nous. J'entendis ses talons claquer en cadence. Ils me signifiaient qu'elle en avait plus que marre de toute l'entreprise. A la dame du comptoir, elle déclara que ce catalogue racontait des boniments, alors que son bébé (parlant de moi) avait peiné aussi durement qu'un ouvrier agricole pour coller ces vignettes dans les albums. Je tirai le coude de sa veste de cachemire beige pour la calmer. Elle me rembarra. Je l'entendis alors tempêter contre ces sacrés fumiers de menteurs de républicains, artisans de toute l'affaire, des pingres minables qui rabaissaient le genre humain au rang de lécheurs de vignettes. La dame comprenant « nègres » au lieu de « pingres » se mit en pétard elle aussi, clama qu'elle n'était pas noire, qu'elle était indienne. A quoi mère répliqua : « Ce que vous êtes, j'en ai rien à branler. »

Je me débrouillai pour emmener mère dehors, sous les auvents peints d'un vert de forêt. Il s'était mis à pleuviner. D'énormes nuages gris dévalaient la montagne. La rue sombre était humide. J'avais laissé mon carton de vignettes sur le comptoir et j'aurais préféré être brûlée vive plutôt que de me glisser dans l'Impala de mère sans un cadeau pour papa sur mes genoux, même petit et mal choisi. Mais je savais avoir mieux à faire que de le formuler aussi carrément. Il n'y avait pas moyen de résister à mère, jamais, pas plus que de lui poser un ultimatum. Papa disait toujours que si on s'y risquait, la voilà qui redressait l'échine, semblable à un ver de terre coupé en deux. Son dernier souffle, elle le poussait à vous traiter d'enculé avant que de la boucler. Je louvoyai. Je fis des propositions. Au bout du compte je la vis trottiner sur ses talons sous la pluie, traverser la rue mouillée et se diriger vers un bar, *Le Chat noir*, dont la vitrine rougeoyait d'une enseigne au néon.

J'arpentai, des heures durant à ce qu'il me sembla, les allées du Centre de remboursement. Les étagères montaient jusqu'aux poutrelles en acier hautes de six mètres. La plupart des articles pour adultes se trouvaient dans des boîtes couleur de boue. Je n'arrêtais pas de retourner au bureau d'accueil. Mais la vendeuse, persuadée que mère l'avait traitée de négresse, se refusait à me laisser toucher au livre d'inventaire accroché au comptoir.

Au bout d'un moment, le rayon des jouets m'attira. Il y avait des tables de ping-pong et de billard et aussi une piscine gonflable assez profonde pour nager sous l'eau. Je faillis brader un lot d'albums en échange d'une fabrique de jouets en plastique. Au moyen d'un procédé à aspiration thermique, on façonnait, à partir de petits carrés de plastique, des babioles aux couleurs criardes, du genre de celles qu'on recevait des distributeurs de chewing-gum pour quelques *cents*. Ça allait des ballons de foot miniatures aux poupées courtes sur pattes, dont le sommet du crâne était orné d'une boucle où passer une cordelette. Sur l'image du couvercle, on montrait un garçon propre comme un sou neuf et une fille de mon âge environ, qui exploitaient une boutique-jouet au bord de la route. Ils piquaient des liasses de dollars à une troupe de petits enfants qui, agglutinés autour d'eux, achetaient leurs jouets. J'avais lu une biographie en bande dessinée de Henry Ford et l'idée d'être propriétaire d'une chaîne de montage, avec son équipe d'ouvriers syndiqués, me souriait beaucoup. Je passai vingt bonnes minutes abîmée dans la contemplation de la boîte de l'usine-jouet, songeant à tous ces dollars que je serais capable de générer en vendant, à dix *cents* l'article, des colifichets aux riches clients du manège.

La raison l'emporta, en définitive. Elle s'empara de moi, sous la lumière crue du néon couleur de pisse de cheval que diffusaient de longs tubes fixés aux poutrelles métalliques. J'étais consciente qu'aucun enfant sensé ne payerait ces conneries en espèces sonnantes et trébuchantes. La voix de papa résonna en moi. Papa tournait toujours en dérision les pubs de la télé : « C'est à se demander comment j'ai pu vivre une cinquantaine d'années sans mixeur pour me préparer des pommes de terre? Que le diable m'emporte, je n'ai vraiment pas de bol! »

Je finis par choisir la statuette en céramique d'un moine bedonnant, au crâne chauve, ceint d'une couronne de cheveux en feutre marron authentique, qui tenait une canne à pêche en bambou dont la ligne était un fil d'or. Une chope de bière mousseuse gisait à ses pieds chaussés de sandales. Pour mère, je pris un ouvre-boîtes électrique qui m'impressionna surtout à cause de l'aiguisoir encastré à l'arrière.

Mère le déballa sous la pendule Coca-Cola rouge, dans la salle du *Chat noir*; elle en fut touchée et l'exprima avec une exaltation d'ivrogne. J'aurais eu droit au même degré d'effusion si je lui avais donné un seau plein de merde de rat. Elle me planta un baiser au rouge à lèvres sur la joue et fit tourner l'ouvre-boîtes. Les cow-boys le manièrent avec trop de délicatesse. Ils tournèrent l'ustensile dans leurs mains calleuses d'une telle façon que j'en conclus que c'était de la pacotille. Le barman débrancha son mixeur afin d'essayer des couteaux à citron sur l'aiguisoir, qui firent grincer l'acier d'un son aussi vrillant qu'une fraise de dentiste.

On expédia le moine enveloppé de papier journal. Le pot à café s'emplit à nouveau de vignettes vertes, quasi fortuitement. J'étais fatiguée rien qu'à les regarder. Un soir, je pressai le pied sur la pédale de la poubelle dont le couvercle s'ouvrit d'un bond, comme une mâchoire qui se décroche, et j'y renversai toutes les vignettes.

Un jour, qui nous donna l'impression d'être le dernier de l'été, on aida M. McBride et tous les palefreniers à conduire les chevaux de l'écurie au pâturage d'hiver. Le crépuscule tombait. L'agent de police avait fait évacuer les voitures de la route principale pour le temps jugé nécessaire à l'opération. Il avait même interdit l'accès des chemins en posant des tréteaux rayés blanc et noir.

J'ignore la raison pour laquelle Lecia et moi, on fut autorisées à les accompagner. On l'avait interdit aux enfants de M. McBride, tous des cavaliers hors pair pourtant. Une fois la porte de l'enclos ouverte, la troupe de chevaux hésita avant de sortir au trot. Ils n'eurent l'air de piger où on les menait qu'après avoir franchi le pont en pierre. Alors ils filèrent à toute allure, tel un seul corps palpitant, qui projetait sa puissante encolure en avant, et traînait sa longue croupe à l'arrière. Si j'étais tombée, j'aurais été piétinée avant que quiconque ne remarque ma selle vide. Mais la plupart du temps, je n'avais pas peur. On aurait cru la scène surgie d'un film de cow-boys. La route, une piste de terre battue, soulevait des nuages de poussière qui nous enveloppaient en permanence. Le visage sautillant de Lecia était flou comme des images télé de mauvaise qualité. Je ne distinguais, autour de moi, que les croupes nues de ces chevaux, marron foncé, alezan et pommelées de bleu pour les Appaloosa, qui formaient de longues files et couraient exactement de la même foulée, si bien que j'en arrivai presque à me convaincre que j'étais immobile au cœur d'une ondulation rugissante. Je chevauchais dans un vacarme qui me fracassait la tête et me laissait sans voix. Je vis soudain un petit cheval pie s'échapper de la horde. Il contourna une pelouse, franchit un trottoir d'un bond, puis sauta par-dessus la haie d'un autre jardin. M. McBride remonta la côte au galop et le rabattit dans le rang. La fuite de ce seul cheval me fit réaliser la vitesse à laquelle nous avancions au sein de cette déferlante marée animale. Je ressentis une bouffée de terreur à l'idée de ma propre rapidité. Me penchant sur le pommeau de ma selle, je verrouillai cette peur en mon corps. La vague puissante des chevaux me happa de nouveau.

Le lendemain, M. McBride passa à la maison. Il y avait une roulotte où se trouvaient nos chevaux accrochée derrière son camion. C'est ainsi que nous comprîmes que nous allions quitter la ville pour l'année scolaire.

Nous repartîmes vers l'ouest, plus haut, nous dirigeant vers un point que mère avait encerclé de rouge sur la carte, sa conception personnelle des pâtures d'hiver. Elle avait investi son argent dans un bar. Si la dalle en pente de votre mère vous inquiète et qu'elle s'offre un bar dans une ville, dont vous ne l'avez jamais entendue parler auparavant, il y a des chances pour que vous la dévisagiez en silence, les yeux écarquillés. Elle fit certes un effort pour mettre la pédale douce côté alcool de notre déménagement. Elle prétendit, dans son discours d'alors, que le *Bar des Longues Cornes* ne différait en rien du bas qu'on bourrait de ses gains au jeu et qu'on fourrait sous son lit, à l'endroit où s'amoncelaient les moutons de poussière. Hector avait de la famille dans cette nouvelle ville. Elle ajouta que si nous restions au chalet, Lecia et moi, on devrait attraper un bus pour Colorado Springs à six heures du matin l'hiver. « Qui en aurait envie ? » conclut-elle.

Lecia et moi, on emporta des habits dans les valises rondes de nos poupées Barbie. Je gardai les yeux rivés sur le chalet qui s'estompait derrière nous, jusqu'à ce qu'un bosquet de trembles s'interpose et le masque à notre vue. La voiture aborda les virages en épingle à cheveux de la côte.

Nous n'y reviendrions pas, j'en étais sûre. J'en fis part à Lecia, laquelle considéra que c'était le cadet de nos soucis. Je scrutai son profil grave, tourné vers les arbres qui défilaient. Lecia rentrait son menton d'une façon bien à elle. Telle une mouette affrontant un grand vent, elle piquait du nez, ses yeux bruns ne voyaient plus le monde que par une fente bien délimitée, dessinée sous le liseré rigide de sa frange blonde. Elle s'enfouit le menton dans les plis du cou. Elle se retranchait en elle, réintégrait le sanctuaire de son être, avant qu'un nouveau chamboulement ne la submergeât. A la vue de son profil dont le menton s'effaçait, je sentis déferler en moi une marée d'obscurité, aussi glacée que l'eau d'une crique. Quand papa serait prêt, il n'aurait pas la moindre idée de l'endroit où venir nous chercher.

On roula tout le jour sur de hauts plateaux. Mère, le

trajet durant, jacassait sur le côté étriqué de notre vie au Texas, dans une ville sans autre musique que folklorique ou cajun, sans autres livres que le catalogue de chez Sears que les femmes auprès de qui j'avais grandi appelaient le « livre du rêve ». Là-bas, le rêve des femmes se résumait à un congélateur rempli de quartiers de cerf qu'elles avaient préparés et accommodés elles-mêmes, ou à l'ottomane rembourrée où elles reposaient leurs pieds gonflés à la fin de la journée. Tout à coup, mère balança par la fenêtre son béret noir. Je le regardai débouler puis s'immobiliser derrière nous, posé sur la chaussée comme un écueil.

On s'arrêta pour dîner dans un établissement *Western*, où l'on commanda des portions géantes de pâtés en croûte à la purée de pommes de terre, qu'on modela en volcan, Lecia et moi. En sortant du restaurant, mère acheta un chapeau d'homme Stetson, orné de deux longues plumes de caille qui s'échappaient du ruban, ainsi qu'une paire de bottes de cow-boy en peau de serpent. Et aussi un collier de fleurs de courgettes en alliage d'argent et de plomb. Il pesait lourd. On avait l'impression, en le mettant, de ployer sous un joug.

Le soleil avait viré au pourpre lorsque notre Impala sortit de la plaine et regagna la montagne. L'obscurité s'installa. Le compteur de vitesse flamboya d'une lueur rouge vif. Je me tenais debout, entre les deux têtes, celle d'Hector et celle de mère. Le profil mou, reptilien d'Hector, avachi derrière le volant — je trouvais qu'il ressemblait à un crocodile —, n'exprimait aucune réaction face à la nouvelle tenue de cow-girl de mère. Malheureusement, je savais depuis le début qu'on ne pouvait éviter Hector. Mère s'étira sur le siège de la place du mort, posa ses bottes sur le tableau de bord. Elle nous avait appris, un peu avant, une vieille rengaine de cow-boy. Je m'endormis alors qu'elle la fredonnait sous cape d'un ton monocorde :

Je suis un vieux bouvier du Rio Grande
Mais je n'ai ni jambes arquées, ni joues burinées.
Toutes les chansons de cow-boy, je les connais
Parce que je les ai apprises à la radio.
Yippee-ay-yo-ky-yay...

11

Les phares de la voiture zébrèrent le panneau indiquant que nous venions d'entrer dans Antelope. Les pères fondateurs de la ville avaient eu l'espoir d'attirer la foule des skieurs qui, en route vers la station de Telluride, croisaient la pancarte dont les lettres cursives, épaisses et rouges, ressemblaient à celles qu'on voyait sur les camions de crème glacée. La création d'Antelope remontait à l'époque de la ruée vers l'or. Certes, le nombre des mineurs qui avaient tamisé des pépites d'or dans leurs batées se comptait sur les doigts de la main. Il y eut bien un homme qui repéra de grosses veines de minerais d'argent et de cuivre. Quand elles furent épuisées, Antelope se retrouva sans véritables ressources susceptibles de nourrir ses concitoyens. Je donnai un coup de coude à Lecia, affalée sur mon épaule, afin qu'elle prenne la mesure de la ville avec moi.

Tout au long de notre existence, mère nous avait préparées à vivre dans une grande ville. Les histoires qu'elle nous racontait à l'heure du coucher en débordaient : Athènes au temps de Socrate, avant l'avènement des cyniques, lesquels avaient incité les gens à s'ouvrir les veines allongés dans leur bain; le Paris des années vingt; Vienne, lorsque Mozart malade, ruisselant de sueur, griffonnait les accords de son propre requiem. Le New York de mère, celui des années quarante, occupait une place de choix dans cette liste. Et il nous avait été affirmé que nous avions un droit de naissance sur New York en particulier. Mais quand, par cette humide soirée d'automne, on roula au ralenti dans la rue principale d'Antelope, on ne vit que quelques enseignes de bière éclairer les immeubles ramassés sur eux-mêmes et les devantures des magasins. Il n'y avait pas plus de marquises à lumignons clignotants que de longs auvents, où des portiers officiels en faction auraient porté des sifflets dorés autour du cou pour appeler les taxis.

A la lumière du jour, le paysage était d'une beauté à mettre une majuscule sur le B. Mais une sorte de sévérité gothique hantait le lieu. Les montagnes qui dominaient la ville donnaient l'impression de vaciller. C'était l'automne, une grisaille immuable évoquait les cieux décrits dans *Dracula*, surplombés par les Carpates hérissées d'arbres décharnés.

Je fondai un club de vampires dont je fus le seul membre. J'en écrivis la cérémonie d'initiation, une œuvre de longue haleine, ardue, sur mon bloc Super Conquérant. La première étape consistait à s'enfoncer pour de vrai une aiguille dans le doigt, afin de mêler son sang à celui des autres adhérents. Pour prouver à Lecia, qui m'observait, à quel point je prenais l'affaire au sérieux, je me piquai les deux index. On était également censé tremper sa main dans de l'essence à briquet, l'enflammer avec une allumette, puis étouffer la flamme au plus vite dans une serviette mouillée. C'était un tour que j'avais vu exécuter lors d'Halloween, un jour, à Leechfield. Il fallait ensuite passer un examen écrit de langue vampire, en épelant trois ou quatre lettres de mots roumains tirés du livre de Bram Stoker. (Il me semble que *Vlkoslak* voulait dire « vampire ».) Ils servaient de mots de passe qui donnaient accès à la maison du club, que je ne réussis jamais à mettre en forme. Une fois ces épreuves subies, on devait se graver deux points rouges au feutre sur la carotide. Lecia se récusa. Elle persista dans son refus, même quand je lui proposai de renoncer aux rites d'initiation, lui promettant le poste de vice-présidente, puis de présidente, me réservant le rôle d'Igor.

Antelope, en vérité, se prêtait à l'évocation de clubs secrets et de rituels démoniaques. Il y avait une boucherie allemande où les saucisses étaient suspendues au plafond au bout d'une ficelle. La première fois que j'en poussai la lourde porte, une énorme cloche de vache retentit. Je levai la tête et découvris avec horreur des quartiers de viande odorants, inertes, qui oscillaient au-dessus de moi dans leurs sanglants emballages. Ils me rappelèrent une gravure médiévale d'un des livres d'art appartenant à mère, qui représentait des hérétiques condamnés à la pendaison par l'Inquisition espagnole. Les corps se balançaient au gigantesque gibet dressé sur la place d'une ville, tournoyaient au souffle du vent, pourrissaient, les bras ballants, les yeux exorbités. Le propriétaire du magasin s'appelait Olaf, rien que ça. Il faisait tourner la boutique avec Anna, sa sœur jumelle. L'un et l'autre avaient à peu près cent ans, et à chaque fois qu'on entrait, on avait l'impression que leur colonne vertébrale se tassait un peu plus. Tous les deux projetaient une ombre qui dessinait un point d'interrogation bulbeux sur les craquelures du linoléum marbré.

Ils prenaient des poignées de bonbons à un sou dans des bocaux de drugstore, qu'ils distribuaient avec des échantillons de fromage fondu à l'ail fait maison, d'un orange fluorescent introuvable dans la nature. Certaines des marchandises entreposées sur les étagères dataient d'Eisenhower. Ils vendaient des boîtes de produits d'entretien pour salle de bains, dont les pyramides étaient restées si longtemps exposées au soleil que la couleur de citron vert des étiquettes avait viré au jaune pâle. Les pattes de mouche de l'interdiction d'absorber ce produit étaient illisibles. Le « Si on avale... » était suivi d'un espace blanc roussi en guise d'avertissement.

On s'installa tout d'abord dans un hôtel délabré, en stuc rose sale, en face de ce magasin. Anna nous préparait des sandwichs pour le petit déjeuner et le déjeuner, qu'elle bourrait de tranches de salami gras, ou de jambon plein de nerfs entouré d'un fleuve de couenne. C'étaient des sandwichs colossaux, comme ceux de Dagwood dans la bande dessinée *Blondie*. Anna en rassemblait les étages avec des cure-dents. Il fallait dépiauter tout un sandwich pour la moindre bouchée. Le pain blanc rassis, bourratif, m'obligeait à boire une bouteille de jus de raisin presque entière pour le faire descendre. Au bout d'un moment, je fis l'impasse sur le pain. Je vécus de tranches de salami parcheminé et de feuilles de laitue froides, dégoulinantes de mayonnaise, chipées dans les sandwichs des autres, avec des rondelles de tomates farineuses. Lecia me morigénait, à grand renfort de tapes sur la main, disant que je finirais par me retrouver avec un moignon en sang.

Le soir, nous dînions dans l'unique grill de la ville, humide, pauvrement éclairé, dont la spécialité était des côtes de bœuf informes. Le repas commençait par un certain nombre de Martini ou de cocktails Gibson, s'arrosait au bourgogne et s'achevait sur un cognac que mère comparait à une flamme soyeuse qui lui incendiait le gosier. Une fois, alors qu'au terme d'un festin de cet acabit je traversais la rue principale en contemplant la lumière des réverbères qui vacillaient au souffle du vent des montagnes, je fus saisie de désespoir : « Seigneur, quel pays désolé! » Mère s'appuyait sur Lecia, Hector sur moi pour atteindre l'autre côté de la rue. L'unique conducteur dont les phares me balayèrent le visage prit sûrement Hector, en train de tituber sur la chaussée tel Frankenstein, pour mon papa. L'envie me démangea de taper sur le pare-brise pour lui expliquer ce qu'il en était.

Dès notre retour à l'hôtel, mère et Hector s'éclipsèrent. Lecia m'asticota pour que je me brosse les dents : « Tout de même, tu ne veux pas avoir des dents immondes, vert-de-gris, comme le vieux Ray de l'écurie. »

Je lui répondis que non, madame, bien sûr que non. Je remarquai dans le miroir qu'Hector, en prenant appui sur moi, m'avait imprimé sur la joue gauche une fossette en demi-lune avec le bouton de bois de son caban. C'était mon rêve de toujours, des fossettes à la Shirley Temple. Lecia s'évertua à me creuser l'autre joue de sa réplique en me pinçant avec l'ongle du pouce. Je braillai. Alors elle m'enfonça le bouchon du tube de pâte dentifrice dans la chair pendant que je comptais jusqu'à cent. En vain ; il fut impossible de faire coïncider les empreintes.

Mère loua une maison coloniale, au décor tout de chintz et de meubles d'acajou à pieds zoomorphes. Elle appartenait au président de la dernière banque de la ville (emprisonné pour détournement de fonds, si mes souvenirs sont exacts). Lecia et moi n'avions jamais vu de maison à deux étages. On la parcourut en chuchotant, le cou tendu vers les hauts plafonds, les longs rideaux retenus par des embrasses à glands de soie. On se fit l'une à l'autre une révérence, avant de s'asseoir, tout au bord de la causeuse rose, raides comme des piquets, et de jouer à servir le thé.

La maison était spacieuse, et la table de la salle à manger, interminable, couverte d'une couche de poussière assez épaisse pour qu'une fois nos noms écrits, il reste de la place. Selon moi, j'en fis la remarque, les douze chaises assorties évoquaient la Cène, Jésus en moins. Elles étaient profondes comme des fauteuils de dentiste, avec des sièges capitonnés de satin bleu roi. Les moulures aux coins des murs étaient sculptées de masques de comédie grimaçants. Dans le salon, un petit piano à queue trônait au-dessous d'un lustre dont les pendeloques en verroterie avaient pris une teinte d'ambre terne. Des portes-fenêtres menaient à un petit salon où mère et Hector installèrent leur lit. Comme ça, Lecia et moi, on se faufilerait moins facilement dans leur intimité.

Nous avions chacune notre chambre à l'étage. C'était la première fois de notre vie. Une grande commode en merisier se dressait dans la mienne, aux tiroirs comme des cavernes, où même les vêtements que mère avait commandés à Denver semblaient dérisoires. En me couchant le soir, je m'attendais toujours à ce qu'un des tiroirs s'ouvrît et qu'un nain en surgît. Alors je pris l'habitude de me glisser dans le lit de Lecia qui restait endormie, même quand j'avais l'audace d'enlacer mes doigts aux siens.

Le jour de la rentrée des classes, on marcha le long d'un trottoir, jusqu'à un endroit noirci de graffitis, qui accusaient un certain Ken de faire des pipes aux ours. Le lycée d'Antelope se dressait en arrière-plan. C'était une bâtisse en pierre, la seule école de la ville, qui faisait toutes les classes.

Il fallait passer devant un groupe de jeunes du lycée en train de fumer pour accéder à l'escalier. Les garçons avaient les cheveux roulés en bananes volumineuses ; les filles, aux yeux de chats soulignés à l'eye-liner, arboraient des coiffures du genre casque de Minerve. Ça sentait la brillantine et l'eau oxygénée à plein nez. A Leechfield, les grands garçons étaient coiffés en brosse. A l'exception de quelques fils de paysans portant salopettes et brodequins, ils étaient vêtus, pour la plupart, de chemises boutonnées, de gilets, pareils aux adolescents de la télé. Ceux du Colorado faisaient plus âgés. Les filles fumaient en public, sans se cacher dans les toilettes ou derrière la patinoire comme chez nous. Un des garçons dissimulait, dans une poche ou un sac, un transistor qui diffusait un air ressemblant à *Louie, Louie*. Une fille aux cheveux noirs, avec les accroche-cœurs d'une précision incroyable sur ses joues pâles, dansait lascivement au son de cette chanson, devant tout le monde. Elle se déhanchait en entrouvrant ses lèvres bleuies de froid. Au Texas, je n'avais vu cette danse qu'une fois, à l'occasion d'une de ces fêtes où on restait coucher chez notre hôte. C'était une vicieuse, originaire de Louisiane, cousine d'une des invitées, qui l'avait exécutée. Je passai devant la fille aux accroche-cœurs bouche bée. Pour moi, cette danse valait un spectacle de strip-tease, au point de vue de la moralité.

On monta l'escalier ciré de l'entrée. On déboucha sur un mur couvert de patères du sol au plafond. Sur un des côtés, un amoncellement de luges côtoyait des casiers réservés aux bottes. Pour la première fois, je pris conscience que j'allais voir la neige dans cette région, qu'il y aurait des boules et des gros bonhommes de neige. On ferait de la luge. Je n'en avais vu que dans les livres. Je pris la résolution d'engraisser, peut-être même de me procurer de ce produit qui fait grossir que le frère de Dillard Junior, voulant se faire du lard pour le foot, avait commandé sur un formulaire au dos d'une bande dessinée. Après coup il s'était plaint que ça lui donnait les dents grises. Moi, j'en avais vraiment marre d'acheter des habits pour bébés alors que les grosses filles avaient le choix dans les vastes rayons circulaires de vêtements étiquetés « rondes ». Je voulais prendre du poids, dents grises ou pas.

Lecia me mit le doigt sous le menton, me releva le

visage, et m'avertit : si, au cours de la journée, j'avais le moindre problème, elle m'arracherait les cheveux après l'école. Puis, vérifiant autour de nous que personne ne nous voyait, elle me colla les bras le long du corps, dans une soi-disant étreinte. Lecia prit ensuite le large, en faisant claquer ses nouveaux souliers vernis.

Elle aurait pu s'épargner la peine de me menacer. Il n'y avait aucun instituteur dans les parages avec qui m'attirer des ennuis. L'école pratiquait une méthode d'enseignement intitulée « à chacun son rythme ». Ce qui signifiait que chaque enfant travaillait par lui-même, en progressant dans une succession de classeurs de lecture et de calcul. La surveillance des classes était assurée par des pions étudiants. Les instituteurs, eux, passaient la journée dans la salle des professeurs. Ils y fumaient, se gavaient de cargaisons de gâteaux au chocolat fourrés aux noix, de sablés, de biscuits dont chacun, à tour de rôle, apportait de grands récipients Tupperware. On me mit en neuvième. Autant je suis capable, en cet instant précis, de débiter à toute allure la liste des enfants de mes classes de onzième et de dixième sans en omettre un seul, autant il m'est impossible de donner plus d'un ou deux noms des élèves de cette classe au Colorado.

Ce premier jour au demeurant, une institutrice nous escorta pour nous aider à prononcer notre serment d'engagement envers l'école. J'ai encore le souvenir de la main fraîche, exsudant un relent de lotion Jergens, qu'elle posa sur mon épaule en me présentant à la classe.

Dans ma précédente école, une nouvelle élève aurait joui d'une célébrité immédiate. Elle venait d'ailleurs, cela suffisait. Les petits Texans l'auraient bombardée d'avions en papier et se seraient agglutinés autour d'elle à la récréation. Les enfants de l'ouest montraient plus de circonspection. Debout devant le professeur, je les observais. Leurs visages me renvoyèrent un regard vide de bovin. A la récréation, personne, hormis la chef de classe, la fille du proviseur comme par hasard, qui avait des yeux bleus et de brillants cheveux cuivrés coupés à la garçonne, n'aurait pu vous dire mon prénom, encore moins d'où je venais.

Au Texas, en outre, une bande d'enfants de neuvième livrés longtemps à eux-mêmes auraient renversé les pupitres, gribouillé des gros mots sur le tableau, mis le feu aux poubelles et choisi un bouc émissaire à martyriser. Alors que cette institutrice s'en retourna d'un pas furtif dans le couloir, jetant un coup d'œil en arrière, rien de plus. A Antelope, même les gosses les plus débiles restaient rivés à leurs pupitres, une bonne partie de la journée. On aurait dit qu'on leur avait administré un puissant somnifère. On ne les distinguait pas les uns des autres, ils avaient tous le teint terreux. Personne ne parlait. Sinon la surveillante vous distribuait des mauvais points et si on en avait trop on se coltinait quinze minutes d'une retenue susceptible de se prolonger dans la salle de classe désertée, scandée par la petite aiguille rouge du cadran de l'énorme horloge industrielle qui ponctuait la fuite des heures.

La plupart des enfants, le nez baissé sur leurs cahiers, essayaient de dormir. Il y avait un garçon qui évaluait la qualité de sa journée à l'aune du roupillon qu'il piquait. A son réveil, il dessinait sur une feuille de papier un cercle autour de la tache de bave qu'il y avait faite et en comparait la taille et la perfection avec celle de la veille.

J'étudiai ces classeurs de lecture, et de calcul, un certain temps. Le système était absurde. On passait au niveau suivant sans que personne ne vous surveillât. On devait même noter les interrogations qu'on se donnait soi-même. Le surveillant vous remettait la page des solutions avec un bout de crayon rouge pour noter les fautes. Autant que je sache, personne ne vérifia jamais mon travail. Mais je n'avais pas l'idée de tricher, les devoirs étant aussi faciles que ceux du C.P. Je me souviens de l'un d'eux, qui se présentait comme suit :

> Les pommes n'ont pas la même couleur.
> Coloriez en vert les pommes des plus grands arbres, en rouge celles des arbres de la taille suivante, en jaune celles des plus petits arbres.
> Combien y a-t-il de pommes vertes ? Combien de rouges ? Combien de jaunes ?

Même moi, je comprenais l'inutilité de colorier les pommes avant de les compter. Les leçons faisaient l'effet d'un tissu de pensums qu'on pouvait tout aussi bien sauter. Une fois les contrôles d'un classeur réussis, on passait à un autre et ainsi de suite, dans ce qui semblait une interminable succession de volumes où des trains roulaient à cent kilomètres à l'heure, où la gerbe de maïs vendue par le fermier Brown comprenait douze tiges.

Certes, il est impossible que l'institutrice ait passé ses journées dans la salle des professeurs. C'est pourtant le souvenir que j'en ai gardé. Un jour, un garçon se colla un trombone dans le nez. Le sang gicla. La surveillante responsable des mauvais points s'occupa de lui. Elle lui emprunta une de ses chaussettes de gym, lui pencha la tête en arrière, et la lui fourra dans les narines. Le geste provoqua une brève effervescence dans la classe qui poussa des « Ooooh »... car la chaussette était censée avoir été portée. On me choisit pour aller quérir Mme Untel dans la salle des professeurs. L'équipée m'entraîna dans une navigation au long cours. Je descendis un escalier de béton, arrivai dans la salle des chaudières, qui ressemblait aux sous-sols des films d'horreur, où on criait toujours : « Ne descends pas ! » à l'héroïne qui tenait la bougie. La chaudière craqua lorsque je passai devant. Les tuyaux enchevêtrés du plafond, attachés ici et là par des bouts de chiffons, n'en suintaient pas moins. Cette enfilade de pièces débouchait sur la porte de la salle, ronde, percée d'une vitre de verre dépoli, qui faisait penser à un hublot de sous-marin. Je posai la main sur le bouton de cuivre et la tirai.

A l'intérieur, la pièce était envahie de fumée compacte. Le personnel enseignant de l'époque, uniquement féminin, était constitué de femmes corpulentes à l'excès. Elles me tournaient leurs dos, volumineux, contenus à grand-peine par les fermetures Éclair de leurs robes aux tons pastel. Elles étaient assises sur des chaises d'où débordaient leurs énormes fesses. Ces dames tournèrent leurs visages vers moi. Chacune avait son propre cendrier en aluminium et tenait une assiette en carton vide ainsi qu'une fourchette de plastique blanc, méticuleusement léchée. Les vestiges d'un gâteau au chocolat gargantuesque trônaient au milieu de la table. On aurait dit que le carton d'emballage de la pâtisserie était un vaste terrain de foot bourbeux, labouré d'empreintes de chaussures à clous et de traces de pattes. Ma maîtresse sauta sur ses pieds à ma vue, et me ramena dans la salle de classe.

La première semaine, je gravis dix-huit échelons en lecture et douze en calcul, un record pour l'école. Je l'avais battu autant par ennui que par ambition. On l'annonça au haut-parleur le lendemain de ma prise de serment. Une bouffée familière d'orgueil me gonfla fugacement la poitrine. En parcourant l'assemblée du regard toutefois, je réalisai que beaucoup d'enfants roulaient des yeux furibards. La classe avait peut-être conclu le pacte secret de ne pas faire de prouesses afin d'éviter de placer la barre trop haut pour les autres.

À la récréation, une fille de septième, que tout le monde appelait la grosse Bertha derrière son dos, se dirigea à grandes enjambées vers moi. Je faisais la queue pour boire à la fontaine. Elle me gifla. Elle avait pris de l'élan avant de me frapper, je vis donc sa main venir de loin. C'était inattendu, j'en oubliai de me baisser pour l'esquiver, et il me fallut encore une seconde avant d'intégrer ce qui m'arrivait. Si j'avais prévu le coup, peut-être me serais-je effondrée pour faire sensation. J'avais la joue qui brûlait sous ma main. La queue au jet d'eau se dispersa entre-temps. Les enfants, de toutes tailles, se regroupèrent d'un côté de la cour, où ils formèrent un mur irrégulier destiné à empêcher la maîtresse de nous voir.

La grosse Bertha fit la grimace, ses petits yeux de cochon se fondirent dans son visage poupin de pleine lune. Elle admit m'avoir tabassée parce que sa petite sœur avait eu l'air d'une imbécile dans ma classe, à cause de moi. Sa sœur, je ne savais même pas à quoi elle ressemblait. Incapable de résister à une attaque aussi directe, je répliquai que sa sœur n'avait pas besoin d'aide pour accéder à la section des débiles mentaux, et elle non plus d'ailleurs, car elle n'était qu'une grosse vache de grosse Bertha.

Dès que je lui eus craché son surnom à la gueule, la grosse Bertha me gifla l'autre joue du revers de la main. Cette fois, je fonçai dans le tas de son corps et la rouai de coups, en faisant tournoyer mes bras. Lecia, qui se balançait à l'autre bout de la cour, me raconta ensuite qu'on aurait cru voir les ailes descellées d'un moulin à vent s'enfoncer dans le ventre mou de la grosse Bertha, qui, lente à la détente, se mit ensuite à m'assener des grosses beignes sur la tête. J'étais sur le point de m'avouer vaincue. C'est alors que mes mains, comme mues par un instinct primitif, s'agrippèrent au col de sa blouse. Je tirai de toutes mes forces. Chaque bouton blanc fut arraché, comme par miracle, et tomba sur l'herbe avec un petit bruit feutré. Bertha avait les deux mains plongées dans mes cheveux, les élastiques de mes nattes me déchiraient le cuir chevelu. J'avais les yeux qui s'étiraient jusqu'aux oreilles. Je sentais ma bouche s'ouvrir, aussi grande que celle d'un de ces astronautes des photos d'entraînement du magazine *Life*, dont la force du vent révélait les dents de sagesse. Bertha, occupée à me secouer le crâne, ne baissa pas les yeux tout de suite. Lorsqu'elle le fit, elle s'aperçut que le soutien-gorge de sport tendu sur ses nichons minables était exposé au su et au vu de toute l'école. Alors elle me lâcha et se précipita en trombe vers les portes de la cantine.

La bagarre me valut un œil au beurre noir, le droit. Bertha portait au doigt l'anneau de son petit ami, qui avait ricoché sur ma figure. Mère expédia un de ses esclaves, pilier de bistrot, chercher un steak T-bone au marché pour le faire dégonfler. Elle appliqua du fond de teint autour de l'orbite, puis passa du talc sur le tout avec sa houppette la plus duveteuse.

Deeter, le barman, plongé dans des pensées apparemment graves, nettoyait les traces de rouge à lèvres d'une chope de bière. Les bouteilles échelonnées derrière lui vacillaient dans des petites stalles de chœur d'église. Elles étaient couleur d'ambre, vertes ou transparentes, et il y en avait une, de chartreuse, dont le jaune lumineux rayonnait au dernier rang comme une marque de carburant de fusée. Je parcourus le bar du regard, captai dans le miroir du mur le reflet de mon œil boursouflé, déformé, durci de poudre. *Papa serait fier de cet œil,* pensai-je en me laissant glisser du tabouret.

La salle de bains n'était guère chauffée, on voyait son haleine. A l'aide d'un bouchon de papier toilette mouillé, j'enlevai le maquillage de mère. Puis j'utilisai le sèche-mains fixé au mur, surtout pour me réchauffer le cœur. Debout toute seule, les yeux fermés, le visage balayé de rafales de vent chaud, je sentis mes cheveux voler dans le dos et le sang irriguer à nouveau mon œil tuméfié. Une vague soudaine de mal du pays me submergea. Une fois, j'avais fait toute la route pour rentrer de la plage à l'arrière du camion de papa. Le soleil avait chauffé les têtes des clous du plateau du camion, au point de vous brûler la plante des pieds si on les posait dessus. La nuque de papa, drapée du rouge de sa casquette texane, se découpait comme une icône dans le pare-brise arrière. Je lui avais tourné le dos, pour m'exposer au soleil. Le vent chaud m'avait évité de transpirer. Il n'en reste pas moins que le soir, j'avais un coup de soleil cuisant que papa avait apaisé en appliquant du Noxzema. Le sèche-mains s'arrêta et mon souvenir s'évanouit en même temps, comme si à lui aussi on avait coupé le courant.

Je me hissai sur le bord du lavabo, inspectai une nouvelle fois l'ecchymose dans le rectangle miroitant du distributeur de serviettes. L'œil avait regonflé, viré au bleu-noir éclatant, souligné d'un trait de vert. Papa l'aurait baptisé le coquart le plus exceptionnel du monde.

Plus tard, alors que j'étais allongée à moitié assoupie sur une banquette du coin le plus sombre du bar, papa prit presque forme dans l'atmosphère alourdie de vapeurs d'alcool et de fumée. Papa, son spectre du moins, s'assit à côté de moi. Je n'étais pas assez folle pour croire que la silhouette de papa que j'avais fait apparaître était réelle. Je savais qu'il n'en était rien. Il s'assit, dégingandé, vêtu de son pantalon kaki froissé, finissant par dire : « Ce qu'il faut c'est que tu protèges ta droite .» Il prit une cigarette dans la rangée serrée des Camel, qui s'alignaient comme des tuyaux d'orgue. La plaque en verre de la table noire était à peine plus transparente que lui. « Et que tu commences par attaquer avec ton gauche. Comme ça, elle ne pourra pas atteindre ton œil. Laisse-moi voir ça. » Il tapota du pouce le contour de la contusion, en ausculta les points vulnérables. « Ça va aller, bordel de merde! »

J'avais les yeux qui me brûlaient. J'espérais un peu de répit au creux des grandes paumes de papa, qu'il me soulève et me tienne en suspension dans l'univers, comme lorsqu'il m'avait appris à faire la planche à la piscine municipale. J'avais envie d'écouter papa, que sa présence berçât ma fatigue. Je m'endormis comme une souche sur ses genoux de fantôme.

La rapidité de ma progression dans les classeurs provoqua un autre effet secondaire, pire que la rossée de la grosse Bertha. Le proviseur tint à discuter avec mère de son intention de me faire sauter une classe.

Il s'appelait M. Janisch. A l'exception du surnom de Janbo que lui donnaient les enfants, je ne garde aucun souvenir distinct de ses traits. C'était une masse confuse et menaçante, en complet trois-pièces et cravate à rayures. Mère se dirigea vers lui, la main tendue. Elle portait son manteau en castor. Gordon l'escortait. C'était l'un des habitués du bar à qui elle offrait des verres pour qu'il nous conduisît à ce qu'elle appelait les trois piliers de notre existence (l'école, le bar, la maison) et nous en ramenât. Gordon prit mère par le coude et la mena du bureau de M. Janisch au fauteuil marron en skaï dans le coin de la pièce.

La présence de Gordon me gênait. Il avait des mains blanches de fille, une peau grêlée d'acné et de cicatrices. Il y eut un poète d'ailleurs qui écrivit au sujet du « jeune homme aux furoncles ». C'était Gordon. Vêtu d'une tenue de camouflage, il avait enfilé des bottes de combat noires. M. Janisch demanda dans quelle arme Gordon avait fait son service militaire. Le vieux Gordon, faussement modeste, baissa vivement la tête, et siffla son mensonge entre ses dents de castor : il ne pouvait rien dire, question de sécurité nationale. Je savais, c'était un fait établi, que Gordon avait été réformé pendant la guerre de Corée pour je ne sais quelle raison, les pieds plats ou quelque maladie mentale. Il avait un gros cul flasque de femme qui accentuait le côté pathétique de son numéro de soldat. Il essayait bien de le cacher en sortant sa chemise du pantalon, mais cela revenait au même que de brandir l'écriteau « J'ai de grosses fesses ». En bref, il se montra aussi pompeux qu'inconsistant. Et je tressaillis quand mère le présenta comme notre chauffeur.

Dès que mère se fut assise, Gordon lui alluma sa cigarette avec un briquet au butane dont la flamme s'éleva à environ trente centimètres de haut. Il empocha le briquet, puis appuya ses fesses au rebord de la fenêtre et ouvrit le magazine qu'il avait emporté. Sur la couverture, il y avait la caricature d'un nazi maigrichon, au long nez de fouine, qui louchait pour garder son monocle ajusté tout en plaquant ses bras dans le dos d'une blonde à la poitrine opulente, vêtue d'un uniforme en guenilles. J'avais encore plus honte de l'intensité avec laquelle Gordon se concentrait sur le journal que du fait que M. Janisch pouvait en apercevoir la couverture sordide.

Je pense que je prêtais une attention si soutenue à Gordon parce qu'il m'était insupportable de regarder mère. Elle était devenue le portrait craché d'une cinglée. En premier lieu, elle avait essayé, à l'automne, de se teindre les cheveux en roux. Le résultat obtenu, une substance proche de la peluche, avait dans l'ensemble une couleur et une texture de luzerne. Et puis elle ne s'était pas donné la peine de s'habiller vraiment pour ce rendez-vous. Elle avait tout bonnement sauté, jambes nues, dans ses bottes de cow-boy, barbouillé ses lèvres d'un rouge boueux et jeté ce manteau de fourrure sur sa chemise de nuit en soie couleur pêche. Chaque fois que mère croisait les jambes, l'ourlet gondolé de la chemise dépassait du manteau. Et j'eus l'impression qu'elle s'en donnait à cœur joie. Il se peut qu'elle ait essayé de montrer ses jambes au vieux Janbo, un homme que de jolies jambes risquaient bien de ne pas impressionner. Il se contentait de se balancer sur son fauteuil de bureau, en hochant poliment la tête au-dessus d'une vaste étendue de buvard vert.

Je fis, tout le temps, un effort pour me plaquer un sourire figé sur le visage, même lorsque mère invita le proviseur à venir prendre un verre au bar, n'importe quand. Elle présenta le *Bar des Longues Cornes* comme un endroit familial et vanta ses filles « brillantes » — à ce stade elle me caressa les cheveux —, qui s'installaient pour travailler à une table basse, au son de la musique classique que diffusait le juke-box. Je me souviens très bien d'avoir dégagé ma tête de sa main. (La petite traîtrise du mouvement de recul à son égard me poignarde encore le cœur d'un élancement de culpabilité.) Je savais le vieux Janbo au courant du bouge infâme qu'était le *Bar des Longues Cornes*, et refusais de me souiller davantage en avalisant un mensonge aussi criant.

C'était vrai, Lecia et moi, on regagnait le bar après l'école. Mais au lieu de faire nos devoirs, on jouait à un jeu électronique, panachage de jeu de palet et de bowling, où on fait glisser un palet sur une longue piste brillante pour renverser des quilles. Ou bien on sirotait des cocas à la cerise au bar en apprenant des blagues de troquet. Je savais construire un château de cartes et je savais piper les dés. J'étais capable, aussi, de suivre les étapes du tour qu'on faisait avec des coques de noix (encore trop maladroite pour l'exécuter seule), ou de plier un torchon en forme d'immense pénis de cheval en érection. Ce qui déclenchait chez les clients un chœur tonitruant de braiments d'ânes soûls. Le *Boléro* de Ravel était le seul morceau de musique classique du juke-box, sauf si on tenait compte de l'air d'*Exodus* qui tirait des larmes aux barmen irlandais. Mère trimballait en permanence un tournevis dans son sac. Ainsi, selon son humeur, son envie de danser, elle en augmentait ou en baissait le volume. La plupart du temps, nous écoutions Tennessee Ernie Ford chanter l'extraction de seize tonnes de charbon ou son cœur qui suivait le vol des oies sauvages.

Certains des habitués n'avaient pas levé l'ancre depuis si longtemps qu'on aurait dit que des toiles d'araignées les rivaient à leurs tabourets. J'avais vu la tristesse insondable des épaves échouées dans des bistrots des peintures d'Edward Hopper. Mère en avait un livre, où chaque portrait était plus glauque que le précédent. Le *Bar des Longues Cornes* grouillait de personnages de ce type.

Gordon et Joey, les plus alertes parmi ces clients, étaient assez jeunes pour faire les courses de mère quand, anéantie par ses migraines, elle était incapable de se glisser derrière le volant.

Joey vivait d'une pension d'invalide. Il s'était encrassé les poumons dans les mines et un avocat de Colorado Springs lui expédiait un chèque mensuel. Cela ne l'empêchait en rien de tirer jour et nuit sur des cigarettes. Les index de ses deux mains étaient maculés de taches brunâtres de nicotine. Joey avait été bel homme, contrairement à Gordon. C'était un métis d'Indien et de Mexicain. Petit, large de torse néanmoins, il avait les hanches étroites, et des mâchoires carrées. Mère aimait à qualifier ses yeux noirs de langoureux. Au demeurant, il avait des valises sous les yeux, et les cils en berne, conséquence des analgésiques à la codéine et du valium (mère avait demandé au docteur de Joey d'en prescrire pour elle aussi). Joey, par-dessus le marché, était pris plusieurs fois par jour d'interminables quintes de toux qui coupaient court à toutes les conversations du bar. Il était évident qu'il finirait par le cracher, son poumon.

Quand Joey toussait, je lui tapais dans le dos, comme s'il ne s'agissait que d'une arête coincée dans la gorge, en lui demandant : « Est-ce qu'elle est passée par le mauvais conduit ? » Lecia allait lui chercher un verre d'eau derrière le bar. Lecia pouvait faire preuve de beaucoup de patience. Elle attendait, un verre givré à la main, de ceux réservés aux cocktails Collins, pendant que Joey râlait. Il laissait traîner les serviettes en papier dans lesquelles il expectorait. Celle que je dépliai, une fois, était constellée de taches de sang, égrenées comme de la chevrotine. Je la laissai tomber par terre comme si elle était radioactive, avant que Deeter ne l'enlève à l'aide de bâtonnets en plastique.

Gordon avait l'air plus vigoureux. Il vivait avec sa mère à la lisière de la ville et était propriétaire d'un pré où on mit nos chevaux en pension. Un après-midi j'interrogeai Gordon : « Comment gagnes-tu ta vie, au bout du compte ? » Il était en train d'essayer de m'apprendre à lancer d'une traite dans ma bouche la coquille de noix posée au dos de ma main. Gordon répliqua : « Les affaires. » La réponse fit éclater Joey d'un rire entrecoupé d'une quinte de toux. Au moment où j'administrais des claques sur son dos décharné, mère m'attira dans la salle de bains afin de m'expliquer que ça n'était pas bien de poser aux gens des questions sur ce qu'ils faisaient. Au Texas, j'avais appris l'inverse. Le travail y était le dénominateur commun le plus élémentaire des gens, qui les définissait davantage que leur sexe. Ce qu'on connaissait d'eux était basé sur l'usine où ils pointaient, le département auquel ils appartenaient dans cette usine, et sur le syndicat qui prenait leurs cotisations, celui des tuyauteurs, celui des chauffeurs routiers ou celui des ouvriers du pétrole, l'O.C.A.W.

Le matin, j'avais coutume de descendre à pas de loup, en chaussettes, et je tombais inévitablement sur Joey, ou sur Gordon, effondré sur le canapé du petit salon. J'avais pour tâche de réveiller l'un d'eux et de l'expédier, grelottant, faire chauffer la voiture avant de nous conduire à l'école. Évidemment qu'on aurait pu s'y rendre à pied. Mais cela plaisait à mère qu'on soit conduites. Je pris l'habitude d'allumer le gaz sous la bouilloire pour le café, avant de me servir mes céréales, par pure méchanceté. L'appareil sifflait avec une telle stridence qu'il réveillait de façon atroce le moindre quidam endormi à proximité.

Par un dimanche froid et lumineux, mère nous envoya attraper les chevaux dans le pré de Gordon en compagnie des deux lurons. Depuis notre arrivée à Antelope, on l'avait suppliée de nous laisser y aller. Je m'étais arraché les cheveux en piquant d'innombrables crises de rage à ce propos.

C'était un cow-boy de rodéo qui en avait donné l'idée à mère au bout du compte. Il était passé au bar, un samedi soir, en tentant de fourguer une paire de brides de luxe. L'homme, en route pour le Wyoming, avait besoin d'argent pour demander sa petite amie en mariage. Il ouvrit son portefeuille cousu main et nous montra, à travers le vinyle tout éraflé, la photo de la jeune femme, en costume de reine de sa fête d'université. Elle portait un diadème en faux diamants dans un échafaudage de cheveux, nous souriait de toutes ses dents blanches et régulières. Je n'en avais jamais vu autant dans une bouche d'être humain. Mère jeta un regard à cette photo, puis au visage désolé, pleurnichard du cow-boy, et offrit une tournée. Ensuite, elle ouvrit la caisse, y prit une liasse de billets et alla directement au camion pour acheter ces brides.

Joey et Gordon nous conduisirent au pré le lendemain, juste après l'aurore.

Quand on commença à avancer dans le champ, le sol était gelé, le ciel d'un bleu indigo. Les chevaux broutaient des balles de foin en vrac, à proximité d'une grange délabrée. Soudain, le souvenir du sentiment de puissance ressenti lors du gymkhana me revint en mémoire. Perchée sur le dos d'Assez Grand, je l'avais mené autour du tonneau, et, agile pour une fois, je m'étais emparée du drapeau fiché dans le baquet de sable, en me penchant de ma selle en un mouvement de piqué acrobatique qui m'avait fait gagner des secondes et le ruban rouge. En ce frais matin, je dus me tenir à quatre (la maîtrise de moi n'était pas mon fort) afin de ne pas me précipiter vers lui. Je m'avançai avec précaution, claquai doucement de la langue, comme papa m'avait appris à le faire pour surprendre un écureuil sur une branche.

Le cheval, naturellement, m'aperçut tout de suite. Au moment où je me glissai sous le fil de fer barbelé, il cessa de déchiqueter la paille, et releva sa longue nuque en dressant ses oreilles noires vers nous. Il hennit faiblement, je pris cela pour un signe de bienvenue. Assez Sûr, s'arrêtant de brouter, s'écarta de quelques mètres et nous observa. Notre procession avait sûrement piètre allure. Lecia et moi, on faisait cliqueter les brides, et on traînait les rênes sur le sol gelé. Quant à Joey et Gordon, vêtus de minces manteaux de pluie, chaussés de souliers de ville éculés, ils empestaient l'alcool aigre autant l'un que l'autre. Je n'en croyais pas moins que les deux chevaux allaient galoper vers nous comme « National Velvet » l'avait fait vers la jeune Liz Taylor dans le film. Mais ce n'était pas la joie suscitée par mon retour qui donnait aux yeux ronds et sombres d'Assez Grand ce regard vif. C'était la terreur. Il était redevenu un poulain sauvage. Son expression signifiait sur le mode chevalin : « Ah non, pas encore elle. »

Gordon et Joey partirent à la poursuite des deux chevaux, fatigués de la patience dont Lecia et moi faisions preuve. On tendait des poignées d'herbe gelée, et on attendait que les chevaux trottent vers nous. Les brides avaient l'air incongrues dans leurs mains. Gordon s'accroupit à hauteur de mes yeux, comme le capitaine d'une équipe de foot, et dessina son plan d'attaque dans la paume de sa main. Lecia et moi, on était censées rabattre les chevaux vers les deux hommes. Je savais que les animaux ne s'y laisseraient pas prendre. Ils étaient deux fois plus rapides que nous, infiniment plus lestes, sans compter que ni Joey, ni Gordon n'avaient, de leur vie, donné un morceau à manger à un cheval.

Lecia et moi, on renonça rapidement à les aider. On les regarda courir après les chevaux une bonne partie de la matinée. Gordon, lent à la détente, se mouvait malaisément. Joey, plus rapide, était au fil des heures de plus en plus tenaillé par la gueule de bois. Le taux d'alcoolémie de son sang dut s'effondrer brusquement. Il s'assit tout à coup sur ce qui se révéla être un tas de fumier et son imperméable fauve se retrouva taché de merde à l'endroit des fesses. On avait l'impression que les chevaux prenaient goût au jeu. Ils folâtraient un moment, puis, lorsque les hommes flanchaient, ralentissaient.

Les chevaux firent galoper les hommes sur toute la longueur du pré ce matin-là, sur Dieu sait combien d'arpents. Au bout d'un certain temps, Lecia et moi, on retourna à la voiture manger des biscuits nutritifs rangés dans la boîte à gants. A l'abri du vent, il faisait plus chaud. On joua au jeu de la main chaude le reste de la matinée. La gagnante avait le droit de fouetter à deux doigts la face interne, la partie la plus blanche, la plus tendre, du bras de la vaincue. On mouillait ses doigts de salive afin que la brûlure soit plus cuisante, puis on en cinglait la peau. Aux environs de midi, on avait les bras zébrés de haut en bas. Les hommes suivirent les chevaux de loin, jusqu'à l'endroit où le champ débouchait sur des éboulis de rochers. Les chevaux y grimpèrent. Les hommes firent demi-tour. Gordon boitait légèrement, tandis que des quintes convulsives arrêtaient Joey tous les trois pas.

12

On glissa de l'automne à l'hiver. Il neigea légèrement, pas assez cependant pour faire de la luge. Mère parvint à ce qu'un médecin du cru lui prescrive des pilules de régime. Elle les enferma dans la poche intérieure de son sac en cuir, celle réservée auparavant à ses comprimés d'aspirine pour bébé. Elle prétendit que ces pilules lui donnaient du « ressort ». Effectivement, elle cessa de passer des journées entières à cuver son alcool au lit. Je les appelais ses « journées d'impératrice ». Elle y prenait soin d'elle, sans rien faire d'autre. A savoir qu'elle buvait une bouteille de vodka Smirnoff, transformée en sirop par son séjour au congélateur, se coupait les petites peaux des ongles, fumait en feuilletant de vieux numéros de *Vogue*, alors que dans un coin un disque de blues gémissait une interminable complainte sur le thème de la vacherie des hommes. Ces journées ne nous inquiétaient pas outre mesure, Lecia et moi, elles nous soulageaient plutôt. Mère, au lit, était en sécurité. Les pilules de régime nous en privèrent.

Elles injectèrent une pointe d'aigreur dans la voix

de mère. Il m'arrivait de réclamer l'argent du déjeuner à un mauvais moment, la voilà qui s'élançait, cherchait partout un portefeuille égaré, claquait les portes derrière elle, ou apostrophait à grands cris la silhouette perpétuellement endormie d'Hector, le traitant de fils de pute, de branleur impénitent. Ne vous méprenez pas, mère ne s'emportait pas dès qu'on lui demandait quelque chose, elle était soupe au lait de toute façon. Mais une infime étincelle pouvait l'embraser depuis qu'elle prenait ces comprimés, et la fureur risquait de l'entraîner plus loin. Lecia et moi, quand on réussit à prononcer le nom magique qui figurait sur l'étiquette du flacon, méthamphétamine, on composa une comptine pour sauter à la corde :

Méth-am-phéta-la méchante,
Les pilules de régime vous rendent hurlante.
Méth-am-phéta-la méchante,
Vous poussent au combat, vous gardent maigrissante.

Mère mincit effectivement. Elle perça des trous supplémentaires, à l'aide d'un pic à glace, dans sa ceinture en crocodile. En plus, elle qui avait toujours bien tenu l'alcool, vit son seuil de tolérance s'accroître. Elle buvait jour et nuit sans vomir, ni s'effondrer. Et désormais, mère s'exprima en prenant l'accent yankee, celui qui, auparavant, nous permettait d'évaluer son degré d'ivresse.

Le plus redoutable, c'était qu'elle avait perdu le sommeil. Non pas dans le sens qu'elle dormait peu, ou moins. Je veux dire que nous ne la vîmes, durant ces mois, jamais endormie. Jamais. Quelque tardive que fût l'heure à laquelle je me levais, et descendais l'escalier en colimaçon, en dégringolant les marches sur mes fesses en pyjama, je la trouvais en bas, en train de boire, seule à l'ordinaire, un livre posé sur les genoux.

Mère lisait de plus en plus de livres écrits par des

types aux noms de plus en plus impossibles à prononcer, en nous expliquant que l'existentialisme, c'était la philosophie du désespoir. Lecia finit par les cacher au fond du casier des magazines. Je les appelais les « livres pommes frites françaises ». Ils incitaient mère à parler du suicide, le regard perdu dans le vague. Elle disait, en levant les yeux de sa page, que pour certains, la meilleure solution était de se tuer. Il y avait dans sa voix une sérénité si exceptionnelle que Lecia en était tracassée et l'imaginait sûrement en train de mettre les bouts. Nous n'exprimions pas cette inquiétude par des mots. En revanche, si mère s'attardait trop, sans faire de bruit, dans la salle de bains, Lecia se postait derrière la porte close, le cou tendu, en prêtant l'oreille avec une telle intensité qu'elle me rappelait le chien de chasse de mon cousin, à l'arrêt, à l'affût des cailles. Lecia, dans ces moments-là, retenait son souffle, épiait de tout son être le moindre signe de vie. Si d'aventure je gambadais dans le corridor en chantonnant, indifférente à son tourment, elle me barrait le chemin, m'intimait le silence, le doigt appuyé sur les lèvres, défigurée par la rage. Mais il était inconcevable de prononcer le terme de « suicide ». De crainte de le provoquer, on n'osait le murmurer.

Nous étions, en vérité, devenues si superstitieuses que nous renonçâmes aux tablettes Oui-ja. Sitôt que l'esprit de grand-maman commença à épeler E-N-F-E-R en nous signifiant qu'elle émettait de là-bas, Lecia piétina la tablette que je balançai aux orties, dans le terrain derrière notre maison. Au début de chaque repas, nous nous aspergions les épaules de sel, même lorsque nous n'avions rien renversé. Et sur le chemin de l'école, nous évitions la plus petite craquelure du trottoir. Les doigts de ma main gauche perpétuellement croisés, je passais mon temps, avec ceux de la main droite, à compter les pas jusqu'au réfrigérateur, les secondes de l'horloge, les mots d'une phrase, afin de m'occuper l'esprit en permanence. Le calcul me donnait le sentiment d'avoir quelque chose où m'accrocher, comme si de trouver le bon numéro allait déchiffrer le code du système qui gouvernait l'univers insaisissable où nous évoluions.

La détresse de mère s'insinuait en moi. Une nuit, après qu'Hector fut tombé comme une masse, mère me trouva couchée, les yeux grands ouverts, à côté du tas d'édredons qu'était Lecia. Elle s'assit au bord du matelas et me lut à la lumière du couloir des extraits de sa bible du moment, *Le Mythe de Sisyphe* d'Albert Camus, dont elle m'apprit à prononcer correctement le nom. Comme ça plus tard dans les réceptions, on ne se moquerait pas de moi, on ne me prendrait pas pour une plouc.

Le sort de Sisyphe me parut bien pire que le nôtre, voué comme il l'avait été à pousser un rocher en haut d'une montagne dans la sueur et la peine. Et en conclusion, le rocher, une fois au sommet, redévalait la pente. Si bien que Sisyphe devait sans fin se remettre à l'ouvrage et ce pour l'éternité, dit mère en refermant le livre. Moi, j'attendais, la tête enfouie au creux de mon oreiller, qu'une morale ou une fin heureuse vienne récompenser tout ce travail. Je dus en faire part à mère, parce qu'elle glissa une de mes mèches derrière l'oreille, en remarquant que la tâche de Sisyphe n'avait pas plus de sens que de faire la vaisselle ou les lits. On se contentait d'accomplir ces travaux, interminablement, jusqu'à épuisement. Ensuite on mourait.

Il est fort possible que la première phrase de français que j'aie apprise : « Il faut souffrir », ait été tirée de ce livre. J'en ignore la raison, mais la souffrance était associée dans ma tête, non à la vertu, ni à la bonté, comme pour les enfants baptistes de Leechfield, mais à l'intelligence. Les gens intelligents souffraient, pas les imbéciles. Au Texas mère le répétait tout le temps. Il nous était arrivé de croiser des types en bleu de travail en train de vendre des pastèques dans leurs camions au bord de la route, le sourire aux lèvres, comme si c'était une manière qui en valait d'autres de passer l'après-midi. Mère branlait alors du chef, on aurait dit le spectacle incroyable, et s'exclamait: « Dieu! ce n'est pas possible d'être aussi béatement ignorant. » Papa s'était toujours opposé à ce message. Il prenait grand plaisir aux joies simples, comme de mettre du sucre dans son café, ou de réussir à ce que le merle moqueur de notre arbre à chapelet répondît à son sifflement. En son absence, la détresse de mère s'était infiltrée partout. Le bonheur, bon pour les abrutis, n'était qu'une brume confuse où l'on s'évaporait. La douleur, discrète et constante, signifiait qu'on restait en état de veille. La vigilance était liée, d'une certaine façon, à la conscience de sa mort et à une existence menée dans un perpétuel état de désespoir lucide.

Pendant ce temps, le monde se décolorait sous mes yeux. Le ciel était d'un gris plus foncé que la cendre, les nuages qui rasaient l'horizon avaient l'opacité floue de la craie. Les feuilles tombaient des arbres. Lecia et moi, on regardait par les stores vénitiens du petit salon l'automne couler dans l'hiver comme un spectacle de glissades. Plusieurs jours d'affilée, nos voisins entreprirent de ratisser les feuilles mortes. Leurs enfants sautaient dedans et des chiens de toutes tailles bondissaient autour. On aurait dit une publicité pour Kodak. Puis tout le quartier fit brûler les tas dans les caniveaux et dans les poubelles devant les maisons coloniales. Un soir, dans le bain, je fis l'observation suivante à Lecia : n'était-ce pas étrange de trouver « normal » que les arbres aient des feuilles, alors qu'en réalité, ils étaient aussi déplumés que des geais six mois de l'année ?

A l'école, je parcourais du regard mes pairs, enfants hébétés ou endormis. Un garçon bavait sur une feuille de papier quadrillée, un autre pliait une cocotte en papier. Même la chef de classe, la fille du proviseur, censée être la fille la plus intelligente de la classe, était en cet instant précis en train de se crayonner la main avec ravissement. Ils ne semblaient pas souffrir outre mesure d'être là, ce qui m'était inconcevable, car je ne cessais de ronger mon frein et seule cette révolte m'évitait de hurler, de casser mes crayons ou simplement de donner un méchant coup de pied au tibia de quelqu'un.

Mère et Hector partirent à deux reprises. Je pense que les deux fois, c'était à Mexico. Mère s'était fourré dans le crâne l'idée d'acheter un bout de terrain là-bas dans le but d'y fonder une colonie d'artistes, un endroit vierge où elle peindrait. Depuis notre arrivée dans le Colorado, elle n'avait, au demeurant, pas effleuré une toile d'un coup de pinceau. La cargaison de fournitures qu'elle avait commandée restait intacte dans une chambre d'amis. L'envie me démangeait de briser les cachets des nouveaux tubes de peinture à l'huile, alignés par douzaines selon leurs teintes dans une sacoche en cuir. Je m'en gardais bien. Personne n'écrasa jamais de couleurs chatoyantes sur la palette avec le trou réservé au pouce. Les pinceaux en poil de martre restèrent emballés. Les toiles qu'elle avait achetées déjà déroulées et d'un blanc étincelant, posées aux coins de la chambre, ressemblaient à des fenêtres condamnées. Lecia et moi, on donna des titres à leur vide : *Ours polaires dans une tempête de neige* et *Poudroiement immaculé sur la lune*. Mère ne peignit jamais au Colorado. Ils n'achetèrent aucun terrain à Mexico. Ils y burent, s'y bagarrèrent et revinrent en avion, pliés en deux par la diarrhée, celle que papa surnommait « merde des pommes vertes ».

Lors de leur premier voyage, ils nous confièrent à une cousine d'Hector, une jeune fille d'une vingtaine d'années, mère de deux petits enfants qu'elle élevait joyeusement toute seule, à l'aide de l'allocation de mère célibataire. On l'appela « Purty ». Petite, avec une allure d'oiseau, elle était pourvue d'une cascade ébouriffée de cheveux noirs, qu'elle s'efforçait d'apprivoiser en les enroulant la nuit sur des canettes de soupe. Peine perdue, ils frisottaient, encadraient son visage en forme de cœur de vagues ondulantes. Les enfants de Purty étaient sans conteste les bébés les plus piteux du monde. Purty s'en fichait éperdument, bêtifiait, dès que l'un d'eux éclatait en sanglots, gazouillait « ce pauvre Nanito » alors que je cherchais le moyen d'écraser un oreiller sur le visage du gosse, de l'étouffer par la même occasion. Bien que n'étant pas jumeaux, ils sont dans mon souvenir copies conformes du même bébé, affligés d'une bouche baveuse et d'une expression soucieuse. En outre, ils avaient des têtes d'une grosseur anormale, lesquelles dodelinaient sur leurs cous, heurtaient les coins des tables ou leur faisaient perdre l'équilibre, tant elles étaient pesantes. Lecia apprit vite à leur couper le sifflet en leur collant dans le bec une tétine ou un biberon de lait froid. Moi, je boudais en lisant dans mon coin.

Le deuxième soir de notre séjour, le mari de Purty, un vagabond, se ramena, complètement ivre. Il martelait la porte de la cuisine et tempêtait dans un espagnol pâteux. Je réussis à peine à saisir qu'il venait réclamer ses enfants. Entre nous, on aurait dû me supplier pour que j'accepte de les garder, ces gosses. Purty, au contraire, s'arracha des cheveux les canettes de soupe, du coup les épingles s'éparpillèrent dans la chambre obscure avec un tintement qui me rappela le crissement des cancrelats de l'est du Texas. Purty nous poussa, Lecia et moi, sous le lit, et nous confia les bébés, en nous chargeant de les tenir tranquilles. Elle nous assura qu'au moindre bruit, son mari nous tuerait. Couchée sous le lit, je suivis du regard les babouches roses et pelucheuses qui s'éloignaient de nous et l'entraînaient dans la bande de lumière de la cuisine.

Pour moi, c'était difficile de rester tranquille. Il m'arrivait rarement de jouer à cache-cache sans qu'on me trouvât la première. En plus, le bébé qu'on m'avait confié tenait à peine dans mes bras. Il était gros, gigotait et puait le lait caillé, malgré la poudre et le shampoing pour bébé. Il y avait des toiles d'araignées qui pendaient du sommier à ressorts et me balayaient les cils. A travers le tissu de mon pyjama, le sol était gelé comme un bloc de glace.

Les voix enflèrent dans la cuisine. Le bébé s'agita, devint bruyant. Lecia finit par me donner un coup d'épaule à la tête pour que je fasse quelque chose, alors je plaquai ma main sur la bouche molle du bébé. En le faisant, je lui fourrai mon index entre les lèvres, je ne sais trop comment. Je sentis le bref contact de quelques dents à peine écloses au sein de ce qui me parut une marée visqueuse de gencives incurvées où la langue du bébé se convulsait comme une limace. Mon doigt enfoncé dans cette bouche avait quelque chose de si grotesque qu'au moment où le bébé commença à le mordiller comme si c'était un anneau de dentition, je levai ma main libre et le pinçai à la cuisse, de toutes mes forces. J'en fus étrangement apaisée. En amont du sursaut de culpabilité qui me saisit à l'idée d'avoir fait mal à un bébé, ma méchanceté, si flagrante, me procura un profond plaisir. La chair tendre était malléable comme de la pâte à modeler entre mes doigts. A peine l'acte perpétré, j'eus envie de le recommencer. Je n'osais pas, bien sûr, de crainte que le bébé ne se remette à gémir au lieu de pousser les faibles pleurnichements que je me résolus à tolérer.

Au bout d'un certain temps, on entendit un fracas tonitruant de bris de verre dans la cuisine. Il y eut une cavalcade de pas dans le corridor jusqu'au perron. Puis

Purty hurla : « Au meurtre, au meurtre ! » La voiture du mari vira dans l'allée.

Il avait cogné la figure de Purty sur la vitre de la porte de la cuisine. Cette scène est floue dans mon esprit. Lecia et moi, on avait dû se précipiter dans la cuisine, y trouver Purty en sang, poussant des cris, et sûrement que les bébés braillaient horriblement. Toujours est-il que seule m'est restée l'image de Purty expliquant très patiemment à l'agent de police rubicond la façon dont son mari l'avait étranglée, puis lui avait fracassé la tête sur la vitre. Les bris de verre l'avaient assourdie et elle avait aussitôt senti la fraîcheur de l'air. Le visage de Purty était coupé en beaucoup d'endroits, l'empiècement fleuri de sa chemise de nuit rose incrusté de minuscules paillettes. L'ambulancier lui appliquait un sparadrap sur une estafilade qui lui scindait l'arcade sourcilière en deux, comme des ailes bien dessinées.

Au voyage suivant, on resta chez la sœur d'Hector, Alicia. Selon moi, c'était une femme bien trop vieille, bien trop grosse, pour se disputer avec son mari, Ralph. Alicia se coiffait de deux longues nattes grises qu'elle tordait sur sa tête à la façon d'une chanteuse d'opéra. Elle était à peu près aussi large que haute, elle restait donc au ras du sol. Pourtant, un soir, pendant qu'Alicia debout près de la cuisinière faisait revenir des tortillas et se chamaillait avec Ralph au sujet d'une assurance de voiture, celui-ci se rua soudain sur elle. Alicia réagit promptement. Elle lui assena un coup de poêle sur la tête qui brisa son élan. Quand Ralph s'effondra, on eut l'impression que cela lui était venu comme une arrière-pensée. Le lendemain au petit déjeuner, Ralph avait une bosse bleue au milieu du front, on aurait dit une corne de chèvre qui essayait de pousser.

A la suite de cette dernière bagarre chez Alicia, je me mis dans une rogne étourdissante et refusai de passer la nuit chez quiconque à l'avenir. La crise a fichu en l'air les voyages à Mexico de mère. Elle se résigna, en rongeant son frein, à rester à Antelope. Et, comme au Texas, elle se mit à faire les cent pas d'une fenêtre à l'autre.

Un jour que je descendais, divagante, à trois heures du matin, je trouvai mère assise au piano, emmitouflée dans son peignoir couleur pêche. Elle avait épinglé les mèches longues de ses cheveux en boucles au sommet du crâne, si bien que les courtes qui s'échappaient me firent penser à des plumes de canard. A côté d'elle, sur le tabouret du piano, mère avait posé un verre à pied rempli de vin rouge, et une Salem se consumait en volutes de fumée bleue, rafraîchissante dans un cendrier en cristal. Sur le pupitre à musique, elle avait calé son exemplaire écorné de *La Nausée* de Jean-Paul Sartre.

Mère me prépara un mélange de bourgogne au Seven-up, en disant que cela m'aiderait à dormir. Elle l'apporta de la cuisine dans le plus précieux gobelet de sa vaisselle en porcelaine, celui où des arcs-en-ciel comme diaprés d'essence s'embrasaient sur un fond blanc. Décoré de motifs de cerises à l'intérieur et à l'extérieur, il était bordé d'un liseré d'or à l'endroit où on mettait les lèvres, et des torsades dorées en ornaient la poignée et la soucoupe. Mère plaça le gobelet près de moi sur le couvercle carré du clavier. Les bulles du Seven-up pétillaient dans le vin rouge, telles des coulées de lave surgissant des entrailles de la terre.

Avant la nuit en question, j'avais bu toutes sortes d'alcools, même du vrai champagne lors d'un mariage. Cela ne m'avait fait ni chaud ni froid. Oh, par un jour de chaleur et de dégustation d'huîtres, c'est vrai que j'aimais bien goûter à la bière salée de papa. Mais ma tête tournait si je buvais plus de quelques gorgées. Quant au whisky ou au scotch, même mélangés à du coca, ils me brûlaient comme du poison.

Et puis, dans ma tête, la tendance à boire de mes

parents était associée à leurs querelles, truffées de hurlements, de jurons. A Leechfield, plus d'un soir, alors qu'ils s'égosillaient dans leur chambre fermée à double tour, je me faufilais dans la cuisine, où je ramassais les cadavres de leurs bouteilles (de whisky pour lui, de vodka ou de scotch pour elle, du pur malt si elle avait les moyens). Lorsque je versais ces bouteilles dans l'évier, je détournais toujours le visage. N'oubliez pas que je vivais dans un environnement empoisonné, sans en être le moins du monde incommodée. On voyait, de la véranda de ma maison, le haut fourneau d'une usine de sidérurgie qui vomissait sa fumée noire dans l'air. J'étais capable, en roulant les yeux fermés dans une voiture, de définir la provenance d'une odeur, de savoir si elle émanait de la firme de caoutchouc, ou des vastes dépotoirs à ciel ouvert de la fabrique de produits chimiques, ou des effluves du pétrole brut, chauffé, de la raffinerie. Aucune de ces odeurs ne me faisait boucher le nez. En revanche, cet alcool couleur d'ambre paraissait dangereux, même en n'en respirant qu'une bouffée.

La première gorgée du gobelet en porcelaine de mère changea tout. J'avais entendu mère raconter des centaines de fois comment le moine qui avait découvert le champagne l'avait comparé à un nectar d'étoiles. L'image eut soudain du sens. Le vin et les bulles du soda me picotèrent la bouche. *Je bois des étoiles*, ai-je tout de suite pensé. Une armada de galaxies aurait pu prendre corps ici même, car la saveur était à la fois ample et exceptionnelle. J'en avais bu trop peu. Il me fallait en absorber plus, pour m'assurer que la même petite explosion se produirait. Ce fut le cas. J'en bus davantage. Le vin, outre son goût capiteux, semblait pénétrer en moi, me réchauffer en douceur, sans me brûler comme autrefois. Quelques gorgées supplémentaires libérèrent la chaleur qui s'écoula dans mes membres. A vrai dire, je sentais une lumière éclairer les parties de mes membres où l'alcool s'infiltrait. Une sorte de tournesol épanoui fleurissait au cœur de mon être. L'image, que j'avais dû trouver dans un poème, me vint spontanément à l'esprit.

Une fois le gobelet vide, je le posai dans sa soucoupe, où il tinta d'un carillon qui m'annonça la métamorphose du monde. Je regardai mes pieds nus dépasser de ma chemise de nuit. Ils me firent l'effet d'être très loin, d'une pâleur marmoréenne de statue, presque élégants. Je levai les yeux sur mère. Les boucles entortillées aux épingles à cheveux ne paraissaient plus ni ridicules, ni effrayantes comme les serpents de la Méduse. De fait, le casque compact de cheveux attachés avait de l'allure. L'ossature de son visage avait soudain retrouvé toute son ancienne beauté. Elle avait un grand front lisse, des pommettes saillantes. Et ses yeux verts, son teint pâle rayonnaient, nimbés d'un halo ténu. Il me vint à l'esprit que c'était la raison pour laquelle les gens buvaient, même si cela les conduisait à dégueuler, à bafouiller ; même si cela poussait un homme à donner un coup de poing à celui qui allait lui foutre une branlée ; même si cela incitait une femme, aux idées claires d'ordinaire, à lancer sa voiture dans un mur de béton. L'alcool embellissait l'existence, ne serait-ce qu'en vous faisant vous sentir mieux dans la tête. Je pensais aux potions magiques dont parlaient tous les contes de fées, aux sorcières du *Macbeth* de Shakespeare qui touillaient leurs chaudrons bouillonnants.

Dans mon lit, après coup, je me sentis toute chose pendant un long moment. J'avais l'impression, si je fermais les yeux, que le matelas était un radeau qui tanguait sur la mer. Je n'arrivais à dissiper ces tourbillons, du moins à atténuer la sensation d'être ballottée du sommet au creux des vagues que j'imaginais sous moi, qu'en fixant mon regard sur un objet. Je posai les yeux sur un petit portrait accroché au mur, loin. C'était la dernière œuvre de mère, qui représentait un gars qu'elle appelait *Mack the Knife*. Elle l'avait trimballé depuis le Texas. J'en étais intriguée, parce que le type du tableau, on ne savait même pas de qui il s'agissait. C'était un Français aux cheveux noirs et aux yeux en amande. Peut-être qu'il n'était pas français d'ailleurs. Pour moi cependant, il était le portrait craché du type écœuré de la couverture du livre de Sartre, à qui, aux dires de mère, le simple fait d'exister donnait envie de dégueuler. Le teint cireux, chétif, « Mack the Knife » n'était pas beau au sens propre du terme. Mais la peinture était de bonne qualité. Mack me caressait des yeux, et la lumière de la rue lui donnait un regard aussi triste que sage. En plus, il faisait disparaître les turbulences, du fait de sa stabilité au sein des remous de la chambre.

Ce soir-là, quand je fis ma prière, uniquement après m'être assurée que mère était retournée au petit salon, hors de portée de ma voix, je l'adressai autant à ce type à l'air désolé, au teint jaune, vêtu d'un col roulé noir, qui voguait en suspension dans une mer de tourbillons rouge et noir, qu'à tout Père susceptible d'avoir pris ses quartiers au ciel : *Cher Mack, fais que je ne vomisse pas sur les couvertures. Et, s'il te plaît, fais que mère ne trouve pas ses clés de voiture dans le pot en liège. Amen.*

Les disputes entre mère et Hector absorbaient d'autres soirées. C'est à cette époque que la litanie sur la nullité congénitale d'Hector se grava au fer rouge dans mon esprit. Hector était une lavette, tel était le grief principal de mère à son encontre. Il n'exerçait d'autre part aucune activité lucrative, et mère lui reprochait son parasitisme continuel. Mais si, par un matin de gueule de bois, Hector s'attelait sans conviction à la tâche de parcourir les annonces d'offres de boulot pour barmen, voilà mère qui le cajolait en lui susurrant de ne pas se mettre martel en tête, parce que, n'est-ce pas, il ne serait plus question de faire l'amour l'après-midi, s'il travaillait.

Hector était, il faut l'admettre, le plus lamentable ivrogne de la planète. Il titubait, bafouillait, oubliait tout, se cassait la figure et gerbait tout le temps. Un matin, je surpris mère en train de hurler qu'il avait encore mouillé le lit, putain de bordel de merde! Joey et Gordon se trouvaient dans la cuisine lorsque mère avait braillé qu'Hector n'était même pas foutu de « bander correctement », et ajouté, en tapant les doigts sur le bois du comptoir : « La queue de Pete était dure comme ça, en permanence. » Ne sachant trop comment prendre la nouvelle, j'avais regardé Hector se recroqueviller sous l'assaut, en fixant le fond de son verre à cognac comme si c'était une boule de cristal.

Mère, dévorée d'une rage inextinguible, se voulait du mal. Un soir que nous rentrions en voiture à la maison après un dîner particulièrement abominable, elle ouvrit la porte et se jeta sur la route. Les ténèbres s'engouffrèrent soudain dans la place qu'elle et son morne silence d'ivrogne occupaient l'instant d'avant. L'ampoule du plafonnier éclata. La lourde portière heurta le talus de neige amoncelée sur le bas-côté où elle s'érafla en faisant un bruit de polystyrène qu'on écrabouille. Hector s'arrêta, après quelques embardées, et gara brutalement la voiture. On le regarda tituber sur la route gelée dans son caban ouvert, puis se fondre dans l'obscurité et s'éloigner des feux arrière. Il réapparut vite. Il chancelait et donnait le bras à mère. Les bords évasés du manteau de cachemire blanc qu'elle portait ce soir-là étaient maculés de boue.

Mère allait bien. Elle avait percuté le talus de neige et fait un roulé-boulé. Ils rentrèrent dans la voiture en se tordant de rire. Soudain, je remarquai les traits de Lecia, empreints d'un calme angoissé. Cette expression, je l'avais vue dans le magazine *Life*, sur des instantanés de vieux soldats s'en retournant au combat, alors que les jeunes montraient encore leur peur, en toute ingénuité. La nuit sans étoiles recommença à glisser le long des fenêtres de la voiture.

Les soirées défilaient, les jours passaient, gris, âpres, tous pareils. Puis je tombai malade, et un adulte, venu soi-disant s'occuper de moi, en arriva à mettre sa bite dans ma bouche d'enfant de huit ans. On aurait dit que tout le vide hivernal s'était condensé dans cet épisode, comme un orage qui grossit et se prépare à éclater.

C'est au début de l'après-midi. Je ne suis pas allée à l'école et suis restée à la maison, avec une vraie fièvre. J'ai dormi. Mon front couvert de sueur est frais. Un fond de migraine y subsiste au loin. Le quidam, censé jeter un coup d'œil sur ma petite personne, a laissé sur un plateau d'osier un bouillon de poulet aux vermicelles plein de poivre, comme j'aime. Cette soupe est complètement froide. Je le vois aux gouttelettes d'huile qui surnagent à la surface.

Assise sur le tapis d'Orient de ma chambre, au cœur d'un rayon de soleil, je lis pour la centième fois *Charlotte's Web*[1]. J'en suis au passage qui succède à la mort de Charlotte. Charlotte est morte parce qu'elle a filé un cocon, qu'elle a rempli d'œufs. La fabrication des œufs l'a vidée de ses dernières forces. Charlotte savait qu'elle en mourrait. Elle l'a fait tout de même. D'après M. Camus, m'a expliqué mère, cet acte fait toute sa noblesse. Charlotte a confié le cocon à son pote Wilbur, un cochon. Depuis que Charlotte l'a quitté en relevant ses pattes velues une ultime fois, Wilbur a passé des semaines à gémir dans la fange. Il geint encore au moment où les œufs sont prêts à éclore. Des bébés araignées commencent à s'extraire du cocon, par millions je

1. *La Toile de Charlotte* : Histoire pour enfants de E.B. White (1899-1985), à la fois journaliste d'avant-garde et écrivain.

veux dire. Minuscules comme des signes de ponctuation, ils se bousculent sous les yeux de Wilbur voilés de larmes.

Wilbur se sent mieux parce que les bébés araignées sont vraiment vivants. Et, en cet après-midi ensoleillé, il me vient à l'esprit que ceux qui parlent des cycles de la nature y puisent un réconfort du même ordre tels les baptistes lorsqu'ils évoquent les voies impénétrables de Notre-Seigneur. Voilà qu'à peine après avoir dit salut à Wilbur, les araignées prennent leur envol, s'éloignent de lui, suspendues à leurs petits parachutes soyeux. Elles essaiment dans le ciel au-dessus de la basse-cour comme autant de graines, s'en allant tisser leur toile ailleurs. Vous en déduisez que Wilbur va sombrer derechef dans sa détresse porcine. En fait, il en reste trois, nichées en haut de la porte ouverte donnant sur l'enclos, qui laissent entendre qu'elles ont décidé de demeurer près de Wilbur. Elles veulent imiter leur mère et vont tisser leur toile juste au-dessus de lui.

C'est plus ou moins la conclusion de l'histoire. L'auteur, M. E.B. White, vous fait toutefois savoir qu'une fois grandes, ces araignées auront des œufs, elles aussi. On a donc la certitude que le cochon aux yeux tristes sera entouré d'un courant constant de copines araignées, chacune s'exprimant comme un professeur d'université pour l'édifier. Les filles araignées mourront, c'est sûr, après avoir pondu, tout comme leur mère. Mais à la fin du livre, l'important, c'est que Wilbur ne souffrira jamais de solitude.

Il m'arrive de passer une bonne partie d'une journée en allant du passage triste de ce livre, la mort de Charlotte, à celui où les trois bébés araignées décident de rester avec Wilbur. Je pleurniche, puis reprends espoir. (Quand je serai grande, j'apprendrai qu'une élégie se compose de la lamentation puis de la consolation ; les bonnes nouvelles succèdent aux mauvaises.) Le soleil chauffe tellement ma frange raide et brillante, et la pensée de ces trois bébés araignées filant les premiers fils de soie pour tisser leurs toiles au-dessus du souriant Wilbur, mollement vautré dans sa fange, m'irradie d'une telle lumière que j'ai envie d'en parler à quelqu'un. Par la porte ouverte, je crie à mon baby-sitter de monter un moment et de venir en profiter.

Il se tient près de moi, dans le cercle de soleil. Je lui raconte l'histoire de Charlotte et des bébés araignées en y mettant tout mon cœur. Je pense que papa serait fier de mon sens de la narration, tant je m'en souviens bien. Mon baby-sitter hoche la tête, avec lenteur et sérieux. A la fin, il me dit que d'être lié à quelqu'un par une amitié étroite vous empêche de vous sentir seul. Il me demande si j'ai envie d'être sa meilleure amie.

La proposition me propulse dans toute la chambre à la recherche de mon bloc Super Conquérant, celui où j'ai noté les rites du club des vampires. Mes jambes nues frissonnent de froid sous ma chemise de nuit. Tant pis, ce n'est pas tous les jours que je rencontre un volontaire prêt à s'affilier au club des vampires.

Je trouve le bloc, reprends ma place sur ma tache de soleil et commence à lui expliquer les procédures d'initiation. Je lève les yeux de la page pour voir si ça prend. L'atmosphère de la chambre a changé du tout au tout. La fermeture Éclair du pantalon de treillis du baby-sitter m'arrive à hauteur des yeux. Et à l'intérieur, il y a sa verge qui fait un renflement, à propos duquel des gros mots traversent en trombe ma cervelle, érection, trique, biroute. Je pense que ma connaissance de tels mots est la preuve de mon indignité.

Une fois que je passais la nuit chez la fille du proviseur, je lui demandai si elle connaissait le sens du verbe « baiser ». Elle me répondit que non. Lorsque je lui en fournis l'explication avec autant de ménagement que possible, elle éclata en sanglots. Pourtant, pas une grossièreté ne m'avait échappé; j'avais respecté les termes qui figurent dans l'encyclopédie sous la lettre A pour anatomie, ainsi que sur les pages transparentes des schémas de muscles, de veines et d'os qui se succèdent jusqu'à composer le corps d'un homme et le corps d'une femme, côte à côte, habillés comme une famille à la télé. Il n'en reste pas moins qu'à l'instant précis où j'en terminai avec le récit de la naissance d'un bébé, le visage de la fille du proviseur se fronça de multiples plis. Elle s'écria que même pour avoir des enfants, jamais ses parents ne feraient une chose aussi immonde. Et je repris : « Dans ce cas, par quel orifice crois-tu que tu es passée, connasse? » Elle s'enfuit de la chambre en piaillant. Sa mère déboula sur-le-champ, le visage sévère. Elle me prit par la main, m'emmena dans le vestibule poussiéreux, où elle enfila sa parka sur son peignoir de bain en la fermant soigneusement, et chaussa ses pieds nus de caoutchoucs. Elle m'embarqua, telle quelle, en pyjama, le manteau jeté sur les épaules, et traversa la rue vers la maison. L'épisode sonna le glas de mes nuits chez la fille du proviseur.

Il se peut que les adultes, rien qu'à me regarder, devinent que je connais des mots comme « érection ». Mme Dillard, là-bas, à Leechfield, affirmait toujours, en plissant les yeux quand elle proférait ce verdict : « Ma petite, tu as une grande gueule. » A quoi je rétorquais qu'il valait mieux avoir une grande gueule que de dire des conneries à tout bout de champ. Il m'arrive de penser que l'intelligence vous balaie le crâne de chapelets de gros mots qui dégagent un gaz qu'un sale type capte. Peut-être bien que cet homme-là, en train d'ouvrir lentement sa fermeture Éclair, dont les petites dents de cuivre qui ressemblent à des crocs de quelque monstre sous-marin se dégrafent sous mes yeux, entend le mot « érection » rebondir dans ma tête. Et c'est une quasiinvitation pour lui, qui l'attire à moi, magnétise son pénis, le fait enfler à l'intérieur du tissu de son pantalon.

Je songe à l'histoire du vampire. C'est seulement parce que la jeune fille consent à enlever de ses propres mains le crucifix de la fenêtre, qu'elle ouvre en le priant d'entrer, qu'il s'introduit dans sa chambre. Les gens réagissaient de la sorte, même sans en avoir l'intention. A l'heure du coucher, on accrochait des cordons d'ail, on enroulait un chapelet aux poignées de la fenêtre, fermement décidé à chasser le démon quand il viendrait, toutes voiles dehors, frapper à la vitre. Et pourtant, quand le vampire flotta effectivement dans le clair de lune laiteux, sa faim, son incroyable voracité frappèrent d'une telle terreur la jeune fille à la chemise de nuit vaporeuse, qu'elle défit tout ce qu'elle avait préparé pour l'écarter. Elle fit glisser les cordons d'ail des poignées de cuivre, ouvrit les fenêtres en grand. Les rideaux gonflèrent, le vampire enroula sa cape sur la mince silhouette de la jeune fille.

La scène entière se bouscule dans ma tête, au moment où mon baby-sitter a fini d'ouvrir sa fermeture Éclair. Il y fourre ses mains, les enfonce dans l'ombre de son short. La gravité de ses mouvements m'empêche de respirer régulièrement. J'ai peur de le rendre fou, plus peur encore qu'il ne prenne pour un signe d'assentiment le moindre geste, la moindre parole. Je reste assise, immobile, et fais semblant de ne pas habiter à l'intérieur de moi. Pourtant ce qui va se passer m'inquiète, m'inquiète, m'inquiète.

Je pense à ce voisin, le garçon qui, après m'avoir couchée sur le sac de ciment dans le garage des Carter, a gigoté sur mon corps. A cause de lui, j'ai probablement perdu ma virginité. J'avais une telle hâte qu'il en finisse, avant qu'il ne m'arrive des ennuis, que je n'ai pas entendu la membrane crever. Peu importe mon pucelage, cette blessure infligée, j'en mesure la gravité aux stigmates qu'elle m'a laissés.

Au collège, quand on parle dans les toilettes, les filles affirment qu'on devine qui a été baisée à sa démarche. Lecia m'a raconté qu'à coup sûr une fille qui se dandine et marche en canard a été dépucelée. Voilà qui me réconforte parce que, à l'école, j'ai la palme pour les pieds en dedans. Vraiment. A Leechfield, on me renvoya du cours de yoga que mère voulait que je prenne à la Société de théosophie. Quant à l'école de danse d'Antelope, elle me jeta dehors. J'étais incapable de *rouler des hanches*, aux dires du professeur, qui préconisa les claquettes. C'était bon pour les imbéciles de claquer des pieds en cadence. Les filles qui dansaient à la barre se reflétaient avec une telle grâce dans le miroir, réussissant une figure de plié avec les genoux, se relevant en balayant l'air de leurs bras frêles. Elles se mouvaient en accord, pareilles aux fleurs d'un dessin animé de Disney. Je savais au fond de mon cœur que je ne leur ressemblerais jamais.

L'homme se dépêche d'extraire sa bite, de la faire sortir du pantalon serré. L'engin, tuméfié comme s'il était douloureux, a l'incandescence d'un visage de fou. Le simple fait de son existence me pétrifie. L'homme la baisse un peu, la tient à la base, si bien qu'elle m'arrive carrément sous le nez. Je n'ai jamais vu une bite si grosse d'aussi près. L'orifice du pipi a la forme effilée d'une cheminée de tourte. Cela me surprend. L'homme ne fait pas comme le voisin, il ne se caresse pas la bite de haut en bas. Il se contente de la tenir avec délicatesse, à la façon dont on montre à un gosse un hamster ou quelque animal. Sa verge semble pourtant sauter de son propre chef, on dirait qu'elle a sa petite idée. J'ai noué mes jambes sous la tente de ma chemise de nuit, serrant mes cuisses, fort, très fort. Je m'y suis claquemurée. Une petite voix s'élève de mon ventre, demande en chuchotant à la bite de ne pas me faire mal.

Du coup, le type sourit et incline vers moi le masque de son visage, comme on regarde un chien qui mendie les restes d'une planche à découper. Il tend sa grosse main, la pose sur ma tête, enserre mon crâne. On dirait le geste de Jésus sur l'illustration de ma Bible, à l'endroit où on a écrit la légende : *Laissez venir à moi les petits enfants...* Je me garde bien de lever les yeux pour vérifier si l'homme est Jésus. Il me caresse les cheveux, mais en même temps il y a sa verge qui me dévisage de ses yeux bridés. L'homme laisse tomber de haut, d'une voix très douce, que pour tout l'or du monde il ne voudrait pas me faire mal. En aucune manière. Jamais, jamais il ne me ferait du mal. Nous sommes des amis intimes, n'est-ce pas ? Il m'aime. Ceci, et il glisse la main sur sa bite qui frissonne d'elle-même, signifie qu'il m'aime. Il la braque à nouveau sur moi.

Je ne me demande pas où courir, ni comment m'enfuir. C'est impossible, je le sais. En outre, même si je le prenais de vitesse et dégringolais l'escalier pour arriver au téléphone, qu'aurais-je à dire? J'évalue ma moralité à l'aune de mes propres critères. J'imagine que tous les enfants sont pareils. C'est la conséquence du fait d'être petit, démuni, faible. Je me demande, en revanche, pourquoi personne ne se profile dans l'embrasure de la porte et ne m'enlève, ne me met à l'abri de cette énorme verge borgne qui me fixe. Si Dieu a créé l'univers, comme l'affirme le catéchiste de Carlita Defoe, pourquoi donc n'envoie-t-Il pas un soldat du Christ à la rescousse, qui, l'épée brandie hors du fourreau, poignarderait l'homme ou trancherait cette verge à la racine? Je suis sûre que pour Carol Sharp l'événement ferait partie du plan que Dieu a conçu pour moi. A moins que ce ne soit le châtiment d'un de mes forfaits, peut-être celui d'avoir effrayé papa et de l'avoir mis en fuite, ou celui de ne pas avoir eu le cran de partir avec lui. Ou d'avoir été un tel poids pour mère que, incapable de peindre, elle avait carrément perdu la boule et mis le feu au monde.

La voix de l'homme devient un murmure angoissant, énigmatique. Elle m'indique la procédure à suivre pour qu'en posant mes lèvres sur la bite, je lui donne un baiser d'exception. Je m'exécute. Voilà pour la bise. Si on garde les yeux fermés en pensant à la bite comme au crâne chauve d'un petit bonhomme, ce n'est pas si terrible que ça. Je tiens d'ailleurs à signaler que l'érection a un côté très familier. Même si foncièrement je sens déferler en moi la certitude que c'est mal, plus que mal et que je suis mauvaise, plus que mauvaise, étant donné qu'on m'a choisie pour ça. Une sensation de déjà-vu éclaire l'horreur. La peur qui vous tord l'estomac, cette terreur des vampires, des montagnes russes qui vous fait pisser dans votre culotte, vous émoustille comme lorsqu'on tombe de haut et que le fond de l'abîme se dérobe.

J'ai embrassé la bite. Je rejette ma tête en arrière, ouvre les yeux et réalise qu'il ne s'agit pas du tout d'un petit bonhomme chauve, mais de l'engin dilaté d'un adulte. La voix de l'homme plane à nouveau vers moi, me demande pourquoi je ne tire pas la langue. Essaie de le lécher comme un bâtonnet glacé. Cette fois-ci, en approchant mon visage de la verge, je prends ma respiration et ne trouve pas qu'elle sente si mauvais, pas comme des cabinets ou un autre lieu de ce genre. Elle a l'odeur vive du levain d'un pain qui sort du four. Une goutte se condense dans l'orifice du pipi.

Il dit : « Je ne vais pas te faire mal. » Les mots voguent dans une bulle de bande dessinée qui se forme au-dessus de moi. Ils sont mensonge criant, car la voix de l'homme est désormais une douleur par elle-même, une supplique. « Ouvre simplement un peu la bouche, mon bébé. » J'essaie. Le bout charnu de la verge m'écarte les lèvres, se fraye son chemin. J'ouvre un peu la mâchoire. Cela m'intimide. J'érafle la verge de mes dents. Elle se rétracte d'un bond. L'homme me dit : « Fais attention à tes dents, mon bébé. » Il ajoute qu'il me faut ouvrir la bouche en grand, dire « Ah », et en même temps avancer les lèvres sur mes dents. Je fais de mon mieux. Je m'en sors bien apparemment, puisqu'il dit : « C'est ça, oui. » Il se met à haleter.

Puis, sans raison, il m'écrase la nuque de ses mains. La tendresse attentive s'est enfuie de lui. J'ai le sentiment qu'il a perdu sa voix. Je n'en comprends pas la raison. Je fais du mieux que je peux. Je n'ai pas fait ouin-ouin en pleurant, alors que mon visage ruisselle de larmes. Je ne fais aucun bruit, ne sanglote pas, ne pousse aucun cri, si bien que mes larmes, j'ai l'impression qu'elles appartiennent à quelqu'un d'autre, à une fille différente ou à une poupée baigneur à la télé. La verge s'enfonce. Elle a gonflé. Elle est dure comme de la pierre et me remplit toute la bouche. Elle me pilonne le fond de la gorge, me martèle le crâne à l'endroit de ma vague migraine, qui s'est plus ou moins dissipée. Au même moment je sens mes amygdales qui brûlent et se déchirent, comme la fois où j'ai eu une angine blanche. En plus, il me semble que le bout charnu de la verge bloque ma trachée artère. Je suffoque. J'ai un haut-le-cœur; mon réflexe le verrouille.

L'affaire dure à peine une seconde. L'homme se retire, au moment précis où je ne peux plus le supporter. Un répit. Il m'enserre toujours la tête dans l'étau de ses mains, la bite se rétracte toutefois dans ma gorge, une petite seconde. J'aspire une demi-bouffée d'air. Je n'ai plus la nausée. J'ai les yeux pleins de larmes. Je me dis qu'on est sûrement à la fin, parce que ce serait un meurtre que d'en infliger davantage à une personne. A peine cette pensée me traverse-t-elle l'esprit qu'il me rabaisse la tête de la main et enfonce à nouveau sa verge, dont le bout ressemble à un champignon spongieux qui m'étrangle.

Le pire se produit. Une substance liquide et chaude gicle de la bite. Il me pisse dans la bouche, j'en suis persuadée. Lors d'un jamboree de scouts là-bas au Texas, il y avait un garçon que je connaissais qui pissait dans la bouche de son frère endormi. Personne ne l'a jamais oublié. Cette pisse, glaireuse comme un rinçage pour cheveux, ne s'écoule pas en un courant continu mais s'épanche par saccades lentes, que je m'efforce d'éviter. Je me débats pour relever la tête de ses genoux et sens tous les tendons de mon cou se crisper. Il m'en empêche avec ses mains. La bite se redresse. Puis ma gorge se remplit d'un goût saumâtre. On dirait du chlore de piscine mélangé à un gargarisme salé.

Quand il en a fini avec sa besogne, il s'éloigne de moi et redevient gentil. Il me masse le dos pendant que je vomis sur le plastron de ma chemise de nuit. La chaude caresse de sa main m'inonde de gratitude. C'est comme s'il me pardonnait d'avoir fait quelque chose de mal. Je recommence à dégueuler jusqu'à ce que la douleur de mon estomac s'engourdisse. Et il continue à tapoter mon dos courbé, m'assure que je suis une gentille petite fille qui s'est bien conduite. Moi, je sais au plus profond de mon être que ça ne va pas du tout.

Je me retrouve au lit. Je regarde par la fenêtre et songe à Dracula, attendant derrière les lourds rideaux que je le prie d'entrer. C'était moi qui avais appelé le baby-sitter.

Je me lève au bout d'un long moment, enfile mon uniforme. Je m'assieds toute habillée sur la chaise au dossier droit de la chambre de Lecia. Mes pieds ne touchent pas le sol, j'ai l'immobilité d'une statue, comme quand on va à la chasse au gibier à plume ou à la pêche au loup avec des vers en caoutchouc. On laisse tomber le ver au fond de l'eau, puis on sonde la vase de temps à autre. Mais sinon, il ne faut pas bouger, car il ne s'agit pas que le bateau tangue.

La lumière filtre à travers les rideaux, mère arrive pour nettoyer le vomi qui souille le tapis. Elle frotte le tissu avec une pâte à base de bicarbonate de soude et d'eau qu'elle a mélangée dans un bol à céréales. Elle me demande si j'ai besoin de rester encore à la maison vu la façon dont j'ai dégueulé hier. Je réponds : « Pas question. » Lecia se redresse dans son tas de couvertures, cligne des yeux. Je serre mon cartable écossais sur mes genoux. J'ai mis des socquettes en nylon assorties, les ai roulées à la bonne hauteur. Je porte un uniforme immaculé. Cela ne m'est jamais arrivé. Je dis que je vais vraiment mieux, que je préférerais bouffer un insecte que de rater ce qui se passe à l'école.

13

Peut-être ne serions-nous jamais retournées au Texas si mère ne s'était fourré dans le crâne l'idée de tirer sur Hector. Mais le jour où Lecia vit les yeux verts de mère noyés d'alcool surgir de l'autre côté d'un pistolet en plaqué nickel à crosse de nacre, sa coupe fut pleine. C'était le genre d'arme qu'une héroïne de mauvais western sortait de son sac de velours à cordonnets et braquait sur un minable cow-boy jaspineur en train de jouer aux cartes. Lecia se débrouilla pour nous sortir de là. Si on lui avait demandé son avis à l'avance toutefois, elle aurait pu être d'accord pour tuer Hector. Moi aussi d'ailleurs. Cette idée primitive, surgie au cœur d'une lugubre période, en valait bien une autre.

Mère et Hector passaient beaucoup de temps au bar. Ils nous laissaient à la maison. Je prenais le quart de nuit pour guetter leur retour. Le bar n'était qu'à quelques mètres. On aurait dit néanmoins que mère était toujours candidate en première ligne pour foncer dans un bloc de béton ou un mur de brique. Dès l'heure de la fermeture du bar, postée dans mon pyjama rayé de chez Sears à la fenêtre du premier étage, j'attendais que l'Impala grise se profilât dans le chemin enneigé. J'enlevais le givre de la vitre ou je dessinais un cercle de la taille d'un poing, afin de mieux observer le garage dont l'entrée carrée et noire évoquait une bouche édentée. Mon cœur me semblait battre un milliard de fois alors que ni phares ni traces de pneus ne zébraient la neige.

C'est à l'apparition de pistolets dans les mains tremblantes, incertaines, couvertes de taches brunes parfois, des patrons et des serveurs du *Bar des Longues Cornes*, que Lecia et moi on cessa d'y traînasser. Deeter s'attacha un étui en bandoulière sous prétexte qu'un vol avait eu lieu dans un grill situé à un pâté de maisons du bar. Il le portait sous son tablier de barman. Quant à Hector, il alla au mont-de-piété quelques jours plus tard se procurer un . 22 long rifle pour que sa cousine tienne son mari à distance. Ensuite, il se dégotta un colt . 45 ; assis à une table basse du bar, il joua avec un après-midi entier et abaissa le canon sur un piéton qui trottait dans la grand-rue. Il y avait là matière à se faire du souci. Au Texas, n'importe quel petit bout de quatre ans savait que, jamais, on ne doit pointer une arme à feu sur un être humain, à moins de vouloir sa mort. On maniait un pistolet, même vide, hors d'usage, avec autant de précaution que s'il s'était agi d'un serpent.

De prime abord, le truc à crosse de nacre de mère, je le trouvai ridicule. Dans une boutique de farces et attrapes au bord de la route, j'avais vu un briquet qui y ressemblait. Il était suspendu dans un sac en plastique à un filet bourré d'attrapes en tous genres, dont une petite flaque rose de vomi de chien que je m'étais offerte avec ma dernière pièce de cinq *cents*.

Mère jura de garder le pistolet bien à l'abri dans son sac. Elle assura n'en avoir besoin qu'au cas où un type s'aviserait de l'ennuyer. Ma tête de huit ans se demanda : *Qui oserait jamais importuner mère ?* Je savais d'expérience qu'elle aurait flanqué une rouste au premier petzouille qui, même vaguement, aurait donné l'impression de chercher à l'embêter. Le revolver, pour recourir à un terme piqué à la liste alphabétique de septième de Lecia, était superflu.

Les armes à feu ne m'inquiétaient pas en tant que telles. A Leechfield, le moindre pare-brise arrière de camionnette arborait l'autocollant de l'Association nationale des armes à feu et un porte-fusils. Bien avant le jardin d'enfants, j'avais déjà tiré mon premier coup de fusil. Une fois, à la veille du nouvel an, j'avais soulevé à deux mains le calibre . 22 de papa, visé la bouille ronde de la pleine lune et pressé la gâchette sur le coup de minuit. Ma main avait bondi d'un mètre, mais j'avais à peine tressailli sous la détonation. En revanche, je m'étais enfuie en larmes parce que la lune n'avait pas traversé le ciel noir en sifflant comme un ballon qui explose. Un peu plus grande, j'abattais toutes sortes de moineaux et de merles avec ma carabine à air comprimé. En classe de onzième, si papa me soutenait par derrière, j'étais capable d'épauler un fusil à quatre-dix coups et de tirer, sans que le recul ne me démette le bras. Cela impliquait de patauger dans les marais obscurs, l'hiver, à la saison des canards ou au printemps, de suivre les chasseurs qui tiraient sur des ramiers destinés au gombo.

Il n'en reste pas moins qu'à la soudaine apparition de ces pistolets, une pointe d'anxiété vibra en un point sensible de mon ventre. Ces armes à feu étaient aux mains de gens dépourvus de toute expérience. Il n'y en avait pas un qui rachetait la connerie de l'autre. Gordon, pour rire, à l'instar d'Hector, dégainait son magnum à la façon du légendaire shérif Wyatt Earp, avant de me chasser en disant que le cran de sécurité était mis, ou que la chambre était vide.

Un soir, au bar, Joey s'effondra en sanglots, au souvenir de son pauvre père, mort à la mine à quarante ans.

Il s'appuya le pistolet de mère sur la tempe, en cet endroit vulnérable où il commençait à se dégarnir. Lecia et moi, après cet incident, on ne mit plus les pieds au bar. Mère ne s'en accrocha pas moins à son pistolet miniature, lequel jaillit prestement dans sa main, le soir où elle se résolut à tuer Hector.

Quand Hector, qui s'était soûlé au scotch, sortit en trébuchant de sa chambre, Lecia jouait du piano. Les yeux vagues, il se posta derrière le tabouret. Elle interpréta plusieurs fois *Alley Cat*, d'un jeu plein d'allant. Hector lui demanda de jouer l'hymne national. Lecia répondit qu'elle n'en avait pas envie. Hector fourragea dans la poche de son pantalon, brandit un billet froissé de dix dollars, le lissa sur le piano, lui promettant que le billet serait à elle, si seulement elle acceptait de jouer *Amérique la Belle*. Je fis observer que ce n'était pas l'hymne national. Hector répondit à ma perspicacité par un sourire confus, alors que Lecia chiffonnait le billet en boule et le balançait sur les cordes. Elle ferma brutalement le couvercle du piano, se leva, et dit qu'elle refusait de se laisser entuber à jouer pour du fric.

A l'ordinaire, Hector aurait réagi en retournant bouder dans son lit. Il prit la mouche en cette occasion. Peut-être à cause du frère dont il avait parlé au dîner, qu'il avait perdu lors de la Deuxième Guerre mondiale. L'idée d'entendre l'hymne national s'était confondue dans son esprit avec l'enterrement de ce frère, avec l'image du drapeau bleu marine plié en triangle que l'officier avait remis à sa mère, de la motte de terre qu'il avait, en personne, jetée dans la fosse oblongue, sur la boîte astiquée, descendue à la main sur des sangles.

Lecia se leva donc. Le visage d'Hector se tordit d'une grimace qu'on ne lui connaissait pas. Il traita Lecia de petite pute pourrie-gâtée. Bon, nous étions gâtées, c'était incontestable. Mais, le terme de « pute » toucha une corde sensible chez mère. Tout de suite après, on s'aperçut qu'elle brandissait le pistolet.

Il faisait nuit, les baies vitrées étaient plongées dans l'obscurité. Mère portait une combinaison couleur mayonnaise, sous laquelle on voyait son soutien-gorge, dont les cônes pigeonnants donnaient aux seins une allure d'obus de canon. Hector s'effondra dans le fauteuil de chintz rose. Il baissa la tête, son menton se perdit dans les plis de peau de son cou. Il ressemblait à un basset. Il dit que mère n'avait qu'à tirer, que de toute façon sa vie ne valait pas un clou.

J'eus l'idée de me jeter sur le corps d'Hector, pariant que mère ne me flinguerait pas pour l'atteindre. Je m'élançai, la pris effectivement de court. Elle me lorgna comme si j'étais très loin. On aurait dit que ses bras désossés ondulaient comme des anguilles lorsqu'elle écarta le revolver pour me faire signe de lui laisser le champ libre. Elle m'ordonna :

— Fiche le camp.

Lecia supplia mère de ne pas appuyer sur la gâchette, tandis que de mon corps je couvrais Hector, comme si j'avais été une de ces serviettes à bavoir dont on se sert pour manger du homard. Des odeurs de scotch, d'after-shave *Burma* émanaient de lui. Son ventre n'offrait aucune résistance aux nœuds et aux angles de ma carcasse. Je m'enfonçai un peu plus dans la chair flasque, avant de tourner la tête pour voir quel effet je faisais à mère.

On aurait dit qu'une brume émanant de la cervelle de mère voilait ses yeux d'émeraude. Mère évaluait la situation. Elle fléchit de quelques degrés ses mains à angle droit et gémit :

— Mes pauvres, pauvres bébés.

Puis ses traits se remirent en place, se durcirent, comme si elle prenait une décision. Elle m'admonesta :

— Mary Marlene, va-t'en de là.

Hector laissa échapper une haleine fétide quand il se risqua à une supplique :

— Chérie...

Mère lui conseilla de la boucler.

Lecia vint prendre place auprès de mère. Elle regardait la scène avec l'expression d'un avocat, du genre Perry Mason au banc des jurés dans le feuilleton. On l'aurait aisément imaginée sortant une flèche laser, allumant un rétroprojecteur, afin d'aligner au mieux ses arguments, dont, soit dit en passant, l'indéniable bien-fondé me frappa. Si tu tires sur lui, tu iras en prison et sans doute pour toujours ou l'équivalent. Mais ils n'ébranlèrent pas mère le moins du monde. Elle secoua la tête, raffermit les épaules et s'écria :

— Au moins, si je tue ce moins que rien d'enfant de putain, aurai-je fait quelque chose de valable dans ma vie.

Mère examina Hector, comme s'il était un mulet à bout de forces qu'elle se préparait à abattre puis, lyrique, elle rimailla à propos de ce bon à rien, de ce tas de merde.

La violence de ses propos acheva Hector. Il soupirait à fendre l'âme, exsudant des effluves d'haleine sure. Je sondais son cou pratiquement à la loupe, y cherchant la capsule qui s'était débouchée, parce qu'à chacun de ses soupirs, son corps s'affaissait davantage. Je m'y lovai plus profondément, m'enfouissant dans sa flaccidité. A ce rythme, il aurait pu se liquéfier, devenir une flaque d'eau sous mon corps. Je me concentrai sur son oreille, distendue et parcheminée, d'où jaillissaient des touffes de crin blanc.

Au lieu de feindre l'indifférence face à la menace de mère, Hector se mit à insister pour qu'elle le tuât, comme si c'était la solution. Le visage ruisselant de larmes de crocodile, la voix chevrotante, il acquiesça :

— Elle a raison, je n'ai jamais rien valu.

Je changeai de position, me tournai vers Lecia, laquelle, ayant renoncé au rôle d'avocat, avait adopté une nouvelle tactique. Le regard qui filtrait de ses yeux marron, dominés par sa blonde frange irrégulière et lustrée, exprimait la lassitude, non plus la fermeté. Et lorsqu'elle parla, ce fut avec un pur accent texan, surgi en droite ligne de ce qu'on pourrait intituler la « région des parasites » :

— Ce mec n'est pas digne de la balle avec laquelle on va le tuer.

Et ce n'était plus en imitant quelque présentateur de télé yankee qu'elle s'adressait à mère. Elle copinait avec elle, attisait sa colère, l'estimant apparemment inflexible. Lecia poursuivit en roulant les yeux :

— Jésus ! regardez-le donc.

On l'aurait bien vue dans le rôle d'une serveuse chargée des cocktails de mère lui distillant, désinvolte, des paroles de réconfort tout en ramassant la monnaie sur son plateau.

— Si Hector prenait feu, personne ne se donnerait la peine de pisser sur lui pour le sauver, conclut Lecia.

Mère trouva que c'était fichtrement bien vu. Hector approuva le jugement.

Lecia s'empara alors de mon pied, qu'elle tira, en disant qu'elle aussi, elle voulait s'allonger sur Hector. Cela avait tout l'air du geste d'une sœur prête à donner un coup de main pour une corvée, comme si elle avait perçu ce qu'il y avait d'infect à respirer les exhalaisons suffocantes Hector. Elle se hissa à côté de moi. On aurait dit qu'elle prenait place sur un minable radeau qui tanguait sous notre poids dans la mer du Golfe.

Lecia s'était métamorphosée. La lippe désabusée avait disparu de sa bouche, ainsi que le sillon qui lui barrait le front. Le visage rond de Lecia était le seul baromètre adéquat pour enregistrer les infimes variations de l'atmosphère de la pièce. Or ce visage, d'une pâleur de craie, n'exprimait plus rien. Lecia avait brusquement lâché prise. Je jetai un coup d'œil en arrière sur mère. Mère évaluait la petite taille du canon en nickel comme si elle ajustait son tir afin d'atteindre Hector en nous contournant.

Jusqu'à ce moment-là, je m'étais débrouillée pour ensevelir la peur, la vraie. C'était la stupidité de la scène dans son ensemble qui m'avait frappée. J'étais anxieuse bien sûr, mais sans que cela dépassât le courant d'inquiétude qui circulait en moi plus ou moins constamment, qui me poussait à me ronger les ongles et à avoir la bougeotte au restaurant ; j'étais le genre d'enfant susceptible, certain jour, de renverser au minimum un verre de liquide. Mais la terreur tapie en vous, celle qui vous coupe le souffle, ralentit le train du monde, ne m'avait pas happée depuis des semaines. Je l'avais terrassée. Elle me sauta dessus quand Lecia s'installa près de moi, l'air exsangue, vidée d'elle-même.

Lecia me dit de courir, mais de la voix qu'elle aurait eue pour me demander de lui passer le sel. Elle voulait que je traverse la rue au pas de course et que j'aille chez les Janisch. Si je n'arrivais pas à trouver un adulte pour l'en empêcher, mère allait tirer sur Hector à la seconde.

C'était une évidence. Mère, redevenue spectrale, tenait un revolver, le plus réel qui soit, d'une main si diaphane qu'on voyait presque au travers. Elle n'entendit pas Lecia me suggérer d'aller chercher de l'aide. Elle avait perdu sa capacité auditive, et marmonnait, comme si elle était en train de prier. L'arme restait bien droite au demeurant. Mère, les cheveux hirsutes, dressés sur la tête, serrait les mâchoires.

Elle n'esquissa pas un geste pour m'arrêter quand je me sauvai. J'aurais aussi bien pu être un cafard lui filant sous le nez, pour l'attention qu'elle me portait. Je ne jetai pas un coup d'œil en arrière. J'aurais été incapable de continuer ma course si j'avais vu ma sœur tassée dans son corps de petite fille de dix ans sous l'œil rond, noir et impavide du pistolet argenté.

C'est du moins ce que je me dis une fois dehors, où le temps change de rythme. La nuit elle-même est lourde. Elle me plombe les épaules et m'empêche de courir aussi vite que j'en suis capable.

La neige fraîche de la rue où j'avance a le bleuté d'une eau de piscine. Je ne la sens pas qui gèle mes pieds nus, pas plus que je ne remarque la chair de poule qui éclôt sur mes allumettes de jambes sous ma chemise de nuit, ni que mes jambes pédalent. Heureusement la rue calme file sous mes yeux et me confirme que je suis bien en train de courir. A chaque enjambée, la porte d'entrée en acajou des Janisch, décorée de guirlandes de houx, se rapproche de moi, au ralenti.

La véranda est irradiée d'or. La sonnette de cuivre brille, tel un point lumineux marquant le terme de la sombre et interminable phrase dans laquelle je me suis égarée. Les doigts qui s'y appuient m'appartiennent, il n'y pas de doute, ils ont des ongles carrés en deuil. Une ombre se profile derrière les rideaux de dentelle. Ensuite, il y a un rectangle de lumière à la place de la porte où s'encadre Mme Janisch en robe-tablier bleue.

Ce que je lui dis reste un mystère pour moi, bien que mes mâchoires bougent, j'en ai la sensation. Je crois qu'il fait un froid glacial, car il engloutit mes paroles dès qu'elles s'échappent de mes lèvres, avant que je ne les entende. M. Janisch apparaît. D'un coup de serviette, il essuie la crème à raser du bas de son visage, qui se marbre d'une raie toute nette. Il porte un T-shirt et un pantalon habillé, tandis qu'une médaille en étain de saint Jude, le patron des causes perdues, pendille à son cou. Au cas où vous n'arriveriez pas à vendre votre maison, achetez donc une statuette de Jude, faites-la ondoyer d'eau bénite par un prêtre, puis enterrez-la, tête en bas, avant l'aube dans votre jardin. Vous pouvez être sûr qu'à l'heure du dîner vous arracherez votre pancarte « A vendre » à coups de marteau.

L'anecdote doit occuper le peu d'espace disponible qui me reste dans le ciboulot. Car je prends conscience ensuite que je ne suis plus chez les Janisch. Ayant à nouveau traversé la rue, je me trouve dans ma propre véranda, au seuil de la porte d'entrée, où je perçois le souffle d'une présence dans mon dos, M. Janisch, en tout état de cause. Quand il bouge, les manches matelassées de sa parka claquent en un bruissement d'ailes. L'odeur mentholée de sa mousse à raser, je la sens encore aujourd'hui.

Je me trouve idiote de frapper à la porte au lieu d'entrer en criant « Salut! » M. Janisch y tient. Personne ne vient, alors je regarde mes petites mains peu soignées qui tambourinent à la porte sans discontinuer.

M. Janisch veut m'arrêter; il m'attrape le poignet de sa main gantée de cuir. Je me libère et cogne de plus belle avec mes deux poings. J'avais négligé de prêter l'oreille aux bruits de la maison de mère. Une fois dans la rue, ma mission m'avait absorbée. Ainsi, la maison avait-elle continué à être pulvérisée, loin de ma vigilance. Si un coup de revolver était parti, par exemple, je ne l'aurais pas entendu. Peut-être qu'on avait tiré, d'ailleurs, à deux ou trois reprises. A cette pensée, je donne un coup de mon pied engourdi dans la porte, si fort que, par la suite, j'en aurai le gros orteil tout noir.

Il y a une banderole qui se déploie soudain dans ma tête. C'est celle qu'on avait suspendue à la façade de la principale église baptiste, là-bas à Leechfield, où on avait écrit à la main : *La prière change tout.* Je pourrais influencer la scène qui m'attend, si j'arrive à élaborer la prière idoine, avant que la porte ne s'ouvre sur un tas de cadavres, tels des chevreuils qu'on aurait alignés pour la photo Polaroid, avant de les ligoter sur le capot du camion. Il me faut prier vite et tomber juste du premier coup. Dieu exige un marché convaincant, il ne va pas se contenter de la promesse rebattue, que je lui sers à tout bout de champ, de devenir meilleure.

Et puis, une idée m'illumine en un éclair. Je me souviens d'Abraham prêt à trancher la gorge de son propre fils, uniquement parce que Dieu le lui avait demandé. Et en y pensant, je consens à laisser la balle destinée à Hector atteindre son but. Je l'offre à Dieu, à la façon dont on comptabilise des points au football quand on fait partie de l'équipe des petits.

Mais la contre-proposition de Dieu survient du tac au tac. C'est vrai, depuis le début, je souhaitais à moitié la mort d'Hector. Il se peut que la balle ne soit pas perçue comme une offrande suffisante. Là-bas, à l'église de Leechfield, le diacre Sharp faisait glisser l'enveloppe réservée aux oboles de la poche de sa chemise au panier de la quête accroché à une longue perche, qu'il passait dans les rangées de bancs, et répétait sans relâche que le don devait être proportionnel à la souffrance ressentie. C'est entre mère et Lecia que l'option se situe. Entre mère vêtue de sa combinaison grège, gisant sur le sol, et Lecia tassée sur Hector, assis dans le fauteuil de chintz.

Comme j'aimerais prétendre que je me rongeai longuement les sangs à propos de ce choix. Il n'en fut rien. En un clin d'œil, je sacrifiai cette même sœur qui avait pris ma place dans la trajectoire de la balle. Le choix et la décision furent concomitants. Je me contentai d'implorer : *Mon Dieu, faites que...* puis me représentai mère, debout, très droite, ayant laissé tomber le pistolet.

Dieu dut m'entendre, car ce fut mère qui ouvrit la porte. Elle n'avait plus ses yeux fous de meurtrière de feuilleton télé en combinaison. Elle portait son col roulé noir, un pantalon en tissu extensible et un petit béret, posé bien à plat comme une galette sur son étrange coiffure. Au vieux Janisch, elle raconta qu'il s'agissait d'une simple petite querelle de famille. On sait bien que les enfants exagèrent toujours. Des revolvers ? Mais pour l'amour du ciel, son mari n'était même pas chasseur. Elle me désigna d'un signe de tête.

— Mary Marlene, dit-elle en arborant son plus beau sourire de ménagère de télé (et jamais son visage n'avait été aussi peu ironique), Mary Marlene, voyez-vous, est douée d'une imagination débordante.

— Alors cela ne vous dérange pas que j'entre, s'enquit M. Janisch.

— Mère s'effaça.

A l'intérieur, Hector occupait le même fauteuil, Lecia lovée tout contre lui, un roman policier sur les genoux. M. Janisch serra la main tremblante d'Hector, puis il baissa les yeux sur moi en me disant qu'il me verrait à l'école.

Mère et moi, nous restâmes sur le seuil de la porte à le regarder traverser la rue à grandes enjambées. Elle me prit sous le bras pour me réchauffer dans ma chemise de nuit à œillets. C'est alors que je sentis le pistolet dépasser de la ceinture de son pantalon, où elle l'avait coincé.

Cette nuit-là, Lecia appela papa en P.C.V., après qu'Hector se fut éclipsé. Mère, dans la cuisine, faisait des pop-corn. J'entendais le pot cogner contre la cuisinière à gaz et la détonation des grains de maïs qui explosaient comme des pétards.

Ce que Lecia dit à papa s'est gravé en moi. Ma sœur recommençait à donner des ordres. A la standardiste tout d'abord, pour qu'elle nous passe papa ; ensuite à ce père absent depuis si longtemps que je n'arrivais pas à m'en faire une image distincte. Voici très exactement les propos de Lecia : « Papa, il faut que tu nous envoies deux billets d'avion pour qu'on parte de Denver et qu'on revienne chez nous. » Elle ne demandait pas. Sa voix ne laissait filtrer ni l'ombre d'un *peut-être*, ni la moindre vibration de doute. Si c'était moi qui avais téléphoné, j'aurais parlé du pistolet de mère, raconté que j'avais couvert Hector de mon corps, été chercher le proviseur. J'aurais dévidé l'histoire entière, dont papa aurait tenu à connaître les tenants et aboutissants. Je sus, en regardant Lecia, qu'on en avait terminé avec les tergiversations. Elle distilla du bout des lèvres quelques « Oui m'sieur », « Non m'sieur ». Quant à mère, on ne la convoquerait pas au téléphone pour s'assurer de sa permission. En bref, l'affaire était conclue.

Tout de même, je trouve ça marrant maintenant. Imaginez un homme de cinquante ans, ancien combattant d'une des plus grandes guerres, et ayant participé à d'innombrables rixes dans les bars, recevant les ordres d'une petite fille dont l'âge venait tout juste de franchir la barre des dizaines. Papa ne tomba pas d'accord avec le projet de Lecia parce que ce dernier avait du sens. Il n'en avait pas tant que cela. Il se peut qu'il ait été prêt à n'importe quoi pour nous récupérer, nous lui avions terriblement manqué. Mais même cette explication ne tient pas la route. Non, c'est Lecia qui a ébranlé papa, sa fermeté soudaine, son autorité, sa force de volonté.

J'étais en train de m'embobiner le fil du téléphone autour de l'index lorsque j'en pris conscience. Lecia avait les mêmes yeux marron au regard calme, et sa frange blonde, laquée, tombait toujours aussi raide sur ses sourcils. Mais sa voix s'affermissait. Quand elle me tendit le combiné, l'espace restreint qui nous séparait s'étira en une plaine infranchissable. Lecia s'était éloignée de moi à tout jamais. Car moi, encore à folâtrer dans les vallées secrètes et vertigineuses de l'enfance, j'en étais à me demander si mère allait nous abattre d'un coup de pistolet pendant notre sommeil. Alors que Lecia ne se posait plus ce genre de questions. Elle avait lâché prise et, prête à endurer n'importe quoi, s'armait pour affronter ce que la survie exigerait. A partir de ce moment-là, elle se devait d'envisager le prix à payer, à qui et à quoi il lui faudrait renoncer.

Le combiné du téléphone me fit chaud à l'oreille. Papa ne voulut s'assurer que d'une chose : « Pokey, es-tu vraiment décidée à rentrer à la maison ? »

Je lui répondis que je l'étais depuis longtemps. Papa ajouta que pour lui c'était pareil.

On fit notre toilette tôt le lendemain matin. Je suivis les recommandations du capitaine Kangourou à la télé et me brossai chaque dent d'un mouvement circulaire. Puis on enfila nos habits du dimanche qu'on boutonna soigneusement. A l'aube, on se retrouva, côte à côte, à se regarder de pied en cap dans le miroir. Lecia avait trop serré la capuche de mon manteau trois quarts, j'avais l'impression d'être une saucisse qui éclatait dans un emballage trop petit pour elle. Le visage de Lecia, qui se réfléchissait dans la glace près du mien, ne serait plus jamais celui d'une enfant.

Notre départ avait dû mettre mère dans tous ses états. Elle avait sans aucun doute hurlé, pleuré ou bien, ivre, elle s'était effondrée en boudant. Il n'y pas trace d'une telle scène dans mon souvenir. Et je ne me souviens pas non plus de Lecia annonçant notre départ. Or c'était la première chose qu'elle avait dû faire. Mère se massait sûrement les épaules avec du baume Ben-Gay. Entre le corps de mère et celui d'Hector, le *Times* du dimanche était évidemment déplié à la page des mots croisés, et on y avait crayonné une lettre capitale dans chaque case. (Mère avait tendance à inscrire à la hâte une réponse dans chaque carré. Ensuite elle effaçait les erreurs. Ainsi le puzzle semblait-il résolu en permanence. Il l'était rarement.)

Mais j'invente. Aucune porte-fenêtre ne s'ouvrit en moi sur une scène de ce genre. Toute trace de conversation avec mère à la suite du coup de fil de Lecia a été érasée de mon esprit. Je ne me souviens pas de mère non plus. On resta pourtant quelques jours avant notre départ et je lui fis sûrement mes adieux. On dut verser des larmes, car nous sommes une famille de pleureuses invétérées, spécialistes de scènes déchirantes dans les aéroports. Mère nous promit de venir nous retrouver bientôt, mais vaguement. Je ne l'entendis pas le dire, ni ne trouvai d'effluves de *Shalimar* à humer dans la voiture qui nous conduisit à l'aéroport.

Mère avait réquisitionné Joey pour nous accompagner pendant le vol et nous escorter lors des changements d'avion. A peine arrivé au bar, Joey se dilua dans le scotch, alors que Lecia et moi, on s'empiffrait de cacahuètes en sirotant des cocktails de jus de fruits. On s'était installées sur des tabourets aux sièges carrés recouverts de skaï noir. Ils pivotaient, en se tamponnant l'un l'autre et, pareils à de grands métronomes capitonnés, ils scandèrent la matinée. Nos deux poupées Barbie jumelles trônaient en face de nous sur le bar, raides comme des piquets. Elles portaient des robes de bal assorties, bleu clair, avec des crinolines et de larges ceintures argentées. Comme on avait perdu en route leurs sandales de plastique blanc, les pieds cambrés qui dépassaient de leurs robes étaient nus.

Dans l'avion, le premier acte de Joey, une fois qu'il nous eut attachées sur nos fauteuils de l'autre côté du couloir, fut de se mettre à dégueuler à profusion dans le sac pour mal de l'air. Lecia et moi on fourragea dans les poches de nos sièges, afin de faire comme si nos poupées vomissaient aussi. Cela dérangea la vieille dame assise en diagonale par rapport à moi qui manifesta sa désapprobation par un profond soupir. Elle me menaça en agitant tellement la tête que les fanons de son cou tremblotèrent sur son triple rang de perles bleutées. On changea de jeu avec nos Barbie, on les fit péter, en poussant le bruitage à plein volume jusqu'à Albuquerque. Là, je déclarai que ma poupée avait la colique et avait éclaboussé sa robe de bal, qu'il fallait couvrir d'une serviette TWA attachée avec un élastique, et puis qu'elle n'avait plus un seul sous-vêtement.

A Albuquerque, on se trompa d'avion. Les compagnies aériennes font évidement tout pour éviter ce genre d'incident. Avant même que vous ne posiez le pied sur la piste, il y a un type en faction qui vérifie votre billet, où est mentionnée en toutes lettres la destination pour laquelle vous avez payé. Contre toute attente, on échoua à Mexico, illégalement bien sûr. Il est possible que Joey ait eu l'intention de nous y mener. Après tout, mère avait pu le contaminer avec son idée romanesque de disparaître à Mexico sans laisser de traces. Peut-être s'était-il imaginé menant une vie primitive dans une hutte sur la plage, entourée de palmiers claquant au vent, en compagnie d'une princesse aztèque lui servant des homards et des tortillas préparées de ses blanches mains.

Les *federales* qui nous accostèrent à la douane ne le virent pas du même œil, d'autant moins qu'il apparut que Joey avait laissé tomber son portefeuille contenant toutes les preuves de sa nationalité américaine dans les toilettes de l'avion. Aux dires de Joey, il se levait des cabinets lorsque, pris de malaise, il avait dû se pencher sur la lunette, les entrailles en déroute. Il ignorait ce qui était tombé dans l'eau bleue des W.-C. jusqu'à ce qu'il ait refermé son pantalon. Il s'était alors palpé et avait découvert sa poche arrière vide. La chasse d'eau avait balancé son passeport et autres pièces d'identité avec un bruit à crever le tympan, quelque part au-dessus du désert de Sonora en Californie. Il tapota ses poches afin de montrer au petit groupe de gens à l'air officiel comment cela s'était passé. Joey, affligé de cette sorte de myopie propre aux ivrognes, s'imaginait l'incident du plus grand intérêt pour tout le monde.

Le *capitán*, dans l'intervalle, dansait d'un pied chaussé d'une botte noire vernie sur l'autre. Il s'adressa à voix basse aux douaniers et, levant une main, fit un signe nerveux. Deux hommes armés de fusils qui se trouvaient près du tapis à bagages accoururent. On fit venir nos valises. On les éventra, jetant en pâture nos robes, nos jeans, nos pyjamas en nylon. On brandit une seconde mes culottes déchirées comme si elles étaient les loques d'un drapeau, signal d'une capitulation. Joey ressemblait à un contrebandier, ou bien à un Mexicain ayant franchi la frontière sans papiers. De l'endroit où on se trouvait, Lecia et moi, à proximité d'un distributeur de café, avec trois hôtesses qui nous avaient prises sous leur aile, je devinai que le crime le plus grave de Joey venait de son manque de sérieux. Il n'arrivait pas à s'arrêter de glousser.

Les douaniers le gardèrent, naturellement. Ils y étaient contraints. Lecia et moi, on nous laissa partir, c'était un miracle. Le personnel de la compagnie aérienne prit même sur lui de téléphoner à papa en lui disant qu'ils nous réexpédiaient au Texas.

Toujours est-il que je n'eus jamais le loisir de demander à Joey s'il avait tenté de nous kidnapper ou de prendre lui-même la clé des champs. La dernière fois que je le vis, il était dans la zone de la douane où son visage éclairé d'une lumière fluorescente avait le vert délavé d'une olive à Martini. On l'avait obligé, je ne sais pourquoi, à enlever ses souliers ainsi qu'une chaussette. Dressé sur une jambe comme une cigogne, il tendait les bras. Il était secoué de saccades de rire et alors le pouce de son pied incurvait et touchait le linoléum sale.

Un garçon nous servit un plat ovale de *huevos rancheros* dans la salle réservée au personnel de l'aéroport, tandis que Lecia racontait à des hôtesses aux yeux écarquillés comment Joey avait prévu de nous vendre à des gens d'ici qu'il connaissait. Lecia fabulait tellement que je lui flanquai un coup de pied sous la table. Ces dames payaient l'addition, il n'était pas dans mes intentions de les mettre en colère avant que la note n'arrive.

Mais Lecia savait jusqu'où elle pouvait aller. Les hôtesses buvaient la moindre de ses paroles. Elles caressaient de leurs mains impeccablement manucurées nos cheveux décoiffés et serraient nos épaules maigrichonnes sous le tissu écossais de nos robes. A la suite de quoi elles nous embarquèrent sur un vol de nuit à destination de Harlingen, au Texas.

Je m'éveillai dans les nuages. Ils s'étendaient comme une plaine arctique, en effervescence derrière le hublot de l'avion où reposait la tête endormie de Lecia. On aurait dit qu'ils étaient interrompus dans leur course, telles les bulles d'un chaudron en fusion prises dans les glaces alors qu'elles bouillonnaient encore. La pleine lune qui les irradiait découpait une avenue d'une blancheur immaculée dans notre direction. Sa beauté m'inonda d'un sentiment du possible, oublié. En dépit de mon statut d'enfant, fendant à toute allure un ciel de ténèbres aux côtés d'une sœur dont plus jamais je ne connaîtrais le cœur, peut-être restait-il encore un espoir pour moi. (C'est sûrement ce que les mystiques entendent lorsqu'ils évoquent l'état de grâce, telle l'espérance jaillissant du cœur d'un fermier du Dust Bowl lorsque, après le passage des sauterelles, il arpente un champ de plants dévastés.) C'était un espoir indéfini, qu'aucune idée, aucun élan n'animait. A la faveur de cette lune insolite qui frôlait l'horizon, il me semblait que je devais réaliser quelque chose d'important.

L'impression se volatilisa. L'homme en face de moi éteignit sa lumière de plafonnier. Il bascula son siège en arrière, si bas que son crâne chauve parut atterrir sur mes genoux. Il ne pouvait pas me toucher de si près, c'est ainsi que je le ressentis pourtant. Je contemplai sa tête blafarde comme un ver de terre. Il leva le bras, ouvrit la bouche d'aération.

Les bouffées d'air confiné qui lui effleurèrent le cuir chevelu et me balayèrent le visage charriaient la résurgence de mon scepticisme coutumier. L'espoir, évidemment, c'était pour les débiles. Dieu m'avait sûrement déjà comblée des bienfaits qu'il tenait en réserve pour mon avenir. Bon sang, n'avais-je pas souhaité la mort de Lecia quelques jours auparavant? Je jetai un coup d'œil à ses blonds cheveux lustrés, à sa tête plongée dans le sommeil. Elle avait tiré la couverture rouge et rêche jusqu'au menton. *Tout comme un enfant*, me dis-je. L'envie me prit de lui secouer les épaules, de lui dire combien je l'aimais. Mais elle m'aurait enjoint de la boucler.

Je dardai un regard flamboyant de haine sur la tête du chauve. La tonsure de cheveux noirs lui encerclait le crâne d'une auréole grasse. J'avais coincé ma Barbie au cul nu entre le coussin du siège et l'accoudoir. Je la tirai de là par les jambes pour en faire un gourdin, avec lequel je frappai de toutes mes forces le crâne du mec. La tête de la poupée fut arrachée. Les conséquences de mon geste ne m'avaient pas effleuré l'esprit.

Le type se redressa d'un bond en poussant un cri. Il se tortillait dans tous les sens pour voir ce qui l'avait frappé en se tenant le crâne à deux mains. Je glissai la poupée décapitée sous la couverture rouge de Lecia et me mis vite à feindre le sommeil. Le mec appuya sur le bouton de sonnette des hôtesses. Lecia se réveilla en sursaut. Elle frotta ses yeux qui clignaient. Je l'imitai. L'hôtesse marcha sur la tête blonde à queue de cheval de ma Barbie, laquelle rebondit dans le couloir et roula sous un fauteuil. On ne la retrouva pas.

Lecia et moi, on retourna auprès de papa en suivant les méandres d'un labyrinthe souterrain peuplé d'employés d'aéroport. Des pilotes, des porteurs, des hôtesses, des gardiens qui n'étaient plus en service nous lavèrent et nous nourrirent. On voyagea gratuitement sans permission officielle. Non seulement personne ne nous menaça, ne nous pinça, ne nous battit, ne nous emmerda, mais à peine regardions-nous avec envie un jeu de cartes, ou un petit pain au chocolat, qu'il se trouvait toujours un inconnu pour nous l'offrir. Si aujourd'hui ces visages ont perdu leurs contours, sont lisses comme des pierres, je sais que les uniformes auprès desquels je marchais, à hauteur de la taille, me prouvaient qu'en définitive, l'espoir n'était pas l'apanage des seuls cons. (Le monde couvait des monstres en son sein, c'était certain, mais la bonté proliférait avec autant d'exubérance. Faute de quoi tout enfant violé se muerait en violeur à son tour.)

Les avions se faisaient plus petits, plus abîmés à chaque tronçon du périple. A Houston, on nous emmena vers un zinc kaki, dont l'étrave était peinte de dents de requin et la soute avait une bande adhésive d'électricien, grise, en forme de X. Il était garé à l'extérieur d'un hangar en fer-blanc, hors de portée de vue des appareils commerciaux. Le pilote, qui portait des lunettes à double foyer, nous enfourna dans un cagibi, à l'arrière du poste de pilotage, aménagé sans doute pour les plans de vol ou bien pour contenir une thermos. Lecia et moi, on replia les genoux jusqu'au menton. Le pilote se retourna en nous recommandant de bien nous accrocher, on dut lui faire l'effet de deux marmottes qui sortaient la tête de leur trou.

L'avion tournoya sur lui-même en balayant l'épais brouillard de ses phares. Le pilote tapota des boutons au plafond et répondit aux grésillements d'une radio. On roula longtemps en cahotant sur la piste. Les ailes tressautaient sur des haubans d'empennage aussi minces que ceux d'une balançoire de jardin. Lecia, dont le profil restait impassible, examinait les touches du tableau de bord. A chaque embardée de l'avion, le moteur faisait un tel vacarme qu'on se serait crues dans un aspirateur. Le pilote s'empara d'une manette au niveau de son genou et la tira vigoureusement. On aurait dit que c'était sa force qui redressait le nez de l'avion, lui imprimait de l'élan pour décoller de la piste. Au terme d'innombrables tours de piste, on se retrouva dans un nuage.

Ce nuage nous transporta d'une traite, entrecoupée de quelques trous d'air qui me chatouillèrent l'estomac, jusqu'au comté de Jefferson. Le pilote essuyait la buée de la fenêtre avec du Kleenex rose. Mais la brume gainait le pare-brise d'une épaisse membrane que les phares n'arrivaient pas à percer. Même moi, je me rendais compte que nous volions à l'aveuglette.

La visibilité ne s'améliora guère à l'atterrissage. Debout sur la piste mouillée, on serrait contre nous nos valises de poupées. Il n'y avait pas trace d'aérogare, ni de parking. Seule une tour dardait un rayon sur nos têtes, un cône de lumière jaune, duveteuse, qui tourbillonnait.

On entrevit alors, à une distance incommensurable, des phares. Une voiture vint se garer sur le bitume de la piste. Je posai ma valise de Barbie par terre. Je distinguai deux silhouettes qui traversaient la brume en marchant vers nous, chacune s'avançant dans le lit de ce double foyer de lumière. L'une, petite, menue, était coiffée d'un chapeau de cow-boy. L'autre avait de grandes mains qui se balançaient au bout d'une longue carcasse. Cette deuxième silhouette se détacha et courut dans notre direction, martelant le béton de ses pesants godillots de travail.

Papa ne franchit pas de frontière précise, pas plus qu'il ne prit corps sous nos yeux en émergeant du brouillard. Il devint au fur et à mesure plus lumineux, plus dense jusqu'au moment où il nous souleva dans ses bras. Il avait bu du café à son travail, de celui qui coulait comme du goudron du percolateur cabossé du contremaître. Ce café me ramena mon papa d'autrefois, intact. Je connaissais le dissolvant qu'il utilisait pour s'enlever la graisse des mains, ainsi que le savon à la soude qu'il frottait avec une brosse à ongles. Les poils de son menton me piquèrent le cou. Le travail ou la moiteur ou l'inquiétude avaient dû le faire transpirer, car le whisky du Tennessee qu'il avait siroté sur la piste exsudait un arôme de chêne fraîchement abattu. Les bras de Lecia, qui l'étreignait de l'autre côté, m'effleurèrent. Pour une fois, elle ne me rembarra pas avec une tape comme si je m'interposais. Pour une fois, nos bras enlacèrent le grand corps efflanqué de papa, l'emprisonnèrent dans une cage où il tenait parfaitement.

Son associé était un petit homme à l'allure d'oiseau qui s'appelait Blue, un nom adéquat puisqu'il était gris comme du silex des pieds à la tête. Blue était incolore, inodore et parfaitement insipide. Il était un de ces anonymes susceptibles d'évoluer des années durant autour d'une table de billard, payant sa part de tournées, sans jamais arriver au bout d'une phrase.

Blue avait acheté pour chacune de nous une poupée aux cheveux bouclés qui avait presque notre taille. Celle de Lecia était blonde. La mienne était pourvue d'une toison noire et, à la lueur du plafonnier bombé de la berline, me regardait du fond de sa boîte étalée sur la large banquette arrière avec une indifférence qui frisait l'insulte. Je lui mis les idées en place en la garrottant avec un fil de cuivre, et en lui ligotant itou les poignets ainsi que les pieds. Des phares zébrèrent le masque de cellophane qui voilait la perfection de ses traits. Elle braquait sur moi un regard morne. Ses yeux bleus me déclaraient qu'elle exigeait une autre petite fille, pas moi. Eh bien moi, je voulais ma mère. C'est ce que je lui aurais dit si la pensée ne m'avait pas serré la gorge.

Alors, je lui fis observer à la place, à voix haute j'imagine :

— Les gens en enfer veulent boire de l'eau glacée.

— Tu dis quoi ? demanda papa.

Je lui répondis que j'étais prête à tuer pour un verre d'eau glacée.

Papa me parla certainement davantage dans la voiture. Mais ses autres paroles me sont sorties de l'esprit. Dans la conversation qu'il avait avec Blue au cours du trajet, il faisait vraiment paysan. Il lui disait : « Bon, si on prend l'histoire du vieux Raymond maintenant... », et ça donnait : « Ben si qu'on prend c't' histoire tu bieux Ramon maindenan... » Il s'exprimait lentement en plus, comme s'il s'adressait à un sourd.

Une fois à la maison, papa lança sa veste en jean sur un tabouret de cuisine. Il dit qu'on allait se préparer à manger. Lecia déballa les assiettes à pique-nique de plastique blanc sur le bar en contreplaqué. Après la porcelaine du Colorado, elles avaient un aspect grossier à la *Flintstone*. Dans chacune, il y avait trois alvéoles pour empêcher les haricots blancs de se mélanger aux légumes verts et le bouillon de légumes de détremper le pain de maïs.

Papa se mit aux fourneaux, et touilla avec une longue cuillère en bois la mixture boueuse qui mijotait dans une cocotte, où il versa goutte à goutte de l'eau d'une bouilloire argentée. Le ragoût devint plus liquide, je l'entendis. Au bout de quelques secondes on huma une odeur d'ail et d'échine de porc, suivie par l'arôme diffus de lamelles de céleri mélangées aux haricots rouges et au riz.

— Demain, ce sera encore meilleur, remarqua papa.

Il avait aussi préparé une couronne de pain de maïs dans une poêle, dont il avait tout d'abord fait griller la croûte dans du lard mis à rôtir sur la plaque du four.

C'était tout ce que j'aimais. Lecia découpa sa part, puis me passa le plat par-dessus le beurrier. Il y avait des cives crues qu'on grignotait entre les bouchées. Je réussis à avaler presque toute ma platée de chou, cuillère après cuillère. Alors papa me dit : « Pokey, sais-tu ce que je vais en faire, de ces légumes ? » Sans attendre ma réponse, il les arrosa de gouttes de vinaigre puisé dans un bocal de poivrons jaunes au Tabasco. Papa n'arrêtait pas de lever les yeux sur Lecia en lui répétant qu'il l'aimait de tout son cœur. Mais l'assiette dont il s'occupait, c'était la mienne.

On n'eut même pas besoin de le supplier pour dormir avec lui. On le bouscula seulement deux fois, on lui dit une fois « s'il te plaît ». Il fut bien vite d'accord. Il commença par mettre en route le poêle à mazout de la chambre, qui s'enflamma en pétaradant. Il y étala mes chaussettes, pour qu'elles soient chaudes quand viendrait le matin. Lecia accrocha nos robes sur des cintres pendant que papa enlevait son pantalon kaki. Il avait des jambes blanches et maigres qui sortaient de son caleçon à motifs bleus. Il lissa les plis de son pantalon avec ses ongles, ce qui nous fit grincer les dents. Après quoi, il l'étendit sur le dossier d'une chaise et éteignit la lampe.

Lecia et moi, couchées dans le lit immense, on avait papa entre nous deux. Il dormait sur les couvertures, parce qu'il ne supportait pas d'avoir les pieds entravés. A la seconde où Lecia et moi, on a glissé les jambes dans les draps, papa pleurait.

Les ouvriers du Texas pleurent. C'est une de leurs qualités. Papa versait des larmes aux défilés et aux mariages. Le spectacle du drapeau américain hissé avant le match de base-ball d'une équipe de minimes faisait couler des pleurs sur son visage parcheminé. Cette nuit-là, je me bouchai les oreilles. Cela n'empêcha pas les échos de son chagrin de traverser la rumeur de coquillage qui bruissait dans ma cervelle. Papa reniflait, poussait les râles d'un chagrin profond enfoui dans sa poitrine. Les tours des raffineries flamboyaient par la fenêtre, en crachant de sombres fumerolles dans le ciel teinté d'un vert très cru où elles s'entrelaçaient en filaments innombrables. Je finis par me déboucher les oreilles et reçus en plein cœur les rafales des sanglots de papa. Je serrai ses grandes mains dans mes menottes, si fort que je crus que les os des doigts allaient se briser comme des brindilles. Papa eut besoin du bandana rouge glissé sous son oreiller pour se moucher, je lâchai prise seulement à ce moment.

Je le croyais parti dans ses songes depuis longtemps, quand il rompit le silence de sa voix cassée, en nous demandant si nous avions fait une prière pour demander le retour de mère à la maison.

Il s'était sûrement senti obligé de nous en parler. Sa demande nous laissa sans voix. Papa, je ne l'avais jamais entendu prier. Il n'allait à l'église que pour les enterrements, lorsqu'on mettait quelqu'un dans la boîte. Papa commença : *Seigneur, fais s'il te plaît que la maman de ces petites revienne.*

Il éclata de nouveau en sanglots. Chacune, on lui caressa le flanc. Il s'apaisa. Lecia fit retentir un « amen » bien senti.

Je restai longtemps éveillée à écouter papa dont le bras m'entourait l'épaule et Lecia couchée derrière lui. Nous dérivions ensemble tel un train de bûches rabotées. Du moins c'est cette image qui me traversa l'esprit. Nous étions comme trois rondins destinés à la coque d'un bateau qu'il ne restait plus qu'à coller et à calfater.

Mère revint effectivement. Elle arriva sans avoir prévenu dans une voiture de sport louée, une Karmann Ghia, conduite par Hector. Elle sortit de la voiture en se dépliant, le siège était très bas. Elle foula le sol spongieux où ses talons s'enfoncèrent, y creusant des trous comme ceux des écrevisses. Cela faisait des semaines que je m'entraînais à l'accueillir avec une froide indifférence au cas où elle reviendrait. Mais, à la vue de l'ourlet du manteau de castor qui ondulait, tel un flot d'écume, sur ses chevilles, toutes mes résolutions s'envolèrent. Je claquai la porte et me ruai vers elle. Si Lecia ne m'avait poussée dans le massif de fleurs débordant de lierre, je serais arrivée la première.

Mère dit à papa qu'ils étaient venus chercher des habits, sans toucher un mot de ses projets, ni donner d'explications. En tout cas, si papa était au courant de sa venue, il ne s'était pas trahi. Il s'adossa à la véranda. Mère se pencha pour m'embrasser, son manteau d'une douceur de lapin embaumait *Shalimar*. Mère m'assura : « Ma chérie, tu m'as manqué », tout en jaugeant papa par-dessus mon épaule. On aurait dit qu'elle évaluait la longueur de la chaîne à laquelle un chien de garde était attaché avant de pénétrer dans un jardin. Papa ne cilla pas. Figé comme une statue, il garda une distance respectueuse. Mère et Hector s'attelèrent ensuite au transbordement de pleines brassées de vêtements, en trimballant des cintres dans le jardin et dans l'allée.

Je crois que les voisins auraient été moins fascinés si le pape avait fait son apparition chez nous, en grand apparat, avec son escorte d'ecclésiastiques agitant des encensoirs d'or. Dès l'arrivée de la voiture jaune qui rasait le sol, les familles du quartier se montrèrent sur le pas de leurs portes. Chacun prévoyant de rester un moment s'était vêtu, soit d'un coupe-vent, soit d'un gilet, soit d'un imperméable au cas où les nuages pansus amoncelés dans le ciel se décident à éclater. Ils sortirent du garage les chaises de jardin, les installèrent face à nous et s'y assirent pour nous regarder comme si nous étions un film projeté en plein air sur l'écran de l'horizon d'un gris tendre. La bruine ne les arrêta pas. Mme Dillard, soucieuse d'éviter que sa coiffure ne devienne poisseuse, déplia un fichu en plastique de son étui et se le noua avec soin autour du menton. Mme Sharp, pour sa part, brandit le parapluie noir massif que la famille emportait d'ordinaire aux matchs de football.

Ceux des hommes qui ne travaillaient pas se rassemblèrent en fumant sous les auvents du garage des Carter. On voyait les bouts rouges de leurs cigarettes quand ils tiraient des bouffées. Eux aussi avaient les yeux braqués sur nous, n'allez pas vous imaginer qu'ils boudaient le spectacle. Les gosses gambadaient derrière les fossés qui longeaient les jardins comme s'il ne se passait rien de particulier, Carol Sharp exceptée. Elle traversa la rue et vint se planter au bord de notre cour. Au vu et au su de tous, je lui fis le geste des deux doigts levés. Elle battit en retraite, pressée d'aller rapporter, faisant claquer les semelles de ses tennis sur l'asphalte mouillé.

En allant et venant le long du fossé, je réalisai soudain que j'avais vu une fois un chien de berger qui patrouillait sur son territoire avec autant de concentration que moi. Mère et Hector transportèrent un lot supplémentaire de robes. En soie blanc cassé, beige ou d'une couleur de mandarine très pâle, elles chatoyaient dans l'air vaporeux. Je n'avais aucun mal à me représenter les dames du voisinage en train de les soupeser : « Voyez-moi ça, une seule de ces robes coûte autant que la paye de Pete... » Je me pris à les détester, à vouer une haine mortelle à ces énormes culs avachis dans ces fauteuils de jardin à rayures. Je les exécrai avec leurs dîners à l'église, leurs ragoûts au thon pleins de grumeaux, leurs moules à gelée où surnageaient des cubes parfaits de poires ou de pêches. J'abhorrai les chaussons de bébé qu'elles tricotaient au crochet, et aussi les housses pour canapés, les caches des rouleaux de papier hygiénique en forme de caniche auxquels tout le monde avait travaillé au cours d'un été.

Et ce fut la première fois que je perçus le pouvoir que notre singularité familiale nous donnait sur les voisins. Ces adultes avaient peur, et pas seulement de mes parents, de moi aussi. Ma sauvagerie les effrayait. En outre, ils devinaient que j'avais fréquenté de plus sombres demeures que les leurs. J'avais toute ma vie rêvé d'appartenir à une de leurs familles, de prendre mon panier déjeuner à la lumière de leur réfrigérateur bien rangé et dégivré quand il le fallait. Les histoires qu'on chuchotait derrière notre Caddie au supermarché, ou le silence qui tombait quand papa poussait la porte vitrée du local du syndicat, m'avaient de tout temps fait rougir de honte. Mais, là, j'eus l'impression que la Mort hantait les maisons du voisinage. C'était la Mort qui applaudissait l'équipe des cow-boys de Dallas, et fourrait pour la mi-temps des saucisses de Francfort dans des petits pains viennois.

Je ramassai un cintre tombé par terre, étendis le bras et le lançai de toutes mes forces sur la maison des Carter, de l'autre côté de la rue. Le portemanteau vola comme un boomerang, sans toucher le but. Papa m'appela : « Pokey, viens par ici. » Il s'était posté à l'intérieur, derrière le fin grillage de la porte où se découpait son profil dur.

Hector claqua la porte du coffre de la Kharmann Ghia. Par la fenêtre, mère ne pouvait détacher son regard de nous, de Lecia, de papa, de moi. On l'aimantait, je le sentis. Son visage s'attendrit. Deux plis, creusés aux commissures de ses lèvres teintées de rouge, exprimaient son tourment. Je n'entendis pas ce qu'Hector lui dit, bien trop occupée à obtenir que mère restât avec nous en faisant une prière truffée de « vous » respectueux. Hector avait dit à mère de se manier le cul, à ce que me raconta Lecia après coup.

La suite des événements prouva qu'Hector avait bien sorti une grossièreté de cet acabit. Papa franchit rapidement l'espace qui le séparait de la voiture jaune. Il se pencha à l'intérieur, tira Hector par les épaules. Hector s'agrippa de toutes ses forces au volant, cherchant à éviter la bagarre. Mon beau-père fut debout, toutefois, avant que papa ne lui envoie son premier coup de poing. Je garde une image très claire de la bouche aux lèvres minces d'Hector dessinant un O de surprise au moment où il réalisa qu'on allait le cogner.

J'aimerais dire que le clip de mon film s'arrête là. Car si j'avais assisté à des bagarres entre hommes dans les parkings de certains bars, je m'étais toujours détournée après le premier choc d'un poing sur un visage, les premières gouttes de sang sur le plastron d'une chemise, m'estimant trop sensible pour en supporter davantage. Ce jour-là, je regardai sans broncher, tant j'étais contente que papa tabasse Hector.

Après avoir fichu Hector à terre une première fois, papa le remit debout pour le frapper encore. C'est tout juste s'il n'épousseta pas la chemise d'Hector, ne lui ajusta pas son col avant de lui flanquer son second marron. Un vrai jeu d'enfant, Hector s'effondra à nouveau. Il avait les jambes en tire-bouchon comme une corde s'enroulant sur elle-même. Il resta couché sur l'herbe. Papa fit alors une chose jamais vue, il cogna sur un homme à terre. Il s'assit sur le torse d'Hector et se mit à se balancer sur lui, en lui martelant le visage sans aucune raison, car Hector avait cessé depuis longtemps d'être une menace pour quiconque. Je regardai les muscles du dos de papa qui saillaient de plus en plus à travers la mince chemise de son bleu de travail de la même manière que ceux d'un boxeur quand il s'entraîne sur un punching-ball. Papa continua comme ça jusqu'à ce que j'entende ce qui ressemblait au craquement d'un cartilage de nez.

Ce fut ce bruit qui l'arrêta. Il fléchit les épaules et resta arrimé au torse d'Hector une seconde. Puis il se releva en regardant ses mains en sang. Il les tourna, les retourna comme si elles étaient des objets de grande curiosité, appartenant à un autre et qu'on lui avait octroyés pour qu'il les répare ou les contrôle.

Je me rendis compte à ce moment que mère hurlait. Ses mots, gardés en réserve dans un recoin de ma cervelle, déferlèrent comme une bande de magnétophone rembobinée : « Pete, laisse-le, tu es en train de le tuer, mon bébé, oh! mon Dieu. Lecia, Mary, que quelqu'un fasse quelque chose. » Dès que papa se mit debout, elle la ferma, de crainte de l'énerver davantage. Papa la regarda par-dessus le toit de la voiture jaune, et soupira : « Je suis désolé. » Il avait l'air sincère. Lorsqu'il baissa à nouveau les yeux sur Hector, il parut néanmoins éprouver un regain de fureur, parce qu'il leva sa botte et bourra de coups la cage thoracique de mon beau-père, dont les côtes craquèrent comme des branches gelées qui ploient sous une rafale de vent.

Hector roula sur le côté. J'eus peur qu'il ne dégonfle comme un bousier quand on le serre trop fort en jouant. Mais je vis sa bouche s'ouvrir peu après, chercher de l'air.

Cependant, c'est au sujet de papa que la compassion me submergea ce jour-là, de la haine qu'il gardait en lui et qu'il avait déversée sur mon beau-père. En fait, la vue du visage d'Hector, semblable à une tranche de veau qu'on vient d'aplatir avec un de ces maillets de cuisine en bois, me procura un plaisir infini. Lecia et moi, on sortit l'inspecter de près. J'étais abasourdie qu'il ne soit pas mort. Il respirait d'un maigre souffle qui faisait un bruit de ferraille. Quand Hector se retourna sur lui-même pour cracher des gouttes de sang, on entendit des débris de dents cliqueter sur le trottoir.

J'avais parfois vu papa soulever un cercueil avec

d'autres hommes. Il portait toujours plus que sa part, s'avançant de la démarche lente et digne qui met en nage, celle qui convient aux enterrements. Papa adopta cette allure pour manier Hector, lorsqu'il entreprit, avec une extrême délicatesse, d'aider mère à l'installer dans la voiture.

Papa fit demi-tour et grimpa dans la véranda, le visage vide de toute expression, couvert de sueur, la chemise de batiste constellée de gouttelettes de sang. Il nous dit : « Faites-moi le plaisir de rentrer à la maison toutes les deux », mais d'une voix neutre. Il passa devant moi.

Je regardai la Karmann Ghia rouler dans la rue, lueur jaune canari miroitant sur la toile de fond grise des pavillons. Puis j'entendis les tuyaux racler dans la cuisine. Papa, courbé en deux, se lavait au robinet.

Mère n'avait fait aucune allusion à son retour auprès de nous. Comme d'habitude, personne ne pipa mot. Mais j'avais la sensation qu'elle reviendrait, du moins par la suite. Elle avait été touchée parce que papa avait battu un homme qui lui avait manqué de respect. Et puis, des ondes de chaleur vibraient encore à l'époque entre mes parents. C'est tout juste si on ne s'y réchauffait pas les mains.

Elle largua donc Hector au service des urgences le plus proche, régla la note de la chambre d'hôtel qu'ils venaient de réserver et se dirigea droit chez nous, rue Garfield. Son héritage, mère l'avait dépensé ou on l'en avait spoliée jusqu'au dernier centime. Ainsi revint-elle non seulement ruinée, mais criblée de dettes. Elle resta. Elle demeura auprès de papa jusqu'à ce qu'il meure, alla au bout du destin qui lui était imparti.

Les voisins ont replié les fauteuils de jardin, fermé les parapluies, et sont rentrés chez eux. Je me suis frayé un chemin dans ma propre maison, au sein de la fraîcheur obscure de ses fenêtres paraffinées, éprouvant ce qui ressemblait à un sentiment de paix. La rossée infligée en public par papa à Hector me prouvait que mon beau-père était un mauvais sujet. Le temps passé avec lui avait été abominable. C'était du passé désormais. Papa y avait mis un terme, en délimitant la période sombre et l'avenir de notre existence. Au retour de mère, papa était torse nu. Ils dansèrent le slow dans la chambre à coucher en éclatant de rire.

La nuit était tombée lorsque le shérif passa à la maison. Mère alla lui ouvrir la porte, nue sous son kimono noir. Elle affirma au shérif que papa n'était pas à la maison. De toute façon il ne s'était agi que d'une querelle intestine, ajouta-t-elle. Ce sont ses propres mots. Mère était redoutable en matière de flirt et ses yeux brillaient d'amusement en parlant au shérif. Il enleva son Stetson, resta dans la véranda alors que les hannetons criblaient le grillage et que les voisins tiraient les doubles rideaux sur leurs fenêtres.

Lecia et moi, on était affalées sur le canapé, à savourer notre victoire : Hector était banni et mère de retour. Jamais je n'avais vu les yeux de mère aussi verts. Ils étaient d'un vert profond, verts comme la mer lorsqu'elle a dépassé les ultimes bancs de sable et que les vagues s'aventurent loin de la plage, vers les archipels qui n'ont pas de nom. Mère serra étroitement sur sa poitrine ses longs bras blancs qui sortaient des manches évasées de ce kimono noir, dont la lourde soie s'épanouit comme une orchidée. Le shérif faisait déjà machine arrière quand mère prononça ses dernières paroles sur le sujet. Avant de refermer la porte sur le rectangle de la nuit, sur la lumière rouge et muette de la sirène qu'on voyait tournoyer par la fenêtre, avant de la rabattre comme le couvercle d'une tombe, en scellant une fois pour toutes le sort d'Hector, dont elle ne parla plus jamais, elle dit : « C'était une connerie, rien de bien grave, rien que nous ne puissions régler par nous-mêmes. »

III. Texas à Nouveau, 1980

... ce n'est pas pour vivre que tu as été sauvé
il te reste peu de temps tu dois témoigner

sois courageux quand l'esprit se dérobe sois courageux
seul cela compte en définitive

que ta Fureur impuissante gronde comme la mer
au plus petit murmure des victimes des opprimés

que ton frère le mépris ne te laisse aucun répit
envers les mouchards les bourreaux les lâches — ils triom-
pheront
ils suivront tes obsèques et avec soulagement
jetteront une poignée de terre
et les vers écriront ta biographie posthume

en vérité ne pardonne rien cela ne t'appartient pas
de pardonner au nom de ceux qui ont été trahis à l'aube

garde-toi de tout vain orgueil
regarde ton visage de clown dans le miroir
répète : on m'a appelé — n'y en avait-il de meilleurs
que moi...

Zbigniew Herbert,
extrait de *M. Cogito l'Envoyé*

14

Dix-sept ans plus tard, papa eut une attaque, un jour où, arc-bouté à un tabouret de la Légion américaine, il comprimait sa bedaine contre le bar. L'accident eut lieu à dix heures, par un matin d'été. Il s'était tapé des doses de whisky qu'il faisait descendre à coups de bière pression. C'était un petit jeu auquel papa s'amusait depuis sept ans qu'il avait pris sa retraite de la Gulf Oil, à soixante-trois ans. Je dis qu'il était à la retraite; en fait il travaillait à temps partiel, servant de garçon de course à David, le mari de Lecia, que j'appelais le Baron du riz. David, en effet, propriétaire de rizières des plus rentables, était un contribuable imposé à cinquante pour cent sur ses revenus. Il acheta une petite camionnette blanche à papa, et le chargea de livrer le courrier ou d'aller chercher des tacos à l'heure du déjeuner, en un mot de se rendre utile. Papa augmentait les rations d'alcool qu'il s'enfilait à la Légion, en sirotant une bouteille de whisky cachée sous le siège de sa camionnette. Quand il devenait trop beurré pour conduire, on téléphonait à mon beau-frère, qui expédiait un de ses ouvriers agricoles pour le trimballer dans une prétendue tournée professionnelle, le temps que sa tête s'éclaircît et que le tremblement moins fort de ses mains indiquât un retour vers la normale de son niveau d'alcoolémie. Alors, l'ouvrier redéposait papa à sa camionnette blanche.

Mère, pendant ce temps-là, restait allongée sur son lit en tenue transparente. Elle avait arrêté d'enseigner le dessin à l'école communale, sous le prétexte de tenir compagnie à son déglingué de mari aux yeux chassieux. Mais la dépression l'avait terrassée. Elle ne quittait plus le lit gigantesque qu'elle avait fabriqué des années auparavant, où elle se tenait dans une attitude que je persiste à qualifier d'impériale. Si, à force de menaces, Lecia et moi on avait réussi à la faire cesser de boire, elle ne s'en défonçait pas moins au Valium et autres médicaments apparentés, en lisant un des ouvrages choisis dans la tour, au sens littéral du mot, qui s'élevait à proximité de sa table de chevet.

En matière de lecture, mère privilégiait religion et philosophie et ses livres allaient du registre intellectuel, Sartre restant un de ses préférés avec Gandhi, à la débilité absolue. Elle s'était mise au yoga, à l'alimentation macrobiotique, au macramé et avait suivi les enseignements du gourou Werner Erhard de la secte Est. Le problème essentiel de mère, au moment de l'infarctus de papa, provenait de son incapacité à trouver une bonne raison de se lever et de s'habiller.

Je l'appelais de Boston tous les soirs à l'époque, de loin donc. En début de soirée, elle était en proie à un tourment que les barbituriques émoussaient à peine.

— Ces gens d'ici ne pensent qu'au football, à la pêche et à baiser. Mon Dieu, je vais finir par me faire sauter la cervelle, me disait mère.

Mon petit ami de l'époque, issu d'une vieille famille de Long Island, récemment diplômé de Harvard, était bluffé par ma patience à l'égard de mère. Pour lui les longues heures passées au téléphone avec elle témoignaient de mon dévouement. Ce garçon avait une propriété familiale avec des employés de maison valétudinaires qui tenaient à peine sur leurs jambes et une bibliothèque tout ce qu'il y a de plus traditionnelle où des trophées en argent gagnés au polo étincelaient entre des rangées de livres reliés de cuir. Il ne s'entretenait avec sa mère que pendant les vacances, chacun assis au bout d'une longue table vernissée. (Un cérémonial que je lui enviais et ne réussis pas à maîtriser, une fois que nous fûmes mariés.) En vérité c'est une frayeur ancienne qui me rivait au téléphone le soir ; je ne voulais à aucun prix que mère se tue.

Lorsque je débarquai à Boston à vingt-cinq ans, cette ligne téléphonique devint le dernier cordon ombilical qui me reliait à mère. Papa et moi, on s'était perdus de vue depuis bien longtemps.

Ce furent tout d'abord mes virées bizarres qui m'éloignèrent de lui. A quinze ans, je commençai à quitter la maison, partant faire des petits tours à Houston, à Dallas, à Austin, où j'achetais des livres avant tout, de la drogue parfois. Mère pinça les lèvres d'inquiétude en m'entendant raconter la façon dont j'avais fumé de l'opium lors d'une compétition de surf à Padre Island. Il n'empêche que c'est dans son sac à ouvrage que j'avais piqué le livre : *Electric Kool-Aid Acid Test*[1]. Elle en vint d'ailleurs à laisser transparaître sa curiosité envers la drogue : « L'opium, ça fait quel effet ? » On conspirait ensemble en racontant des mensonges à papa au sujet de mes équipées, ce qu'il encourageait en évitant d'approfondir nos fables.

A dix-sept ans, j'avais quitté la maison pour de bon. Je m'étais hissée à bord d'un camping-car au toit chargé

1. *Acid Test* : Livre écrit en 1968 par Tom Wolfe, auteur du *Bûcher des vanités*, qui retrace les pérégrinations du premier groupe psychédélique.

de planches de surf et j'étais partie pour la Californie avec une bande de jeunes. Avant d'y décrocher un boulot dans une usine de T-shirts, j'y vécus dans une voiture en me nourrissant de larcins commis dans les vergers et les poubelles des magasins d'alimentation.

Papa n'entendit jamais parler de ces expériences sordides. A mon retour à la maison, où je débarquai bronzée, maigre comme un clou et avide du confort de l'université du Minnesota que j'avais réussi à convaincre de m'accepter, papa, faisant comme si je n'avais jamais franchi la frontière de l'État, me demandait : « Comment c'était à la plage, Pokey? »

Un jour, il m'emmena acheter une parka d'hiver dans un surplus de G.I. J'ai encore gravée en moi l'image de papa choisissant dans la rangée de manteaux gris-vert, doublés de tissu orange, dont chacun s'avachissait sur son cintre comme s'il ployait sous son propre poids. Consommateur méfiant, papa regardait de près les coutures du molleton, ouvrait et refermait des kyrielles de fermeture Éclair.

L'université du Minnesota était une institution privée et libérale, qui, dotée d'un département de lettres et de sciences humaines, avait formé quelques candidats de gauche à la présidence. La perspective du dortoir mixte, un des premiers du pays, tracassait sans aucun doute papa. Ce jour-là, il me tint une conférence à demi-mot sur le sexe. Il s'exprima comme suit : « Pokey, m'est avis que maintenant tu sais te défendre des petits garçons; n'en laisse aucun fricoter avec toi. »

Tout en parlant, il lorgnait l'étiquette dont les idéogrammes coréens indiquaient la taille. J'affirmai que oui. Papa me fit tourner, pour mesurer les épaules de la parka par rapport aux miennes.

« Il faut que tu m'appelles s'ils t'embêtent, t'en fais pas que je leur arrangerai le portrait. »

Ce souci de ma vertu dont papa faisait preuve,

même en passant, alourdit le sentiment confus de culpabilité que j'éprouvais à son égard. Je m'étais, depuis belle lurette, détournée de l'univers où sa défense aurait été justifiée, du monde de papa donc.

Ainsi, lorsque papa casqua 19,95 dollars pour la parka à la caisse du surplus, une bouffée de honte m'envahit-elle. Je refusai les mitaines en daim qu'il tenait à ajouter, tant pis, pour ce premier hiver je préférais me servir de chaussettes en guise de gants.

Et pourtant, lors de mon premier séjour à la maison après mon entrée à la faculté, papa, non content de remplir mon assiette à soupe à ras bord, découpa aussi ma côte de bœuf en un damier de morceaux minuscules qu'il déposa dans mon assiette.

Lecia, restée étudier à l'université de notre ville natale, passait à la maison tous les jours en coup de vent. N'éveillant guère l'attention de papa, elle ne manquait pas de le taquiner au sujet de son attitude à mon égard : « Seigneur! papa, pourquoi ne lui mâches-tu pas son steak pendant que tu y es, et ne lui craches-tu pas directement dans la bouche? »

Papa ne supportait pas que je grandisse, encore moins que je devienne une femme.

En fait, dès mon premier soutien-gorge (Vassarette extensible taille 75), les invitations aux réunions de la Bande de Menteurs se raréfièrent. Ma puberté fut difficile. En matière d'épanouissement, je ne fus pas des plus précoces. Le surnom de « nénés bulles » dont m'avaient affligée les voisins, je l'avais gagné en partie parce qu'à douze ans, Lecia harnachait déjà ses nichons dans un Playtex taille 95. Je finis toutefois par fleurir, du moins suffisamment pour que l'attitude des types avec qui papa traînait se modifie. Si Ben Bederman, par exemple, laissait échapper un « enculé » pendant un jeu de dés parce qu'il avait tiré deux fois un, il pâlissait soudain et me présentait des excuses en particulier. Il ne l'avait jamais fait auparavant.

La dernière bagarre de papa que je vis contribua pour beaucoup à m'interdire à jamais l'accès aux réunions de la Bande de Menteurs.

C'était à Pâques, pendant les vacances. J'étais revenue à la maison en stop. Une fois, papa me proposa d'aller à la Légion, jouer au billard soi-disant, car je le soupçonnais d'avoir une liaison avec la serveuse, avec qui il avait longtemps flirté. (C'est mère qui m'avait fourré cette idée dans le crâne en assenant une phrase qui m'avait fendu le cœur : « D'ailleurs, tout était fini depuis très longtemps entre ton père et moi. »)

Lucy, une petite femme cajun, avait des seins énormes et une ombre de moustache. A notre arrivée, cet après-midi-là, elle m'étreignit par le cou avant de nous servir de la bière. Elle alla jusqu'à ouvrir un paquet de biscuits salés au cheddar en mon honneur, alors que d'ordinaire on n'y touchait pas avant la tombée de la nuit.

Lucy était collectionneuse et accumulait les souvenirs, des cuillères, des poupées en porcelaine. Elle entortillait dans ses cheveux sombres tout un assortiment de postiches, de tresses et de mèches, et avait tapissé le mur derrière le bar de ces vieilles pendules en forme de chat, qui remuaient leurs longues queues tout en tournant les yeux de droite à gauche. Ces horloges étaient si peu synchronisées qu'elles vous mettaient les nerfs en pelote. Mère soutenait que si on arrivait à la Légion sans envie de se soûler la gueule, ce mur de pendules aux tic-tac à contre-temps qui vous regardaient vous menait droit à la cuite.

J'introduisis des pièces de vingt-cinq *cents* dans la table de billard. Les boules surgirent dans un agréable grondement de tonnerre. Je les rassemblai bien les unes contre les autres, enfonçant les bouts de mes doigts dans le triangle en plastique, de sorte que pas une ne bougea d'un cran quand je le soulevai. Une seconde après, papa ouvrit le jeu fermement mais sans hâte. Les boules s'entrechoquèrent en angles aigus, ralentirent, s'arrêtèrent sans qu'une ne tombe dans le trou. J'allai me talquer les mains. A travers le couvercle, la poudre dessina un pointillé sur ma paume. On aurait dit de l'alphabet braille blanc. Je m'essuyai les mains.

Dans une partie de billard, rite et géométrie se mêlent. On dirait que le vert étale du feutre reflète l'état d'âme enfanté par quelques bières. A l'université, je m'étais escrimée à suivre un cours sur la philosophie de l'art, m'obstinant, malgré mon inaptitude flagrante à en comprendre le contenu. J'étais emballée par l'idée qu'en regardant une peinture, en écoutant un concerto, on pouvait en quelque sorte « transcender » le fastidieux labeur quotidien qui vous accable, qu'en un instant de concentration, on intégrait une impression susceptible de vous dilater à jamais. La culture de la drogue de l'époque vantait l'« expansion du champ de conscience ». Un mensonge issu pour partie de la fiction du progrès promue par la civilisation post-industrielle : tout changement dans le fonctionnement habituel de vos méninges était synonyme de développement.

Le jour en question, la foi que j'avais en ce mensonge me fit peut-être déraper dans un état de conscience modifié, à moins que ce ne fût l'effet de la bière. J'en buvais rarement. En tout cas, j'eus l'impression, en marchant autour du billard, qu'une force ou un feu intérieur m'animaient.

Je rentrai une boule du premier coup. Ensuite, je jouai le plus invraisemblable coup avec bande de l'histoire et deux boules parvinrent au but ensemble après une brutale trajectoire en V. Papa siffla. Par la fenêtre, je vis le ciel se teinter du bleu dont je frottais la queue de billard, dense et lumineux, d'un turquoise comparable à celui des robes des Madones des peintures du Quattrocento. Des diapositives du cours d'histoire de l'art défilèrent dans ma tête, et, une seconde durant, j'accordai ma confiance à cette couleur, la dotai d'un sens stimulant pour mon esprit. C'était folie.

C'est alors que je compris : j'étais tout simplement heureuse de me trouver à la Légion. J'avais parcouru deux mille kilomètres en stop pour y jouer au billard, avec une queue merdique, sur une table au pourtour constellé de brûlures de cigarettes. Mais je n'en avais certes pas conscience. J'étais restée des heures, toute seule, à l'embranchement de l'autoroute d'Oklahoma en faisant signe de mon pouce gercé par le vent et en brandissant mon panneau portant l'inscription DALLAS, que chaque bourrasque du vent infernal soufflant de la plaine menaçait de m'arracher des mains. Et j'avais passé tout ce temps, la tête tournée à regarder pardessus le bord de la route, à l'affût du premier véhicule susceptible de me faire sortir de ce putain de bordel de coin. Je n'avais pas élucidé le sens de la pulsion qui m'entraînait vers le sud. Au crépuscule un poids lourd s'était enfin profilé. Le chauffeur, ouvrant la porte, m'avait dit de grimper. Il m'avait demandé pourquoi je m'étais aventurée si loin, seule, par un temps si épouvantable. Il m'avait suffi de répondre : « Je rentre chez moi. »

Mais il y avait davantage. La Légion me révélait à moi-même, me solidifiait, comme lorsqu'on fait le point sur une silhouette qu'on regarde à travers des jumelles. Peut-être que j'aimais m'être taillé une place au royaume des hommes.

Ce bar délimitait la frontière avec le domaine de la sueur versée à gagner son argent à l'heure. C'était le monde ouvrier que j'apprenais à abandonner à l'université. Les récompenses ne pleuvaient pas dans cet univers. Personne ne vous félicitait parce que vous pointiez en sortant de l'usine. Les salaires étaient maigres. La Légion servait de dédommagement. Aussi les petits plaisirs qu'on s'y offrait, boudin chaud et bière fraîche, avaient-ils du prix. Dans ce lieu, on était *présent*, j'entends par là qu'on s'y rendait et qu'on lui prêtait une attention que le boulot ne méritait pas. On jouait au billard pour le jeu, non comme à une métaphore de compétition économique. Et les réconforts d'ordre spirituel, l'amitié par exemple, ne pouvaient être considérés comme la rétribution de quelque travail. A la Légion, tout le monde poinçonnait, touchait le même salaire, travaillait pour le même prix.

Un camion chargé de cageots de poulets qui chassait de l'arrière cahota sur le bas-côté de la route devant la Légion. Poussière et vapeur de diesel se déversèrent par les grillages. Le vacarme réveilla un cow-boy affalé sur une table basse dans un coin du bar. Il dormait, courbé en deux, près de la porte en accordéon qui séparait la pièce, sur laquelle on avait adossé une armée de chaises pliantes. Un chapeau de cow-boy en paille posé à son côté, il s'était enfoui le visage dans les bras, brûlés de soleil, cramoisis, comme ceux d'un ouvrier de plateforme pétrolière. Il avait le dos agité de tressaillements. On aurait dit qu'il sanglotait. Papa s'approcha, lui jeta un bref regard, puis lui dit : « Ne pleure pas mon pote, je déteste voir un type pleurer. »

Le mec releva son visage écarlate, répondit qu'il ne pleurait pas, qu'il s'efforçait de ne pas dégueuler.

« Eh bien je n'aime pas voir un type dégueuler non plus », répliqua papa.

Le type finit par aller aux toilettes en s'avançant, d'un air fanfaron, sur ses jambes arquées.

Il en sortit, sa sombre chevelure ondulée coiffée de près. Il avait le même nom, Dole, que la société qui fabriquait des conserves d'ananas, et il se trouva qu'il était originaire de Buna, au Texas, le pays natal de papa. Au bout d'un certain nombre de « Merde, c'est-y pas possible », lui et papa commencèrent à s'offrir des tournées de bière, à évoquer les gens que Dole connaissait dans le comté de Jasper. Il s'avéra que ça faisait pratiquement tout le monde. Dole s'y connaissait aussi en bovins de la race Black Angus, en dressage de chevaux et pratiquait assez le billard pour défier papa à une partie pour de l'argent.

Lucy me tint compagnie le reste de la journée. Elle avait prévu en son for intérieur de s'occuper de mon apparence et se mit en devoir de mener à bien son projet. Elle me crêpa les cheveux avec un gros peigne, me les raidit de laque, les releva en un échafaudage aussi serré que le sien. J'avais le cuir chevelu transpercé d'épingles à cheveux. Lucy sortit du fard à paupières bleu nacré et un bout de mascara noir durci qu'elle lécha. Elle s'approcha de moi; je fermai les yeux.

Lucy tenait encore à la main le bâtonnet de mascara quand je relevai les paupières. Je clignai des yeux plusieurs fois. Mes cils pesaient lourd. Le miroir me renvoya le reflet de la petite sœur d'une grande fille, cherchant à entrer dans un relais routier sans carte d'identité. Lucy prépara un mixeur d'alexandra. Elle s'était mis en tête qu'il fallait rembourrer mon petit cul plat, et versa des noisettes de crème dans mon verre à cognac rempli de mousse.

Au début du feuilleton de Lucy, vers deux heures, j'étais plaisamment ivre. Les saccades à contre-temps des queues de chat des pendules ne me déroutaient pas du tout. J'étais le bodhisattva du cognac, la princesse héritière de l'alexandra.

Je me réveillai, la joue moite aplatie sur le bar. Mon exaltation s'était muée en ivresse, j'avais sombré dans un coma ensuqué. Plusieurs heures s'étaient écoulées. Le casque de Minerve de ma coiffure flanchait de côté, et semblait lester mon inquiétante migraine d'un poids bien supérieur aux capacités de mon crâne. Lucy me versa un verre d'eau. Je regardai autour de moi. On avait relevé les tabourets à mes côtés, et posé un bol en carton mince de biscuits au cheddar devant chacun d'eux. Dans l'arrière-salle, des gens installés à des tables regardaient intensément les dominos alignés comme des petits murs. Je vidai mon verre, le fis glisser vers Lucy. Elle haussa un fin sourcil souligné au crayon, couleur café, et me rattrapa au billard où papa jouait sa partie.

Au bord de la table, la pile de billets qui avait appartenu à Dole était désormais propriété de papa. Le cow-boy avait réagi en prenant une cuite magistrale. Il donnait des petits coups secs et minables dans les boules. Il tapait trop haut, sa queue de billard voguait dans l'espace, y décrivant un arc, si bien qu'elle fit tanguer à plusieurs reprises l'abat-jour métallique qui pendait du plafond. Dole ne se souciait ni de prendre la mesure de la canne, ni de se courber pour évaluer les angles. Il frappait comme un sourd en rongeant son frein et ratait chacun de ses coups.

Il est probable que papa était aussi bourré que lui. Il n'en marchait que plus droit. Il ajustait son tir avec la lente concentration d'un scaphandrier. Par la suite, presque chacune des boules derrière lesquelles il se plaça avança doucement vers le but qu'il avait choisi. Dole se mit à faire des coups vicelards, à essayer de faire sauter les boules l'une par-dessus l'autre ou à tirer derrière le dos de papa. Alors papa déclara qu'il valait mieux en finir.

— Tu m'as piqué mon fric, gronda le cow-boy.

— Putain, mon frère, c'est toi qui as fixé les enjeux, répondit papa en souriant.

Soudain Dole surgit près de moi au bar. Il martelait de ses gros poings le formica étincelant. Les traits de sa bouille ronde et rubiconde s'étaient ramassés. On les aurait dit en train de se bousculer pour prendre l'air. Il beugla :

— De la bière, ma fille, et que ça saute !

— En voilà assez, tu es viré. Pas question d'un verre de plus pour toi, rétorqua Lucy.

— Pourquoi ?

— Parce que je l'ai dit. C'est tout.

Quand Dole s'était avancé, Lucy avait les deux mains posées sur le bar. Elle en fit disparaître une, avec un tel calme que j'en vins à me demander si elle ne gardait pas sous le comptoir une batte de base-ball ou un flingue.

— Et tonton là-bas, alors ? dit Dole en montrant papa du doigt.

— Tonton a encore à boire, répliqua papa dont le verre était vide en fait.

Tout en parlant, il rangeait la queue de billard dans le casier mural.

Immergée dans ma migraine, j'étais éperdue d'admiration face à la sérénité de papa, lorsque, hop, il apparut à côté de moi. Ensuite, Dole nous dit d'aller tous nous faire baiser. Puis je vis papa serrer le poing et lancer un uppercut dans la gueule du cow-boy. Dole recula de quelques pas. Il baissa les yeux sur sa chemise.

Dole portait évidemment une chemise de cow-boy. Ça le mit en pétard de voir les petites violettes brodées (son ex-femme avait fait de la tapisserie) constellées du sang qui avait perlé à l'endroit où il s'était mordu la lèvre inférieure avec ses dents de lapin. Dole se serait-il accordé le temps de penser qu'il aurait pu battre en retraite, s'excuser et nettoyer sa chemise avec une serviette aspergée de soda. L'affaire en serait restée là. Papa en effet avait laissé tomber ses bras le long du corps. Dole, hélas, commit une erreur tactique. Il s'empara de la queue de billard qu'il avait appuyée au bar et la lança presque à hauteur des yeux de papa. La canne siffla, décrivit un arc de cercle si ample, si ralenti, que seul un connard n'aurait pas réussi à l'attraper au vol pour lui en filer un bon coup dans la gorge. Ce que fit papa.

Dole, coopératif, s'écroula et resta couché sur le linoléum, les bras en croix. Lucy alla chercher son chapeau Stetson. Elle le balança sur son gros bide en disant à papa :

— C'était mieux que dans le feuilleton *Gunsmoke*.

Papa ne m'emmena plus jamais à la Légion. Ni dans aucun bar. Ni à la pêche, ni à la chasse, ni jouer aux dés, ni manger du steak pané à *La Ferme royale*, ni à la boutique d'accessoires de pêche la veille de Noël. En un mot, nulle part où ma présence féminine risquait de provoquer un abruti qui se mettrait à dégoiser et obligerait papa à le remettre au pas. Il ne se livra à aucun commentaire sur sa ligne de conduite. C'est ainsi que cela se passa.

Au fil des années, papa et moi sommes devenus comme des abstractions l'un pour l'autre. En théorie, on se connaissait. En théorie, on s'aimait. Mais si, par exemple, lorsque je revenais à la maison, nous nous retrouvions ensemble dans une pièce, un silence désespérant, quasi intolérable, finissait toujours par tomber.

A chacun de mes séjours, papa m'accueillait en remplissant mon assiette comme on le ferait pour un gardien de but. Et moi, pendant ce temps-là, je l'exhortais à me raconter à nouveau une de ses vieilles histoires, dont les autres avaient depuis longtemps plein le dos. J'en avais enregistré quelques-unes pour un projet d'histoire de tradition orale à l'université. Il y avait donc un précédent. Mais chaque fois l'histoire se terminait en queue de poisson. Papa disait qu'il avait son camion à inspecter (traduisez : « s'asseoir seul dans l'obscurité du garage et s'enfiler à la dérobée des rasades de bourbon »), ou bien le téléphone sonnait et je courais répondre.

L'alcool avait dévoré papa. Il était devenu hargneux, quelque temps avant son attaque. Si mère en subissait l'essentiel, les autres n'étaient pas épargnés pour autant. Ainsi, à la ferme de mon beau-frère, avait-il menacé de son couteau un ouvrier agricole d'Oaxaca, lequel soutenait que les tacos du vendeur préféré de papa n'étaient pas d'authentiques produits mexicains. A une autre occasion, un des associés de la propriété, originaire de l'Arkansas, qui traversait à cheval la digue d'une rizière à la saison des colombes, se retrouva soudain nez à nez avec le calibre .12 de papa. L'associé prétendit avoir sorti à papa : « Vieil homme, sais-tu que je possède dix-huit pour cent de chaque plant de riz qui pousse ici ? » A quoi papa répondit au mec qu'il se préparait à devenir le propriétaire à cent pour cent de la chevrotine qu'il allait lui tirer dans le cul, s'il ne faisait pas reculer son cheval et ne retournait pas droit sur la route. A la queue d'un supermarché, papa avait rembarré un marine. Une autre fois, il s'en était pris à l'employé maussade de la compagnie du gaz en sautant par-dessus le comptoir.

L'été de son infarctus, papa ne s'adressa réellement à moi qu'une seule fois. A l'époque je tentais de venir à bout de mon mémoire de maîtrise. J'étais fauchée comme de coutume. Lecia et son mari m'appâtèrent avec une offre pour gagner rapidement du fric. Il s'agissait de transporter en camion des écrevisses vivantes, de Breaux Bridge en Louisiane jusqu'à un nouveau bassin d'élevage situé à Winnie au Texas. Lecia et son mari, jeunes républicains, montres Rolex au poignet, passaient leur temps à tenter de m'insuffler l'esprit d'entreprise qui les animait l'un et l'autre.

Il se peut qu'ils aient cherché à me mortifier quelque peu en me proposant cette tâche. On ne peut en effet trouver de créature plus repoussante à manipuler que l'écrevisse. Elle a une carapace articulée noire, luisante et émet le cliquetis baveux d'un cafard géant. Si bien que lorsqu'on s'arrête au bord d'un routier lugubre pour laver au jet le plateau d'un camion chargé de sacs de trois cent cinquante kilos d'écrevisses entassés sur trois étages (la sécheresse tue ces bestioles), les gargouillis qui résonnent dans les sacs vous tordent la région lombaire d'une terreur préhistorique, propre à peupler votre cervelle d'images de hordes d'insectes qui franchissent une succession de crêtes de collines. Je conduisais de nuit, avant le lever du soleil, afin que la chaleur ne dessèche pas sur-le-champ la toile mouillée dont je recouvrais entièrement les sacs pour les humidifier. Je n'avançais donc pas très vite.

Il n'en reste pas moins que j'avais fini de décharger en général à la fin de la matinée, moment où je me frottais les mains au citron pour en ôter l'odeur fétide de poisson. Je disposais donc de tout l'après-midi pour taper mon mémoire crucial. J'étais censée y travailler dans l'atelier de mère. Mais je passais la plus grande partie du temps à somnoler, à écrire des cartes postales ou à feuilleter des vieux numéros d'*Artforum*. Après un voyage en Europe, j'avais adopté les cigarettes françaises fortes, pour faire bien, et j'en grillais plusieurs paquets par jour.

Une nuit, mère me réveilla en sursaut. Debout près de mon lit, elle projetait son ombre sur moi. Je me redressai d'un bond sous la ventilation glacée du climatiseur de la fenêtre. Mère serrait sur son ventre un gros objet dans une attitude d'enfant. Elle pleurait et me demanda :

— Veux-tu bien m'aider à m'occuper de ton père ? Il refuse que je branche cet inhalateur auprès de son lit et il peut à peine respirer.

Je me glissai hors des couvertures, enfilai un sweat-shirt à capuche. Les cheveux de mère étaient d'un blanc soyeux, un rayon de lumière dans l'obscurité de la pièce.

— Papa te *refuse* quelque chose? lui dis-je.

La notion de permission associée à mère m'était étrangère. Mère répondit d'un soupir las. Je m'emparai de l'inhalateur dégoulinant. C'était un vieil appareil à vapeur, du genre de celui dont elle s'était servi quand, petites, nous avions eu le croup.

Papa, assis au bord du lit océanique, en short, éructait une toux sèche. Tel un taureau blessé, il baissait la tête entre ses larges épaules. Il y avait une bosse couleur prune sur la cuisse droite, à l'endroit où il avait reçu des éclats d'obus pendant la guerre. Je l'appelai : « Papa? » Il me somma en grognant de débarrasser le plancher. Son agressivité me donna l'impression de vider la pièce de tout l'oxygène disponible. Mes cheveux se hérissèrent, sans doute, comme dans une bande dessinée. Il finit par s'arrêter, à bout de souffle.

Papa ne m'avait jamais parlé de la sorte. J'en fus pétrifiée. Il parut oublier ma présence, retomba sur l'oreiller. Il ne toussait pas vraiment, mais sa respiration s'entrecoupait à mi-chemin. Je furetai derrière le bahut à la recherche d'une prise de courant. Il se remit à hurler.

— Qu'est-ce que tu fous ici?

Il fut repris d'une quinte, les tendons de son cou gonflèrent. J'allumai la lampe de la commode. La chambre était une glacière, papa en nage par contre, le visage luisant de fièvre. Les parties des draps où il s'était allongé étaient tachées d'humidité et chiffonnées. Je lui dis que j'allais brancher l'inhalateur.

Papa essuya du revers de la main la goutte qui tremblait au bout de son nez. Il loucha dans ma direction.

— Ta mère t'a envoyée ici, n'est-ce pas?

Puis, brusquement, il se mit à fulminer contre mère, comme je ne l'avais jamais entendu le faire. Elle avait bousillé tous ceux qu'elle avait approchés, ma sœur et moi y compris. Ah! c'est qu'on n'était pas rien, pour sûr. Lecia, membre éminent de l'association d'étudiants Phi Beta Kappa et docteur en physique; moi avec mon diplôme de Master of Fine Arts, synonyme de « *Mother-Fucking-Asshole's daughter* », à savoir la putain de fille de son enculée de mère...

Je ne sais où il trouva le souffle pour cette diatribe. Il râlait de la voix caverneuse d'un enfant possédé dans un film sur l'exorcisme. Papa continua à m'invectiver à en perdre le souffle :

— Tu as le feu au cul; il y a des degrés dans les thermomètres pour ça, mais tu ne sais pas faire la distinction entre tes fesses et un trou dans le sol.

Je pleurais. Une fois que la toux l'eut à nouveau réduit au silence, je commençai à chercher la prise de courant à tâtons le long de la plinthe et m'emmêlai au fil de la lampe. La pièce fut plongée dans l'obscurité. Papa ne pipa mot. Je branchai l'inhalateur qui me souffla en plein visage une lourde bouffée de vapeur, à l'odeur mentholée de pommade pour les bronches. Papa me fit signe de son bras noueux à travers la buée.

— Enlève-moi ce bordel d'appareil de là!

Il chuchotait d'une voix féroce et chevrotante à la fois. Je m'accroupis. Un nouvel accès de toux le courba en deux.

Nous restâmes dans cette posture un petit moment, figés, telles les figurines gravées d'un presse-papiers. Moi, immobile comme un chevreuil, inhalant à pleins poumons la fumée rafraîchissante en quelque sorte; papa, respirant spasmodiquement.

— Mary Marlene, *kharf, kharf, kharf*, je vais jeter par la fenêtre c'te bordel de machine, *kharf, kharf*, et puis toi dans la foulée.

La vapeur nous donnait des airs de fantômes, répandait un nuage d'eucalyptus dans la chambre. Je finis par lui répondre que s'il tenait à débrancher le putain d'inhalateur, il devrait me passer par-dessus. Ce qui ne lui convint apparemment pas.

Papa, haletant, se retourna enfin sur le côté, en chien de fusil. Il ressemblait à quelque créature racornie qu'il aurait suffi de secouer pour sortir de sa coquille.

Le lendemain, au retour de mon transbordement d'écrevisses, je trouvai papa, assis bien droit à la table, respirant quelque peu laborieusement. J'embrassai sa joue rêche. Pas une trace de l'incident de la veille ne transparaissait dans ses yeux. Il berçait Bumper, son chat blanc, comme un bébé dans ses langes, et roucoula : « Dieu me damne », une expression loin de son registre, voulant dire sans doute « Putain de sort ». Il caressa du pouce la gorge de l'animal, puis lui massa les maxillaires là où le pelage recouvre les glandes de l'odorat.

Bumper était le seul survivant d'une portée de chatons miaulants que papa avait nourris dans la grange jusqu'au moment où ils tombèrent tous malades et moururent, empoisonnés, selon nous, au vu de l'ultime spasme d'agonie de la mère. Quant à Bumper, il perdit tous les poils de la tête; ils repoussèrent en laissant des carrés pelés sur son museau pointu. Bumper se déplaçait d'une étrange façon, il vacillait, comme si ses pattes postérieures voulaient aller à leur gré. Peut-être tenait-il à faire valoir ses testicules, aussi gros que des balles de golf, même s'ils ne l'empêchaient guère de pousser des miaulements si faibles, si hauts perchés qu'ils étaient à peine audibles. Bumper avait donc appris à taper son cul sur le grillage pour signaler qu'il voulait entrer ou sortir. D'où son nom.

Je pris une bière Lone Star dans le frigo, la même

que celle qui était posée sur la table devant papa, et fis sauter le couvercle en remarquant :

— Je me demande comment tu peux boire de la bière salée.

Papa répondit qu'il ne savait pas au juste. Je tirai mon tabouret et m'assis face à lui. Une collection de tubes de pénicilline en aluminium s'éparpillait sur le contreplaqué vernis qui nous séparait.

— Le docteur Boudreaux est passé?

Il dit « Ouais » en tassant une Camel.

— Je parie qu'il veut que tu t'arrêtes de fumer pendant un temps.

— Il n'en a pas du tout parlé, rétorqua papa.

Bumper s'échappa de ses genoux, atterrit avec un bruit de flic-flac. Il se retourna sur lui-même, s'avança vers moi, en écartant les pattes de sa panse rebondie. Papa le gavait tellement de Friskies et d'aliments en boîte que Bumper était aussi rond qu'un ours.

— As-tu une idée de son poids? s'enquit papa.

J'étais bien incapable de le deviner.

— Huit kilos.

Chaque matin, papa posait le chat qui se débattait sur la balance de la salle de bains, en regardant avec anxiété la petite fenêtre jusqu'à ce que l'aiguille rouge s'immobilise. Il consignait le poids du jour sur un bloc-notes près du téléphone.

Je pianotai les notes d'une chanson sur le ventre du chat. Il me donna des coups de patte lents et doux. Papa commenta :

— Il veut qu'on l'étire.

Papa avait appris au chat à être étiré avant d'entrer et de sortir. On prenait les pattes arrière et avant du chat, on les tirait doucement, tandis que l'animal se cambrait de tout son long. Et ce faisant, on était tenu de lui dire (je ne vous raconte pas de salades, le chat n'entrait et ne sortait qu'à ces mots) : « Mince alors, comme ce chat est long! » Après quoi Bumper entrebâilla la porte vitrée de lui-même et sortit en trottinant. Une onde de chaleur s'engouffra dans la pièce.

Je me tournai vers papa, la fumée de sa cigarette lui entrait dans les yeux. Mon intention n'était pas de lui dire d'arrêter de boire. Mais il y avait dans sa façon de ne pas cligner des yeux à la spirale de cette fumée piquante, dans ce léger malaise, un petit quelque chose qui me toucha au vif de ce que j'aimais le plus en lui.

Alors je lui dis que l'alcool le tuait, que je l'aimais et ne voulais pas qu'il meure. Je ne fus ni moins abrupte, ni plus claire.

Puis je bus une gorgée de bière. Aucun de nous ne parla. Je baissai la tête comme pour recevoir un coup. Il ne se défendit pas en se mettant en rogne contre moi, ne nia rien. Ce fut pire. Papa se contenta de hausser les épaules.

— J'en ai rien à branler, répliqua-t-il.

Il avait la voix et le regard assez fermes pour que j'entende sa déclaration comme un fait qui ne se négociait pas, une opinion taillée à même son être.

Je me perdis dans la contemplation du sol de la cuisine dont les carreaux à croisillons d'or et d'ivoire évoquaient un carrelage à l'italienne. L'homme de main de Lecia les avait posés le matin même. Lecia aimait à faire des cadeaux tapageurs. Ainsi avait-elle également offert aux parents le nouveau four à micro-ondes, et le meuble pour la télé qui occupait la moitié du salon. Elle avait même payé mes frais d'études du premier cycle du premier trimestre, considérant sans aucun doute que c'était son devoir. Le mensonge de ce rôle de responsable qu'elle s'arrogeait était un des éléments de ce qui clochait dans notre relation. Je fus soudain saisie d'une envie impérieuse de lui téléphoner. Au lieu de quoi, j'inclinai la tête vers le linoléum et demandai à papa :

— Est-ce que tu trouves ce nouveau carrelage joli?

— Il ne me gêne pas.

La cendre grise accumulée au bout de sa Camel tomba sur le nouveau carrelage. Elle ressemblait à une chenille. Il l'écrasa de sa chaussure. Il avait porté toute sa vie ce genre de grosses godasses. Les yeux bandés, j'étais presque capable de trouver la page du catalogue de chez Sears où une paire d'entre elles flottait dans l'éther bleu clair parmi les mocassins à pompons et les souliers de sport Weejun auxquels papa n'accordait pas un regard.

Je savais où, à quel rythme, il donnait à ressemeler ses chaussures que je faisais briller comme un miroir, en les enduisant de cirage et en les frottant avec une peau de chamois. Enfant, je l'avais fait pour vingt-cinq *cents*, sous ses directives. Je connaissais sa taille, son poids (un mètre quatre-vingt-cinq, soixante-quinze kilos), et à quelle cuisson il aimait son steak (semelle de botte, avec du sel, du poivre et de la sauce Worcestershire). Mais, sur ma vie, je ne compris pas ce qu'il avait dans le crâne alors. Il était un inconnu pour moi, insaisissable. Je perçus en lui une zone de ténèbres si vaste, si effroyable, que peut-être son dernier cadeau fut-il de chercher à m'en protéger, mais il n'y parvint pas, ce fut son ultime échec.

— Je vais inspecter mon camion.

Papa se redressa de toute sa taille avant de sortir par la porte vitrée. Il se dirigea vers le garage par le chemin dallé de pierres carrées qui dessinaient un échiquier en diagonale sur l'ocre du gravier. Soigneusement, papa posait un soulier noir après l'autre au milieu de chaque pierre. Je regardai le triangle kaki de son dos disparaître par la porte du garage.

Il eut son attaque quelques semaines après. Lorsqu'il s'effondra sur le bar de la Légion, en renversant le fond de sa bière qui dégoulina sur le formica moucheté d'or, il était l'ombre de lui-même. Il avait passé pratiquement dix ans vissé à l'un de ces tabourets lie de vin alignés comme les points d'une ellipse, chacun étant occupé par un ancien combattant d'une guerre vouée à l'oubli.

A l'hôpital je posai le pied sur la pédale de caoutchouc qui actionnait l'ouverture des portes magiques. L'entrée était déserte. Lors du boum pétrolier, j'avais été bénévole dans cet hôpital, le temps de quelques mornes dimanches. Il y avait pléthore de naissances et les vieillards étaient plus malades que jamais. On ne voyait pas un siège où ne s'agrippait un petit enfant aux couches distendues.

Dix ans plus tard, l'endroit était presque un terrain vague. Je passai devant des rangées de distributeurs de coca noirs de poussière, des postes d'infirmières désertés, de vastes pavillons aux lits défaits. Un gardien esseulé poussait une cireuse rotative devant la partie réservée aux soins intensifs, avec le détachement d'un moine zen, ai-je pensé.

Mère, assise sur une chaise en plastique couleur pêche, fumait effrontément une longue More marron, à côté d'un panneau « Interdit de fumer ». Elle fit observer : « Je leur ai dit : Allez-y, arrêtez-moi. » Lecia leva les yeux au ciel en l'entendant. Ma sœur, prête à rentrer chez elle préparer le dîner de son mari et de quatre beaux-enfants, tenait à la main ses clés de voiture et une liste de points dont je devais être au courant : papa était incapable de parler, incontinent, et on ignorait s'il comprenait ou non ce qu'on lui disait. Lecia ajouta : « Peut-être réussiras-tu à lui faire avaler quelque chose. Il a fait la fine bouche devant tout ce qu'on lui a apporté. »

On a tendance à dire qu'un malade a l'air minuscule dans son lit d'hôpital. Papa, lui, donnait l'impression d'être plus grand que jamais, même sous la tente à oxygène. A force d'avoir grimpé sur des derricks pendant des dizaines d'années, il était resté maigre et musclé. La mince cotonnade bleue de sa chemise d'hôpital paraissait trop délicate pour sa carcasse décharnée. On lui avait lissé les cheveux en arrière avec de la brillantine. Le sifflement de la bonbonne d'oxygène était le seul bruit de la chambre. On avait débranché et posé dans un coin le moniteur cardiaque à l'écran couleur de boue. Papa aurait pu passer pour une sculpture taillée dans du marbre gris, sans le tube qui reliait une bouteille inclinée à sa main. Il ressemblait à la statue en stéatite de mon père endormi, ou à l'élégante figure d'un de ces couvercles de cercueil de pharaon sur lesquels, enfant, j'avais médité, quand je me plongeais dans le chapitre consacré à l'Égypte de notre encyclopédie.

Je glissai la main sous le plastique de la tente pour attraper la sienne, grande et desséchée. Il avait les lèvres gercées et les yeux gonflés, réduits à des fentes à l'aspect reptilien. Je soulevai la tente d'un cran afin d'y introduire ma tête. L'air y était raréfié, frais comme en montagne. Je murmurai : « Papa ? »

L'infirmière de nuit, passant la tête par la porte, me somma de sortir de la tente, j'étais en train de le tuer. Elle s'approcha, tripota le tube de transfusion, lui prit le pouls.

Elle venait de refermer la porte qui gémit derrière elle, lorsque papa entrouvrit les yeux. Il leva le bras, raide, à la manière d'un somnambule de dessin animé. Il tapota d'un doigt tremblant la tente à oxygène en plastique, comme pour me toucher le visage. Son bras retomba lourdement. Papa fit « 'jouu ». Il avait le côté gauche de la bouche qui béait. On aurait dit une cruelle parodie de la tristesse.

— Bonjour papa, lui dis-je d'une voix suffisamment pleine d'entrain pour un jardin d'enfants.

Il grommela « Nom de Dieu ! », puis « Taman ? » Je lui expliquai que mère parlait avec les infirmières. Il palpa son bras inerte de sa main valide, en l'explorant tel un aveugle avec chacun des doigts. Il le tira sur son ventre comme s'il voulait l'y ranger. Mais le bras glissa sur le côté, inerte, un poisson mort.

Je pris le plateau du dîner dont j'enlevai le couvercle de plastique, en disant : « Presto. » Est-ce que quelque chose là-dedans lui faisait envie ? Papa fronça le nez :

— Merde.

Il se remit à examiner sa main malade. On aurait dit qu'elle détenait la réponse à une question qu'il tentait péniblement de formuler.

Je finis par fourrer une paille dans un carton de lait qu'il avala. Puis j'essuyai les gouttes de son menton avec ma manche. Il dit « 'jouu... », ne me quittant pas du regard, comme un pandit désireux de me transmettre une inspiration. Je lui répondis « Bonjour papa » et lui montrai un verre de jus d'orange recouvert d'une pellicule de film cellophane. Il fronça le nez.

Par curiosité, j'ouvris le tiroir en métal de sa table de chevet. Une canette de Lone Star y roula. Je repoussai le tiroir. Papa avait fermé les yeux au cours de ce bref intervalle. Je me faufilai sous la tente à oxygène pour me rassurer, appelant « Papa ? » Il faisait le mort comme Brer Rabbit.

Mère me laissa conduire pour rentrer à la maison. Le docteur Boudreaux avait passé une heure à faire le point sur l'état de papa avec elle et Lecia, en démontant un modèle en plastique du cerveau. Mère me fit le plus concis des commentaires : « Il est foutu. »

Durant les quelques semaines qui succédaient à une attaque, qu'on appelait « période de rémission », le cerveau se décongestionnait. Il était possible que papa pendant ce laps de temps puisse s'en tirer, recommencer à marcher, à parler comme avant. Ou alors, il allait devenir un de ces vieillards à poitrine de poulet qu'on voyait dans les maisons de repos, rivés à leurs fauteuils pendant des lustres.

Sur le chemin du retour, je traversai un Leechfield que l'érosion du temps avait transformé en ville fantôme. Je ne m'en étais pas rendu compte auparavant. On avait supprimé des kyrielles de lampadaires. La voiture n'arrêtait pas de pénétrer dans des zones d'ombre, pour ressortir en pleine lumière. Les pelouses n'étaient pas tondues. Il était impossible de compter le nombre de panneaux « A vendre », tant ils défilaient vite. On avait cloué des planches sur tous les magasins indispensables, pharmacies, teintureries, quincailleries. La bijouterie, avec sa grande roue miniature, présentoir à médaillons et bagues de naissance à pierres porte-bonheur, avait disparu. Le magasin de déguisements où toutes les meneuses de classe avaient travaillé après le lycée avait fait faillite, après l'arrestation de son propriétaire dans une chambre de motel en compagnie de deux de ces jeunes filles et d'un sachet de cocaïne.

J'ai noté dans mon journal les magasins devant lesquels on était passées cette nuit-là : un salon de manucure, un bazar de colifichets, une boutique de trophées, un studio de danse aérobic, une école de dressage de chiens. Il y avait un centre diététique qui exhibait une enseigne en contreplaqué représentant un cochon rose vêtu d'une robe à pois rouge brique. Dans la bulle qui sortait de son groin, on lisait la phrase suivante : « La nouvelle méthode pour maigrir sans mourir de faim. » Un parking où s'alignaient des distributeurs automatiques de crème glacée remplaçait l'ancienne pompe à essence. Lorsque je le dépassai, GLACES, GLACES, GLACES, GLACES n'en finit pas de défiler devant mes yeux. Une bâtisse de pierres grises vous proposait une chimiothérapie. Cela ne m'étonnait guère, la ville constituant un des points les plus noirs de la carte mondiale du cancer. (Elle y figure toujours, avec Bhopâl et Tchernobyl.)

Quand on atteignit la palissade anti-ouragan qui longeait la fabrique de caoutchouc, mère parla. L'argent posait un problème. Ils n'en avaient pas. Peut-être avait-il pris une assurance complémentaire? dit-elle, en se remémorant le portefeuille de papa qu'elle alla pêcher dans sa veste en jean sur la banquette arrière.

Mère fouilla les poches, tria les papiers pelures des reçus de gaz et de souches de tickets. Il y avait une serviette en papier avec le score d'un match de base-ball que les feux des projecteurs n'éclairaient plus depuis longtemps. Le plus incroyable fut qu'elle découvrit deux documents venant de moi : le seul bulletin de notes excellentes dans toutes les matières que j'avais eu au lycée et une photocopie de mon premier poème publié. Le sujet du poème était la sœur de papa. On avait si souvent déplié, étalé sur de si nombreux comptoirs de bar ce parchemin froissé, déformé que l'encre délayée avait fait des pâtés sur les plis du milieu. L'idée de papa trimballant partout ce bout de papier me tira des larmes, mère du coup éclata en pleurs.

La fin du trajet s'effectua à la lueur tremblotante des phares, et au son de notre chœur de sanglots bruyants. Peut-être mon état me brouilla-t-il la vue, à moins que, comme le soutint toujours mère, je n'aie conduit sacrément trop vite. Toujours est-il que lorsque la voiture arriva devant la maison, on entendit un coup sourd percuter l'essieu arrière avec le son creux d'un melon qui tombe.

Je me dépêchai de flanquer la voiture au garage, puis je rampai dans le gaz d'échappement à la recherche de ce que j'avais heurté. Il y avait une tache de sang sur la roue arrière, côté passager, que la lueur rougeoyante des feux noircissait comme de l'encre. On appela Bumper. Bien sûr il ne vint pas. Il ne se manifesta nulle part. Après coup, mère crut voir un postérieur blanc d'animal se faufiler dans le champ de laîches et de mûriers, derrière le garage. Mais elle dit que ces mauvaises herbes grouillaient de serpents, peut-être même de rats nutria.

Mère découvrit Bumper à l'aube le lendemain, ensanglanté, respirant à peine. Elle l'enveloppa dans une serviette de bain jaune citron et l'emmena à la clinique vétérinaire. On avait seulement cent dollars à nous deux. On décida de le faire piquer. Le vétérinaire proposa de tenter une opération, pour rien. Il posa des broches sur les hanches du chat et lui recousit la mâchoire avec du fil. Dans les bars on avait, des années durant, rebattu les oreilles du toubib d'histoires ridicules au sujet de l'invraisemblable survie de cet animal. Le vieux chat s'en sortirait peut-être une fois de plus.

15

Un matin, un garçon de salle aux bras de catcheur souleva papa, et lui plia les membres pour l'installer dans une chaise roulante, qu'il poussa du service des soins intensifs jusqu'au pavillon de médecine générale. Je cheminais à ses côtés, un bocal de pisse tiède à la main, d'où sortait un tuyau qui arrivait sous la chemise d'hôpital de papa. Mère portait la tablette en métal où un officiel avait écrit en capitales d'imprimerie que l'état de papa était « stationnaire ».

A partir de ce moment-là, la Bande de Menteurs se mit à traîner ses guêtres au chevet de papa presque tous les soirs. Ils venaient directement de leur travail, sans rien dans le ventre, mais refusaient de plonger la main dans le moindre carton ouvert de pizza qu'on leur tendait, ou d'accepter le sandwich emballé qu'on leur offrait. Ils entraient, mal à l'aise, seuls ou deux par deux, en tenant à hauteur de la ceinture leurs casques argentés qu'ils tournaient dans leurs mains comme autant de moulins à prières.

Un jour que papa avait souillé son lit, je trouvai Ben et Shug en train de discuter d'un prochain match de base-ball avec les Yankees de New York. Ils parlaient, aussi volubiles que si aucune pestilence de porcherie n'avait envahi la pièce.

Ce soir-là, Ben pleura dans le couloir. Il couvrait son visage de ses grosses paluches. A la suite de l'incident, il ne se manifesta plus qu'en fin de soirée, quand papa somnolait et que mère rangeait les magazines et les canettes de soda vides. Ben prenait son poste presque quotidiennement, restant assis des heures d'affilée sur une chaise branlante, à l'extérieur de la chambre de papa, « au cas où quelque chose arrive ».

Rien n'arriva. Le vide creusé par l'attaque dans le cerveau de papa ne se comblait pas. Papa, complètement absent, le regard morne, gisait dans des profondeurs où il était incapable de reconnaître une présence humaine autrement que comme une ombre. Certains matins, quand il avait dormi d'une traite, il s'animait à votre arrivée. On le *voyait* vous voir pour ainsi dire, on le sentait vous accueillir de sa couche, sans que la forme de son corps ne bougeât d'un iota.

En de tels instants, il lui arrivait de tomber sur un mot, « jus » par exemple, qu'il croassait alors de sa nouvelle voix rauque. Il ne prononçait que quelques paroles, toutefois, avant que ses yeux ne s'embrument à nouveau et que sa tête ne retombe sur l'oreiller.

Le jour anniversaire du Débarquement, mère et moi, on regarda une émission spéciale à la télé. Les premiers jeunes G.I. à escalader le mur de la côte française tombaient comme des mouches sous les balles des Allemands. Papa avait participé à la bataille en tant que fantassin. Il avait sauté du navire de débarquement et pataugé dans l'eau, brandissant son fusil au-dessus des vagues. Les séquences du film firent sans doute écho à des images gravées dans son cerveau, car tandis qu'il regardait, il sursauta comme sous une décharge électrique, et s'écria tout à fait distinctement : « C'est

Omaha Beach! » Il montra l'écran du doigt, luttant pour s'asseoir à l'horizontale, mais son corps le paralysait. Mère dut pousser le bouton qui redressait le lit électrique. Papa brailla : « C'est la Normandie! » L'instant d'après, il hurla des bribes de phrases, incohérentes tout d'abord, puis qui se modulèrent au rythme d'une messe dite en latin. Je compris alors qu'il prononçait des noms, des prénoms, ceux que j'avais vus griffonnés dans le carnet d'adresses déchiré qu'il avait trimballé dans toute l'Europe. Ces noms, il les invoquait encore à voix basse, quand la lumière de son esprit s'évanouit.

Mère, impatiente d'annoncer la volte-face miraculeuse, donna des petits coups sur la vitre du poste de garde du personnel soignant. Mais, imperturbable, l'infirmière de nuit continua à se vernir les ongles. Elle nous dit qu'après une attaque, des pans entiers du cerveau restaient intacts, notamment ceux reliés à des affects aussi puissants que le jour du Débarquement. C'était aussi la raison pour laquelle papa jurait toujours comme un charretier. Il avait remisé des mots tel « enculé » dans une zone du cerveau où les expressions les plus élémentaires d'un homme, suscitées par la colère, la tristesse ou l'épouvante étaient stockées.

Le lendemain matin, j'apportai une pile de vieux magazines *Life*, trouvée au fond d'un placard. Certes, papa fut capable de nommer un bombardier B 17, la forteresse volante ou une carabine M 1. Il arriva à distinguer l'Italie de la Pologne sur la carte et, lorsque je lui demandai qui l'avait décoré d'une médaille après la bataille des Ardennes, il posa un doigt tremblant sur le visage en lame de couteau du général Montgomery. Il se renfrogna devant la photo du général Patton.

— Une graine de dictateur, un salaud, un fumier.

En revanche, il perdit pied, quand je tentai de le distraire des pages glacées, étalées sur le plateau posé sur son lit, et de lui faire nommer les couverts qui s'y trouvaient. Je levai une fourchette :

— Comment appelles-tu ça, papa?

Il mima l'acte de manger de sa main valide.

— C'est ça, tu manges avec, mais comment ça s'appelle?

Papa regarda sur le côté. On aurait dit qu'il quémandait l'avis d'un invisible comparse qui lui confirmerait ma connerie. Au bout d'une seconde néanmoins, les rouages de son cerveau se grippèrent. Il leva les yeux comme s'il cherchait le mot juste. Et moi pendant ce temps je m'accrochais au mot juste dans ma cervelle, et psalmodiais *fourchette, fourchette, fourchette*, comme un mantra. Un éclair brilla dans son regard, il esquissa un sourire du bon côté de sa bouche et dit « Bacon! », comme si on venait d'appuyer sur un bouton électrique. Je le félicitai de ma voix suave de jardinière d'enfants : « Bravo, papa. »

Une demi-heure passée dans cette chambre d'hôpital me vidait de tout mon courage. Non que j'aie quoi que ce soit d'intéressant à faire par ailleurs. La saison des écrevisses était terminée, et ma machine à écrire, un nid à poussière. Lecia et David me dénichèrent du coup quelques mecs avec qui j'eus des rendez-vous embarrassants dans des bars de cow-boys.

Par une nuit d'insomnie, après une de ces désastreuses sorties, en proie à un mal de cheveux sévère pour m'être cuitée à la tequila, je pris la résolution de me consacrer à papa toute la journée quoi qu'il m'en coûtât.

Dès le lendemain, j'entrepris de le raser. Je lui appliquai la mousse sur le cou, qu'il avait aussi coriace qu'une dinde de Noël, me servant du blaireau en pur sanglier de son propre père. Mais ma main qui tenait le rasoir en plastique trembla. Au premier coup, je lui fis une entaille, profonde, il saigna. Une grosse goutte s'écrasa sur le savon immaculé. Papa ne tressaillit pas. Le rythme de sa respiration ne s'accéléra pas. Ce fut mère néanmoins qui termina le travail.

Par la suite j'approchai mon poudrier rond du visage de papa. Il s'effleura le menton de la main valide, disant « Ben ». Il esquissa un demi-sourire du côté gauche de la bouche, dont l'autre pendillait. Sa figure prit l'allure d'un de ces masques coupés en deux, emblèmes du tragi-comique. Papa dit « Pluto ben ».

A peine sortie de l'hôpital, je m'achetai un litron de bière que je fourrai dans un sac en papier. Je le bus vite, m'engouffrant dans un cinéma multisalles. J'assistai à trois séances coup sur coup, me faufilant d'une salle à l'autre sans payer de supplément, et provoquai à moitié le jeune ouvreur boutonneux afin qu'il braque sur moi sa lampe de poche et me réclame mon ticket.

Quelques jours plus tard, le docteur Boudreaux se présenta dans notre véranda, à l'heure où le crépuscule empourprait le ciel. Il tenait son Stetson à la main, de façon protocolaire. On eût cru un prétendant offrant une boîte de chocolats. Les gosses du voisinage arrêtèrent de jouer bruyamment et, bouche bée, dévisagèrent le médecin qui s'essuyait les pieds sur le paillasson avant d'entrer. Un vrai docteur, ça ne se ratait pas. Ils restèrent au bout de notre allée même après qu'il eut disparu à l'intérieur.

Papa était mort, j'en eus la certitude soudaine. Un roulement de train m'assourdit les oreilles, et il y eut comme un brusque télescopage dans la pièce où mère et le médecin rapetissèrent.

Non, dit le docteur Boudreaux. Ce n'était pas le propos. Si la mort était une bénédiction pour certains, lui n'en croyait rien. En tout cas, papa n'était pas plus mort qu'à l'heure du dîner. Voilà pour la bonne nouvelle.

— C'est l'argent, n'est-ce pas ? fit mère.

L'assurance de la nouvelle raffinerie se refusait à

couvrir les frais d'hôpital, ou les soins à domicile une fois que papa serait rentré à la maison.

— Vous savez bien que s'il ne tenait qu'à moi... répondit le docteur Boudreaux.

Il s'arrêta, se racla le fond de la gorge. Il plia sur son giron ses petites mains de jeune fille, ajoutant que les avocats du syndicat pourraient peut-être trouver une solution.

Mère ne l'écoutait pas. Elle s'était avancée vers la porte, afin de chasser la troupe de mioches qui se rinçaient l'œil. Ils s'éparpillèrent comme une volée de moineaux. Elle revint sur ses pas.

Le docteur Boudreaux expliqua que ce n'était pas sa décision. Bon sang! N'avait-il pas soigné à crédit quantité de gens lors des grèves qui s'éternisaient?

Les gosses dehors se constituèrent en deux équipes pour un jeu. Je surpris une voix :

— Vous prenez Barbara et nous Bob.

Et une autre disant :

— Ce n'est pas juste, si nous prenons Barbara, on a droit aussi à Bob et à Robbie.

— Tu n'es qu'un sac à merde, rétorqua la première.

Puis j'entendis résonner une gifle et le bruit de deux petits corps qui roulaient dans l'herbe sous les applaudissements des autres.

— Vous ne recevrez jamais une facture de ma part, conclut le docteur Boudreaux.

On le vit ensuite reculer sa Buick blanche qui prit le large comme un navire immense.

L'hôpital nous téléphona le lendemain matin. Une ambulance allait ramener papa à la maison, il fallait que quelqu'un vienne régler sa note. De quoi déclencher chez mère une avalanche de sarcasmes qu'elle déversa dans le combiné beige de l'appareil. (Étymologie du mot : *sarkazein*, « mordre la chair ».) Mère hurla dans l'appareil que la putain d'ambulance n'avait qu'à déposer papa, cul nu, dans le fauteuil en aluminium de notre jardin. Quant au règlement de la facture, mère se permettait de faire remarquer que l'emprisonnement pour dettes était aboli depuis longtemps. On ne peut pas faire saigner une pierre.

On dit que de s'occuper d'un invalide revient au même que de prendre soin d'un bébé. Certes, pour l'essentiel, les tâches se valent. Mais le bébé vous gratifie chaque jour d'un petit progrès, l'éclosion d'une dent, sa découverte que l'objet qui s'agite vaguement devant ses yeux, c'est sa main. Alors que l'invalide est un gouffre qui vous aspire. Il vous fixe jour après jour d'un regard plus miné de fatigue que le vôtre, plus blessé que le vôtre. Si la vie est souffrance (ainsi que Bouddha l'affirme), si c'est un concours interminable entre « bouffeurs de merde », l'invalide le gagne haut la main.

Il se peut que les infirmières professionnelles s'habituent à la douleur d'un malade. Je m'évertuais à ignorer le pénis incirconcis de papa, qui gisait sur sa cuisse, tuméfié, rougi par une irritation constante et branché à un tube douteux.

Un jour que maman le retournait pour changer les draps, elle découvrit que les parties des talons qu'il avait trop frottées contre l'étoffe étaient constellées de points rouges. En quelques jours, les tavelures devinrent des ampoules qui éclatèrent et suppurèrent. Ces escarres, au fil du temps, forèrent les talons de papa de cavités de presque un centimètre. Les os essayaient de percer. Du moins c'est ainsi que nous le présenta l'infirmière à domicile. Elle apprit à maman à envelopper les plaies, deux fois par jour, de bandes de gaze trempées dans une solution antiseptique, qu'il fallait appliquer aussi délicatement que possible avec l'arrière d'une pince à épiler.

Peu de temps après, il y en eut d'autres au bas de son dos maigre, à la pointe de ses omoplates aussi pointues que des ailes. Mère nettoyait, pansait ces blessures, nourrissait papa, se bagarrait au téléphone avec la compagnie d'assurances au sujet de remboursements divers. Je ne l'avais jamais vue aussi occupée. D'autant plus que papa salissait beaucoup son lit, et, chaque jour, le panier débordait de linge sale.

Papa ne parlait pas. J'étais très démunie pour livrer ce combat. Cela aurait été plus facile, si on avait été capable de me dire sans équivoque que le cerveau de papa était réduit au stade végétal. Mais je persistais à sonder son aphasie dans l'espoir d'y déceler des signes de son ancienne personnalité, lui disant par exemple :

— C'était Lecia au téléphone.

— Tès ben, rétorquait papa.

— Veux-tu de cette glace ? Elle est à la vanille.

— Mauvais, mauvais, mauvais.

— Elle n'est pas si mauvaise que ça, papa. Goûte. Je vais t'en préparer une assiette.

— Taman...

— Eh oui, m'sieur, maman en a mangé aussi.

Il m'était impossible de continuer longtemps à ce rythme sans trouver un prétexte pour m'en aller. Je voulais le traiter avec respect, cela m'était nécessaire, mais son état défiait les seules formes de dignité qui m'étaient connues. L'imagination me faisait peut-être défaut : je n'arrivais pas à inventer de nouvelles formes de dignité qui ne soient pas reliées au langage articulé ou à la force du corps. Papa, en plus, était capable de bouder comme un enfant de deux ans. S'il avait envie de dormir au moment où mère voulait le retourner pour refaire son lit, il se cramponnait de son bras valide aux barreaux en se débattant.

On avait parfois l'impression qu'il faisait exprès de chier au lit juste après le changement de draps, pour se venger. Ce n'est sûrement pas vrai. Le fait d'avoir le cul à l'air déclenchait peut-être ses intestins dans ces moments-là. Il n'en reste pas moins que mère devait souvent le nettoyer deux fois de suite. Et papa, le bras replié sur son torse maigre, refusait d'aider, faisait la gueule.

Harold, l'orthophoniste qui venait quelquefois à la maison, n'avait pas plus d'idée que nous sur les capacités de papa. Un matin, en buvant le café, il admonesta mère :

— Charlie, moi je vous le dis, vous devez apprendre à être plus sereine, mon cœur.

C'était un Noir qui parlait à voix douce, buvait son café décaféiné très blanc et portait une bague à chaton, qu'on aurait dit remplie de poudre magique. Il l'appelait sa bague à cyanure.

— Sérénité, mon cul. Impossible de savoir s'il est là ou pas.

Moi non plus je ne le savais pas et du coup j'étais une bien piètre infirmière. La seule fois où je le nourris moi-même, je faillis le tuer, bien qu'à petit feu et sans cette noblesse qu'on associe au geste de tuer pour délivrer.

Je lui avais apporté un carton d'un litre de gombo aux crevettes de *La Ferme royale*. A l'époque, papa vivait de milk-shakes où mère mélangeait des œufs entiers et des petits pots de pudding au chocolat. Le gombo réveilla miraculeusement son appétit. Je soulevai le couvercle de plastique, d'où s'échappa une volute de fumée. Quelques grosses crevettes nageaient à la surface de la sauce épaisse, marron comme l'eau des bayous, et sur les bords flottaient des oignons verts, des boulettes de riz. J'imaginais que la vapeur, tel un doigt de brume sinueuse, chatouillait les narines de papa. Il ouvrit une bouche, rose et vide comme un bec d'oisillon. On lui avait enlevé son dentier depuis longtemps.

Je le gavai de gombo pendant près d'une heure. Il mâchouillait jusqu'à ce que je lui dise d'avaler. Cela lui était difficile, et il avait besoin d'aspirer de l'eau avec une paille pour tout faire descendre. Puis, d'un signe de tête, il réclamait la bouchée suivante. J'avais l'impression de remporter une victoire morale en réussissant à le nourrir. J'étais aussi fière que lorsqu'un chien perdu s'approche de vous en remuant la queue, ou qu'à une réception, un petit enfant marchant à l'aveuglette choisit de grimper sur vos genoux, avec une innocence qui plaide définitivement en votre faveur.

Tandis que je raclais le fond du carton, je remarquai une enflure sur un des côtés du visage de papa. Il avait l'air d'un écureuil. Il avait planqué dans sa joue une crevette impossible à avaler et caché son visage dans l'oreiller. J'aperçus entre ses lèvres un morceau déchiqueté de la taille d'une balle de golf. Je mis mes mains en coupe sous sa bouche en lui disant de le cracher. Il était en train de s'endormir, avec cette bouchée en travers de la gorge; ses paupières étaient déjà mi-closes.

En fait, il s'effondra, la bouche grande ouverte, au moment où je m'escrimais à lui dire « Crache! » Si la crevette mâchée déviait de quelques millimètres, elle lui boucherait la trachée-artère. Je le secouai par les épaules, hurlai « Papa! »

Il garda les yeux fermés, collés, scellés. J'introduisis mon index dans sa bouche, en me disant qu'il resterait endormi, à condition d'effleurer avec assez de doigté sa langue qui me donna une impression de chaleur, d'étrangeté, comme si c'était une limace.

C'est alors qu'il me mordit. Avant même d'entrouvrir les yeux, il serra mon doigt assez fort entre ses gencives lisses pour me piéger. On aurait dit un terrier qui m'attrapait alors que je lui piquais ses biscuits. On resta ainsi l'espace d'une minute, moi le doigt fiché dans sa bouche, lui roulant des yeux furieux d'où toute lueur de reconnaissance était absente. Quand j'empoignai sa mâchoire d'airain, de la même façon que j'aurais forcé la bouche à un cheval pour y glisser un morceau, il m'entoura le biceps de sa main valide si violemment qu'au matin j'y découvris l'empreinte du pinçon de chaque doigt.

Ce même matin, je surpris l'infirmière à domicile qui demandait à papa ce qu'au nom de Dieu il avait dans la bouche. Papa se contenta de hausser mollement les épaules, contemplant le mur comme si elle avait perdu la tête, à extraire cette crevette avec une spatule.

Je dus me soûler pour affronter l'unique autre soirée que je passai seule avec papa. Lecia et le Baron du riz m'avaient emmenée à une sauterie donnée par leur club. J'y avais piétiné des pas de square dance avec divers médecins et représentants de compagnies d'assurances, m'enfilant par intermittence des gobelets d'un horrible punch au rhum. Un dénommé Gomez m'avait ramenée à la maison dans sa décapotable aussi noire que la voiture de Batman.

J'allai jeter un coup d'œil à papa; une lueur traversa ses yeux: « Salut Pokey, me dit-il, en détachant parfaitement ses mots, tu t'es bien amusée? »

Mère avait laissé la télé allumée avec le son baissé. Après minuit, la station locale ne diffusait que des retransmissions de courses de chiens, je ne saurai jamais pourquoi. Des flots d'une lumière bleutée d'aquarium ruisselaient du vieux poste.

Les pâles lévriers avaient une allure de lézard, avec leurs colonnes vertébrales qui, articulées à leurs postérieurs haut perchés, donnaient l'impression que leurs pattes arrière étaient montées sur des talons hauts. On était en train de les enfermer dans des enclos individuels quand je me mis à regarder. L'émission me déprima infiniment. Je le dis à papa. Non seulement des flopées de gens connaissaient déjà les résultats de la course, mais il y avait de bonnes chances pour que ces chiens fussent morts depuis longtemps. Papa, la lippe amère, me répondit qu'il me recevait cinq sur cinq. J'ajoutai que ces chiens étaient tout ce qu'il y avait de plus morts, ou alors vautrés en train de péter devant un chauffage à mazout. Papa hocha la tête, comme si penser le fatiguait.

Papa avait le visage creusé. Une couleur terreuse ombrait les méplats de son crâne, ses tempes, sa mâchoire et ses pommettes. Je m'endormis peut-être. A moins que je n'aie été suffisamment dans les vapes et ivre pour voir, saisie d'hallucination une fraction de seconde, le masque de la mort recouvrir le visage de papa échoué au creux de son oreiller. Puis il éternua; je lui dis « A tes souhaits »; il redevint lui-même.

J'éteignis la télé. L'image se réduisit à une petite étoile bleue fendant à toute allure un océan de ténèbres.

Je me mis alors à fouiller dans une boîte à chaussures remplie de cassettes, posée par terre, jusqu'à mettre la main sur celle où *Pete Karr* était écrit au marqueur indélébile rouge. Je mourais d'envie d'entendre papa raconter une histoire, qui se déviderait dans ma tête avec la résistance et la solidité d'un fil de canne à pêche, et me projetterait dans une époque que je n'avais pas vécue, dans des lieux où je n'étais pas allée, si ce n'est grâce à la voix de papa.

Je brandis la cassette au-dessus du cadre du lit en aluminium, dans ce que je supposai le champ de vision de papa, et lui demandai :

— Tu te souviens de ça?

— Ouais, répondit-il, grimaçant un demi-sourire et opinant vigoureusement du chef.

— Est-ce que je peux la passer?

— Va-y, dit-il.

Je compris « Vas-y », comme dans « Tu peux y aller ma chérie, mets-la, si cela te fait plaisir. » Je l'introduisis dans le magnétophone, appuyai sur le bouton rectangulaire. La bande commença à se dérouler.

Tout a commencé le dix-neuvième jour de juillet en 1920. Ça s'est passé dans un bastringue qu'on appelait Bessie, *un endroit dans la forêt où on bouffait du barbecue arrosé de soda à la fraise, ou d'alcool distillé sur place, pour peu qu'il n'y ait pas de types du gouvernement dans les parages...*

Bon, le début de l'histoire, c'est quand Buck Neelan a pris le train pour venir au camp de bûcherons. Buck était le mec sympa par excellence. Il n'en foutait pas une ramée. Ce qu'il aimait, c'était jouer, et sortir avec les femmes des autres.

Cet été-là, un type qui s'appelait Nan Crocket et son frère Ugh travaillaient avec papa quand Buck s'est amené. Buck déconnait, s'était fourré dans le crâne que Nan avait une histoire avec une de ses petites amies. Bon sang, Nan était marié. Il ne fricotait avec personne à ma connaissance. Enfin, moi je crois que la cause de tout ça, c'est que Nan avait battu Buck au Bouray, le jeu de cartes de l'époque...

Toujours est-il que Buck découvre Nan au camp, lui tombe dessus avec un rasoir. Et il blesse Nan. Il lui fait une vilaine coupure. Mon père doit l'amener chez le médecin à Evadale pour le faire recoudre. Bordel, Nan, il revient pas travailler avant trois semaines ou plus. Ça lui prend tout ce temps pour se remettre.

Popa demande à Ugh, le frère de Nan, ce que Nan a l'intention de faire. Ugh, il dit :

— Je sais pas, mais moi, je sais ce que je ferais.

Nan est revenu bosser. Une année ou plus a passé...

Puis, un samedi matin, v'là Nan qui s'amène à la maison. Popa était dur de la feuille. Tous les mecs du camp, quand ils arrivaient à la barrière, ils appelaient Moman en braillant. Elle connaissait la voix de chacun. Nan hurle :

« Ruth ! » Les chiens de la maison beuglent, comme prêts à le déchirer à belles dents.

— Entre, Nan. Ces cabots, ils vont rien te faire. Tom est dans la cuisine.

C'est Moman qui parle.

A l'arrivée de Nan, Popa est attablé devant un bol de pain de maïs trempé dans du babeurre. Vois-tu, Nan est censé travailler avec Popa le matin.

— Je ne voulais pas te poser un lapin... j'ai l'intention d'aller ce soir chez Bessie Mae, *dit Nan à Popa.*

— Qu'est-ce que t'as à faire chez Bessie Mae*?*

Nan lui raconte qu'il a appris par le téléphone arabe que Buck Neelan allait y passer.

— Vas-y Nan. Dis à Ugh de venir m'aider dans la matinée. Mais ramène-toi ici, demain soir, lui fait Popa.

Mon père savait ce qui se préparait.

Le soir Nan entre chez Bessie Mae. *Il voit ce sacré Buck Neelan à l'autre bout de la salle, assis sur un de ces tabourets de piano qui se vissent. Il tape comme un sourd sur le piano. Il porte un chapeau melon entouré d'un ruban de satin. Il martèle le piano et il y a deux nanas qui chantent, appuyées de chaque côté de l'instrument.*

Eh ben, les chants s'arrêtent tout net quand Nan apparaît. Parce que les bonnes femmes guignent dans sa direction. Mais Buck, il regarde ailleurs. V'là les femmes qui chantent plus et qui s'en vont à reculons, alors Buck se rend compte que quelque chose cloche... Il pivote sur le tabouret. Et quand il a fait tout un tour, il se retrouve nez à nez avec le canon du vieux .45 : pan ! pan ! Nan lui tire entre les deux yeux aussi droit que s'il avait pris la mesure. Il lui fait un trou derrière la tête où on aurait pu mettre une orange. Il le fout au bas de ce tabouret.

Nan remet le pistolet dans son pantalon et sort.

Il arrive à la maison où il appelle Moman en braillant. On entend le lit craquer parce qu'elle secoue Popa qui lui demande : « Qu'est-ce qui se passe, bordel ! » Moman dit que Nan est revenu, qu'il attend à la barrière.

— Merde, Nan n'a pas besoin de me parler. Je sais très bien ce qui arrive. Il a réglé son compte à Buck Neelan, il l'a tué.

Popa se lève quand même. Il se ramène dans la véranda où A.D. et moi on est censés dormir. Tout l'été on y laisse nos lits superposés. Pour sûr, on a entendu les chiens s'agiter avant même que Nan, il arrive à la barrière. C'est la pleine lune, elle est ronde comme une poêle à frire. On voit Popa sortir en caleçon. Nan lui fait :

— Tom, on me dit que M. Bishop est après moi.

Beaver Bishop était, à l'époque, le shérif du comté de Jasper.

— Qu'il aille se faire foutre M. Bishop, dit Popa. Pourquoi que tu rentres pas ici ? Couche-toi. Comme ça, on dira que tu étais ici, si M. Bishop vient.

Nan dit que ça lui allait.

Ce lundi matin Beaver Bishop passe à la maison, pour signaler que le juge de la circonscription va faire une tournée dans notre coin du comté dans une semaine ou deux. Le shérif se demande si Nan va mettre les bouts avant. Popa répond :

— Bordel, Nan, y s'en va nulle part.

C'est sûr qu'une semaine après, y'a une Ford T qui déboule devant la scierie. C'est un grand mec qui tient le volant avec des paluches comme des tourtières. Il a la plus belle toison de cheveux roux que j'aie vue de ma vie sur la tête d'un homme ou d'une femme. Je veux dire qu'il en a plein et qu'ils sont bouclés. Il porte un complet noir comme un croque-mort. Il amène la Ford juste devant les arbres qui s'élèvent si haut et où y'a tellement de sève qu'on peut pas toucher à une bouchée de son déjeuner sans se mettre contre le vent.

— Nan Crocket, sais-tu que je peux t'envoyer en taule pour meurtre ? lance le mec.

— Oui, monsieur, fait Nan, mais on aurait aussi pu me traîner au cimetière, à cause des coups de couteau que m'a donnés Buck Neelan.

C'est la dernière parole qu'il prononce, Nan. Y'a personne qui s'en est jamais plus pris à lui, après Buck.

Et l'histoire se termine là. J'oublierai jamais. Il y avait bien un assassinat de temps à autre. Tous, ils venaient vers mon Popa. Je le vois ici même, avec ce con de chapeau vissé sur sa tête. Je le vois...

Le silence de la bande qui se déroulait me réveilla.

J'étais partie à Houston lors de la visite de l'ancien commandant de papa. L'homme que nous connaissions comme le capitaine Pearse avait pris sa retraite dans l'ouest avec le grade de colonel. L'émission sur le Débarquement à la télé l'avait lancé sur les traces des types avec lesquels il avait fait la guerre. Dès qu'il eut connaissance de la maladie de papa, il prit des places sur un vol vers le sud et réserva une chambre au Holiday Inn. Lorsqu'il arriva dans la Pinto de location, Lecia était là. Elle fit observer que Pearse avait sûrement fait beaucoup de gym au cours de son existence. Il portait une de ces chemises Lacoste jaune, brodée d'un crocodile sur le cœur. Mère vint l'accueillir dans la véranda et le laissa même lui baiser la main.

Papa lui fit un salut militaire vigoureux de sa main valide, en disant « Capitaine Pearse » d'une voix claire pour la première fois depuis des semaines. Et Pearse répondit : « Repos, sergent-chef Karr. » Tous les deux ensuite essuyèrent les larmes de leurs visages, en s'étreignant comme deux vieux fantômes bien frêles.

Pearse passa une bonne partie de la soirée assis au bord du lit de papa à regarder de vieilles photos. Et une fois de plus, papa s'exprima distinctement quand il parla de la guerre. Un effort qui le fatigua néanmoins. Le colonel en était à enlever le couvercle en alu d'un pudding quand il s'assoupit.

Lorsque j'appelai, le colonel me parla au téléphone de sa voix de ténor : « Savez-vous que votre père a refusé une promotion d'officier après la bataille des Ardennes ? L'idée de boire au mess des officiers le révulsait. Pour lui tout gradé d'un rang supérieur à celui de sergent-chef était un toutou. »

Après que j'eus raccroché, Pearse but du café noir dans une des tasses en porcelaine véritable de mère jusqu'au petit matin, en lui racontant plus d'histoires sur la guerre qu'elle n'en avait jamais entendu.

Papa avait été blessé à deux reprises, par exemple. Une fois par un soldat allemand qui lui avait transpercé l'avant-bras d'un coup de baïonnette. J'avais vu la cicatrice des milliers de fois sans lui demander d'où elle venait. Une autre fois, ils avaient miné un pont qui avait sauté plus tôt que prévu. Les décombres avaient si bien enseveli papa que Pearse l'avait cru mort. Ils ne s'étaient même pas donné la peine de le chercher. Mais quelques jours plus tard, papa avait débarqué à bord de la Jeep d'un type, la tête enveloppée d'un gros bandage et la bouche fendue d'un large sourire. Pearse, en fait, pensait que cette ancienne blessure à la tête pouvait être à l'origine de l'attaque de papa. Si c'était le cas, l'armée accepterait de nous aider à couvrir les frais. Pearse avait apporté son témoignage dans quelques occasions comparables, et deux familles avaient obtenu un soutien financier de l'armée.

Voilà pourquoi j'atterris dans le grenier de mère. Nous avions besoin des dossiers médicaux de l'armée prouvant que papa avait été blessé à la tête au combat. Cela faisait longtemps que je n'y grimpais plus sous prétexte que j'avais besoin que la pluie rafraîchisse l'atmosphère. En vérité, j'avais la trouille du grenier.

Un grenier, dans l'est du Texas, est un endroit effrayant. La moiteur chaude s'y incruste au fil des ans et des organismes de toutes sortes y prolifèrent. Une moisissure verdâtre dessine sur les cartons les motifs de chrysanthèmes des papiers peints antédiluviens. Un grenier, dans nos régions, bruisse du crissement des cafards qui rampent dans les paperasses. On a la sensation qu'ils vous frôlent de leurs antennes filiformes. En plus, on court le risque de tomber sur un serpent.

Le grenier de Lecia en avait été infesté l'été précédent. Un soir, on avait entendu un vacarme au plafond. Quelque chose était tombé des madriers du grenier. Le choc ne fut pas suivi d'une de ces cavalcades caractéristiques d'un raton laveur ou d'un rongeur. Lecia s'était armée d'une lampe de poche, car elle était censée passer la tête dans le grenier, y faire une reconnaissance et présenter son rapport afin que l'employé chargé de la dératisation sache à quoi s'en tenir. Il n'y avait pas la moindre crotte d'animal sur le feutre rose de l'isolation, mais quelque chose qui ressemblait à des bas qu'on aurait enlevés et éparpillés. Lecia dirigea vers le sol le faisceau de la lampe de poche qu'elle tenait à la main. C'étaient des peaux de serpents. La maison était située à proximité des bayous. Des serpents mocassins y avaient fait leurs nids.

Lorsque je me décidai à déplier l'échelle du garage de mère, la peur me serrait un peu le cœur. Toute la matinée l'orage avait accumulé de lourdes masses de nuages gris fer dans le ciel, lequel se fissura avec un bruit de soie qu'on déchire quand il se mit à pleuvoir. De grosses gouttes criblèrent les feuilles des palmiers, firent frissonner le chèvrefeuille et la glycine de la clôture en bois rouge. Des filaments de vapeur s'échappèrent des briques du patio. J'avais piqué un sprint pour gagner le garage de la maison, je n'en avais pas moins le T-shirt plaqué sur la poitrine.

Je tirai la ficelle qui pendouillait de la pointe du toit. C'était moi qui avais tenu l'ampoule, le jour où papa avait agrafé ce fil électrique le long de la poutre principale. Elle y était toujours accrochée, mais couverte de toiles d'araignées. Papa, à l'époque, m'avait permis de la visser et elle s'était allumée dans la cage de mes mains. Depuis, je n'étais pas retournée au grenier. Personne d'autre d'ailleurs, si ce n'est pour y ranger des caisses. L'atmosphère confinée était oppressante d'humidité. Il n'y eut pas le moindre battement d'ailes au demeurant, de chauves-souris, de pigeons, ni de phalènes à tête de mort. Aucun cadavre ne surgit des carcasses de lampes et d'appareils ménagers rouillés de l'époque d'Eisenhower. J'aspirai la chaleur, l'expirai. Mon cœur battit la chamade.

Je m'éloignai de la lumière et avançai dans les cartons. Je me mis à les ouvrir, y découvrant des épaves d'un genre bien précis, de livres, de disques, de bocaux, de vases de prisu. Seule une boîte de petit menuisier avec son lot d'outils miniatures évoquait mon enfance. Une vieille lampe tempête répandant encore une vague odeur de pétrole était posée à côté d'une machine à coudre qu'on mettait en marche en appuyant sur une pédale en fer forgé, et il y avait pléthore de valises Samsonite, de cartons à chapeau sans chapeau, de sacs à vêtements vides.

Je finis par repérer une malle au couvercle en dos de chameau, loin, sous les auvents, qui me pinça le cœur. Ses fissures ne craquaient pas, aucune lueur n'en filtrait. On l'avait pourtant glissée dans ce coin et fermée à clé, exprès. Je mis mon tournevis dans le fermoir, tapai dessus avec mon vieux marteau d'enfant. Le cadenas s'ouvrit en cliquetant. Je m'agenouillai, en nage. Une illustration de Pandore d'un de mes vieux livres de contes me vint à l'esprit. On y voyait des démons, grands comme des libellules, sortir de la boîte et prendre leur essor vers le haut de la page, tandis que les menottes de Pandore voltigeaient vers son visage et que sa bouche en arc de cupidon s'arrondissait pour exprimer l'étonnement à la manière victorienne.

Je relevai le couvercle. Il heurta le toit mansardé. Je le laissai retomber, puis tirai la malle par les poignées de cuir, hors de sa cache, le dos raidi, en bandant les biceps. Je retrouvai ma place sous l'ampoule poussiéreuse, où je m'assis, les jambes croisées, haletante.

Il n'y eut pas d'envol de démons ailés lorsque je l'ouvris, il ne s'en dégagea qu'une odeur de papier journal mouillé qu'on aurait ramassé sur une pelouse détrempée de rosée. On avait rangé sur le casier du dessus des photos couleur sépia et des lettres entourées d'une ficelle. Je découvris quatre écrins, alignés en rang d'oignons comme des soldats. Deux d'entre eux étaient recouverts de velours noir, un autre de satin bleu roi, le dernier de gros-grain couleur de framboise écrasée. Je trouvai, dans chacun d'eux, une alliance.

Les bijoux de famille, me dis-je. Je m'accroupis pour soulever le casier tout entier. J'avais l'intention de le trimballer à la cuisine. Avant de grimper au grenier, j'avais vu mère préparer du thé glacé. L'image de la cruche en faïence, rebondie, perlée de givre, remplie de thé ambré où flottaient les rondelles de citron, trônant dans la pénombre du frigidaire, me mettait l'eau à la bouche.

Je me relevais lorsque j'aperçus au fond de la malle une chose qui me tourneboula au point que je lâchai le casier. Il chut lourdement sur mes pieds nus, comme s'il avait été percuté par un énorme coup de poing. Les anneaux de mariage, les photos, les liasses de lettres s'éparpillèrent, tandis que je trébuchais sur une caisse gondolée pleine de décorations de Noël, dont les coins s'enfoncèrent derrière mes genoux qui fléchirent. Je voulus empêcher le casier de tomber davantage et tendis les mains. Je plongeai jusqu'aux coudes dans un méli-mélo de guirlandes, de lampions multicolores.

J'écrasai sous mon poids des boules de verre dans leurs minces emballages, on aurait dit des boîtes d'œufs qui explosaient. Les branches pointues d'une étoile m'égratignèrent les bras.

Ces embarras ralentirent à peine le mouvement de retraite épouvantée que j'amorçai. C'était la prothèse de grand-maman qui gisait au fond de la malle. L'entrepreneur des pompes funèbres lui avait laissé le bas épais qui la gainait et l'avait noué en un nœud grotesque à l'endroit où la cuisse de grand-maman aurait dû s'encastrer. Le même soulier noir, raide, chaussait le même pied rigide qui ressemblait à un moignon de poupée parce qu'on n'y avait pas sculpté les doigts de pied. La vue d'un crotale enroulé sur lui-même, remuant la tête et sifflant m'aurait peut-être davantage terrorisée. J'en doute.

Mère me trouva debout, près du Frigidaire qui m'éclairait de sa lueur verte et froide. Elle m'avait suivie, chargée du panier de linge, précédée par une odeur d'eau de Javel. Je fis volte-face, laissant la porte du frigo ouverte. J'avais éventré le cœur d'une pastèque, dont j'arrachais à la main de gros morceaux. Le jus poisseux me dégoulinait sur le menton et j'avalais les noirs pépins, vernis, avec la chair sucrée, glacée à faire grincer les plombages de mes molaires. Si mère fut frappée par la bizarrerie de mon attitude, elle n'en dit rien. Elle voulait savoir si j'avais trouvé quoi que ce soit d'utile au grenier.

L'atmosphère de la pièce se modifia radicalement quand je l'interrogeai à propos des alliances, lui demandant à qui elles appartenaient. (La seule métaphore qui me paraît propre à définir un tel changement est musicale : une note retentit, puis soudain elle s'amplifie en un accord d'une grande complexité.) Mère avait ce regard traqué des animaux en cage aux pupilles rétrécies.

— Elles sont à toi, n'est-ce pas ? finis-je par lui dire. L'éventualité ne m'avait pas effleurée avant que je ne la formule. Le silence retomba entre nous.

— Arrête Mary, ne commence pas à me harceler avec ces bagues, s'écria mère. Je ne le supporterais pas en ce moment, ajouta-t-elle d'un ton neutre en posant la montagne de linge.

Mère alla se coucher. De la cuisine, je l'entendis fourrager dans la boîte à cake où elle gardait ses médicaments. Que cherchait-elle donc ? me demandai-je. Un puissant dieu païen, nommé Valium ou Thorazine ou Halcion, fut l'unique réponse que je pus fournir.

Des années durant, les démons personnels de mère m'étaient restés mystérieux. De même que son passé. Il est bien peu de menteurs innés qui décident consciemment de s'embarquer dans la voie de la vérité, même ceux qui croient qu'un tel périple pourrait par définition les délivrer. J'avais pris l'avion pour le Texas, plus d'une fois, prête à défoncer la porte métaphorique du passé. Je m'étais heurtée à une résistance aussi impalpable que féroce. Papa, du temps où il était encore capable de parler, s'y refusait. Il m'opposait son visage de « Je ne suis qu'un vieux connard maboul » et marmonnait « Merde ma chérie, je ne me souviens de rien de tout ça. »

Si Lecia confirmait mes trouvailles, il lui manquait, comme à moi, les faits, les motivations, les péripéties du passé de mère. Dans l'univers de Lecia au demeurant, les gens qui se plaignaient de leur enfance étaient des écervelés, des libéraux qui ne s'en sortiraient jamais, qui cherchaient à escroquer les compagnies d'assurances pour des thérapies sans valeur. « L'inconscient, mon cul. Dépasse ça », disait-elle, s'en retournant à la porcelaine du lavabo qu'elle récurait au Cif. (Elle se démenait au boulot toute la journée, avait une domestique à demeure, à plein temps. Il n'empêche que chaque soir, elle passait des heures les mains dans des gants en caoutchouc. Sa maison reluisait d'une propreté aussi aseptisée qu'une salle d'opération.)

Toujours est-il que la vérité commençait à émerger. Que vous l'appeliez destin, grâce, ou veine de pendue, j'étais guidée le long de la pente vertigineuse du couloir obscur qui débouchait sur la porte de la vérité.

Après ma découverte des alliances, mère s'ancra dans un refus déterminé d'en parler, de son passé itou. Elle disait :

— Si tu me poursuis avec toutes ces histoires, je ne pourrai plus prendre soin de ton père.

Elle se pressait les tempes à deux mains. On aurait dit qu'elle attribuait à ce geste la faculté d'empêcher sa tension intérieure de faire exploser sa cervelle.

— J'ai deux migraines, une derrière chaque œil, et chacune a la taille d'une pièce de cinquante *cents*.

Je parlai à un ancien thérapeute à qui je téléphonai de loin. Il me fit écrire sur un bloc à spirales la liste de toutes les questions que je voulais poser à mère. Je les lui relus : *A qui appartenaient ces alliances ? Qui étaient les deux enfants dont grand-maman m'avait montré les photos après l'école ? Pourquoi es-tu devenue cinglée à la mort de grand-maman ? La nuit en question, qu'est-ce que tu fabriquais avec un couteau ? Pourquoi as-tu dit nous avoir tuées au docteur Boudreaux ? Que t'est-il arrivé à l'hôpital ?*

Le thérapeute me fit remarquer que ces questions n'étaient pas cruelles. Elles l'étaient néanmoins, vu le mode de communication de ma famille, où elles risquaient d'être plus que méchantes, fatales. Le soir où, munie de mon bloc à spirales, j'abordai mère, elle s'enferma des heures dans la salle de bains. Je me retrouvai à arpenter comme une lionne le corridor mal éclairé, en me demandant si mère n'était pas en train de s'entailler les poignets avec une lame Gillette extrableue. Le lendemain, le thérapeute me conseilla : « Téléphonez à la police si elle fait ça. »

Mais jusqu'à ce qu'il me lance un ultimatum, je fus incapable de mettre mère en demeure de parler. Alors, le thérapeute refusa de prendre mes appels. Il me raccrocha au nez trois jours de suite, arguant qu'il ne pouvait m'aider si je ne prenais pas de risques.

— Tu n'as pas l'intention de laisser tomber cette histoire d'alliances, n'est-ce pas ? finit par dire mère.

— Non m'dame.

On partit se soûler la gueule. Notre serveur mexicain préféré griffonna, impassible, la commande de deux pichets de margarita sur son bloc vert. Son fils, qui apprenait à servir, apporta un panier de chips fumantes accompagnées d'un bol de sauce tomate épicée pour nous chatouiller les narines.

Ces alliances appartenaient bien à mère. Elle l'avoua d'emblée. Mère s'était mariée une première fois à quinze ans. Elle n'était pas enceinte, la question n'était pas là. Grand-maman voulait tout bêtement se débarrasser d'elle. A quelques années de là, le premier bébé arriva, un garçon. Appelons-le Tex pour simplifier les choses.

Mon adolescente de mère, après la naissance de Tex, se mit à avoir désespérément envie de fuir Lubbock, notamment la vigilance d'aigle de sa très acerbe belle-mère, à qui la métaphore de ménagère allemande brandissant le balai va comme un gant. Le regard de cette vieille femme avait la cruauté du soleil. Aussi, lorsque le jeune mari obtint son diplôme d'études supérieures, en marketing mettons, sa femme le harcela-t-elle pour qu'il cherche un travail à New York. La famille quitta Lubbock en 1942 à bord d'une Ford, qui partit dans un nuage de poussière avec le bébé gazouillant dans son panier posé sur la banquette arrière.

New York, la métropole ceinte d'acier, brillant de

mille feux, enchanta ma jeune mère. On trimballa la poussette bleu roi de Tex dans des escaliers de métro, on la poussa dans les larges couloirs de divers musées. Mère voulait peindre le corps humain, désir qui dérouta son mari. En vertu de quoi voulait-elle passer son temps à regarder des inconnus déshabillés ? Des querelles éclatèrent. L'entreprise fut ajournée avec l'arrivée d'un nouveau bébé. C'était une fille blonde, aux yeux verts comme mère. Baptisons-la Belinda.

Après la naissance de Belinda, la sorcière de belle-mère vola vers le nord d'un coup de ses ailes flétries, et prit le contrôle de la maisonnée. La jeune épouse eut alors une réaction d'une impudence frisant le scandale : elle accepta un poste de dessinatrice industrielle pour les Laboratoires Bell. Pearl Harbor venait d'être bombardé. Le patron du mari était pro-militaire. On considéra désormais le travail de mère essentiel à l'effort de guerre. La belle-mère fit la tête. Mais, ne tenant pas à passer pour une antipatriote, elle s'occupait des enfants à contrecœur, pendant que mère travaillait.

Et un soir, en rentrant de son travail, mère trouva sa maison vide. Sa famille était partie.

C'était l'hiver. Pendant le court trajet qui reliait la gare à la maison, la neige drue qui tombait vite s'était amoncelée sur les cheveux de mère, sur les épaules de son manteau gris anthracite. Les flocons, j'imagine, l'avaient recouverte d'une écharpe en dentelle, telle la mantille blanche d'une petite fille à sa première communion.

Mère franchit le seuil d'une maison déserte. Les radiateurs étaient froids. Elle suivit le panache livide de son haleine d'une chambre abandonnée à l'autre, qu'elle éclaboussa de lumière, en pure perte. Même le téléphone ne marchait plus.

Les voisins avaient vu partir le camion de déménagement. La vieille dame en avait supervisé le chargement. Le jeune mari était passé la prendre en voiture après le déjeuner, ainsi que les enfants. On avait installé le petit Tex à l'arrière et le bébé, la fille, dans les bras de la vieille dame.

Je pleurais ; mère aussi. Debout derrière le bureau d'accueil, le serveur avait l'immobilité d'une figure de proue. Il détournait poliment le regard qu'il fixait sur la place, ouverte à tous vents comme une cathédrale, et gardait sous le bras les menus qu'on avait négligés. Son apprenti de fils, installé à une desserte, s'absorbait dans la tâche de remplir des salières à l'aide d'un entonnoir. Le sel ruisselait du sac immense comme un torrent. Mère se tamponna les yeux. Elle glissa une serviette en papier sous la frange inférieure de ses cils afin d'empêcher le mascara de couler.

Les voisins laissèrent mère dormir sur leur canapé convertible. Ils lui donnèrent à manger, puis l'emmenèrent dans un bar du quartier. Mère n'était pas encore en âge de voter.

— J'ai pris ma première cuite ce soir-là. Oh, j'avais déjà bu un verre ici ou là avant, mais ils m'ont vraiment soûlée.

Le lendemain, elle se rendit au bureau de son mari où elle ne trouva plus que quelques crayons pas taillés se battant en duel avec des trombones dans ses tiroirs vides. Le patron, qui arborait une montre à gousset sur son imposante bedaine, prétendit que les allées et venues du personnel étaient confidentielles, une question de sécurité nationale. Il refusa de lui dire où était parti son mari.

Mère, atterrée, ne versa pas une larme. Ses enfants se trouvaient à coup sûr à proximité. Le soir, après le couvre-feu, la totalité de la côte est était plongée dans l'obscurité. Les cars et les trains étaient bondés de G.I., il n'y avait donc pas moyen de se déplacer. « Même si on avait une carte de rationnement, ce qui n'était le cas de personne, faute de carburant. »

Les parents de mère avaient quitté la ville de Lubbock pour emménager dans une ferme à Morton. Ils n'avaient pas le téléphone et le courrier s'acheminait lentement dans un sens comme dans l'autre. Ce fut par carte postale que grand-papa Moore menaça de tirer sur le jeune mari. La branche de Lubbock de la famille du mari s'était évanouie sans laisser d'adresse pour l'expédition du courrier, ni d'annales bancaires, aucune trace.

Des mois s'écoulèrent, défilèrent comme les pages de ces calendriers qu'on arrache à toute vitesse dans les films des années quarante. Mère les vécut comme une somnambule.

« Je me disais que les enfants débarqueraient la semaine suivante, ou que mes parents allaient trouver leur piste dès qu'ils auraient engagé un détective. Tous ceux qui auraient pu faire quelque chose étaient à la guerre. »

Mère s'installa dans un studio à Manhattan, s'inscrivit à l'association des étudiants des Beaux-Arts pour des cours du soir de dessin, après lesquels elle buvait jusqu'à l'hébétude. Le jour, elle travaillait au labo avec sa gueule de bois.

Le père de mère mourut de manière inopinée, six mois après la disparition des enfants. Il y avait écrit « hémorragie cérébrale » sur le certificat de décès.

Le coup de téléphone arriva au laboratoire Bell, alors que mère remplaçait au standard une amie partie aux toilettes. Elle se sentit gênée d'accepter cet appel que l'opérateur lui passait. La voix sèche de sa tante Audrey s'insinua dans les écouteurs, lui parvint directement dans les oreilles : « Ton papa est décédé la nuit dernière. »

Mère réagit en arrachant tous les fils à sa portée. Elle s'empara des câbles à deux mains et tira dessus aveuglément : tous les appels branchés au standard furent subitement coupés, on n'entendit plus que le bourdonnement uniforme de la tonalité.

Mère obtint un laissez-passer du ministère de la Défense nationale pour prendre le train et aller assister à l'enterrement au Texas. Mais les troupes l'expulsèrent à Chicago. Elle y resta coincée des jours. On la fit descendre aussi à Amarillio, où elle fit du stop, fut prise par un chauffeur de camion qui la conduisit jusqu'à la barrière en bois blanc de sa tante.

Grand-maman Moore avait sombré dans un état qui ressemblait à de la démence et s'était enfermée dans l'office à l'arrière de la maison. On y entreposait les conserves de pêches et les bocaux de *chow-chow*. Mère y jeta un coup d'œil. Grand-maman leva les yeux de sa navette, aucune surprise ne se peignit sur l'ossature délicate de son visage.

« Ils disent tous que ton papa est mort, Charlie Marie. »

Elle se remit à broder son motif floral, en pinçant les lèvres : « Il n'est pas mort, tu sais. Il est froid, c'est tout, très froid. »

Mère se souvenait du bruit sec du fil de soie que grand-maman faufilait, du nœud qui dessinait une gerbe de lilas parfaite sur la dentelle d'une branche.

La déchéance de grand-maman Moore ne déroutait pas le moins du monde les blondes tantes réunies au petit salon. En temps de crise, c'étaient des vautours qui se repaissaient de la souffrance des autres, me dit mère. Après le dîner, ces femmes fumaient en cachette de leurs maris dans le belvédère.

Mère apportait des verres de limonade fraîche, quand elle surprit ce qui devait être la philosophie de la famille au sujet de la perte de ses enfants. L'une des tantes énonça :

— Charlie Marie a évidemment fait quelque chose d'épouvantable pour que son mari la quitte.

— Et pour qu'il ait pris les enfants, renchérit l'autre.

— Il n'y a pas de fumée sans feu, chuchota la troisième.

On retrouva les enfants, par hasard, longtemps après les obsèques. Mère était retournée à New York, et grand-maman à sa conception de la santé mentale.

Ma grand-mère finissait un lait de poule, installée dans une chaise en fer forgé venant d'un drugstore de Lubbock, lorsque son assureur passa la voir. Il s'enquit de la prime d'assurance-vie de ma mère, impayée depuis quelque temps : « Si son mari nous envoie des mandats pour sa police, il ne prend pas en charge celle de Charlie. Voulez-vous que son contrat soit résilié ou quoi ? »

En cinq minutes grand-maman obtint l'adresse du jeune mari. Moins de deux jours plus tard, ma mère avait pris l'avion de New York et débarqué dans une petite ville de l'ouest, appelons-la Reno, au Nevada, où vivait son mari.

Un agent de police de la ville vint la chercher. Il la conduisit à la maison où ses enfants étaient installés. Il lui annonça le remariage du jeune mari, lequel avait prétendu que la mère de ses enfants avait disparu depuis des années, on ne savait où, qu'elle était peut-être même morte.

« Bon sang, je ne me savais pas divorcée, encore moins décédée », fit observer mère.

Le policier haussa le sourcil. Il était au courant, mère l'en avait informé, que dans le sac en crocodile noir posé sur ses genoux, il y avait un acte de décision judiciaire émis par un juge de New York qui confiait à mère la garde des deux enfants.

C'était un ranch tentaculaire que cette maison, entourée d'un mur de brique qui serpentait le long d'une allée débouchant sur un imposant portail, orné d'un heurtoir en cuivre. Le jeune mari avait réussi. La porte s'ouvrit sur la vilaine belle-mère, à qui le policier expliqua sa mission en bégayant. Elle s'effaça, les laissa entrer.

Mère vit un petit garçon, caché derrière le tablier de la belle-mère, et une toute petite fille qui empilait paresseusement des cubes sur un tapis d'Orient parfaitement aspiré, impeccable.

Mère se baissa, tendit les bras vers la petite fille, qui se leva, poussa un cri et courut se dissimuler derrière un long canapé. On ne voyait plus que la couronne étincelante de ses cheveux blonds.

« C'est alors que je me mis à réfléchir pour la première fois », dit mère.

La petite table entre nous était jonchée de verres de margarita. La croûte de sel s'était effacée des endroits où mère avait posé les lèvres, ou moi les miennes. Nous ne laissions plus de traces de rouge à lèvres depuis belle lurette.

« J'avais sauté dans un avion, dès que j'avais appris qu'on les avait retrouvés, et reçu les papiers. Je n'avais pensé à rien. A l'époque j'habitais un studio dans Jones Street. »

Mère, le visage brillant de larmes, s'exprimait d'une voix neutre. On aurait dit que ces pleurs prenaient leur source dans les yeux gris d'une autre femme, que mère connaissait de loin.

La belle-mère, une sacrée amazone, alla derrière le canapé, le garçon toujours enfoui dans ses jupes volumineuses, et souleva la petite fille qui se calma en reniflant.

Mère s'effondra sur une chaise au dossier à barreaux. Elle pleura, recroquevillée sur son sac qui contenait le papier de la décision de justice. Le policier restait planté sous les lourdes tentures de soie, comme au garde-à-vous.

« Je savais qu'ils seraient mieux ici, je veux dire avec leur papa et sa femme, qui qu'elle soit. Je n'avais même pas de lits pour eux, ni personne pour s'en occuper pendant que j'étais au travail. Je n'avais pas *pensé*, tout bonnement *pensé* à rien de tout cela. »

A la façon dont mère prononçait *pensé*, on aurait dit qu'elle piétinait quelque chose, ou qu'elle ployait sous un fardeau.

Mère fit alors ce qui lui parut juste. Si elle y avait pensé, elle aurait dû s'y reprendre à deux fois, réfléchir au tour que prendrait la chose juste. Car ça la rendit folle. Assise sur la chaise au dossier à barreaux, elle déchira les papiers lui confiant la garde des deux enfants mineurs, Tex et Belinda, sous le sourire suffisant et l'œil de prédateur de la belle-mère monolithique. Le policier manifesta un soulagement visible. Les enfants restant farouches, elle ne les serra même pas dans ses bras pour leur dire au revoir. Ils se seraient débattus.

— Je ne l'aurais pas supporté, dit mère.

— Qu'as-tu fait après ?

— J'ai repris l'avion pour New York et me suis mise en quête d'un homme à épouser, qui m'aiderait à récupérer mes enfants.

Autour de nous, la pièce avait disparu. Nous étions unies dans l'intimité intemporelle du mauvais éclairage au néon.

« Mais une fois qu'on était mariés (mère chassa de la main les divers maris), chacun d'eux se désintéressait de mes enfants. Alors, ils me dégoûtaient et je foutais le camp. Ton papa, lui, les aurait pris. Ton papa fut le seul... »

De fait mère écrivit pour réclamer les enfants après son mariage avec papa. Mais ils étaient devenus trop grands.

« Ils ne voulurent pas venir », me dit mère.

La belle-mère envoya une lettre qui l'expliquait.

« Ensuite, ajouta-t-elle, ce fut comme si un gouffre d'obscurité m'aspirait. Ou comme si l'abîme creusé en moi m'avait engloutie pendant toutes ces années sans même que je m'en rende compte. J'y ai sombré. Voyons, quel mot le docteur a-t-il employé ? Ah oui, imploser. J'ai implosé. »

Ainsi les démons de ma mère étaient ces deux petits enfants, dont elle se languissait, qu'elle avait honte d'avoir perdus.

Et la nuit où elle s'était dressée à la porte de notre chambre en brandissant un couteau ? Elle avait bu, touché le fond du désespoir.

« Tout ce temps gâché à épouser n'importe qui. Et j'avais quand même perdu les enfants. Toi et Lecia vous n'y changiez rien. Je me retrouvais aussi malheureuse qu'à quinze ans. »

Au point que de nous tuer lui avait semblé un geste de miséricorde. Elle avait eu une hallucination et nous avait crues mortes, poignardées.

« Je vous ai vues couvertes de sang, les murs éclaboussés. »

Quant aux motifs du silence qu'elle avait gardé jusqu'à présent, à propos des mariages, des enfants perdus, la phrase exacte qu'elle utilisa s'est gravée en moi, car c'est l'une des plus pathétiques qu'une femme de soixante ans puisse formuler : « Je croyais que vous ne m'aimeriez plus. »

Dès le lendemain, Lecia engagea un détective, le chargeant de retrouver les enfants égarés, qui, certes, avaient largement dépassé la quarantaine. Il se trouve qu'ils avaient sacrément envie d'être trouvés. Quelques semaines après notre premier coup de fil, ils débarquèrent chez mère très animés, le visage gai, curieux de tout.

Cette réunion est leur histoire. Je ne me permettrais pas de la raconter, si ce n'est pour dire qu'elle inaugura une époque de luminosité, inconnue chez nous.

On était à mille lieues de prévoir cette conséquence, mère et moi, dans ce café mexicain. Notre table était encombrée de pichets, de serviettes en papier trempées et déchiquetées, d'une forêt de verres à pied. Les écorces des rondelles de citron s'entassaient dans les cendriers fumants. Je regardai l'amas de détritus, de haut, me sembla-t-il. On avait renversé le sel des paniers à tortillas, il s'était répandu sur la nappe à carreaux. Pendant tout l'après-midi, j'en avais raclé les cristaux avec un couteau à beurre, les rassemblant en lignes blanches, en figures de géométrie, comme si j'avais dessiné un code secret sur le mur d'une cave. Ces croquis me plurent infiniment, ils étaient comme notre testament indéchiffrable. Je détestai l'idée de l'apprenti serveur en train de l'éponger.

On traversa le restaurant, la mine lugubre, appuyées l'une sur l'autre, tels des ivrognes de dessin animé. On tenait à peine sur nos chaussures à talons hauts. On se cogna aux coins des tables, on renversa des choses, on présenta nos excuses, on se redressa et on reprit notre progression déterminée et titubante. Des mobiles étincelants que je n'avais pas vus auparavant se balançaient au bout d'une ficelle. Il y avait des taureaux, des voiliers, des crucifix, des étoiles à cinq branches.

Dehors, le crépuscule était tombé, le soleil, presque couché, m'aveugla. Il faisait chaud. Les chromes étaient brûlants. On étala des journaux sur la banquette de la voiture avant de s'y glisser. Je mis le contact en me servant d'un Kleenex bleu. Dès qu'on eut démarré, de l'air bouillant se mit à souffler des bouches d'air conditionné. Je les tournai dans l'autre sens. Le ciel au-dessus de nous se teintait de jaune musqué, de pourpre. Il prenait une couleur de prune coupée, fit observer mère.

J'abordai l'autoroute en songeant à papa couché dans ce lit en aluminium comme le calque vieilli de lui-même. Depuis que le docteur Boudreaux m'avait recommandé de me préparer à sa mort, je rentrais toujours à la maison en m'imaginant une ambulance garée dans l'allée, avec un cadavre au visage recouvert d'un drap, étendu sur un brancard à l'intérieur. Cinq ans allaient s'écouler néanmoins avant que papa ne meure, complètement paralysé. Il était si léger quand je le portais à sa chaise roulante que cela le faisait toujours glousser et gazouiller comme un bébé. A la fin de sa vie, papa fut étrangement heureux. Il adorait Bumper, le chat blanc, qui, revenu de chez le vétérinaire toujours muet et miraculeusement recousu, se pelotonnait en ronronnant sur sa poitrine creuse, ou sur le giron des infirmières recrutées jusqu'à ce que l'argent fasse défaut.

Dans la voiture, ce jour-là, je savais que nous avions dépassé l'heure prévue du départ de l'infirmière de papa. Le crissement des pneus sur le goudron fondu résonnait de la voix funèbre de ma peur qui me sifflait : *Papa est mort, papa est mort.*

Mère pleurait, doucement, à côté de moi. Elle chaussa ses lunettes de soleil. La blancheur des réservoirs à pétrole se refléta sur ses verres. Pour moi, ils étaient restés des repères d'une extrême importance. Enfant, je les croyais œufs de dinosaure et m'inquiétais de ce qu'ils feraient éclore. Ils projetaient des ombres inégales dans les cours de la raffinerie. On les dépassa. On longea une clôture au grillage en losanges. Elle devint fils de fer barbelés tendus entre des poteaux, derrière lesquels s'étendaient de vastes rizières aux pousses d'un vert luxuriant qui ployaient en tous sens, presque assez lourdes pour la récolte.

Le treillage disparut, les champs bien soignés cédèrent la place à une berge enveloppée de brouillard, ruisselante de belles-de-jour. Il faisait plus sombre. On roula le long d'un talus de lupins bordant la route qui s'évasa en prairie. De-ci, de-là, on discernait des petits groupes de lucioles voletant dans les fleurs. Je me dis que c'était bien bizarre que ces bestioles résistent aux poisons des raffineries. Le profil las de mère se découpait sur un essaim clignotant qui tissait comme un halo de brume. On aurait dit des petites bougies d'un gâteau d'anniversaire qui s'allumaient pour qu'on les éteignît d'un souffle.

A l'époque, je ne trouvai à ce spectacle ni beauté d'exception, ni intérêt. J'en ai conscience maintenant. Le coucher de soleil que nous traversions était d'une splendeur éblouissante à laquelle nous étions étrangères.

Pourtant, nous aurions dû rayonner. Le récit de mère nous avait absoutes, toutes les deux. Les crimes noirs dont nous nous croyions coupables étaient des mythes, des contes, fabriqués par la peur. Nous ne nous attendions pas à ce que bien et mal soient mêlés et n'absorbions que le côté sombre des histoires. Je ne savais pas le désespoir mensonge. La voiture fendait l'air, telle une capsule grise et froide, lâchée dans les ténèbres qui déferlaient; je ne sentis que cela.

Je crois, rétrospectivement, que la lumière limpide de la vérité aurait dû nous inonder de cette grâce légendaire qui insuffle à un corps brisé de quoi vaincre toutes sortes de monstres. Et je pense au tunnel de blancheur où l'esprit, paraît-il, s'envole après la mort. Du moins si l'on en croit les récits de certains rescapés d'accidents de voiture, d'infarctus, de noyades, ayant survécu grâce aux valves des vibromasseurs, ou à quelque bon samaritain soufflant à genoux dans leurs poumons pour qu'ils retrouvent la respiration. Il se peut que ces effets soient les feux d'artifice neuronaux de la mort, l'ultime étincelle mise en scène par le cerveau. Si c'est le cas, c'est une invention avec laquelle je vivrais volontiers.

L'image m'attire pourtant : ce passage de l'étroite prison du corps à une matrice radieuse où planer vers de lointaines silhouettes dont l'éclat rayonne de plus en plus, qui deviennent familières et se révèlent être vos bien-aimés ouvrant des bras lumineux pour vous accueillir.

Remerciements

C'est Amanda Urban, mon agent à ICM, qui, la première, m'a poussée à proposer ce livre. Nan Graham en a ultérieurement acquis les droits pour les éditions Viking. Son travail, en tant qu'éditeur et amie proche, a été inestimable. Idem pour Courtney Hodell des éditions Viking également. Ma sœur, Lecia Harmon Scaglione, a confirmé la véracité de ce que j'ai écrit. James Laughlin, de News Directions, m'a donné des encouragements dont j'avais bien besoin. Tobias et Catherine Wolff ont, comme derniers lecteurs, travaillé vite, avec acuité et sans récompense. Je leur suis très reconnaissante, à tous.

Je tiens aussi à remercier la fondation de Mme Giles Whiting dont la bourse destinée aux écrivains m'a permis d'écrire ce livre, et l'Institut Mary Ingraham Bunting de l'université de Radcliffe pour sa bourse également.

Ma mère n'a lu ce livre qu'une fois terminé. Cela ne l'a pas empêchée de répondre pendant deux ans à toutes mes questions, au téléphone ou par courrier et, même malade, de faire des recherches pour moi. Elle m'a encouragée sans réticences au cours de ce travail, bien qu'une bonne partie de mon récit soit douloureux pour elle. Son courage est digne d'éloges, et son soutien essentiel.

Table des matières

Achevé d'imprimer en février 1999
sur les presses de l'Imprimerie Bussière
à Saint-Amand (Cher)

POCKET - 12, avenue d'Italie - 75627 Paris Cedex 13
Tél. : 01-44-16-05-00

— N° d'imp. 291. —
Dépôt légal : février 1999.

Imprimé en France